Folgende Titel der Reihe „CyberWorld" sind bisher erschienen:

E-Books
Band 1: Mind Ripper
Band 2: House of Nightmares
Band 3: Evil Intentions

Informationen zu weiteren Projekten der Autorin
http://www.nadineerdmann.de

CyberWorld 1.0

Mind Ripper

Nadine Erdmann

Für Ruth,

ich wünsche dir ganz viel Spaß
in der CyberWorld!

Nadine Er

FBM 2017

1. Auflage Februar 2017

Autorin: Nadine Erdmann
Cover: Slobodan Cecic
Satz: Jürgen Straub

Bibliografische Information der Deutschen Nationalbibliothek Die Deutsche Nationalbibliothek verzeichnet diese Publikation in der Deutschen Nationalbibliografie; detaillierte bibliografische Daten sind im Internet über http://dnb.dnb.de abrufbar.

Herstellung und Verlag:
Greenlight Press
Gartenstr. 44b
76133 Karlsruhe
E-Mail-Kontakt: info@greenlight-press.de

ISBN: 978-3-95834-220-0

Web http://www.greenlight-press.de
Facebook www.facebook.com/CyberWorld.Books

MIND RIPPER

Kapitel 1

Die Erde bebte bei jedem Schritt, den die schuppige Kreatur tat. Witternd schnellte der Echsenkopf in die Höhe und zuckte hin und her, bis sich seine glühend roten Augen schließlich auf eine kleine Felsgruppe fixierten.

Hastig zog Jemma ihren Kopf zurück in Deckung. »Jungs, das Biest weiß, wo wir sind. Wir sollten uns also beeilen. Machen wir's wie immer?«

Zack und Jamie nickten.

»Na, dann lasst den Magier mal einen Blick auf das Ungeheuer werfen.« Sam schob sich an Jemma vorbei und spähte um den Felsen.

Der Drache hockte vor dem Eingang seiner Höhle, kaum dreißig Meter von ihnen entfernt, und spreizte angriffslustig seine Schwingen. Messerscharfe Krallen zermalmten das Gestein und bei jeder Bewegung spielten eindrucksvolle Muskeln unter der roten Schuppenhaut. Rauch stieg aus den Nüstern und unter seinen Lefzen stachen lange Reißzähne hervor. Das Biest war riesig. Mit Sicherheit gute fünf Meter hoch und die Spannweite seiner Flügel war wenigstens doppelt so weit. Um seinen Hals hing eine Kette mit einem silbernen Amulett, das in der Sonne glänzte.

»Und, großer Meister?«, fragte Zack ungeduldig. »Wie sieht die Bestandsaufnahme aus?«

»Er ist wunderschön«, seufzte Sam. »Ist echt eine Schande, dass wir ihn töten sollen.«

Zack verdrehte die Augen. »Wir können ja beim nächsten Mal eine Quest für dich suchen, bei der du einen Drachen retten kannst. Einen freundlichen Drachen.« Er kauerte sich neben Sam und warf ebenfalls einen schnellen Blick auf ihren Gegner.

»Der da hat schon zweimal Old Marleys Dorf niedergebrannt und dabei fünf unschuldige Dorfbewohner gefressen. Der ist nicht freundlich. Und deshalb machen wir den jetzt platt, okay?«

Nun war es Sam, der mit den Augen rollte, doch er grinste und nickte.

»Und das am besten ziemlich zügig!« Jemma sah kurz auf den digitalen Zeitmesser an ihrem Handgelenk. »Charlie kommt in einer Stunde und ich will vorher noch duschen.« Sie zog ihr Schwert und stupste Sam in den Rücken. »Also los! Sprich irgendeinen mächtigen Zauber, der den Drachen am Boden hält. Am besten lähmst du ihn gleich komplett, denn wenn der da sich in die Lüfte schwingt, haben wir kaum eine Chance.«

Sam bedachte sie mit einem genervten Blick. »Ich weiß! Wir machen so was ja nicht zum ersten Mal.« Er zog einen langen Stab zu sich, an dessen Ende ein faustgroßer Kristall funkelte. »*Voco magia!*«, murmelte er leise und der Stecken begann am unteren Ende hellblau zu leuchten. Langsam kroch das Licht den Zauberstab hinauf.

»Magier«, brummte Zack kopfschüttelnd. »Bis ihr euer Equipment einsatzbereit habt, hat der Rest der Truppe bereits fünf Schlachten geschlagen und drei Kriege gewonnen.«

Ein kleiner Lichtblitz zuckte aus Sams Zeigefinger und traf Zack in den Oberarm.

»Hey! Spinnst du?«

Sam grinste schadenfroh. »Ich wollte dir nur kurz demonstrieren, dass Magier durchaus noch ein paar andere Tricks auf Lager haben, während sie Energie für ihre mächtigsten Zaubersprüche bündeln. Nur falls du es vergessen haben solltest.«

Grummelnd wies Zack auf den Zauberstab. Das Licht hatte den Kristall erreicht und ließ ihn hell erstrahlen. »Sieht so aus, als wären du und deine Energie endlich genug gebündelt. Können wir dann jetzt?«

Sam grinste noch immer. »Aber natürlich! Der große Magier, Sam der Weise, wird für seine drei tapferen Gefährten den großen bösen Drachen betäuben, auf dass sie ihm mit ihren stählernen Schwertern zu Leibe rücken können.«

»Geht es nur mir so oder entwickelt Sam langsam den Hang zu einer gewissen epischen Breite?«, murmelte Jamie in Jemmas Richtung.

»Zu einer gewissen Breite auf jeden Fall. Ich bin mir nur nicht sicher, ob die episch ist.«

Lachend knuffte Jamie seiner Schwester in die Seite.

Zack verdrehte die Augen. »Mann, Leute, quatscht keine Opern! Sam, los jetzt, mach hin!« Er schubste ihn aus der Deckung der kleinen Felsgruppe und zog sein Schwert.

Der Drache schien nur darauf gewartet zu haben, dass sich die Eindringlinge in seiner Talmulde endlich zeigten. Sein Kopf zuckte zu der pummeligen Gestalt im braunen Lederwams, die hinter den Felsen hervorstolperte. Triumphierendes Gebrüll donnerte ihnen entgegen und das Untier schlug mit den Flügeln, doch Sam ließ ihm keine Zeit, sich großartig in die Höhe zu schwingen, um einen Luftangriff zu starten. Er riss seinen Zauberstab hoch und zielte auf die Bestie.

»*Debilito!*«

Ein gleißender Lichtstrahl schoss aus dem Kristall und traf den Drachenkörper, als er kaum einen halben Meter in der Luft war. Sofort erstarrte das Biest, stieß einen ohrenbetäubenden Schrei aus und durchbohrte sie mit feurigen Blicken.

»Angriff!«

Mit erhobenem Schwert stürmte Zack los. Ohne zu zögern folgten Jamie und Jemma. Helle Lichtblitze flogen an ihnen vorbei und trafen den bewegungsunfähigen Drachen in die Brust. Auch wenn Sam für mächtigere Magie warten musste, bis seine Energie wieder aufgeladen war, konnte er ihren Gegner mit ein paar kleineren Zaubern zumindest schwächen.

Zack erreichte den Drachen als Erster und hieb sein Schwert in den muskulösen Hals. Die Bestie brüllte erneut, allerdings eindeutig eher wütend als schmerzerfüllt, denn die Schwertklinge hinterließ in der harten Schuppenhaut nicht mehr als einen kleinen Kratzer. Dafür schien Sams Betäubungszauber schon wieder nachzulassen. Die Vorderklaue zuckte gefährlich, als Jamie mit seinem Schwert dagegen schlug. Behände tauchte er weg und musste gleich darauf einem Flügelschlag ausweichen, denn offensichtlich konnte das Biest auch seine Schwingen wieder bewegen. Der Drache stieß einen triumphierenden Schrei aus und blähte die Nüstern.

»Achtung, er will Feuer speien!«, rief Jemma. »Ich lenke es auf mich!« Rasch entfernte sie sich einige Schritte und schwenkte ihre Waffe. »Hey, hier bin ich! Hier drüben!«

Es funktionierte. Die glühenden Augen fixierten sich auf sie und der Drachenkopf schnellte hervor.

»*Protego!*«

Gerade rechtzeitig bevor die sengenden Flammen auf sie trafen, spannte sich ihr Schutzschild wie eine schimmernde Kugel um sie, und obwohl Jemma wusste, dass das Feuer ihr nichts anhaben konnte, solange sie so geschützt war, wandte sie sich reflexartig von den Flammen ab und kauerte sich so klein wie möglich zusammen. Das Feuer brauste um sie herum und sie hoffte, dass der Flammenatem des Drachen nicht mehr als vierzig Sekunden andauerte, denn länger hielt ihr Schutzschild nicht. Als Paladin waren ihre magischen Kräfte längst nicht so stark wie die von Sam. Sie besaß keine Angriffszauber, dafür konnte sie sich ganz gut schützen und kannte ein paar sehr nützliche Heilzauber, aber das war auch schon alles.

Plötzlich ließ der Flammensturm um sie herum nach, es krachte und der Boden unter ihren Füßen bebte. Erschrocken fuhr sie herum. Sam hatte das Ungeheuer ein weiteres Mal gelähmt und diesmal war die Bestie nicht in der Luft geblieben, sondern auf den Felsboden hinuntergestürzt.

Jemma packte ihr Schwert und rannte zurück zu dem Biest. Ihr Schutzschild flackerte kurz auf und erlosch. Sam attackierte den Drachen erneut mit seinen Lichtblitzen, während Jamie neben Zack hockte und seine Hände über eine klaffende Wunde an dessen Schulter gleiten ließ.

»Braucht ihr Hilfe?« Jemma musterte Zack und war einmal mehr dankbar dafür, dass keiner von ihnen Schmerz empfinden konnte. Die Wunde sah echt übel aus, auch wenn sie sich unter Jamies Heilzauber langsam wieder schloss. Wie sie selbst war auch ihr Zwilling ein Paladin.

»Nee, geht schon«, brummte Zack, während Jamie leise »*Sanare!*« murmelte und mit seinen Händen weiter über die Schulter seines Freunds fuhr. »Das Mistvieh hat mich mit seiner Klaue erwischt und ich konnte den Arm nicht mehr bewegen.«

Jemma sah zu der breiten Armschelle, die jeder von ihnen am rechten Handgelenk trug. Zacks leuchtete gelb und verfärbte sich langsam grün. Seine Lebensenergie war also in Ordnung. Gefahr bestand erst, wenn sie rot wurde.

Der Drache stieß ein zorniges Fauchen aus. Alarmiert fuhr Jemma herum, doch noch wirkte der Zauber und das Untier konnte nicht viel mehr als zucken. Sam stand in einiger Entfernung und ließ seine Lichtblitze auf den Drachen niedergehen, während sein Zauberstab sich erneut mit magischer Energie auflud.

Jemma warf einen Blick auf die Fußschellen des Drachen. Sie waren hellgelb, also hatten sie dem Biest zumindest schon ein bisschen Schaden zugefügt. Allerdings waren sie noch weit entfernt davon, es zur Strecke zu bringen. Sie holte aus und schlug ihr Schwert in eine der Vorderklauen. Wütend fauchte der Drache und zuckte so gut der Lähmungszauber es ihm erlaubte von ihr fort. Ein dünner blutiger Schnitt blieb zurück, als Jemma aus der Reichweite der Klaue sprang.

»Sam, du musst das Biest verwundbar machen! Unsere Schwerter haben sonst gegen seine Panzerhaut keine Chance!«

»Den Zauber hab ich schon längst gesprochen! Hat aber wohl noch nicht gereicht.« Er nickte in Zacks Richtung. »Aber als ich ihn ein zweites Mal anwenden wollte, musste ich den Drachen erst mal wieder betäuben, sonst hätte unser tapferer Krieger ins Gras gebissen.« Der magische Kristall am Ende seines Zauberstabs glühte auf und signalisierte, dass er zu einem weiteren Zauber bereit war.

»*Forabilis!*«

Ein hellroter Lichtstrahl schoss aus dem Stein und traf den Drachen. Der antwortete mit einem hasserfüllten Brüllen und Jemma sah, dass das Gelb seiner Fußschellen dunkler wurde.

»Versucht es jetzt!«, rief Sam. »Vielleicht können eure Waffen jetzt mehr ausrichten.«

»Na, dann los!« Zack packte sein Schwert und trat mit Jamie neben Jemma. Von der Wunde an seiner Schulter war nichts mehr zu sehen. Probeweise schwang er sein Schwert ein paar Mal durch die Luft und stellte zufrieden fest, dass er den Arm wieder ohne Einschränkungen bewegen konnte. Also griff er an. Als Krieger war er der Stärkste unter ihnen und sein Schwert war größer und schärfer als die von Jemma und Jamie. Er holte aus und schlug die breite Klinge so fest er konnte in den Hals der Bestie.

Der Drache heulte auf und Zack grinste voller Genugtuung, als er die klaffende Wunde sah, die sein Schwert hinterlassen hatte. »Tja, mein Lieber, wie du mir, so ich dir!«

Das Grinsen verging ihm allerdings schnell wieder, als das Untier sich schwankend auf die Beine stemmte und mit seinen Klauen nach ihm schlug. Diesmal wich er jedoch rechtzeitig aus, tauchte unter der Pranke weg und sah, wie Jamie und Jemma das Tier attackierten.

»Sam, feure mit der nächsten Energie den mächtigsten Zerstörzauber, den du hast, auf das Biest! Seine Lebensenergie ist nur noch orange! Ein richtig guter Zauber könnte ihn vielleicht schon erledigen!«

»Okay, bin gleich so weit!«

Der Drache hatte seine Beweglichkeit mittlerweile fast vollständig zurückerlangt, nur fliegen schien er nicht mehr zu können. Dafür hatte er zum Glück schon zu viel Lebensenergie verloren. Doch seine Klauen schlugen nichtsdestotrotz noch gefährlich schnell nach den drei Menschen, die ihn immer wieder mit ihren Schwertern zu treffen versuchten. Sein Kopf zuckte herab und er schnappte mit seinen langen Reißzähnen nach Jamie. Der rollte sich in letzter Sekunde aus der Gefahrenzone, während Jemma und Zack versuchten, Kopf und Hals des Drachen mit ihren Schwertern zu treffen, ohne dabei von seinen Klauen erwischt zu werden. Wütendes Gebrüll war die Antwort auf ihre Treffer und der Drache zog seinen Kopf zurück. Seine Nüstern blähten sich und es war nicht schwer zu erraten, was als nächstes kommen würde.

Jamie stieß Zack vom Drachen fort. »Bring dich in Sicherheit!«

Zack war zwar ein starker Krieger, doch er besaß keinerlei Schutzzauber und auch wenn seine Rüstung mehr aushielt als die der anderen drei, würde er einem direkten Feuerstrahl nicht lange standhalten können.

Gerade als die Bestie ihr Maul aufriss und die ersten Flammen aus ihrem Rachen schossen, schrie Sam: »*Ignis!*«

Ein gewaltiger Feuerstrahl peitschte aus seinem Zauberstab und traf den Kopf des Drachen. Doch statt ihm wie erhofft ordentlich zu schaden, stieß der Drache ein freudiges Gebrüll aus. Er wandte den Kopf, schluckte den Feuerzauber und verwandelte ihn nun seinerseits in eine so mächtige Feuersäule, dass selbst Sam, der gebührenden Abstand gehalten hatte, sich schnell in Sicherheit bringen musste.

»*Protego!*«, schrien Jamie und Jemma gleichzeitig und stellten sich so gut sie konnten vor Zack. Auch wenn ihre Schutzschilde nur für sie selbst galten, würden sie Zack mit etwas Glück vielleicht zumindest ein kleines bisschen schützen können.

Viel half es jedoch nicht. Das verstärkte Drachenfeuer machte Zack so viel Schaden, dass seine Armschelle sich in rasendem Tempo dunkelorange verfärbte. Sofort ließen Jamie und Jemma ihre Schwerter fallen und begannen mit ihren Heilzaubern, doch die Lebensenergie, die sie Zack zurückgaben, wurde von den Flammen fast genauso schnell wieder zerstört.

»Das verdammte Feuer muss aufhören! Sonst haben wir keine Chance!« Jamie warf seiner Schwester einen gehetzten Blick zu, während seine heilenden Hände über Zacks zuckenden Körper wanderten.

Jemma sah zum Drachen, konnte aber durch die Flammen, die um sie herum tobten, kaum etwas erkennen. Es machte aber leider nicht den Anschein, als würde dem Biest in den nächsten paar Sekunden die Puste ausgehen. Sie wusste nicht, wo Sam war, und ob die Flammen ihn womöglich auch erwischt hatten. Als Magier trug er eine lachhaft schlechte Rüstung, die ihn kaum geschützt haben würde, falls er getroffen worden war.

Verbissen schickte Jemma einen weiteren Heilzauber auf Zack, der mittlerweile so viel Lebensenergie verloren hatte, dass er sich nicht mehr rühren konnte. Nur seine Augen zuckten mit einer Mischung aus Enttäuschung und Wut zwischen Jamie und Jemma hin und her.

»Lasst mich«, stieß er mühsam hervor. »Tötet das Mistvieh. Wir müssen doch nicht alle sterben.«

»Ich lass dich bestimmt nicht allein!« Sturköpfig gab Jamie ihm mit einem weiteren Heilzauber ein wenig Lebensenergie zurück. »Wir haben noch nie jemanden sterben lassen!«

Zack lächelte verkrampft und wollte etwas erwidern, doch dazu war er schon zu schwach. Er brachte keinen Laut mehr hervor.

»Ich geh allein.« Jemma sprang bereits auf, während sie mit einem letzten Zauber Zacks Energie noch ein wenig auflud. Zack hatte recht, irgendwer musste den Drachen töten, wenn sie noch den Hauch einer Chance haben wollten, das hier zu überleben. Und so wie es aussah, würde es an ihr hängen bleiben. Sie packte ihr Schwert und sprintete los. Ihr Schutzschild begann zu flimmern und warnte sie, dass es nicht mehr lange halten würde.

Egal! Jetzt nicht daran denken!

Sie musste weiter. Obwohl sie die Hitze der Flammen eigentlich nicht spüren konnte, war ihr heiß, als sie sich durch die Feuerwalze kämpfte, und sie musste erschrocken ausweichen, als eine der Vorderklauen urplötzlich direkt vor ihr auftauchte. Rasch schlug sie einen Haken, ließ das Feuer endlich hinter sich und fand sich unter dem Bauch des Untiers wieder. Erleichtert sah sie, dass die Drachenhaut hier keine dicken Schuppen hatte, sondern nur ledrig aussah. Ohne zu zögern riss sie ihr Schwert hoch und stach mit aller Kraft dorthin, wo sie das Herz vermutete. Der Drache brüllte auf und diesmal war es eindeutig vor Schmerz.

Geschieht dir recht! Hör endlich auf, dein verdammtes Feuer zu speien!

Verbissen zog Jemma ihr Schwert aus dem Echsenkörper und dunkles Blut lief ihr über die Hände, als sie ein weiteres Mal zustach. Wieder brüllte der Drache und wieder zog sie ihr Schwert zurück und stieß noch einmal zu. Ihr Schutzschild flackerte und löste sich auf, doch unter dem Bauch war sie außer Reichweite des Feuers. Aus den Augenwinkeln sah sie ein helles Blitzen und etwas Weißes schlug neben dem Drachen auf dem Boden auf.

Eiskristalle!

Am liebsten hätte sie gejubelt, als sie Sams Frostzauber erkannte. Die splitternden Eisblitze konnten nur bedeuten, dass es ihm gut ging – oder zumindest gut genug, dass er helfen konnte.

Der Drache heulte und brüllte mittlerweile so laut, dass Jemma sich liebend gern die Ohren zugehalten hätte, doch für solche Zimperlichkeiten hatte sie jetzt keine Zeit. Stattdessen stieß sie noch einmal ihr Schwert in den schweren Leib des Ungeheuers und plötzlich verwandelte sich das Gebrüll in ein heiseres Röcheln und endlich – *Endlich!* – verebbte das Feuer.

Keuchend zog sie ihr Schwert zurück und sah sich um. Jetzt, da das Drachenfeuer erloschen war, konnte sie die Fußschellen des Untiers sehen und vor Erleichterung wurde ihr fast schlecht.

Sie waren schwarz.

Das Biest war tot.

»Jem, verdammt! Komm da weg!« Sams Warnung ließ sie heftig zusammenfahren und erst jetzt merkte sie, dass der riesige Drachenkörper über ihr gefährlich ins Wanken geraten war. Schnell stolperte sie zwischen den Beinen hindurch, um nicht unter ihm begraben zu werden. Die tote Bestie schwankte mehr und mehr, bis sie schließlich mit einem dumpfen Krachen auf den Felsgrund aufschlug und leblos in sich zusammensackte.

Sie hatten es tatsächlich geschafft!

Fast zumindest …

Hastig rannte sie zu Jamie und Zack und erschrak, als sie sah, dass Zacks Körper geisterhaft durchscheinend war und hektisch flackerte. Seine Armschelle war so dunkelrot, dass sie nur noch einen Hauch von Schwarz entfernt sein konnte, und sie flackerte hektisch. Jamie versuchte verzweifelt Zack mit seinen Zaubern am Leben zu erhalten, doch auch seine Armschelle hatte sich bereits zu einem dunklen Orange verfärbt. All die Heilzauber und das Aufrechterhalten seines Schutzschilds hatten auch ihn viel Lebensenergie gekostet.

»Hör auf«, wies Jemma ihren Bruder an, als sie sich neben die beiden hockte. »Ich krieg Zack schon wieder hin.«

Doch Jamie schüttelte nur stur den Kopf und murmelte weiter seine Zaubersprüche, um Zack in dieser Welt zu halten.

»*Sanare!*« Jemma ließ ihre Hände nun ebenfalls über Zacks flackernden Körper gleiten. Ihre Armschelle leuchtete in sattem Gelb, sie hatte also locker noch genug Kraft, um zu heilen, doch noch nie zuvor hatte einer von ihnen so viel Lebensenergie verloren wie Zack, und sie war sich nicht sicher, ob sie wirklich stark genug waren, um ihn zurückzuholen.

Sie schloss die Augen und murmelte verbissen weiter ihren Zauber. Es musste einfach funktionieren! Sie hatten noch nie jemanden verloren!

Sam kam zu ihnen gerannt. Seine magischen Stärken lagen zwar in Angriffs- und Verteidigungszaubern und seine Heilkräfte waren nur rudimentär, doch im Moment konnte Zack alles gebrauchen, was er kriegen konnte.

Jemma wusste nicht, wie lange sie so dasaßen. Erst als sie ein schwaches Keuchen hörte, öffnete sie wieder ihre Augen. Neben ihr stöhnte Jamie erleichtert auf.

»Sam, du Volltrottel!« Noch hatte Zack nicht genug Lebensenergie zurückerlangt, um sich bewegen zu können, doch seine Augen waren wieder offen und reden ging offensichtlich auch schon wieder ganz gut. Seine Armschelle war immer noch rot, aber sie flackerte nicht mehr so gefährlich und färbte sich zusehends heller.

»Wie kann man nur so dämlich sein und einen *Drachen* mit *Feuer* bekämpfen?!« Zacks Energie kehrte nun schneller zurück, da er wieder kräftig genug wurde, um sich selbst zu regenerieren.

»Tut mir leid«, murmelte Sam zerknirscht. »Aber du wolltest, dass ich meinen mächtigsten Zauber auf den Drachen abfeuere. Und das ist nun mal mein Feuerzauber! Ich hab überhaupt nicht daran gedacht, dass das Biest ihn vielleicht schlucken und gegen uns verwenden könnte.«

»Magier!«, grummelte Zack, doch er musste grinsen und es war klar, dass er Sam nicht wirklich böse war. »Mit euren Special Effects macht ihr nur Ärger!«

Empört wollte Sam etwas erwidern, doch Jemma kam ihm zuvor. »Sei nicht ungerecht, Zack. Mit seinem Eisblitzhagel hat Sam schließlich alles wiedergutgemacht und das Biest besiegt.«

Sam warf ihr einen dankbaren Blick zu. »Na ja, deine Schwerthiebe in sein Herz dürften ihm auch nicht besonders gutgetan haben.«

Sie grinste. »Ziemlich cooles Teamwork also, oder?« Sie hob die Hand für ein High-Five und er schlug ein.

Ein wenig steif richtete Zack sich auf und fasste nach Jamies Händen. »Hey, hör auf, mich zu heilen, sonst bist du gleich schwächer als ich.« Er hob seinen Arm mit der hellroten Armschelle und deutete dann auf Jamies, die mittlerweile fast die gleiche Farbe angenommen hatten. »Das Spiel ist vorbei. Mir passiert jetzt nichts mehr und ich regeneriere mich schon selbst.«

Erschöpft ließ Jamie seine Hände sinken und nickte. Auch seine Bewegungen waren steif und schwerfällig.

»So ganz vorbei ist das Spiel noch nicht.« Sam ging zu dem toten Drachen hinüber und ließ bedauernd eine Hand über den schuppigen Hals der Kreatur gleiten. Er mochte Drachen wirklich. Warum mussten sie nur immer wieder als die Bösen herhalten? Seufzend legte er seinen Zeigefinger auf die Kette des Amuletts.

»*Aperire!*«

Die Kette zersprang und er nahm den Questgegenstand an sich. Der Körper des Drachen begann zu glitzern. Die rote Schuppenhaut löste sich auf und wirbelte in kleinen flirrenden Partikeln in den blauen Himmel bis nur noch das Drachenskelett übrig blieb. Doch auch das funkelte nur noch einmal kurz, bevor es zu Staub zerfiel.

Ihr Endgegner war verschwunden.

Sam kehrte zu den anderen zurück. »Das war's dann wohl.«

Jemma nickte. »Lasst uns das Amulett zu Old Marley bringen.«

Wie immer fühlte sie leichte Melancholie, wenn sich ein Spiel unweigerlich dem Ende näherte. Sie stand auf und zog Jamie auf die Beine. Er schwankte einen Moment, hatte aber schon wieder genug Energie, um Zack beim Aufstehen zu helfen. Der legte seinen Arm um Jamies Schultern und stützte sich auf ihn.

»Nehmen wir die Teleportringe? So nett die Landschaft hier auch ist, im Moment steht mir der Sinn nicht so sehr nach einer elend langen Wanderung zurück zum Dorf.«

»Teleportieren ist schon okay.« Jemma hasste zwar diese Art der Fortbewegung, aber es war nicht zu leugnen, dass sie ungemein praktisch war, daher hob sie ihre linke Hand. Wie die drei Jungen trug sie dort am Ringfinger einen Silberring mit rotem Rubin.

»Old Marleys Hütte!«, sagte sie laut und drehte den Ring dreimal um ihren Finger. Die Welt um sie herum löste sich auf und sie wurde in einen Strudel aus Farben gezogen, doch obwohl sie schon zigmal teleportiert war, konnte sie sich an das Gefühl nur schwer gewöhnen und sie schloss die Augen, damit ihr von den wirbelnden Farben nicht schwindelig und übel wurde.

»Wir sind da.«

Erleichtert öffnete sie die Augen, als sie Jamies Hand auf ihrer Schulter spürte.

Sie befanden sich in einem einfachen Holzhaus, das einem alten Krämerladen glich. An den Wänden standen Regale, die bis in die kleinste Ecke vollgestopft waren mit altertümlichen Schachteln, Dosen, Kisten, bauchigen Flaschen und Einmachgläsern und hinter einem Verkaufstresen stand ein alter Mann in einer schlichten weißen Kutte. Langes graues Haar und ein ebensolcher Bart verbargen den größten Teil seines runzligen Gesichts, doch seine Augen strahlten wohlwollend, als er ihnen entgegenlächelte.

»Wie wunderbar! Meine Helden sind auch von ihrer letzten Quest vollzählig zurückgekehrt!«, spulte der Alte seinen Text ab. »Darf ich hoffen, das bedeutet, ihr wart erfolgreich und habt mein Dorf von dem schrecklichen Untier befreit, das in den Höhlen nördlich von hier haust?«

»Ja, wir haben deinen Auftrag erledigt«, antwortete Zack.

So wie all die anderen Aufträge auch, dachte Jemma.

Unter anderem hatten sie das Dorf von einem gierigen

Wolfsrudel befreit, das die Schafherden stark dezimiert hatte, hatten Wunschbeeren im giftigen Sumpf gesammelt und Getreidefelder von strandballgroßen Parasitenkäfern gereinigt. Letzteres war eines von Jemmas persönlichen Highlights gewesen, da die widerlichen Krabbelviecher erschreckende Ähnlichkeit mit Spinnen gehabt hatten und Spinnen konnte sie nicht ausstehen. Aber sie hatten die Quest geschafft, und jetzt, am Ende des Spiels, dachte sie fast ein wenig wehmütig daran zurück.

»Dann habt ihr sicher auch das Amulett dabei als Zeichen eures Sieges?«, holte Old Marley sie aus ihren Erinnerungen.

»Haben wir.« Sam legte das Schmuckstück, das er dem Drachen abgenommen hatte, vor ihrem Questmaster auf den Tresen.

Der lächelte zufrieden. »Ihr habt meinem Dorf einen großen Dienst erwiesen. Wir können nun aufatmen und endlich in Frieden leben.« Er sah die vier der Reihe nach an. »Für euch dagegen ist es an der Zeit, in eure eigene Welt zurückzukehren. Ich bin mir sicher, tapfere Helden wie ihr es seid, werden auch dort gebraucht.«

Zack lachte auf. »Klar! Wäre interessant, für wie heldenhaft man uns hält, wenn wir mit gezogenen Schwertern durch die Straßen von London ziehen, seltsame Zaubersprüche murmeln und sagen, wir hätten den Auftrag, die Kanalisation von tollwütigen Ratten zu reinigen.«

Grinsend zwickte Jamie ihm in die Seite und auch Jemma und Sam mussten bei der Vorstellung lachen. Old Marley ging dagegen nicht auf Zacks Kommentar ein. Offensichtlich war er nicht darauf programmiert, auf sarkastische Einwände zu reagieren.

»Wenn ihr wünscht, könnt ihr euch gern auf unserer Ehrentafel verewigen.«

Neben dem alten Mann erschien ein Aushang mit verschiedenen Namen. Eine Spalte blinkte und zeigte ihnen ihren Platz auf der Highscoreliste.

»Platz neun!« Zufrieden trug Sam ihren Gruppennamen ein. »Nicht schlecht. Wir haben es in die aktuellen Top Ten geschafft!«

»Und wer weiß, wo wir womöglich gelandet wären, wenn nicht jemand unseren pyromanischen Endgegner mit Feuer gefüttert hätte!«, stichelte Zack. »Himmel, wir hätten es vielleicht sogar unter die Top Drei geschafft! Nicht auszudenken!«

Leicht verzweifelt schüttelte Sam den Kopf. »Bin gespannt, wie lange ich mir das jetzt anhören darf.«

»Oh, ich kann sehr ausdauernd sein.«

Sam speicherte ihren Gruppennamen auf der Highscoreliste und Old Marley begann wieder zu sprechen.

»Vielen Dank. So werden eure mutigen Heldentaten auf ewig für die Nachwelt festgehalten sein.«

Zack verzog das Gesicht als hätte er Zahnschmerzen.

»VanguardArts Entertainment bedankt sich, dass ihr *Shirewood* gespielt habt. Lob und Kritik zum Spiel nehmen wir gern auf unserer Internetseite entgegen oder besucht uns in unserem virtuellen Büro in der CyberWorld.«

Die Highscoreliste verschwand und an ihrer Stelle erschien eine neue Tafel mit mehreren Netzadressen.

Zack verdrehte die Augen. »Wenn der mir jetzt noch was verkaufen will –«

»Solltet ihr Interesse an einem unserer Merchandiseprodukte haben, kann ich euch gleich hier eine beträchtliche Auswahl zur Ansicht bieten.«

Zack stöhnte auf, als auf dem Tresen verschiedene Gegenstände erschienen, die sie aus dem Spiel kannten: Messer, Schwerter,

Zauberstäbe, ein kleiner Lederbeutel, in dem sie Wunschbeeren gesammelt hatten, die Silberkette mit dem Drachenamulett –

»Oh, seht mal! Es gibt unseren Teleportring!«, rief Jemma begeistert.

»Nur £5.99 und wenn du jetzt bestellst, wird er dir noch heute frei Haus geliefert«, sprang Old Marley sofort auf ihr Interesse an.

Zack blickte ungläubig von ihrem Questgeber zu Jemma. »Du willst dir nicht wirklich für sechs Pfund diesen Plastikmist kaufen, oder?«

»Der Ring ist nicht aus Plastik«, korrigierte Old Marley. »Der Stein besteht aus geschliffenem Glas und der Ring selbst ist eine Legierung aus –«

»Danke, wir haben keinen Bedarf an weiteren Informationen«, würgte Zack ihn schnell mit dem Satz ab, mit dem man in diesem Spiel alle unerwünschten Gesprächsverläufe beendete. Old Marley verstummte.

»Mir gefällt er!«, sagte Jemma trotzig. »Auch wenn es nur Kitsch ist.« Sie trat an die Auslage, wählte den Ring in einer Größe aus, die ihr hoffentlich passen würde, tippte ihr Accountpasswort ein und gab die Bestellung auf.

»Du hasst das Teleportieren! Warum kaufst du dir dann einen Teleportring?« Verständnislos sah Zack zu, wie sie die Bestellung abschickte.

Jemma wandte sich zu ihm um. »Mir gefällt der Ring und er kann schließlich nichts dafür, dass er als Symbol fürs Teleportieren herhalten muss. Aber im wirklichen Leben kann er das ja nicht. Da wird er mich immer nur an all die herrlichen Stunden erinnern, die ich mit euch in *Shirewood* verbringen durfte.« Sie schenkte ihm ein zuckersüßes Grinsen.

Zack musste lachen. Er legte ihr einen Arm um die Schulter

und zog sie an sich. »Oh Mann, ich wusste gar nicht, wie viel wir dir bedeuten. Wenn das so ist, dann sollten Jamie, Sam und ich wohl zusammenschmeißen und ihn dir schenken, was?«

»Sorry, aber da muss ich passen. Wenn Meg erfährt, dass ich Jem einen Ring gekauft habe, kratzt sie mir die Augen aus.« Sam grinste entschuldigend. »Sie ist ohnehin schon ziemlich angepisst, weil ich die letzten Wochenenden mit euch hier verbracht hab und kaum Zeit für sie hatte. Ich muss da dringend was gutmachen und dafür brauch ich mein Taschengeld.« Er griff mit beiden Händen an seine Schläfen. »Wir sehen uns später im McAllister's. Bin schon gespannt auf Charlies großen Auftritt.« Er schloss die Augen, kniff sich in die Schläfen und verschwand.

»Wir sollten auch rausgehen.« Zack zog seinen Arm von Jemmas Schultern und sah zu Jamie. »Ich komm gleich zu euch rüber.«

»Okay«, seufzte Jamie. »Dann bis gleich.«

Zack lächelte ihm kurz zu, dann fasste auch er an seine Schläfen und löste sich auf.

Jemma merkte, wie Jamie sich ein letztes Mal umschaute und dabei ziemlich niedergeschlagen aussah.

»Na los.« Sie stupste ihrem Zwillingsbruder aufmunternd gegen den Arm. »Zurück in die Wirklichkeit.«

Schicksalsergeben nickte er und verschwand.

Mit einem Seufzen griff auch Jemma an ihre Schläfen, schloss die Augen und loggte sich in das Programm ein. Hinter ihren Augenlidern flammte eine helle Schrift auf und eine Stimme ertönte in ihrem Kopf.

Welcher Befehl soll ausgeführt werden?

Shirewood verlassen.

Cybernetz verlassen.

»Cybernetz verlassen.«

Kapitel 2

Jemma löste die Kontakte von ihren Schläfen und setzte die CyberSpecs ab. In Gedanken noch halb in der virtuellen Welt von *Shirewood* brauchte sie einen Moment, um sich wieder an die Wirklichkeit ihres Zimmers zu gewöhnen. Müde rieb sie sich über die Augen und massierte kurz ihre Nackenmuskeln. Wie immer, wenn sie Stunden in der CyberWorld verbracht hatte, fühlte sie sich bleischwer, steif vom reglosen Liegen auf ihrem Bett und gleichzeitig so ausgepowert, als hätte sie einen stundenlangen Marathonlauf hinter sich.

Oder einen Kampf auf Leben und Tod gegen einen Cyberdrachen.

Sie musste grinsen und merkte, dass ihre Kehle völlig ausgedorrt war, doch gerade als sie nach der Sodaflasche auf ihrem Nachttisch greifen wollte, polterte etwas im Nebenzimmer.

»Jamie?« Hastig sprang sie auf, sprintete durch das Badezimmer, das sie sich mit ihrem Bruder teilte, und riss die Verbindungstür auf. »Alles klar?«

Jamie saß auf seiner Bettkante und hielt seine linke Hand, die sich zusammengekrümmt hatte. Eine Wasserflasche lag vor seinen Füßen.

»Nur ein Krampf«, stieß er zwischen zusammengebissenen Zähnen hervor.

»Komm, ich mach das.« Jemma schob seine Krücken zur Seite, hockte sich neben ihren Bruder aufs Bett und begann vorsichtig seine Hand zu massieren, um die Verkrampfung zu lösen.

»Willkommen zurück in der Realität.« Missmutig ließ Jamie sich zurücksinken und starrte an die Zimmerdecke.

»Wieder kein guter Tag heute, hm?«

Er schüttelte den Kopf und fuhr sich mit der rechten Hand über die Augen, während Jemma seine linke weiter lockerte.

»Ich wollte nur was trinken.« Unwirsch versuchte er nach der Flasche zu treten. »Ich hab das blöde Ding nicht mal aufgekriegt.«

Vorsichtig bewegte er die Finger seiner linken Hand. Es tat weh und sie waren noch immer ziemlich steif, doch der Krampf hatte sich gelöst und er zog seine Hand zurück. Mühsam setzte er sich wieder auf, während Jemma ihm die Wasserflasche öffnete.

Er verzog das Gesicht. »Danke.«

»Kein Thema.«

Es klopfte an der Tür.

»Herein!«

»Jamie, ist alles in Ordnung? Ich habe ungewöhnliche Aktivitäten aus deinem Zimmer vernommen.«

»Schon gut, Max. Die ungewöhnliche Aktivität war nur meine Wasserflasche, die runtergefallen ist.« Jamie wandte sich zu ihrem Hightechhausmann um. »Hast dir aber reichlich Zeit gelassen, um nach mir zu sehen. Wirst du langsam alt und schaffst die Treppen nicht mehr so schnell?«

Max lächelte und wenn man nicht wusste, dass er ein hochmoderner Roboter war, hätte man ihn für einen ganz normalen vierzigjährigen Mann halten können. »Sicher nicht. Meine Berechnungen nach dem Aufprall hatten ergeben, dass es nicht dein Körper gewesen sein konnte, der gefallen ist, und meine Wärmesensoren haben mir angezeigt, dass deine Schwester nur zwei Sekunden nach dem Vorfall bereits zu dir unterwegs war.« Sein Blick richtete sich anerkennend auf Jemma. »Ausgezeichnete Reaktionszeit, meine Liebe.«

Jemma grinste. »Danke!«

Mit einem weiteren Lächeln wandte Max sich wieder an Jamie. »Du siehst also, dass ich erst jetzt hier erscheine, hat nichts mit mangelnder Fitness oder gar einer Vernachlässigung meiner Sorgfaltspflicht dir gegenüber zu tun. Dir konnte nichts Ernstes passiert sein und ich wusste dich in besten Händen.«

Jemmas Grinsen wurde noch ein bisschen breiter und sie knuffte ihrem Zwilling in die Seite. »Wow, jetzt hat er's dir aber gegeben!«

Jamie schüttelte den Kopf, musste aber ebenfalls grinsen. »Warum bist du dann überhaupt hier, Max?«

»Es ist drei Uhr durch und ihr hattet noch kein Mittagessen. Ihr müsst hungrig sein und ich wollte fragen, was ihr essen wollt. Außerdem wollte ich dir die Treppen hinunterhelfen. Dein Körperscan zeigt mir, dass du heute keinen guten Tag hast. Deine Muskeln sind zu verkrampft und dir fehlt die Kraft, zu laufen. Um einen Sturz zu vermeiden, solltest du für den Rest des Tages auf die Krücken verzichten und deinen Rollstuhl nehmen.«

Das Grinsen verschwand aus Jamies Gesicht. »Wie gut, dass du mir immer ganz genau sagen kannst, wie ich mich fühle«, knurrte er. »Aber ich kann selbst beurteilen, was ich hinkriege und was nicht, danke!«

»Natürlich kannst du das. Aber du neigst zu falschem Stolz und zu viel Ehrgeiz und ich möchte nur entgegenwirken, dass du dich überanstrengst oder gar verletzt.«

Jamie warf einen entnervten Blick an die Zimmerdecke.

Mann, wie er das hasste!

Wütend ballte er die Hände zu Fäusten, doch das schmerzte zu sehr und er fürchtete einen weiteren Krampf. Also zwang er sich, seine Muskeln zu entspannen, atmete tief durch und schluckte Ungeduld und Ärger hinunter.

Nicht unterkriegen lassen ...

Er hatte einfach nur einen schlechten Tag. Da musste er halt durch. Es nervte nur tierisch, dass diese Tage mittlerweile seit gut drei Wochen andauerten …

»Okay«, seufzte er schließlich. »Bring mich runter, Max. Und was zu essen wäre auch nicht schlecht.«

»Gern.« Geduldig hatte Max auf seine Anweisungen gewartet. Jetzt trat er ans Bett und hob Jamie so mühelos hoch als wäre er federleicht. »Wären ein paar Sandwiches genehm?«

»Hört sich prima an.«

Der Hausdiener wandte sich an Jemma. »Was ist mit dir?«

»Sandwiches sind klasse.«

»Sehr gern.«

Jemma stand vom Bett auf und ging zum Badezimmer hinüber. »Und mach bitte ein paar mehr. Charlie und Zack kommen gleich. Ich geh nur schnell duschen.«

»Kein Problem.«

»Und, Max?«

»Ja?«

»Danke.«

Die heiße Dusche war eine Wohltat. Auch wenn man im echten Leben natürlich nicht schmutzig werden konnte, während man in der CyberWorld als Avatar spielte, fühlte Jemma sich nach einem anstrengenden Kampf immer irgendwie besudelt und hatte das Gefühl, sich Dreck, Staub, Blut, Schleim, Matsch oder was immer ihr sonst noch an Widerlichkeiten während ihres Abenteuers begegnet war, abwaschen zu müssen.

Nach der Dusche kämmte sie sich rasch die feuchten Haare zurück und schlüpfte in eine bequeme Jeans und ihren weiten Lieblingspulli. Sie hatte sich bisher nur grob Gedanken darüber gemacht, was sie ins McAllister's anziehen wollte. Die endgültige Wahl des Outfits würde sie später mit Charlie treffen, sonst würde sie sich eh nur zigmal unnütz umziehen müssen. Mit knurrendem Magen sprang sie schließlich die Treppe ihres Londoner Stadthauses hinunter in den gemütlichen Wohnbereich.

»Hey, Dad! Ist irgendwas Spektakuläres in der Welt passiert, das ich unbedingt wissen sollte?«

Robert Bennett saß mit seinem Tablet in ihrer geräumigen Sofalandschaft, während auf dem großen Bildschirm ihm gegenüber *LondonNewsNetwork*, der größte Nachrichtensender der Metropole, lief. Er sah von seiner Arbeit auf und lächelte seiner Tochter entgegen.

»Unsere Regierung diskutiert zum gefühlt hundertsten Mal das Budget für die Sanierung der Parlamentsgebäude, der März ist nasser und kühler als er sein sollte und irgendein siebzehnjähriges Popsternchen ist angeblich schwanger.«

Jemma ließ sich neben ihm aufs Sofa fallen. »Also hab ich nichts verpasst. Obwohl – heißt das schwangere Popsternchen etwa Melody Swan?«

Ihr Dad runzelte kurz die Stirn und nickte dann zögernd. »Ich glaube, ja. Warum? Macht das die Nachricht irgendwie spektakulärer?«

Jemma grinste. »Na ja, vielleicht schon. Sie hat vor ungefähr einem halben Jahr in jede Kamera, die sie finden konnte, lang und breit erzählt, dass sie irgendeiner Gruppe beitreten will, deren Motto ‚*Kein Sex vor der Ehe*' ist. Wenn sie also nicht heimlich geheiratet hat oder ihrem Motto untreu geworden ist, könnte ihre Schwangerschaft natürlich ein Fall von unbefleckter Empfängnis sein. Und da so was meines Wissens nach bisher höchstens einmal vor gut 2038 Jahren vorgekommen ist, musst du zugeben, dass so ein neuer Fall schon ziemlich spektakulär wäre.«

Robert lachte. »Ich denke, die Wahrscheinlichkeit, dass sie ihrem Motto untreu geworden ist, ist deutlich höher als die einer unbefleckten Empfängnis. Obwohl ich zugeben muss, dass sich diese Gruppe fantastisch anhört. Sie sollte ihre Mitglieder offensichtlich nur ein bisschen besser kontrollieren.« Er grinste seine Tochter an. »Wäre das nicht vielleicht auch was für dich? Wenn du beitrittst und versprichst, keinen Sex vor der Ehe zu haben, würdest du deinen alten Herren damit unendlich glücklich machen.«

Empört schüttelte Jemma den Kopf und boxte ihm gegen die Schulter. »Dad! Ich hab ja im Moment nicht mal einen festen Freund! Solltest du dieses Gespräch nicht eher mit Jamie führen? Obwohl – da kämen deine Bemühungen wohl etwas zu spät.«

»Dafür muss ich mir bei ihm keine Sorgen um eine ungewollte Schwangerschaft machen. Bei dir schon.« Robert sah seine Tochter mit gespielter Verzweiflung an. »Warum kannst du nicht einfach so sein wie dein Bruder?«

Jemma grinste frech und zuckte mit den Schultern. »Bin ich doch! Ich steh genauso auf Jungs wie er!«

Ihr Dad lachte und gab ihr einen Kuss auf die Stirn. »Dann versprich mir nur, dass du besser aufpasst als dieses Popsternchen mit dem unmöglichen Namen.«

»Mach ich. Großes Ehrenwort.« Sie schaute auf sein Tablet und sah, dass er eine Klientenakte geöffnet hatte. »Habt ihr einen spannenden neuen Fall, dass du sogar am Wochenende arbeiten musst?«

Robert Bennett war Anwalt in einer der größeren Kanzleien der Londoner City. Er seufzte und rieb sich müde über die Augen.

»Spannend wäre das falsche Wort. Eher knifflig. Ein ziemlich hoher Wirtschaftsboss hat Ärger mit dem Finanzamt. Ihm wird Steuerbetrug in Millionenhöhe vorgeworfen, doch er schwört, dass man ihn hereinlegen und seinen guten Namen in den Schmutz ziehen will.«

»Und? Glaubst du ihm?«

»Ja, ich denke schon. Allerdings sprechen die Beweise bisher eher gegen ihn.«

Jemma gab ihm einen Kuss auf die Wange und stemmte sich dann von der Couch hoch. »Wenn er wirklich unschuldig ist, dann wirst du auch einen Beweis dafür finden. Da bin ich mir ganz sicher.«

Robert lächelte. »Danke.«

»Max macht uns Sandwiches. Willst du auch was?«

»Ein Tee wäre klasse. Schwarz und stark.«

»Kommt sofort!«

Sie lief durch den Wohnbereich und wollte gerade in die offene Küche abbiegen, als es an der Haustür klingelte.

»Ich geh schon, Max!«

»Danke, es ist Zack!«

Auch wenn Jemma wusste, dass ihr Hightechbutler keineswegs hellsehen konnte, sondern sich einfach nur kurz in die Bilder der Überwachungskamera am Hauseingang eingeklinkt hatte, war es oft unheimlich, was er alles wusste.

»Hi. Sorry, hab meine Schlüsselkarte vergessen.«

Jemma zog eine Augenbraue hoch und schnaubte. »Ja, klar. Du warst einfach nur zu faul, sie rauszukramen.«

»Yep.« Grinsend schob Zack sich an ihr vorbei durch die Eingangstür und musterte kurz ihr recht gemütliches Erscheinungsbild. »Charlie ist wohl noch nicht hier, was?«

»Nein, wieso?«

»Weil sie dich in diesem Aufzug nie und nimmer an die Tür gelassen hätte.«

»Blödmann!« Sie warf die Tür zu und schubste ihn unsanft in Richtung Küche, in der Max gerade einen Teller mit einem Sandwichberg auf die Küchentheke stellte.

»Max, kannst du Dad bitte einen starken schwarzen Tee machen?«

»Ja, natürlich. Hallo Zack. Schön, dich wieder hier zu haben.«

»Hi Max. Danke. Die Sandwiches sehen lecker aus.«

»Greif zu!« Der Butler stellte ihnen noch einen Kanister mit Orangensaft und ein paar Gläser hin, dann machte er sich ans Teekochen.

»Hey.« Jamie saß auf einem der Barhocker am Küchentresen und drehte sich erfreut zu Zack um, als der hinter ihn trat und seine Arme um ihn schlang.

»Danke, dass du vorhin so um mein Leben gekämpft hast.« Zack gab ihm einen Kuss.

»Gern geschehen.« Jemma schwang sich auf einen Hocker den beiden gegenüber. »Nur falls du nicht gemerkt haben solltest, dass ich auch ein winzig kleines bisschen daran beteiligt gewesen bin.«

Zack grinste und setzte sich neben Jamie. »Nein, keine Sorge. Ich hab's gemerkt und auch dir gilt mein unendlicher Dank.« Er beugte sich vor und gab ihr einen Kuss auf die Wange. »Selbst Sam bin ich dankbar, aber erwartet nicht von mir, dass ich unseren großen Magier auch küsse. So weit geht meine Dankbarkeit dann doch nicht. Schließlich war es ja zum größten Teil seine Schuld, dass es überhaupt erst so brenzlig wurde.«

Jamie lachte. »Wie lange willst du ihm seinen Fehler noch unter die Nase reiben?«

Zack grinste fies. »Nur so lange, wie es mir Spaß macht.« Er nahm sich ein Sandwich und biss vergnügt hinein.

»Wie war es eigentlich so, fast tot zu sein?« Jemma nahm sich ein Käsesandwich.

Zack zuckte die Schultern. »Ein bisschen klischeehaft, ehrlich gesagt. Je mehr Schaden das Feuer mir gemacht hat, desto mehr wurde ich in meinen Bewegungen eingeschränkt, bis ich mich schließlich gar nicht mehr rühren konnte.«

»Das kennen wir ja alle, wenn unsere Lebensenergie abnimmt«, meinte Jamie. »Aber wie ging's dann weiter?«

»Irgendwann wurde plötzlich alles schwarz und ich dachte, mein Avatar ist tot und ich bin aus dem Spiel geflogen. Ich hab damit gerechnet, dass das Programm mir sagt, dass ich leider gestorben bin und mich vielleicht zu Old Marley zurückschickt. Stattdessen hatten sie aber erst mal noch so was wie eine außerkörperliche Erfahrung ins Spiel eingebaut. Ich hab mich und euch plötzlich aus der Vogelperspektive gesehen. Wie bei den PC- und Konsolenspielen, bei denen man seine Figur mit Maus, Tastatur oder irgendwelchen Kontrollern steuert. Nur konnte ich halt nichts mehr steuern. Ich konnte euch nur zusehen und hören, wie ihr um mich gekämpft habt.« Er schwieg einen Moment. »Das war ganz schön schräg.«

»Ich fand's eher schrecklich.« Jamie vermied es, ihn anzusehen. Er schob seinen Teller fort und zog den Saftkanister zu sich.

»Hey.« Zack legte seinen Arm um Jamies schmale Schultern und zog ihn an sich. »Selbst wenn ich gestorben wäre, wär mir doch nichts passiert. Es ist nur ein Spiel.«

Vergeblich machte Jamie sich am Verschluss zu schaffen. »Ich weiß! Es hat sich aber trotzdem verdammt echt angefühlt!« Wütend schlug er gegen den Kanister. Er bekam das blöde Ding nicht auf. Er hatte heute einfach nicht genug Kraft.

Zack seufzte innerlich und strich ihm sanft über die Hände. »Wieder kein guter Tag?« Er drehte den Kanister auf, goss ein Glas ein und schob es Jamie hin.

»Nein.«

»Das wird schon wieder.« Aufmunternd legte Zack wieder seinen Arm um ihn.

Die Türglocke bimmelte und Jemma sprang von ihrem Hocker. »Ich geh schon, Max, das ist sicher Charlie.«

»In der Tat«, bestätigte Max, der gerade ein Tablett mit einer dampfenden Teetasse und einem Sandwich belud, um beides ins Wohnzimmer hinüber zu bringen. »Ich wusste gar nicht, dass du jetzt auch mit unserer Überwachungskamera verlinkt bist.«

Jemma musste lachen. »Bin ich nicht. Ich hab einfach nur einen guten Draht zu meiner besten Freundin!«

»Hi Süße! Himmel, wie siehst du denn aus? In diesen Schlabberklamotten solltest du echt nicht an die Tür gehen!« Hastig schob Charlie sich mit einer riesigen Reisetasche an Jemma vorbei und schloss die Tür so schnell wieder, dass man wirklich den Eindruck bekommen konnte, sie wollte nicht riskieren, dass jemand ihre Freundin in ihrer momentanen Aufmachung zu Gesicht bekam. »Man weiß doch schließlich nie, wer davorsteht! Könnte ja mal ein echt heißer Lieferjunge sein!« Sie warf ihr einen vielsagenden Blick zu.

Grinsend schüttelte Jemma den Kopf. »Wenn's ein heißer Lieferjunge gewesen wäre, hätte Max mir Bescheid gesagt.«

»Und was hast du mit deinen Haaren gemacht?« Charlie griff in Jemmas feuchte Mähne und rümpfte missbilligend die Nase.

»Sie gewaschen?«

»Na, das ist zumindest schon mal ein Anfang. Damit kann

ich arbeiten. Allerdings müssen wir uns gleich daransetzen, sonst wird es unmöglich, da noch was Gescheites rauszuholen!« Charlie rauschte durch den kurzen Flur in Richtung Küche. »Das McAllister's wird heute mit Sicherheit gerammelt voll sein. Wer weiß, wem man da so begegnen kann!« Verschwörerisch zwinkerte sie Jemma zu.

Die grinste und folgte ihr in den Küchenbereich. Obwohl sie so verschieden waren wie Tag und Nacht, waren Charlie und sie schon seit dem Kindergarten die besten Freundinnen. Jemma war eher ruhig, zurückhaltend und manchmal ein bisschen zu ernst. Charlie dagegen stürmte meist drauflos und nahm vieles locker. Auch äußerlich waren die beiden grundverschieden. Während Charlie dunkelhäutig war, mit schulterlangen schwarzen Locken, braunen Knopfaugen und einer recht kurvigen Figur, war Jemma klein, schmal, hellblond und wurde zu ihrem Bedauern nicht mal im Sommer richtig braun.

»Hi Jungs! Hi Max! Hallo Mr B!«

Robert Bennett saß noch immer mit seinen Unterlagen in der Sofaecke, sah aber lächelnd von seiner Arbeit auf, als Charlie hereingewirbelt kam.

»Hallo Charlie. Ich hab gehört, du hast heute Abend deinen großen Auftritt bei der Talentshow?«

Sie grinste. »Yep, ich werd die Bude ziemlich rocken!«

»Daran hab ich nicht den geringsten Zweifel.«

Charlie ließ ihre Tasche mitten in die offene Küche fallen, schwang sich auf einen der Barhocker und betrachtete begeistert das Tablett.

»Oh, Sandwiches!« Sie schnappte sich eins, biss hinein und verdrehte verzückt die Augen. »Max, die sind 'ne Wucht!«

»Vielen Dank. Es freut mich immer, wenn es euch schmeckt.«

Jamie musste grinsen, als er sah, wie Charlie völlig ausgehungert das Sandwich verschlang. »Dafür, dass dein Dad Leiter eines Großmarkts ist, scheinst du zu Hause nicht viel zu essen zu bekommen.«

»Hör bloß auf … Du hast ja keine Ahnung! Meine Mutter hat heute mal wieder einen ihrer experimentellen Kochtage«, mampfte sie mit einem theatralischen Augenaufschlag zwischen zwei Bissen hervor. »Indisch! Zumindest laut ihr. Wage ich aber zu bezweifeln. Wenn das wirklich indisch war, können es die Inder nur äußerst selten kochen, denn sonst hätte das Land definitiv keine Probleme mit Überbevölkerung. An dem Zeug krepiert selbst die heiligste Kuh, ich schwör's euch!« Sie nahm sich ein weiteres Sandwich, nachdem das erste trotz Redeschwall in Rekordzeit verschwunden war. »Absolut widerlich! Weiß der Geier, was Mum da zusammengekippt hat. Es war pissgelb, hatte die Konsistenz von Erbrochenem und unsere Wohnung stank wie eine Mischung aus Kuhstall und Teergrube. Ich hatte von den ätzenden Dämpfen Tränen in den Augen und unsere Nachbarn werden uns vermutlich wegen Körperverletzung verklagen.«

Angewidert verzog Zack das Gesicht und legte das Sandwich zurück, in das er gerade hatte beißen wollen. »Danke für diese äußerst plastische Beschreibung! Wir essen hier gerade!«

Sie grinste. »Na, dann sei froh, dass es nicht das Zeug von meiner Mutter ist!«

Er rollte die Augen und sah zu Jamie. »Lass uns hoch in dein Zimmer gehen, bevor Charlie hier noch mehr unappetitliche Details preisgibt.«

»Soll ich euch behilflich sein?« Max ließ sofort das Geschirr stehen, das er in die Spülmaschine hatte einräumen wollen, und wandte sich zu Zack und Jamie um.

»Danke, Max. Aber das schaffen wir schon.«

Jamie schlang seine Arme um Zacks Schultern. Der nahm ihn auf den Rücken und sie verschwanden in Richtung Treppe.

Charlie sah ihnen nach. »Schon wieder kein guter Tag?«

Jemma stellte ihr Saftglas ab und schüttelte niedergeschlagen den Kopf. »Nein.«

Tröstend legte Charlie einen Arm um sie. »Hey, das wird schon wieder. Davon lässt Jamie sich doch nie lange runterziehen.« Sie sprang von ihrem Hocker und zog Jemma mit sich. »Komm, jetzt hübschen wir uns erst mal auf. Und dann werden wir den Club heute Abend rocken!«

In Jemmas Zimmer kippte Charlie den Inhalt ihrer Tasche aufs Bett und begann in den Kleidungsstücken herumzuwühlen, während Jemma den Fernseher einschaltete und einen Musikkanal auswählte.

»Hast du schon von Melody Swans anderen Umständen gehört?« Sie trat an ihren Kleiderschrank und inspizierte unentschlossen seinen Inhalt.

»Ja, und da ich nicht an das Wunder einer unbefleckten Empfängnis glaube, bin ich gespannt, wie sie sich aus der Nummer rausreden will, nachdem sie so groß mit ihren Keuschheitsabsichten rumgetönt hat. Ich hab das eh immer nur für einen riesigen PR-Gag gehalten. Wenn Intelligenz, Aussehen und Können nicht ausreichen, muss man sich eben anders ins Rampenlicht drängen. Aber wenn man dann zu blöd zum Verhüten ist, hat man es echt nicht anders verdient.« Sie grinste schadenfroh. »Wenigstens besteht jetzt die Hoffnung, dass sie uns eine Zeit lang nicht mehr mit ihrem weichgespülten Kaugummipop auf die Nerven geht.«

Sie zog einen knallroten Minirock und eine kunstvoll zerschnittene schwarze Jeans aus dem Kleiderhaufen. »Okay, Grundsatzfrage: eher flippiger Punk?« Sie hielt die Jeans hoch. »Oder sexy Rockröhre?« Der rote Mini.

Jemma zeigte auf den Rock. »Der fällt mehr auf.«

»Gutes Argument!« Die Jeans flog zurück auf den Haufen.

»Ich hoffe nur, du hast was zum Drunterziehen? Das Röckchen ist nämlich reichlich kurz und flattrig.«

Charlie grinste kess und angelte rote Hotpants aus dem Wäschechaos. »Keine Sorge, die hier gehört dazu.«

Die Türglocke bimmelte, doch Jemma wusste, dass Max sich darum kümmern würde, daher zog auch sie eine schwarze, allerdings intakte Jeans und einen dunkelroten, nicht ganz so knappen Rock mit Schottenmuster aus dem Schrank und hielt beides hoch.

»Hose oder Rock?«

»Rock, auf jeden Fall!« Charlie trat zu ihr und sah sich das gute Stück an. »Auch wenn der hier ein bisschen so aussieht wie unsere Schuluniform.«

»Unsere Schulröcke haben ein blaues Schottenmuster und gehen bis zu den Knien!«, sagte Jemma empört. »Der hier ist nur halb so lang!«

»Hey! Kein Mensch sagt, dass Uniformen nicht sexy sein können.« Charlie hielt ihr den Rock an und nickte wohlwollend. »Zieh ihn mal an. Dazu schwarze Strumpfhosen, deine schwarzen Stiefel und ein schwarzes Oberteil. Das kommt bei deinen hellen Haaren mit Sicherheit supergut. Aber nimm ein enges! Nicht eins dieser Schlabberteile, die du so gerne trägst. Hast du irgendwas Knappes, Bauchfreies? Du kannst das immerhin locker tragen.«

Jemma verschwand in den Tiefen ihres Kleiderschranks und wühlte durch ihre Klamotten.

Es klopfte.

»Komm rein!«

Max trat ein und hielt Jemma ein kleines Päckchen hin. »Das wurde gerade für dich geliefert. Ich habe es gescannt, möchtest du wissen, was drin ist?«

Sie nahm das Paket entgegen. »Lass mich raten, ein Ring?«

»Korrekt.«

»*Ein Ring?!*«

»Bleibt es bei unserer Abfahrtszeit um neunzehn Uhr dreißig?«

»Ja, Max, danke.«

»Sehr gerne.« Er wandte sich ab und zog die Tür hinter sich zu.

»Ein Ring?!«, wiederholte Charlie mit großen Augen. »Hast du mir irgendwas verheimlicht? Wer schickt dir einen Ring?!«

»VanguardArts Entertainment.« Jemma riss das Paket auf. »Oder besser gesagt, deren Merchandiseabteilung. Wow, die sind echt schnell! Ich hab das Ding erst vor knapp zwei Stunden bestellt.« Sie öffnete die kleine Schatulle, in der ihr imitierter Teleportring lag. Er sah wirklich genauso aus wie im Spiel und auch wenn der Rubin nur aus rotem Glas war, war er hübsch anzusehen.

»Nett«, meinte Charlie, als Jemma den Ring überzog. Für den Ringfinger war er ihr etwas zu groß, aber auf dem Mittelfinger saß er perfekt. »Woher hast du ihn?«

»Es ist ein Andenken an das CyberGame, das ich mit den Jungs heute zuende gespielt hab.«

»Dieses mittelalterliche Schwerter-Schwing-Spiel, wegen dem du die letzten Wochenenden kaum Zeit hattest?«

»Genau das.« Jemma schlüpfte aus ihrer alten Jeans und zog sich um.

»Ich werd nie begreifen, was du daran so toll findest.« Auch Charlie begann ihre Klamotten zu wechseln.

»Ach, komm schon! Du findest die CyberWorld doch auch klasse!«

»Ich meine ja auch nicht die CyberWorld an sich. Ich liebe die 3D-Filme! Und die C-Clubs sind klasse, um Leute aus der ganzen Welt mal eben schnell und unkompliziert von Angesicht zu Angesicht zu treffen. Und natürlich die *Live-in-Concert*-Games. Die sind richtig cool!« Sie verzog das Gesicht. »Aber in mittelalterlicher Montur durch irgendwelche Wälder ziehen, Zaubersprüche vor sich hin murmeln und gruselige Fantasymonster plattmachen?« Zweifelnd zog sie eine Augenbraue hoch. »Also, ich weiß nicht. Ich steh nicht so auf Helden in Strumpfhosen.«

Jemma lachte auf. »Keiner von uns trägt Strumpfhosen! Und heute haben wir ein Dorf von einem gefräßigen Drachen befreit.« Sie grinste. »Ich finde das deutlich cooler, als in deinen MusicGames auf irgendeiner Bühne zu stehen und das letzte Konzert von Melody Swan nachzuträllern.«

»Hey, ich hab noch nie einen Song von Melody Swan gesungen!«

»Sagst du! Wahrscheinlich bist du heimlich doch ihr größter Fan. Und wer weiß, was du in der CyberWorld so alles anstellst, wenn ich nicht bei dir bin, um dich vor den größten Peinlichkeiten zu bewahren!«

Kapitel 3

Um kurz vor acht setzte Max die vier vor dem McAllister's ab und versprach, sie rechtzeitig zur Sperrstunde wieder abzuholen. Das McAllister's war einer der angesagtesten Jugendclubs außerhalb der City im Südwesten Londons und glich einer Bar mit langer Theke und großem Loungebereich. Gemütliche rote Sessel und Sofas konnten bei Bedarf zusammengeschoben werden und einer Bühne Platz machen, wenn das junge Ehepaar, das den Laden betrieb, sich mal wieder eine Aktion hatten einfallen lassen, um ihre Hütte vollzukriegen. Nicht, dass das wirklich nötig gewesen wäre. Auch ohne die Auftritte von Jugendbands aus den umliegenden Stadtvierteln, Karaokeabenden oder den Talentshows, bei denen jeder, der Lust hatte, sich mit seinem Act anmelden konnte, war das McAllister's äußerst beliebt und konnte mit den C-Clubs, seiner Konkurrenz in der virtuellen Welt, locker mithalten.

Nachdem die vier am Eingang von den beiden Hightechtürstehern auf versteckten Alkohol und Drogen gescannt worden waren, durften sie den Club betreten und Charlie steuerte direkt auf die Bar zu, an deren Theke Sean, einer der Besitzer, arbeitete. Er lächelte, als er sie kommen sah.

»Wow, Charlie! Wenn du so klasse singst, wie du aussiehst, dann gehörst du eindeutig zu den Favoriten heute Abend.«

»Danke!«, strahlte sie. »Wo ist Judy?«

Er wies zur Bühne, vor der eine mollige Frau mit dunklen Locken an einem Mischpult herumhantierte. »Sie werkelt schon den ganzen Tag an der Licht- und Soundanlage herum. Ich darf hier nur Gläser polieren und bedienen.«

Charlie grinste. »Ist vermutlich auch besser so«, rief sie ihm über die Schulter zu. »Was die Technik angeht, hast du nämlich echt zwei linke Hände!«

»Süße, das hat dich gerade einen wertvollen Sympathiepunkt gekostet!«

Während Charlie zu Judy hinübereilte, um ein paar Dinge für ihren Auftritt mit ihr zu besprechen, schlängelten Jemma, Jamie und Zack sich durch den Loungebereich auf der Suche nach ihren Freunden. Obwohl die Show erst um neun beginnen sollte, war der Club bereits gut gefüllt. Ein paar Mitschüler grüßten sie und endlich entdeckte Jemma Sam und Meg, die eins der begehrten großen Ecksofas ergattert hatten. Jemma schob einen Sessel beiseite, damit Jamie mit dem Rollstuhl durchkam, und begrüßte ihre beiden Freunde.

»Hi! Cooler Platz! Seit wann seid ihr hier, dass ihr den bekommen habt?«

»Ungefähr seit 'ner Stunde. Ich bin gleich nach unserem Spiel zu Meg gefahren. Wir waren im PizzaShack essen und sind dann direkt hierher.« Sam warf seiner Freundin ein treuherziges Lächeln zu. »Ich hatte immerhin noch was gutzumachen.«

»Ja, das stimmt. Entweder haben wir uns kaum gesehen, weil wir für die ätzenden GCSE-Prüfungen lernen mussten oder du hattest wegen eurem blöden CyberGame kaum Zeit für mich.« Sie grinste und kniff ihm anzüglich in seine recht gut gepolsterte Mitte. »Aber tu jetzt bloß nicht so, als hätte es dir ein wahnsinniges Opfer abverlangt, heute mit mir Pizza essen zu gehen!«

Sam lachte und schnappte ihre Hand. »Nein, die Pizza war klasse!«

»Ich hoffe, nicht nur die Pizza!« Meg zog ihn an sich und gab ihm einen ausgiebigen Kuss.

»Okaaay.« Mit hochgezogenen Augenbrauen sah Jemma betont in eine andere Richtung und ließ sich neben die beiden aufs

Sofa fallen. »Willkommen in der Show ‚*Was ich nicht unbedingt über die Freizeitaktivitäten meiner Freunde wissen wollte*'! Unsere beiden Stargäste heute: Megan Crest und Samuel Evans mit ihrer Version eines Samstagnachmittagvergnügens!«

Alle lachten.

»Neidisch?«, fragte Meg, nachdem sie sich von Sams Lippen gelöst hatte.

Jemma schüttelte den Kopf. »Nein, ich gönn euch euer junges Glück.«

Jamie hatte sich aufs Sofa umgesetzt und Zack schob den Rollstuhl beiseite.

»Wer will was trinken?«, fragte er dann. »Ich geh und hol die Drinks.«

»Cranberrysoda, bitte.« Jemma sah kurz in Richtung Bühne. »Und bring gleich zwei mit. Charlie trinkt sicher auch eins.«

»Für mich 'ne Cola.« Jamie angelte nach einem Flyer, der auf ihrem Tisch lag und die Reihenfolge der zehn Showacts des Abends verkündete. Charlie würde mit *Respect* der Rocklady Natasha Clay an den Start gehen.

»Ich nehm auch noch eine.«

Sam stemmte sich vom Sofa hoch. »Ich komm mit und helf dir. Das ganze Zeug kannst du unmöglich alleine tragen.«

Jamie reichte Jemma den Flyer. »Charlie ist die Vierte.« Er hatte Mühe, sich das Lachen zu verkneifen. »Weiß sie, dass gleich zwei ihrer Konkurrentinnen mit Songs von Melody Swan auftreten?«

Jemma warf einen kurzen Blick auf den Zettel und schaute dann zur Bühne hinüber. Charlie schlängelte sich durch die Lounge und stürmte auf sie zu. In der Hand schwenkte sie einen der Flyer.

»Ich denke, sie weiß es.«

»Was weiß ich?« Charlie sank neben ihr aufs Sofa.

»Dass du gleich gegen zwei Melody Swans antreten musst.«

Stöhnend klatschte Charlie den Flyer auf den Tisch. »Ja, unfassbar, nicht?«

Meg zuckte mit den Schultern. »Ich weiß echt nicht, was du gegen ihre Songs hast. Ich find sie gar nicht so schlecht!«

Charlie warf ihr einen beruhigenden Blick zu. »Keine Sorge, Süße, das liegt nur daran, dass du bis über beide Ohren in Sam verknallt bist. Dein Gehirn schüttet da zur Zeit irgendwelche seltsamen Endorphine aus, die deinen musikalischen Geschmackssinn lahmlegen.« Sie tätschelte ihr die Hand. »Aber das gibt sich wieder.«

»Dumme Nuss!« Lachend zog Meg ihre Hand fort.

Charlie grinste und richtete sich auf. Noch einmal warf sie kopfschüttelnd einen Blick auf den Flyer mit ihrer Konkurrenz. »Ich glaub, ich brauch jetzt erst mal einen Drink.«

»Wie wäre es mit einem Cranberrysoda?« Zack hatte sich mit einem vollbeladenen Tablett zu ihnen durchgekämpft und stellte es vorsichtig auf dem Tisch ab. Sam folgte mit dem Rest ihrer Gläser und Getränke.

»Oh Mann«, seufzte Charlie. »Du weißt genau, was ich brauche. Wenn du nicht auf Jungs stehen würdest, würde ich dich glatt heiraten.«

Grinsend reichte Zack ihr ein Glas und eine kleine Flasche. »Dann solltest du lieber Jem heiraten. Sie hat mir gesagt, was ich dir mitbringen soll.«

Treuherzig sah Charlie ihre beste Freundin an. »Heiratest du mich?«

Jemma legte einen Arm um sie und spielte mit einer ihrer schwarzen Locken. »Heute nicht, Süße. Heute ist erst mal dein großer Auftritt. Aber vielleicht morgen, okay?«

Zack ließ sich neben Jamie und Sam aufs Sofa sinken und die drei stießen klirrend ihre Colaflaschen aneinander. »Auf ein weiteres erfolgreich beendetes CyberGame.« Er warf einen frechen Blick in Sams Richtung. »Auch wenn der große Magier es zum Schluss noch mal richtig spannend gemacht hat.«

Sam stöhnte. »Ich wusste, dass du mir das wieder unter die Nase reiben würdest!«

»Mach dir nichts draus«, meinte Jamie gönnerhaft. »Wir lassen dich trotzdem noch in unserem Team mitspielen.«

»Nett von euch!«

»Habt ihr schon eine Idee, was wir als nächstes spielen wollen?«, fragte Jemma. »Ist schon irgendwas Neues rausgekommen?«

»*Last of Lunar Six* erscheint am achten April«, antwortete Jamie. »Graphik und Story sollen ganz gut sein, aber ich weiß nicht, ob das was für dich ist. Es geht um Weltraummissionen und Außerirdische.«

Wenig begeistert zog Jemma die Nase kraus.

Meg fasste Sams Hand. »Du hast mir was versprochen«, sagte sie leise.

Beruhigend lächelte er und nickte. Dann sah er zu den anderen. »Tut mir leid, Leute, aber ich glaube, aus der nächsten Spielrunde klinke ich mich aus. Im Moment finde ich die Realität ehrlich gesagt viel reizvoller als die virtuellen Welten.« Er grinste entschuldigend, doch Jamie, Zack und Jemma konnten ihm seine Entscheidung nicht übel nehmen.

»Ihr solltet vielleicht auch nicht mehr so viel Zeit in der CyberWorld verbringen«, merkte Meg an.

»Warum? Ist doch cool für eine Weile mal aus dem Alltag auszusteigen«, meinte Jamie.

Meg warf ihm einen kurzen Blick zu. Sie konnte mit der

C-World nicht viel anfangen. Zwar schaute sie sich hin und wieder ganz gern mal einen 3D-Film an, aber die virtuellen Spiele waren nicht ihr Ding und sie verabredete sich lieber im echten Leben mit ihren Freunden in der Stadt, im Park oder im McAllister's, als sich mit Avataren in den CyberClubs zu treffen. Sie konnte nicht wirklich nachvollziehen, wie man die künstlichen Welten, in denen man nie sicher sein konnte, wer sich tatsächlich hinter den Avataren verbarg, dem echten Leben mit echten Freunden vorziehen konnte. Außer vielleicht bei Jamie. Seine Faszination von der virtuellen Welt konnte sie verstehen.

»Na ja, es gab immerhin schon zwei Fälle, in denen Leute aus der C-World nicht zurückgekommen sind«, sagte sie. »Erst letzte Woche ist wieder ein Junge ins Koma gefallen. Habt ihr das nicht gehört? Kam doch in allen Nachrichten.«

Natürlich hatten sie davon gehört. Ein sechzehnjähriger Junge aus Clapham hatte das Bewusstsein verloren, während er in der CyberWorld unterwegs gewesen war. Jetzt lag er im Koma und befand sich in einer Londoner Spezialklinik, genauso wie ein anderer Junge, mit dem einige Wochen davor das Gleiche geschehen war.

»Wahrscheinlich haben sie einfach nur zu lange gezockt und sich nicht an die Sicherheitshinweise gehalten.« Jemma nahm einen Schluck von ihrem Soda.

Sobald man die CyberWorld betrat, lenkte man seinen Avatar mit seinen Gedanken, während gleichzeitig Sensoren an den CyberSpecs die Bewegungsfunktionen des Spielers ausschalteten. Dies war nötig, weil sonst die Gefahr bestand, wie ein Schlafwandler durch die Gegend zu wandern und man womöglich sich und andere verletzen konnte. Da es aber als gesundheitlich bedenklich galt, Körper und Gehirn zu lange auf diese

Weise zu belasten, warnten die CyberSpecs jeden CyberWeltler nach zwei Stunden und schlugen eine Pause vor.

Charlie schnaubte. »An die hält sich doch keiner! Oder willst du mir ernsthaft erzählen, dass ihr schon mal brav mitten im Kampf gegen eins eurer Fantasymonster mit dem Spiel aufgehört habt, nur weil euch das System gewarnt hat?«

»Nein. Aber nach spätestens vier Stunden schalten sich die CyberSpecs automatisch ab, um die Benutzer zu schützen.«

Meg sah Jemma durchdringend an. »Sag mir jetzt bitte nicht, dass du das schon mal ausprobiert hast.«

Jemma verzog das Gesicht. »Doch. Einmal. Ganz am Anfang. Wir waren einfach so vom Spiel gefangen, dass wir gar nicht gemerkt haben, wie lange wir schon dabei waren, bis uns das System rausgeworfen hat.«

»Und?«

Sam seufzte und rieb sich die Schläfen. »Die Kopfschmerzen waren nicht von dieser Welt.«

»Mir war ziemlich schwindelig und übel«, gestand Jemma. »Und es war uns eine Lehre. Jetzt spielen wir nie länger als maximal drei Stunden am Stück und mit ein bisschen Selbstdisziplin funktioniert das prima.«

Verständnislos schüttelte Meg den Kopf.

»Vielleicht war das ja das Problem bei den Jungen, die ins Koma gefallen sind«, überlegte Charlie. »Sie haben die Warnung auch ignoriert und weitergespielt. Nur waren für sie die vier Stunden CyberWorld halt schon zu viel.«

»Vielleicht hatten ihre Specs auch eine Fehlfunktion und sie haben sich nach vier Stunden nicht abgeschaltet«, meinte Jemma. »Ich kann mir gut vorstellen, dass dein Gehirn sich irgendwann ausklinkt, wenn du sechs oder vielleicht sogar acht Stunden deinen Avatar nur mit deinen Gedanken lenkst.«

»Vielleicht war es auch keine Fehlfunktion, sondern die zwei haben ihre Specs absichtlich manipuliert«, warf Jamie ein.

»Meinst du echt?«, fragte Meg stirnrunzelnd.

»Na, komm schon! Betroffen sind zwei sechzehnjährige Jungen! Vielleicht war es ihnen einfach zu blöd, nach vier Stunden aus dem Netz geworfen zu werden und sie haben an ihren Specs ein bisschen herumgefummelt, damit sie noch länger spielen konnten. Das haben ihre Gehirne dann aber leider irgendwann nicht mehr ausgehalten und sie haben sich abgeschaltet. Oder sie haben beim Herumbasteln an den Specs irgendeinen Fehler gemacht und als sie sie benutzt haben, gab es eine Art Kurzschluss und sie haben sich so ins Koma befördert. So abwegig ist das doch nicht, oder?«

»Hatten sie in den Nachrichten nicht sogar gesagt, dass die CyberSpecs beide Male kaputt waren?«, grübelte Jemma.

Zack nickte. »Ich glaube, die Ermittler gehen von einem technischen Defekt aus und lassen die Brillen vom Hersteller untersuchen.« Er knibbelte am Etikett seiner Colaflasche. »Ich wette, die finden genau das heraus, was Jamie gesagt hat: Die zwei haben an den Specs herumgewerkelt und damit ihre Gehirne gegrillt. Und ganz ehrlich, dann sind sie selbst schuld. An manchen Dingen fummelt man einfach nicht herum, wenn man keine Ahnung hat. Und ein elektronisches Gerät, das sich mit deinem Gehirn vernetzt, ist ganz sicher eins davon.«

In diesem Moment knackte es in der Lautsprecheranlage und die sechs drehten sich zur Bühne um. Judy hatte sich das Mikro geschnappt und begrüßte die junge Meute in ihrem Club.

»Hey Leute! Sean und ich freuen uns riesig, dass ihr so zahlreich zu unserer dritten Talentshow in diesem Jahr erschienen seid. Auch diesmal haben wir wieder ein paar tolle Acts für euch. Abstimmen könnt ihr wie immer über unsere App. Jeder User hat nur eine Stimme und ich schalte die Abstimmung erst nach dem letzten Act frei. Dann habt ihr eine halbe Stunde Zeit. Dem Gewinner spendieren Sean und ich Freikarten für die CyberArkaden, dem Atlantisbad oder dem London Dungeon. Da jeder auf was anderes steht, überlassen wir die Auswahl dem Gewinner selbst.«

Anerkennendes Klatschen und begeisterte Rufe hallten durch den Club.

Judy lächelte vergnügt. »Jetzt wünsche ich euch aber erst mal ganz viel Spaß mit unserer Eröffnungsnummer. Einen riesigen Applaus für Maisey, Kayla und Amy mit ihrem Danceact zu *Liberty of Mind* von Black&Blue!«

Die Talentshow war ein voller Erfolg, auch wenn Charlie nur den zweiten Platz hinter den Strikers belegte, die sich mit ihrem eigenen Song, *Dead End*, den Sieg holten. Doch damit konnte sie locker leben, besonders als Colin, der Leader der Schülerband, zu ihr kam und fragte, ob sie nicht Lust hätte, mal bei ihren Proben vorbeizukommen. Charlie war sofort Feuer und Flamme und verschwand mit ihm zum Tisch seiner Bandkollegen, um ein paar Einzelheiten zu klären.

Jemma freute sich tierisch für sie, daher nahm sie es ihr auch nicht übel, dass sie sie allein ließ. Meg hatte Sam schon den ganzen Abend über in Beschlag genommen und der schien das durchaus zu genießen und auch Zack und Jamie waren in irgendein Gespräch vertieft, bei dem Jemma das Gefühl hatte, sie sollte lieber nicht stören. Doch es machte ihr nichts aus, eine Weile für sich zu sein. Sie genoss das Treiben um sich herum und beobachtete die Leute. Als sie nach ihrem Glas greifen wollte, sah sie, dass es leer war und stand auf.

Sofort blickte Jamie zu ihr hoch. »Alles okay?«

Sie lächelte. »Ja, sicher. Ich hol mir noch ein Soda. Wollt ihr auch noch was?«

Jamie schüttelte den Kopf und Zack sah auf die Uhr. »In einer halben Stunde ist eh Sperrzeit.«

Jemma zuckte die Schultern und grinste. »Ich trinke schnell.« Sie warf einen Blick zu Sam und Meg, die noch immer eng umschlungen mit sich selbst beschäftigt waren. »Ich glaube, die beiden brauche ich gar nicht erst zu fragen.«

Sie schlängelte sich durch die Lounge zur Bar. »Hi Sean! Gibst du mir ein Lemonsoda, bevor der Ansturm auf die letzte Runde losgeht?«

»Klar. Sonst noch einen Wunsch?«

»Nein, danke, das ist alles.« Sie legte das Geld für ihr Getränk auf den Tresen.

In diesem Moment bimmelte Judy lautstark an einer Messingglocke, die zwischen den Regalen hinter der Theke hing. Ein lautes Seufzen ging durch den Club.

»Ja, ich weiß«, hallte ihre Stimme durchs Mikro. »Wir alle bedauern, dass dieser Abend zuende geht. Aber in einer halben Stunde ist Sperrzeit. Die letzte Runde ist also hiermit eingeläutet. Wer noch etwas trinken will, sollte Sean und mir jetzt die Bude einrennen. In zehn Minuten schließen wir die Bar!«

Wie immer setzte bei diesen Worten ein letzter Run auf die Theke ein und Sean schaffte es gerade noch, Jemma ihre Sodaflasche in die Hand zu drücken, bevor sie von einem massigen Kerl, der zwei Köpfe größer und mehr als doppelt so breit wie sie war, unsanft zur Seite gedrängt wurde.

»Hey! Geht's noch?«

Der Grobmotoriker drehte sich zu ihr um und sah sie verständnislos an. »Was denn?«

Jemma strafte ihn mit einem Augenrollen. »Oh, vergiss es!« Schwungvoll drehte sie sich um und prallte gegen ein dunkles Hemd, das verdammt gut roch.

»Hoppla! Sollte das jetzt nach dem Motto ›Wie er dir, so du mir‹ sein?«

Hellblaue Augen. Das war das Erste, was sie sah, als der Typ sie von sich schob und dann ein gutes Stück aus dem Gedrängel an der Bar wegzog.

»T-tut mir leid«, stammelte sie verlegen. »Ich hab dich nicht gesehen.«

»Na toll, das heißt dann ja wohl, dass ich keine besonders beeindruckende Ausstrahlung habe, wie?« Er grinste sie an.

Er war recht groß, wirkte sportlich und war älter als sie. Achtzehn, vielleicht auch schon neunzehn. Er trug lässige Klamotten und seine dunklen Haare waren in Stirn und Nacken etwas zu lang, bildeten aber einen verdammt gutaussehenden Kontrast zu seiner hellen Haut und den hellen Augen. Jemma musste zugeben, dass ihr ziemlich gut gefiel, was sie da sah. Und der Typ flirtete mit ihr, oder nicht? Doch wie immer brauchte sie viel zu lange für eine coole Antwort. Charlie hätte mit ihm vermutlich jetzt schon drei Dates in den nächsten vier Tagen klargemacht.

»Ich bin Will.«

»Jemma.«

»Bist du mit Freunden hier?« Er warf einen Blick durch die Lounge.

»Ja. Meine beste Freundin hat bei der Show mitgemacht. Sie ist Zweite geworden.«

Er schien kurz zu grübeln. »Ah, Natasha Clay, stimmt's?«

»Genau.«

»Sie war echt gut!«

»Ja, das war sie. So gut, dass die Gewinner sie gleich abgeschleppt haben, um sie als weibliche Verstärkung für ihre Band zu rekrutieren.«

Will musterte sie scharfsinnig. »Sie hat dich also für die Jungs aus der Band versetzt.«

Jemma musste lachen. »Ja, so ungefähr. Treuloses Biest!« Nervös strich sie sich eine Haarsträhne aus dem Gesicht.

»Du bist eine CyberGamerin?«

Irritiert sah Jemma ihn an und er wies auf den Rubinring an ihrer Hand.

»Das ist der Teleportring aus *Shirewood*, oder nicht?«

Sie nickte verdutzt. »Ja, hast du das auch gespielt?«

Will nickte. »Nicht zu fassen!«

»Warum? Es gibt viele Mädchen, die lieber Schwerter in Rollenspielen schwingen, als mit virtuellen Ponys auszureiten oder Cyberkatzen großzuziehen.«

Er lachte. »Das meinte ich gar nicht.«

»Was dann?«

»Es ist nicht zu fassen, dass du dir für teures Geld so einen Ramsch kaufst!« Er grinste.

Jemma verdrehte die Augen, musste aber ebenfalls grinsen. »Ich finde ihn hübsch! Und so teuer war er gar nicht. Außerdem finde ich, dass jeder, der es schafft, den fiesen Drachen am Ende zu besiegen, eine Belohnung verdient hat.«

»Das stimmt, der war echt heftig. Hast du solo gespielt oder Multiplayer?«

»Multiplayer. Mit meinem Bruder und zwei Freunden.«

»Nicht mit Natasha Clay?«

»Mit Charlie?« Jemma schüttelte den Kopf. »Nee, die hat es nicht so mit Schwertern und Drachen.«

»Ach, dann ist sie eine der Cyberkatzenzüchterinnen?« Will bemühte sich, todernst zu bleiben.

»Nein. Sie leitet eine Papageienfarm und bringt den Vögeln Rocksongs bei.« Jemma war völlig überrascht, wie leicht ihr dieses Gespräch plötzlich fiel. Jetzt, da sie eine Gemeinsamkeit gefunden hatte, lief es fast wie von selbst. »Was ist mit dir? Spielst du allein oder hast du ein Team?«

»Meistens spiele ich mit meinem Bruder.« Will nippte an seiner Cola.

»Ist er auch hier?« Jemma sah sich nach seinen möglichen Begleitern um.

Er schüttelte den Kopf. »Nein. Ich bin allein.« Er machte eine Geste ins McAllister's. »Hab schon viel Gutes über diesen Laden gehört und wollte ihn mir heute mal ansehen.«

»Dann bist du also zum ersten Mal hier?«

»Yep. Und es ist cool. Nur vielleicht ein bisschen voll.«

»Keine Sorge, das ist es nicht immer. Das liegt nur am Samstagabend und an der Talentshow. Unter der Woche ist es ruhiger.«

Will sah ihr für einen Moment tief in die Augen und irgendwas in Jemmas Magen begann zu kribbeln.

»Hört sich gut an. Du bist demnach öfter hier?«

Sie merkte, dass sie plötzlich wieder unsicher wurde, als diese unglaublichen blauen Augen sie so intensiv musterten, und sie ärgerte sich über sich selbst. Der Typ sah gut aus, war nett, er flirtete mit ihr und lieferte ihr gerade eine Steilvorlage, um ein nächstes Treffen auszumachen! Warum stellte sie sich so blöd an?! Wie schwer konnte eine Antwort wie ›*Ja, genau. Hättest du vielleicht Lust, dass wir uns hier nächste Woche mal auf eine Cola treffen?*‹ denn schon sein?

Doch es war wie immer: Sie war einfach nicht so locker wie Charlie und traute sich mal wieder nicht. Stattdessen spürte sie, wie ihr plötzlich heiß wurde und sie hoffte inständig, dass sie nicht so rot geworden war, wie ihre Wangen sich gerade anfühlten.

»Mann, Jem! Wo bleibst du denn?« Die Stimme hinter ihr wirkte wie eine eiskalte Dusche und sie fuhr erschrocken herum.

Als Zack erst ihr Gesicht und dann ihren Begleiter sah, stutzte er kurz, trat dann aber mit einem breiten Grinsen neben sie und legte ihr lässig einen Arm um die Schultern.

»Tut mir leid, störe ich?« Interessiert musterte er Will von oben bis unten.

Der schien einen Moment lang überrascht, hielt Zacks Blick jedoch locker stand. »Bist du ihr Freund?«

»Nein. Der meines Bruders«, klärte Jemma auf, nachdem sie endlich ihre Sprache wiedergefunden hatte. Genervt tauchte sie unter Zacks Arm weg. »Und ein riesiger Idiot!« Sie boxte ihm in die Seite.

»Hey, schon gut! Du musst mir nicht gleich die Rippen brechen. War nicht böse gemeint.« Geschickt packte er ihre Handgelenke, grinste unverschämt und sah zu Will. »Ich bin Zack. Und natürlich bin ich ihr Freund. Allerdings rein platonisch.«

Wenn Jemma ihre Hände aus seinem Griff hätte befreien können, dann hätte sie ihm jetzt wirklich die Rippen gebrochen.

»Gut zu wissen. Ich bin Will.«

Fassungslos flog Jemmas Kopf zu ihm herum, doch Will grinste nur. Zack dagegen ließ endlich ihre Hände los und tätschelte ihr versöhnlich den Rücken.

»Wir warten draußen auf dich. Aber beeil dich, sonst wird Max nervös.«

Für den Blick, den er ihr zuwarf, hätte sie ihm am liebsten den Hals umgedreht, doch das schien Zack nicht im Geringsten zu stören.

»War nett, dich kennenzulernen«, meinte er zu Will.

»Gleichfalls.«

»Bis gleich.« Mit einem letzten Augenzwinkern in Jemmas Richtung wandte Zack sich – *Endlich!!!* – um und verschwand in der Menge.

Finster sah Jemma ihm nach. »Tut mir leid, er kann manchmal ein totaler Idiot sein.«

Will zuckte mit den Schultern. »Ich fand ihn völlig okay. Er mag dich und hat sich offensichtlich Sorgen um dich gemacht, weil du so lange weggeblieben bist. Das macht ihn sympathisch.«

Jemma verzog das Gesicht. »*Sympathisch* ist jetzt nicht unbedingt das Wort, das ich gewählt hätte. Ich finde seinen Beschützerinstinkt eher nervig. Er ist wie ein zweiter Bruder.«

Will lachte. »Ist der erste denn schon so schlimm?«

Jemma musste lächeln und schüttelte den Kopf. »Nein, eigentlich nicht. Wir sind Zwillinge und verstehen uns ganz gut. Meistens jedenfalls.«

»Zwillinge? Wow! Ist er dieser Max?«

Jemma grinste. »Nein. Max ist unser Hightechhausmann, der heute Abend Chauffeur spielen darf.« Sie warf einen Blick über die Schulter zum Ausgang, durch den immer mehr Leute nach draußen drängten. Zack, Jamie oder Charlie sah sie allerdings nicht. »Ich fürchte, ich muss jetzt langsam los.«

War ja mal wieder typisch, dass sie diesen echt netten Typ erst kurz vor der Sperrzeit getroffen hatte …

Sie atmete tief durch, um endlich doch noch all ihren Mut zusammenzunehmen, aber Will kam ihr zuvor.

»Wenn du öfter hier bist, dann könnten wir uns ja vielleicht mal wieder treffen?«

Das Kribbeln in ihrem Magen meldete sich mit voller Wucht zurück. *Wow!* Offensichtlich hatte sie sich doch nicht so blöd angestellt, was? Zumindest nicht so sehr, dass sie ihn vergrault hatte.

Jemma jubelte.

Allerdings nur innerlich.

Der Auftritt von Zack hatte genug Peinlichkeiten für einen Abend geboten.

»Ja, klar«, sagte sie daher möglichst unbekümmert und hatte alle Mühe, ihre Stimme vor Freude nicht quietschig klingen zu lassen. »Morgen vielleicht?«

Ein Schatten flog über Wills Gesicht und er schüttelte bedauernd den Kopf. »Morgen geht leider nicht. Familienangelegenheiten.«

»Oh, verstehe.« Sie biss sich auf die Lippen.

War morgen zu früh gewesen? Hatte es etwa zu verzweifelt geklungen? Sie wollte nicht, dass er sie womöglich für eine Klette hielt. Sie wusste noch nicht mal, ob sie überhaupt was von ihm wollte! Außer vielleicht ein zweites Treffen –

»Aber wie wäre es mit Montagabend so gegen sechs?«

Kapitel 4

Konnte dieser verdammte Bus nicht schneller fahren?!

Ungeduldig sah Jemma durch die beschlagene Scheibe nach draußen, konnte aber nicht viel erkennen, denn der Londoner Nieselregen hatte das Fenster mit seinen feinen Tropfen völlig verschmiert. Genervt warf sie einen Blick auf ihre Armbanduhr. Sie würde es nie und nimmer rechtzeitig bis sechs schaffen und dabei stand ihr erstes Date mit Will ohnehin schon unter keinem guten Stern.

Das jedenfalls hatte Charlie gemeint, als sie und Jemma am Sonntagnachmittag stundenlang erst über die Jungs von Strikers und Charlies möglichen Einstieg in die Band und dann über Jemma und ihr Date mit Will gesprochen hatten. Charlie hatte ihr die Hölle heißgemacht, weil sie sich ausgerechnet an einem Montagabend mit ihm verabredet hatte.

»Warum hast du ihn nicht auf Dienstag verschoben? Montags hockst du nach der Schule bis fünf in deinem Kunstkurs. Da hast du keine Zeit, nach Hause zu fahren und dich umzuziehen, wenn du es bis sechs ins McAllister's schaffen willst!«

Daran hatte Jemma gar nicht gedacht. Sie war sich zwar immer noch nicht sicher, ob sie wirklich irgendwas von Will wollte, doch er schien ein netter Kerl zu sein und vergraulen wollte sie ihn auch nicht unbedingt, wenn sie nach einem ewig langen Schultag völlig abgehetzt in ihrer langweiligen Schuluniform zu ihrem Date erschien.

»Süße, ich hab dir schon so oft gesagt, dass es keine zweite Chance für den ersten Eindruck gibt«, hatte Charlie geseufzt. »Kannst du ihn nicht anrufen und euer Treffen auf sieben verschieben? Wenn du Max fragst, ob er dich von der Schule abholt und später ins McAllister's fährt, hättest du genug Zeit, um zu duschen und dich umzuziehen.«

»Vergiss es. Max muss Jamie zur Physio fahren. Er ist in erster Linie sein Roboter. Außerdem hab ich Wills Nummer nicht. Ich könnte ihn gar nicht anrufen. Es wird also so gehen müssen. Und eigentlich hab ich den ersten Eindruck ja auch schon hinter mir, oder nicht?«

»Stimmt, Samstagabend, als du mit deinem Soda in ihn reingerannt bist …«

Seufzend drückte Jemma den Stopp-Button an der Bustür, schnappte ihren Rucksack und ihre Kunstmappe und zog sich die Kapuze ihres Schulmantels tief in die Stirn. Der Bus hielt und öffnete ächzend seine Türen. Sie sprang hinaus, wich einer riesigen Pfütze aus und lief durch Regen und Wind.

Toll! Nicht nur, dass sie völlig abgehetzt und zu spät in ihrer blöden Uniform zu ihrem ersten offiziellen Date mit Will erscheinen würde, nein! Sie würde auch noch patschnass und völlig zerzaust im McAllister's ankommen!

Doch bevor sie sich weiter darüber aufregte, warum der Kosmos sich ausgerechnet heute gegen sie verschworen hatte, beschloss sie, das Ganze pragmatisch zu sehen. Wenn Will wirklich an ihr interessiert war, dann sollte ihm doch wohl egal sein, wie sie aussah, oder nicht? Ihr war es ja auch wurscht, ob er nass und abgehetzt ankam. Frühling in London – da sah schließlich jeder so aus! Wenn Will also den Realitätscheck bestand, wusste sie, dass er alltagstauglich war. Wenn nicht, war er es vermutlich eh nicht wert, dass sie sich weiter mit ihm abgab und dann war es doch am besten, sie fand das gleich am Anfang heraus, oder nicht?

Falls er noch auf sie wartete und nicht schon gegangen war.

Falls er überhaupt gekommen war …

Vielleicht hatte er es sich ja auch anders überlegt und nach dem ersten Eindruck doch keine Lust mehr auf einen zweiten?

Wütend auf sich selbst, weil sie sich von einem Kerl verunsichern ließ, den sie weniger als kaum kannte, kaute sie auf ihrer Unterlippe herum und sah zum x-ten Mal auf ihre Armbanduhr, während sie weiter die Straße entlanghetzte.

Viertel nach sechs.

Zum Glück war es bis zum McAllister's jetzt nicht mehr weit.

Und wehe ihm, wenn er nicht da war …

Keine fünf Minuten später ließ einer der Türsteher sie in den Club. Schnell streifte Jemma sich die Kapuze vom Kopf, wischte ein paar feuchte Haarsträhnen aus ihrem Gesicht und hoffte inständig, dass sie nicht zu sehr nach nasser Katze aussah. Oder – schlimmer noch – womöglich danach roch. Dem blöden Filzmantel war alles zuzutrauen.

Heute war der Club deutlich leerer als am Samstagabend. Die Bühne war abgebaut, dafür hatten Sean und Kate mit ihren Hightechhelfern wieder die üblichen zwei Billardtische, den Retro-Flipper und einen Kicker aufgestellt. Im Hintergrund dudelte leise Musik und in einer Ecke zeigte ein Flachbildschirm irgendein Fernsehprogramm.

Jemma winkte kurz zu Sean, der wie immer hinter der Theke stand, und sah sich dann um.

»Hey, ich dachte schon, du hättest es dir anders überlegt!«

Sie fuhr herum und entdeckte Will in einer gemütlichen Sitzecke am Fenster. Sofort breitete sich ein aufregendes Kribbeln in ihrer Magengegend aus und sie schlängelte sich rasch durch die Sessel, Sofas und Tische zu ihm durch.

»Tut mir echt leid! Montags hab ich nach der Schule noch einen Kunstkurs, der eigentlich nur bis fünf geht. Aber ausgerechnet heute hat meine Lehrerin mich wegen meines Projekts zugetextet und ich hatte deine Handynummer nicht, um dir zu sagen, dass ich es nicht pünktlich schaffe.« Sie warf Rucksack und Kunstmappe auf den Boden, streifte ihren nassen Mantel ab und setzte sich ein wenig nervös aufs Sofa.

Will lächelte. »Schon okay. Ich hab nur gehofft, dass du es dir nicht anders überlegt hast und womöglich gar nicht mehr kommst.« Er stand auf. »Wie wäre es mit einem heißen Tee? Ist ganz schön kalt und nass da draußen.«

»Tee hört sich fantastisch an.«

»Mit Milch und Zucker?«

»Nur mit Milch. Und frag Sean mal, ob er seine Brownies da hat. Die musst du unbedingt probieren.«

»Kommen sofort.« Will lief hinüber zur Bar und gab die Bestellung auf, während Jemma ihm hinterhersah und erleichtert feststellte, dass die Anspannung und Nervosität, die sie den ganzen Tag so rappelig gemacht hatten, langsam von ihr abfielen. Will war gekommen, ihre Schuluniform schien ihn nicht großartig zu stören und er wirkte noch genauso nett wie am Samstag. Wenn sie sich jetzt also nicht total dämlich anstellte, konnte dieses Treffen eigentlich keine Katastrophe mehr werden, oder?

Wenig später kehrte Will mit Tee und Gebäck zurück und Jemma machte sich hungrig über beides her.

»Du hast recht. Die sind absolut spitze«, meinte Will anerkennend nach seinem ersten Browniebissen.

»Ja, die hat Sean echt drauf.« Jemma nahm einen Schluck Tee und wärmte dann ihre kalten Finger an der Tasse.

»An was für einem Projekt arbeitest du in deinem Kunstkurs?«

Sie stöhnte.

»Sorry. Falsche Frage?«

Lächelnd schüttelte sie den Kopf. »Nein, schon gut. Ich hatte heute nur eine ätzende Diskussion mit meiner Kunstlehrerin, weil ich sie überzeugen musste, dass mein Projekt nicht am Thema vorbei ist.«

»Was ist das Thema?«

»Renaissance.« Sie stellte die Tasse ab und seufzte. »Miss Bannister hat sich darunter wohl so was wie Schülerkopien der Werke von Leonardo da Vinci, Michelangelo oder Albrecht Dürer vorgestellt, die sie in einer netten kleinen Ausstellung am Ende des Schuljahrs präsentieren kann. Ich hatte aber keine Lust, betende Hände, die Mona Lisa oder irgendwelche Anatomiezeichnungen von Menschen zu kopieren. Ich wollte lieber was Eigenes machen.«

Sie zog ein Zeichenblatt aus ihrer Mappe und hielt es Will hin. Es zeigte fünf kleine Skizzen eines Baums: Frühling, Sommer, Herbst, Winter und wieder Frühling.

»Renaissance heißt nichts anderes als Wiedergeburt und ich hab mir gedacht, ich zeig genau die anhand eines Baums im Laufe der Jahreszeiten. Vielen Renaissancekünstlern ging es damals darum, Mensch und Natur zu studieren und möglichst wirklichkeitsgetreu darzustellen. Ich fand, da ist die Darstellung des Jahreszyklus eines Baums nicht am Thema vorbei.«

»Ich finde die Idee super!« Will reichte ihr das Skizzenblatt zurück.

Jemma schnaubte. »Sag das mal meiner Lehrerin!«

»Hast du schon eins der Bilder fertig?«

»Zwei. Den Winter und einen Frühling.« Sie zog die beiden Zeichnungen aus der Mappe und reichte sie ihm.

»Wow! Du bist echt gut! Die sind klasse!«

Jemma lächelte verlegen. »Danke. Der Witz ist, das hat die Bannister auch gesagt! Trotzdem soll ich mir noch mal überlegen, ob ich mein Talent nicht doch lieber dafür nutzen möchte, einen der großen Meister zu kopieren. Meine eigene Interpretation der Renaissance bereite ihr doch arge Bauchschmerzen und sie könne mir nicht garantieren, dass meine Bilder mit in die Ausstellung kommen.«

»Die Lady spinnt!« Er gab ihr die Zeichnungen zurück und Jemma verstaute sie wieder in ihrer Mappe. »Wäre es dir denn so wichtig, mit in diese Ausstellung zu kommen?«

Sie zuckte mit den Schultern. »Na, cool wäre es schon! Aber nicht um jeden Preis. Ich will meine eigenen Bilder ausstellen, nicht irgendwelche Kopien von Werken, die andere erschaffen haben. Aber selbst wenn ich sie nicht ausstellen darf, sind die Zeichnungen zumindest gut für meine Bewerbungsmappe fürs Royal College of Art.«

Will nickte beeindruckt. »Da willst du hin?«

»Ja. Ich hoffe, dass ich die Aufnahme in zwei Jahren schaffe. Meine Mutter war dort Dozentin.«

»Dann hast du das Talent also von ihr! Ich wette, sie ist mächtig stolz auf dich.«

Wie immer fühlte Jemma einen Stich in ihrem Herzen. »Ja, ich hoffe, das wäre sie«, murmelte sie leise.

Einen Moment herrschte Schweigen und sie spürte, wie Will sie musterte.

»Wäre?«, fragte er dann vorsichtig.

Sie seufzte und schloss kurz die Augen. »Meine Mum ist vor zwei Jahren tödlich verunglückt. Ein betrunkener Fahrer hat die Kontrolle über seinen Wagen verloren und ist in ihren gekracht. Ihm ist nicht viel passiert, aber meine Mum war sofort tot.«

»Das tut mir leid«, sagte Will mitfühlend. »Ich weiß, wie schlimm es ist, seine Mum zu verlieren.«

Betroffen sah Jemma zu ihm auf.

Er nickte. »Meine Mutter starb vor fünf Jahren kurz nach meinem dreizehnten Geburtstag.«

»Oh Mann, das tut mir leid. War – war es auch ein Unfall?«

Will schüttelte den Kopf und es war ihm anzusehen, dass er nicht gern darüber sprach. »Nein. Sie war krank. Leukämie. Jahrelang hat sie dagegen gekämpft und eine Therapie nach der anderen gemacht, aber der verdammte Krebs kam immer wieder. Irgendwann hatte ihr Körper dann einfach keine Kraft mehr. Sie hatte mir damals eine große Party zu meinem ersten Teenagergeburtstag versprochen und ich glaube, sie hat sich auf diesen Tag fast mehr gefreut als ich.« Er lächelte traurig. »Sie hat ihr Versprechen gehalten und ich hab eine tolle Party bekommen.« Seufzend fuhr er sich über die Augen. »Drei Tage später ist sie gestorben.«

Jemma biss sich auf die Unterlippe. »Das muss schrecklich gewesen sein.«

Will nickte stumm. »Ja, das war es«, sagte er leise. »Aber mein Dad, mein Bruder und ich wussten, dass es irgendwann passieren würde und wir konnten uns von ihr verabschieden. Ich stelle es mir viel schlimmer vor, jemanden zu verlieren, wenn er plötzlich aus dem Leben gerissen wird und man sich nicht mehr verabschieden kann.«

Jemma schluckte hart.

Ja, es hätte noch so unendlich viel gegeben, das sie ihrer Mum hätte sagen wollen. Aber hätte sie es deswegen besser gefunden, zu wissen, dass sie an diesem verdammten Tag sterben würde? Wäre es nicht viel schrecklicher, jahrelang mitansehen zu müssen, wie jemand sich quälte und gegen eine fürchterliche

Krankheit kämpfen musste? Immer wieder hoffen und bangen, dass eine Therapie anschlug, nur um dann am Ende doch einsehen zu müssen, dass alles vergebens war und man einen geliebten Menschen verlieren würde?

Sie seufzte und presste kurz ihre Finger auf ihre Augen. »Beides ist scheiße.«

Will betrachtete sie nachdenklich und nickte.

Jemma bemerkte seinen Blick und lächelte tapfer. »Aber irgendwie geht das Leben trotzdem weiter, stimmt's?«

Er erwiderte ihr Lächeln. »Ja. Ich hatte das Glück, dass kurz danach das Cybernetz eröffnet wurde. Ich glaube, wenn mein Dad mich gelassen hätte, wäre ich am liebsten für immer in der virtuellen Welt verschwunden. Sie war die perfekte Flucht vor dem unerträglichen Alltag.«

Jemma dachte an Jamie. »Ja, ich weiß, was du meinst.«

Sie hob die Hand, um sich eine Haarsträhne aus dem Gesicht zu wischen, doch Will war schneller. Er strich ihre Haare zurück und berührte dabei ganz sanft ihre Wange. Völlig überrumpelt starrte Jemma ihn an. Er lächelte, nahm ihre Hand und fuhr sacht mit seinem Daumen über ihren Handrücken. Jemma spürte, wie ihr Herz plötzlich schneller klopfte und ihr gleichzeitig heiß und kalt wurde.

Wow!

Sie musste sich zusammenreißen, um weder dümmlich zu grinsen, noch vor Schreck womöglich ihre Hand wegzuziehen. Beides gelang ihr nur gerade so. Als sie sich wieder im Griff hatte, erwiderte sie sein Lächeln und schob entschieden all die traurigen Gedanken fort, mit denen sie sich gerade herumgeschlagen hatte.

Himmel, das hier war immerhin ein Date!

»Alles in Ordnung?«

Sie schnitt eine Grimasse und nickte. »Wenn Charlie herausfindet, was für fröhliche Themen wir bei unserem ersten Treffen hatten, lässt sie mich vermutlich zwangseinweisen. Sie war schon schockiert, weil ich keine Zeit mehr hatte, meine Klamotten zu wechseln.«

Will grinste. »Ich finde, die Schuluniform steht dir gut. Liongate Academy?« Er wies auf das weiße Wappen, das auf der Brusttasche ihres dunkelblauen Schulblazer prangte. »Liegt die hier in Fulham?«

»In Putney. Und du? Auf welche Schule gehst du? Und wo wohnst du überhaupt? Ich langweile dich stundenlang mit meinem blöden Renaissanceprojekt und weiß noch gar nichts über dich.«

»Du langweilst mich nicht. Ich hör dir gerne zu.«

»Ja, klar. Ich kann dir später gern noch mehr über mein wahnsinnig aufregendes Leben erzählen, aber jetzt bist erst mal du dran!«

»Richmond. Wir wohnen am Richmond Park.«

Beeindruckt zog Jemma eine Augenbraue hoch. »Nicht schlecht. Ziemlich noble Gegend.«

Stirnrunzelnd sah Will an ihr vorbei und für einen kurzen Moment fürchtete sie, sie hätte etwas Falsches gesagt und ihn vielleicht beleidigt.

»Ist das nicht Zack?«

»*Was?!*« Übles ahnend folgte sie seinem Blick zum Eingang des Clubs und wollte ihren Augen nicht trauen. »Oh, bitte! Nicht wirklich!«

Tatsächlich betrat Zack gerade gemeinsam mit Jamie das McAllister's. Die beiden sahen sich kurz um, entdeckten sie in der überschaubar besetzten Lounge natürlich sofort, winkten ihnen zu und besaßen dann zumindest so viel Anstand, sich in die Fernsehecke im entgegengesetzten Teil des Clubs zu verziehen.

»Ja, das ist Zack«, knurrte Jemma. »Und wenn er es wagen sollte, zu uns rüberzukommen, breche ich ihm diesmal wirklich die Rippen!«

Will beobachtete den zweiten Jungen, der seinen Rollstuhl geschickt durch die Lounge manövrierte. »Der andere –«

»– ist mein Bruder Jamie. Und der kann auch was erleben, falls er herkommt. Ich fasse es nicht, dass die zwei mir nachspionieren! Spinnen die jetzt total?!«

Für einen Moment war sie wirklich versucht, rüberzugehen und ziemlich deutlich zu machen, was sie von dieser Aktion hielt, doch dann bremste sie sich. Das Letzte, was sie wollte, war die gesamte Situation vor Will noch peinlicher zu machen, als sie es ohnehin schon war.

Will schien ihren Ärger jedoch kaum mitzubekommen. Er sah zu Jamie, der sich aus seinem Rollstuhl auf eins der Sofas umsetzte, ein CyberMag von einem Zeitschriftenstapel angelte und darin blätterte, während Zack an die Bar ging, um ein paar Drinks zu holen.

»Warum sitzt er im Rollstuhl?«

Da Will sich offensichtlich nicht sonderlich an der Anwesenheit ihrer beiden Stalker störte, gab Jemma sich alle Mühe, ihren Groll hinunterzuschlucken, und folgte seinem Blick. »Jamie saß mit im Auto, als Mum den Unfall hatte.«

»Scheiße.«

»Yep. Obwohl die offizielle Bezeichnung Wirbelsäulenverletzung nach schwerem Schleudertrauma heißt.«

»Ist er gelähmt?«

Jemma musterte Will. Sie mochte es nicht, wenn Fremde

ihr neugierige Fragen nach Jamie stellten, doch Wills Interesse klang aufrichtig und nicht sensationsgierig.

Trotzdem.

Sie seufzte innerlich. Sollte ein erstes Date nicht irgendwie anders laufen? Sollte man nicht erst mal ein paar fröhliche Sonnenscheinseiten von sich präsentieren, statt gleich über die schlimmsten Momente seines Lebens zu reden?

Will bemerkte ihr Zögern. »Tut mir leid, ich wollte nicht neugierig sein. Du musst mir natürlich nichts erzählen, wenn du nicht willst. Geht mich ja eigentlich nichts an. Und ich weiß nur zu gut, wie nervig solche Fragen sein können.«

Jemma gab sich einen Ruck. »Nein, schon okay.« Sie warf einen Blick hinüber zu ihrem Bruder. »Jamie ist nicht gelähmt. Er spürt seine Beine und er kann sie auch bewegen. Allerdings sind seine Muskeln ziemlich schwach. Sie reagieren nicht sonderlich gut und verkrampfen häufig. Zu Hause kann er mittlerweile an Krücken laufen, für längere Strecken fehlt ihm aber die Kraft und er fühlt sich noch zu unsicher. Aber er hat einen echt guten Physiotherapeuten. Direkt nach dem Unfall konnte er nur seinen Kopf und den rechten Arm bewegen.«

»Oh Mann … Das muss schrecklich gewesen sein.« Will sah zu Jamie, der noch immer in der Zeitschrift blätterte und sich mit Zack unterhielt.

Jemma nickte. »Das war es. Aber er lässt sich nicht unterkriegen. Er ist ein Kämpfer und ziemlich ehrgeizig. Sein Ziel ist es, irgendwann ohne Rollstuhl nur mit Krücken klarzukommen und die Ärzte sagen, dass es ganz gut aussieht und er es durchaus schaffen kann.« Sie seufzte. »Das Problem ist nur, dass er zu ungeduldig ist. Es geht ihm nicht schnell genug. Er macht zwar tolle Fortschritte, aber oft sind es halt zwei Schritte vor und einer zurück. Das frustriert ihn natürlich und wenn er die Schnauze von allem voll hat, verschwindet er in die CyberWorld.«

Will nickte verständnisvoll. »Da merkt er seine Behinderung nicht.«

»Ja. Manchmal ist es schwer für ihn, in die Wirklichkeit zurückzukehren.«

Will betrachtete sie nachdenklich. »Es ist nicht leicht, mitansehen zu müssen, wenn es jemandem, den man liebt, nicht gut geht.«

Jemma nickte betrübt, doch dann erinnerte sie sich daran, dass sie ja eigentlich keine traurigen Gedanken mehr zulassen wollte und lächelte. »Aber Jamie muss da nicht allein durch. Zack ist immer für ihn da. Und Dad natürlich auch.«

»Und er hat dich.«

»Ja, klar. Er ist schließlich mein Bruder.«

Will nickte. Dann sah er wieder hinüber zu Zack und Jamie. »Und du bist seine Schwester, die er offensichtlich mit einem bösen Unbekannten nicht allein lassen will. Oder ist es reiner Zufall, dass die beiden hier aufgetaucht sind?«

Gequält verzog Jemma das Gesicht. »Zufall? Mit Sicherheit nicht. Tut mir leid. Nerven sie dich? Soll ich rübergehen und sie wegschicken?«

Will lächelte und schüttelte den Kopf. »Nein, schon okay. Sie wollen ja nur sichergehen, dass dir nichts passiert. Erstes Date, wildfremder Typ. Kann ich verstehen. Wenn ich eine Schwester hätte, wäre ich wahrscheinlich genauso.«

»Ich finde es peinlich! Sie tun ja gerade so, als wäre ich zu blöd, um auf mich selbst aufzupassen.«

»Ich denke, sie meinen es nur gut.« Er stand auf. »Aber vielleicht hilft es, wenn wir zu ihnen rübergehen und ich mich vorstelle.«

Jemma runzelte die Stirn. Eigentlich hätte sie den Abend lieber weiter alleine mit ihm verbracht. »Ist das nicht ziemlich altmodisch? Wir leben im einundzwanzigsten Jahrhundert. Du musst dir keine Erlaubnis von meinem Bruder holen, wenn du hier mit mir sitzen willst.«

Will lachte. »Das hatte ich auch bestimmt nicht vor! Aber wenn wir jetzt zu ihnen gehen und die zwei merken, dass ich kein gewalttätiger Drogenhändler bin, der dir so schnell es geht an die Wäsche will, schleichen sie dir bei unserem nächsten Treffen vielleicht nicht mehr hinterher und wir haben unsere Ruhe.« Er streckte ihr auffordernd seine Hand entgegen.

Jemmas Magen kribbelte und sie musste grinsen. »Dann wird es also ein nächstes Treffen geben?« Sie griff seine Hand und er zog sie zu sich auf die Füße.

»Na, das will ich doch schwer hoffen!«

Jamie und Zack schauten überrascht auf, als Jemma und Will plötzlich neben ihnen auftauchten.

»Hi!« Jemma lächelte zuckersüß, doch man musste schon taub sein, um den bitterbösen Unterton in ihrer Stimme zu überhören. »Wie schön, dass ihr *zufällig* hier seid. Da kann ich euch gleich Will vorstellen. Nur, damit ihr in Zukunft eure Nachmittagsgestaltung nicht mehr nach meinen Dates richten müsst, um uns nachzuspionieren.« Sie hockte sich demonstrativ den beiden gegenüber auf einen Zweisitzer.

»Wir haben dir nicht nachspioniert!«

Jemma warf ihrem Zwilling einen vernichtenden Blick zu. »Ja, klar.«

Jamie wollte etwas zurückschießen, doch Will war schneller. »Hi, ich bin Will. Und du bist Jemmas Bruder?«

Jamie riss den Blick von seiner Schwester los und musterte Will. »Jamie.« Er hob kurz die Hand zum Gruß.

Will setzte sich neben Jemma und betrachtete die Geschwister eingehend. »Ihr seht euch unglaublich ähnlich.«

Unschlüssig, was er von der ganzen Aktion halten sollte, sah Jamie wieder zu seiner Schwester, doch die schenkte ihm nur einen weiteren bösen Blick. Also zuckte er bloß mit den Schultern. »Zwillinge halt.«

Will wies auf die Zeitschrift, in der Jamie geblättert hatte. »Jemma hat erzählt, dass ihr CyberGamer seid und gemeinsam in einem Team spielt?«

Jamie nickte. »Spielst du auch?«

»Hin und wieder. Was ist euer Genre?«

»Fantasy und Mystery. Meistens. Samstag haben wir *Shirewood* zuende gespielt.«

Will grinste. »Ich weiß.« Er nahm Jemmas Hand und drehte sie so, dass ihr Rubinring zu sehen war. »Konntet ihr sie wirklich nicht davon abhalten, sich diesen überteuerten Merchandisekitsch zu kaufen?«

Zack und Jamie lachten.

»Glaub mir, wir haben es versucht, aber wenn Jem sich was in den Kopf gesetzt hat, kann sie verdammt stur sein«, meinte Zack.

Jemma rollte mit den Augen, zog ihre Hand aus Wills Griff und verschränkte empört die Arme vor der Brust. »Kerle! Haltet ihr ruhig immer schön zusammen! Ich sollte mir in einem der C-Clubs eine weibliche Unterstützung für unsere Games suchen. Dann würde mich endlich mal jemand verstehen! Jetzt, wo Sam pausieren will, ist schließlich theoretisch ein Platz bei uns frei.«

»Wir können auch locker nur zu dritt spielen«, warf Jamie

ein. »Dann sollten wir nur vielleicht unsere Rollen anders besetzen, damit wir einen Magier dabei haben.«

Zack schnaubte. »Magier werden absolut überbewertet.«

Will lachte. »Warum habt ihr euren vierten Mann verloren?«

»Er findet die Realität im Moment reizvoller als die virtuelle Welt.« Als Zack Wills fragendes Gesicht sah, fügte er hinzu: »Er hat eine Freundin, die nicht besonders viel mit der C-World anfangen kann und rumgemeckert hat, weil er in den letzten Wochen mehr Zeit mit uns im Netz als mit ihr verbracht hat.«

»Verstehe. Das ist natürlich blöd.« Will grinste. »Aber durchaus verständlich.«

Zack warf Jemma einen frechen Blick zu. »Ja, blöd. Besonders, wenn demnächst vielleicht ein weiteres Mitglied unseres Teams beschließt, dass die Realität viel reizvoller ist.«

Sie verpasste ihm einen Tritt gegen sein Schienbein. »Wenn ihr zwei dieses beknackte Weltallspiel spielen wollt, mit Sicherheit!«

Zack seufzte theatralisch und legte seinen Arm um Jamie. »Sieht ganz so aus, als müssten wir zwei uns allein in eine weitentfernte Galaxie aufmachen, um fremde Welten zu erforschen.«

»Ihr wollt *Last of Lunar Six* spielen?«, fragte Will. »Das kommt nächste Woche raus, oder nicht?«

Jamie nickte. »Aber ob wir es wirklich spielen, steht noch nicht fest. Jem will nicht und eigentlich spielen wir immer zusammen.«

»Ich kann mit Raumschiffen, Außerirdischen und all dem Weltraumkram halt nichts anfangen. Gibt's denn nichts anderes?«

Jamie schüttelte den Kopf. »Es gab zwar vor längerer Zeit mal eine Ankündigung, dass VanguardArts an was Neuem in

Richtung Fantasy arbeitet, aber irgendwie hat man dann nie wieder was davon gehört.« Nachdenklich runzelte er die Stirn. »Eigentlich komisch, dass es noch so gar keine Infos dazu gab. Keine Bilder, kein Trailer. Nichts.«

»Toll. Wahrscheinlich gibt es irgendwelche Probleme mit der Technik oder mit Lizenzen und jetzt wissen sie nicht, wann die Entwicklung weitergeht, oder ob das Spiel überhaupt noch auf den Markt kommt. So was passiert doch ständig.«

»Keine Ahnung. Kann schon sein.«

»Na super. Vielleicht sollten wir noch mal *Black Death* spielen. Das war zwar ziemlich heftig, aber gut.«

Will hatte schweigend zugehört. »Ich hätte da vielleicht was für euch«, sagte er jetzt zögernd.

»Ein Fantasygame?«

Er nickte langsam.

»Welches? Alle wirklich coolen haben wir eigentlich schon durch.«

Will schwieg und sah die drei nachdenklich an. »Ich muss erst was abklären«, meinte er dann. Sein Blick blieb an Jemma hängen und er zog ein Smartphone aus seiner Jeans. »Gib mir deine Nummer, dann melde ich mich, sobald ich weiß, ob es klappt.«

»Warum denn auf einmal so geheimnisvoll?« Stirnrunzelnd kramte sie ihr Handy hervor und sie tauschten Nummern.

»Ich will euch nicht zu viel versprechen.« Plötzlich schien Will es eilig zu haben, denn kaum, dass er ihre Nummer abgespeichert hatte, sprang er auf und zog seine Jacke über. »Ich muss jetzt los. War nett, euch kennenzulernen«, sagte er in Richtung Zack und Jamie. Dann wandte er sich noch einmal zu Jemma und lächelte. »Ich melde mich bei dir, sobald ich mehr weiß. Versprochen!«

Ohne eine Antwort abzuwarten, drehte er sich um und sprintete hinaus in die graue Abenddämmerung.

Ziemlich irritiert blickte Jemma ihm durch den Regen hinterher. »Was war das denn jetzt?«

Kapitel 5

»Habt ihr es schon gehört?«

Jemma, Jamie und Zack hatten am nächsten Morgen kaum den Schulhof betreten, da stürmte Charlie schon auf sie zu.

Fragend hob Jemma die Schultern. »Keine Ahnung. Was denn?«

»Es gibt ein drittes Opfer!«

Jamie rollte um eine matschige Pfütze herum und sah sie verständnislos an. »Was denn für ein Opfer?«

Charlie bedachte ihn mit einem ungeduldigen Augenrollen. »Na, ein Cyberopfer! Ein dritter Junge ist ins Koma gefallen, als er in der C-World war!«

»Okay, das ist natürlich schlimm«, gab Zack zu, während die vier zu einem großen Kastanienbaum in einer der ruhigeren Ecken des Schulhofs hinüberschlenderten. »Aber auch kein Grund, gleich hektische Flecken zu bekommen, oder? Hi!« Er grüßte Sam und Meg, die wie jeden Morgen an ihren Treffpunkt auf sie warteten.

»Habt ihr schon von Robin gehört?« Meg sah betroffen aus. »Maisey muss total fertig sein.«

Jemma runzelte die Stirn. »Welcher Robin? Und was ist mit Maisey?«

Charlie schnaubte und warf ihrer besten Freundin einen prüfenden Blick zu. »Süße, entweder bist du noch nicht ganz wach oder das sind irgendwelche Intelligenz hemmenden Nachwirkungen von deinem Date gestern!«

»Du hattest gestern ein Date?«, fragte Meg überrascht.

»Ja«, knurrte Jemma und schickte Charlie einen bösen Blick. Sie wollte ihr Treffen mit Will nicht an die große Glocke hängen und bevor Meg sie nach Einzelheiten ausfragen konnte, sagte sie schnell: »Aber das ist jetzt nicht so wichtig. Was ist mit Maisey? Und wer ist Robin?«

Maisey Boyd ging in ihre Stufe. Jemma hatte Sport und Bio mit ihr und beim letzten Geschichtsprojekt hatten sie zusammengearbeitet. Am Samstagabend war Maisey mit zwei Freundinnen im McAllister's aufgetreten und sie hatten mit ihrem Danceact die Talentshow eröffnet. Sie war ganz nett, doch besonders gut kannte Jemma sie nicht.

»Maiseys Bruder Robin ist der dritte Junge, der ins Koma gefallen ist!«, platzte Charlie heraus.

»Was?!«

»Scheiße!«

Jemma schluckte. Bisher hatte sie es recht gut geschafft, diese seltsamen Komafälle eher nüchtern und mit einer gewissen Distanz zu betrachten, doch jetzt rückten sie ihr plötzlich erschreckend nahe. Unwillkürlich sah sie zu Jamie. Sie wusste ziemlich genau, wie Maisey sich gerade fühlen musste. Sie wusste, wie es war, einen Bruder zu haben, der im Koma lag. Nach dem schrecklichen Unfall hatte Jamie fast zwei Wochen in tiefer Bewusstlosigkeit gelegen und kein Arzt hatte sagen können, ob er je wieder aufwachen würde. Nach dem Tod ihrer Mum hatte die Angst, ihren Zwillingsbruder womöglich auch noch zu verlieren, Jemma fast wahnsinnig gemacht und selbst heute waren die Erinnerungen daran noch unerträglich. Sie schloss die Augen und versuchte die Bilder aus ihrem Kopf zu vertreiben.

Jemand nahm ihre Hand und drückte sie.

Jamie.

Er lächelte ihr zu und drückte ihre Hand noch einmal.

»Robin Boyd?«, grübelte Zack. »Der ist in der Stufe über uns, oder? Ziemlich stämmig, dunkle Haare, eher ein Einzelgänger?«

Sam nickte. »Genau der.«

»Woher wisst ihr, was passiert ist?«, fragte Jamie. »In den Nachrichten lief dazu heute Morgen nichts, oder?«

Charlie schüttelte den Kopf. »Noch nicht. Ist aber wohl nur noch eine Frage der Zeit, bis die Medien davon Wind bekommen.«

Meg nickte. »Amy und Kayla haben es uns gerade im Bus erzählt. Es muss irgendwann am Sonntag passiert sein. Maisey hat ihn bewusstlos gefunden, als sie ihn zum Abendessen holen wollte.«

»Oh Mann …« Zack fuhr sich durch die rotbraunen Haare. »Das muss ganz schön heftig gewesen sein.«

Meg nickte erneut. »Maisey ist total fertig. Sie haben Robin ins Saint Mary's gebracht. Da liegen auch die anderen Jungen.«

»Die Polizei war da und hat seine CyberSpecs und seinen Computer mitgenommen«, fuhr Charlie fort. »Es war wohl wie bei den anderen beiden Jungen auch: Die Specs waren tot und niemand konnte bisher nachvollziehen, wo Robin im Cybernetz zuletzt gewesen ist. Aber die Polizei arbeitet daran.«

Für einen Moment herrschte betroffenes Schweigen.

»Ist schon ein bisschen seltsam, oder?«, murmelte Sam schließlich unbehaglich. »Dass alle drei Jungen etwa gleich alt sind und aus London kommen?«

Meg griff seine Hand. »Genau deshalb will ich ja nicht, dass du im Moment ins Cybernetz gehst. Nicht, solange keiner weiß, was passiert ist und warum.«

Sam lächelte beruhigend und gab ihr einen Kuss. »Hey, schon gut. Ich halte mein Versprechen, also mach dir keine Sorgen.«

»Ich bin mir sicher, die finden bald heraus, was da los ist«, meinte Jamie.

»Haben die drei sich gekannt?«, fragte Zack.

Charlie schüttelte den Kopf. »Kayla sagte, Maisey wäre sich ziemlich sicher, dass Robin die anderen nicht kennt. Zumindest nicht im echten Leben. Aber mit wem er sich in der C-World getroffen hat, weiß sie nicht.«

»Vielleicht ist es eine Art Computervirus, der die Specs befällt?«, grübelte Meg. »Womöglich will sich da irgendein Hacker einen Namen machen und die Leute in Angst und Schrecken versetzen. Solche Gestörten gibt es doch immer wieder.«

»Aber warum dann nur Jungen, die alle etwa gleich alt sind und aus London kommen?«, warf Zack ein. »Dreimal so ähnliche Opfer. Das ist ein bisschen sehr selektiv, oder nicht? Wenn es wirklich ein Hacker ist, sucht er sich seine Opfer dann gezielt aus? Warum? Und wenn er Aufmerksamkeit und Medienrummel will, sollte er sich dann nicht mal langsam irgendwie zu erkennen geben?«

Ratlos zuckte Meg mit den Schultern.

»Vielleicht will auch jemand den Hersteller der CyberSpecs erpressen?« Jemma pfriemelte eine lose Haarsträhne zurück in ihren Pferdeschwanz.

Sam runzelte die Stirn. »Aber in dem Fall hat Zack auch recht, oder nicht? Der Erpresser sollte sich dann jetzt mal langsam melden und seine Forderungen nennen, sonst macht die ganze Aktion doch keinen Sinn.«

»Vielleicht hat er das ja längst, aber die Polizei hält diese Infos vor den Medien und den betroffenen Familien absichtlich zurück, um die Ermittlungen nicht zu gefährden?«, überlegte Jemma.

»Und dann sorgt der Erpresser nicht selbst dafür, dass es in die Medien kommt?« Zweifelnd schüttelte Zack den Kopf. »Die Angst in der Öffentlichkeit wäre doch sein größtes Druckmittel und das würde er sich ja wohl kaum entgehen lassen. Selbst wenn die Polizei versuchen würde, alles geheim zu halten, gäbe es für einen Erpresser genügend Möglichkeiten, der Presse selbst die entsprechenden Infos zuzuspielen.«

Jamie schnaubte. »Mann, Leute, bevor ihr noch mehr Verschwörungstheorien entwickelt und gleich James Bond, Sherlock Holmes und den kompletten MI6 auf den Plan ruft, wie wäre es denn mit dem Naheliegendsten? Vielleicht haben die CyberSpecs einfach einen technischen Defekt! Vielleicht gab es bei der Produktion irgendeine Panne, die dazu führt, dass eine bestimmte Modellserie Probleme macht. Das würde erklären, warum alle Betroffenen aus London kommen. Die Modelle wurden hierher ausgeliefert und hier verkauft.«

Meg war nicht überzeugt. »Glaubst du nicht, dass die Polizei so was als Erstes überprüft hat? Die arbeiten doch angeblich mit dem Hersteller zusammen, um herauszufinden, was passiert ist. Da werden die doch die Seriennummer der Specs längst überprüft haben. Und wenn es immer dieselbe wäre, hätten sie dann nicht längst eine Rückrufaktion gestartet, um alle Modelle zu untersuchen?«

Die Schulglocke schellte und rief die Schüler zum Unterricht. Wenig begeistert machten die sechs sich auf den Weg zu ihren Klassen.

Sam legte seinen Arm um Meg. »Ich denke jedenfalls, dass du recht hast und wir mit den CyberSpecs erst mal vorsichtig sein sollten, bis wir Genaueres wissen.«

Dankbar schmiegte Meg sich an ihn, während Jamie nur die Augen verdrehte und stumm den Kopf schüttelte.

Robin und Maisey waren an diesem Schultag natürlich das Thema Nummer eins an der Liongate Academy. Besonders, nachdem zur ersten großen Pause auch die Medien darüber berichteten und ein Großteil der Schüler sich den Newsflash wieder und wieder auf ihren Smartphones und Tablets ansah. Etwas Neues erfuhr man in den meist recht reißerischen Berichten allerdings nicht. Allen drei Jugendlichen ging es körperlich gut, ihre Gehirne schienen noch ganz normal zu arbeiten, aber die Jungen wollten einfach nicht aufwachen und wieder zu Bewusstsein kommen. Die Ärzte standen vor einem Rätsel. Was die Spekulationen in der Gerüchteküche nur umso höher kochen ließ – sowohl in den Medien, als auch an der Liongate.

Das Grauen hatte ihre Schule erreicht und auch wenn die meisten Schüler sich wirklich Sorgen machten und ehrliches Mitgefühl für Robin und Maisey zeigten, spürte man bei einigen auch einfach nur unverhohlene Neugier, Sensationslust und eine fast schon perverse Begeisterung daran, dass an ihrer Schule endlich mal etwas passiert war. Etwas, das so spannend war, dass sogar die Medien darüber berichteten und man aller Welt erzählen konnte, man ginge auf dieselbe Schule wie eins der Cyberopfer.

Jemma war das alles zuwider. Ihr tat Maisey jetzt schon leid, wenn sie in ein paar Tagen wieder zur Schule kommen würde. Sie konnte sich noch gut daran erinnern, wie fürchterlich die ersten Schultage nach dem Unfall ihrer Mutter gewesen waren. All die Beileidsbekundungen für ihre Mum, die besorgten Fragen nach Jamie. Auch wenn viele davon sicher nett und aufrichtig gemeint waren, war es trotzdem absolut unerträglich gewesen. Wenn Charlie, Zack und Sam ihr nicht die aufdringlichsten und neugierigsten Mitschüler vom Leib gehalten hätten, hätte sie den ersten Tag vermutlich kaum durchgehalten. Jemma beneidete Maisey nicht um das, was ihr bevorstand und sie war froh, als der Schultag endlich vorüber war.

Max holte die Geschwister ab und zu Hause verkroch Jemma sich mit ihren Hausaufgaben in ihr Zimmer, ausnahmsweise mal froh, dass die Mathegleichungen so knifflig waren, dass sie ihre ganze Aufmerksamkeit brauchten. Aber schon beim Abendessen wurde sie erneut mit dem Thema konfrontiert, denn es war natürlich eine der Topnews in den Londoner Hauptnachrichten. Doch neue Hinweise gab es noch nicht. Weder wusste man, was zu dem Koma der drei Betroffenen geführt hatte, noch wie man den Jungen helfen konnte. Es gab nur wilde Spekulationen, wobei die Medien von einer möglichen Erpressung ausgingen und alles daransetzten, Beweise für diese Vermutung zu finden.

»Schlimme Sache«, seufzte Robert, als der Bericht endete und eine Werbepause geschaltet wurde. »Für die Familien muss das die Hölle sein«. Er sah seine beiden Kinder über den Esstisch hinweg ernst an. »Vielleicht solltet ihr zwei das Cybernetz in nächster Zeit lieber meiden.«

Jemma warf einen Seitenblick zu Jamie. Seine linke Hand zitterte und er hatte Mühe, das Besteck zu halten. Unwirsch ließ er von seinem Steak ab.

»Soll das heißen, du verbietest uns die CyberWorld?« Der aggressive Unterton in seiner Stimme war nicht zu überhören.

Robert seufzte erneut. »Jamie, ich weiß, wie viel die C-World dir bedeutet, aber findest du nicht, dass diese schrecklichen Vorfälle – alle in London! – zumindest eine Überlegung wert sind, das Cybernetz für eine Weile ruhen zu lassen? Zumal Doktor Graham ohnehin meint, dass du etwas kürzertreten solltest. Er glaubt, dass deine Muskelkrämpfe wieder häufiger auftreten, könnte daran liegen, dass du in letzter Zeit so oft im Cybernetz bist. Diese Technik lähmt Muskeln und Nerven und das kann schon bei gesunden Menschen zu Krämpfen führen, bei dir –«

Klirrend warf Jamie sein Besteck auf den Teller. »Klar! Bei mir ist es dann natürlich gleich eine echte Katastrophe!«

»Jamie –«

Doch Jamie wollte nicht zuhören und fuhr seinem Dad wütend über den Mund. »Vielleicht sollte man Krüppeln wie mir ja den Aufenthalt in der C-World am besten gleich ganz verbieten!« Er hielt seine linke Hand hoch, die noch immer zitterte. »Dumm nur, dass ich seit zwei Tagen nicht mehr im Netz war und diese verdammte Hand heute trotzdem ständig krampft! Ach ja, und ich musste zweimal meine Schmerzpillen schlucken, um den ätzenden Schultag vor lauter Rückenschmerzen überhaupt durchzustehen! Aber vielleicht können wir Doktor Graham ja mal fragen, ob er noch ein paar andere tolle Theorien hat, warum es mir in letzter Zeit oft so beschissen geht!«

Er funkelte seinen Vater herausfordernd an, doch der schüttelte nur den Kopf und schwieg. Jetzt mit seinem Sohn diskutieren zu wollen, war keine gute Idee. Jamie kommentierte seine Reaktion mit einem verächtlichen Schnauben und stieß seinen Rollstuhl vom Esstisch fort.

»Max!«, rief er in Richtung Küche und rollte zur Treppe, ohne seinen Dad noch einmal anzusehen. »Ich bin fertig und will in mein Zimmer!«

»Natürlich.« Max ließ die Hausarbeit liegen, hob ihn aus dem Rollstuhl und trug ihn die Treppe hinauf in den ersten Stock.

Robert sah den beiden hinterher, dann schloss er kurz die Augen und atmete tief durch.

»Du darfst ihm das Cybernetz nicht verbieten, Dad«, sagte Jemma leise und schob ihren Teller beiseite. Der Appetit war ihr vergangen. »Du weißt nicht, wie wichtig es für ihn ist. Er kann da für ein paar Stunden einfach mal alles vergessen und wie alle anderen sein. Sich bewegen ohne Lähmungen, Krämpfe oder Schmerzen. Und niemand starrt ihn an oder nervt mit bescheuerten Fragen, weil keiner weiß, dass er im Rollstuhl sitzen muss. Die CyberWorld ist für ihn eine Auszeit von all dem Mist, mit dem er jeden Tag zu kämpfen hat. Das darfst du ihm nicht wegnehmen.«

Robert blickte seine Tochter mit einem tiefen Seufzen an und Jemma fand, dass ihr Dad plötzlich ziemlich erschöpft aussah.

»Jem, ich weiß, wie wichtig es für Jamie ist, sich ab und an aus der Realität auszuklinken. Ich kriege vielleicht nicht so viel mit wie du, aber ich bin nicht blind. Ich sehe auch, wie oft er mit sich und seinem Körper zu kämpfen hat und wie schwer der Alltag manchmal für ihn ist. Und ich bin unendlich stolz auf ihn, wenn ich sehe, wie gut er all diese Schwierigkeiten trotzdem immer wieder meistert und wie hart er an sich arbeitet.« Müde fuhr er sich übers Gesicht. »Ich will nur, dass es ihm gut geht. Und ganz sicher will ich nicht, dass ihm das Gleiche wie diesen drei Jungen passiert. Ihn noch einmal zu verlieren, könnte ich nicht ertragen.«

Jemma schluckte. Ihren Dad quälten offensichtlich die gleichen schlimmen Erinnerungen wie sie.

»Ich weiß«, murmelte sie.

Liebevoll sah Robert sie an und nahm ihre Hände in seine. »Das Gleiche gilt übrigens auch für dich. Ich weiß nicht, was ich ohne dich tun würde.« Er nickte in Richtung Treppe. »Oder was Jamie tun würde. Ich hoffe, du weißt, wie wichtig du für uns beide bist.«

Jemma lächelte verlegen und drückte die Hände ihres Vaters.

»Versprich mir, dass ihr vorsichtig seid und auf euch aufpasst.«

»Dann verbietest du uns die C-World also nicht?«

Robert atmete tief durch und schüttelte den Kopf. »Nein.

Selbst wenn ich euch die CyberSpecs wegnähme, würde Jamie einen Weg finden, sich neue zu besorgen, und bevor er irgendwo heimlich ins Netz geht, ist es mir bedeutend lieber, er tut es hier, wo zumindest Max immer ein Auge auf ihn haben kann.« Er sah seine Tochter ernst an. »Aber ich will, dass ihr euch ab jetzt an die Sicherheitshinweise haltet. Ich weiß, dass ihr das bisher nicht so genau nehmt. Aber solange niemand weiß, was der Grund für diese Komafälle ist, will ich, dass ihr nicht länger als zwei Stunden und vielleicht nicht unbedingt jeden Tag ins Netz geht. Einverstanden?«

Jemma nickte. Das war ein ziemlich fairer Kompromiss.

»Einverstanden.« Sie stand auf und umarmte ihren Dad. »Ich rede mit Jamie und ich verspreche, dass wir aufpassen.«

»Okay. Ich verlasse mich auf euch.«

Jemma klopfte an die Zimmertür ihres Bruders und wartete kurz, doch als keine Antwort kam, trat sie einfach ein. Jamie lag auf seinem Bett, trug seine CyberSpecs und hatte sich nach der unschönen Auseinandersetzung mit seinem Vater offensichtlich aus purem Trotz erst mal in die C-World abgesetzt.

Typisch …

Seufzend trat Jemma an seinen Computer, um zu sehen, wohin er gegangen war, und war nicht sonderlich überrascht darüber, welches Programm er gestartet hatte.

▸PUNCH◂

Anscheinend brauchte Jamie gerade mal wieder ein Ventil, um Dampf abzulassen.

Sie ging hinüber in ihr eigenes Zimmer, holte ihre CyberSpecs und wählte dasselbe Programm. Dann legte sie sich neben Jamie und setzte die Brille auf. Vorschriftsmäßig befestigte sie die neuronalen Sensoren an ihren Schläfen und aktivierte ihren Zugang.

Wie immer war erst mal alles schwarz, bis eine helle Schrift erschien.

Willkommen im Cybernetz.

Das gewünschte Programm wird geladen.

Bitte warten …

Drei Sekunden lang geschah gar nichts, dann spürte Jemma das vertraute Kribbeln im Magen, so als würde sie auf einer Achterbahn im freien Fall in die Tiefe rauschen. Doch das Gefühl hielt nur kurz an. Plötzlich fühlte sie sich so leicht, als würde sie schweben. Die Cybertechnik schaltete ihr Körpergefühl aus.

Programm bereit.

Programm startet.

Die Schwärze begann zu flimmern und verwandelte sich in flirrende Farben. Das war der Moment, den Jemma hasste. Jedes Mal, wenn die Welt des Cybernetzes sich materialisierte, wurde ihr schwindelig, daher schloss sie schnell die Augen. Erst als sie die dumpfen Hiebe gegen den Sandsack und Jamies verbissenes Keuchen hörte, öffnete sie sie wieder und ihr Avatar befand sich in einem Raum, der einer kleinen Turnhalle ähnelte. Der Boden war mit Gummimatten ausgelegt und in der Mitte hing ein dicker roter Boxsack von der Decke, in den Jamie immer wieder seine Fäuste rammte.

»Hätte ich dir ein Foto von Doc Graham mitbringen sollen? Oder lieber von Mister X, dem großen Unbekannten, dem wir zu verdanken haben, dass das Cybernetz auf einmal nicht mehr sicher ist?«

Jamie warf ihr nur einen kurzen Blick über die Schulter zu, dann prügelte er weiter auf den Sack ein.

»Du hast Dad vergessen«, knurrte er und schlug erneut so

fest er konnte zu. »Hat er dich geschickt, um mich zu holen? Steht er bei mir im Zimmer und holt mich gewaltsam zurück, wenn ich die C-World nicht freiwillig verlasse?«

Jemma trat neben ihn. »Red nicht so einen Mist. Du weißt, dass das gefährlich wäre und er das niemals machen würde.«

Jamie wich ihrem Blick aus und boxte erneut gegen den Sack. Natürlich wusste er das. »Dann sollst du mich also holen.«

»Dad hat mich nicht geschickt.«

»Ach nein? Was willst du dann hier?«

Jemma seufzte. Wenn Jamie so drauf war wie jetzt, war es echt anstrengend mit ihm zu reden und nicht immer reichte ihre Geduld dafür aus. Das Programm hatte ihr Trainingskleidung und Boxhandschuhe verpasst, daher schob sie ihre rechte Hand einfach unvermittelt zwischen den Boxsack und den nächsten Hieb ihres Bruders. Sein Schlag traf ihr Handgelenk, doch wie immer in der CyberWorld empfand sie keinen Schmerz. Jamie hielt trotzdem inne und sah sie entnervt an.

»Jem, was soll das? Was willst du von mir? Wenn Dad dich nicht geschickt hat, warum kannst du mich dann nicht in Ruhe lassen?«

»Weil ich deine Schwester bin. Können wir einfach kurz reden? Ich verspreche auch, dass ich dich danach in Frieden lasse.« Sie klopfte mit ihrer dicken Boxhandschuhhand gegen ihr Herz. »Großes Ehrenwort.«

Jamie warf einen beschwörenden Blick an die virtuelle Decke, zuckte dann aber die Schultern und nickte schicksalsergeben. Jem würde ohnehin keine Ruhe geben, also brachte er es besser hinter sich.

»Ich werde mir das Cybernetz nicht verbieten lassen. Weder von Doc Graham noch von Dad.« An der Wand des Trainingsraums stand eine einfache Holzbank. Trotzig ließ er sich darauf fallen und streifte die Boxhandschuhe ab.

»Dad will dir gar nichts verbieten.« Jemma setzte sich neben ihn und zog ebenfalls die Handschuhe aus.

Skeptisch sah Jamie sie an.

»Er weiß, wie wichtig dir die CyberWorld ist. Er will nur, dass du vorsichtig bist und auf dich aufpasst.«

Jamie runzelte die Stirn und Jemma sah, dass er damit nicht gerechnet hatte.

»Das heißt, er hat nichts dagegen, dass wir weiter ins Netz gehen?«

»Na ja, es wäre ihm mit Sicherheit lieber, wir würden es nicht tun, bis klar ist, was mit den drei Jungen passiert ist. Aber er wird es uns nicht verbieten. Allerdings will er, dass wir uns von nun an genau an die Sicherheitsbestimmungen halten: Maximal zwei Stunden am Stück im Netz. Ich finde, das ist sehr fair.«

Jamie nickte schweigend und starrte eine ganze Weile auf seine Hände, ehe er wieder sprach. »Wirst du es tun? Aus dem Netz bleiben, bis klar ist, was mit den Jungen los ist?«

»Ich weiß nicht. Ein bisschen komisch ist das alles schon.« Sie schnitt eine Grimasse. »Aber vielleicht muss ich mir um mich keine so großen Sorgen machen. Ich scheine ja nicht unbedingt ins Beuteschema zu passen.«

Jamie lachte auf. »Beuteschema? Du glaubst also wirklich, dass es da jemand absichtlich auf Jungen in London im Alter von sechzehn bis siebzehn abgesehen hat?«

Unsicher hob sie die Schultern. »Ich finde, drei Mal ist ein bisschen zu viel, um noch ein Zufall zu sein, oder nicht?«

»Ja, vielleicht«, gab Jamie zu und verzog das Gesicht. »Damit würde ich dann ja wohl genau ins Beuteschema passen.«

»Zack auch.«

Abrupt sah Jamie sie an. Jemma war klar, dass es nicht gerade fair war, ihm gegenüber diese Karte auszuspielen. Sie wusste, wie wichtig Zack für ihn war, und bei ihrem Kampf gegen den Cyberdrachen war auch mehr als offensichtlich geworden, wie schlimm es für Jamie wäre, Zack zu verlieren.

»Das ist unfair, Jem.«

»Ich weiß. Du könntest es nicht ertragen, wenn Zack etwas passiert. Ich auch nicht. Aber genauso geht es Dad und mir bei dir.«

Er betrachtete sie kurz, dann wandte er sich ab und blickte zu Boden. »Besonders, weil ihr das mit mir schon einmal durchmachen musstet.«

Jemma nickte stumm und eine Weile herrschte Stille, bis Jamie schließlich das Schweigen brach.

»Wenn es damals andersherum gewesen wäre und ich nicht gewusst hätte, ob du jemals wieder aus dem Koma aufwachst, ich glaube, ich wäre durchgedreht.«

Sie sah ihn ernst an. »Ja, es war schlimm. Aber nicht nur für mich. Auch für Dad. Ich glaube, noch mal würde er so was nicht durchstehen. Keiner von uns. Er macht sich einfach Sorgen und will nicht, dass uns irgendwas passiert. Aber er weiß auch, dass die CyberWorld wichtig für dich ist. Er will sie dir nicht wegnehmen. Er will nur, dass wir vorsichtig sind und auf uns aufpassen.«

Jamie seufzte. »Das ist leider nur nicht ganz so einfach, solange wir nicht wissen, was mit den Jungen passiert ist, und worauf wir aufpassen müssen.«

»Wir sollten uns zumindest an die Sicherheitsbestimmungen halten. Falls es ein Problem mit der Technik gibt, wenn man zu lange im Netz bleibt, sind wir so auf der sicheren Seite. Und vielleicht sollte keiner von uns im Moment alleine in die C-World gehen. Wenn wirklich irgendwer vorhat, jemandem gezielt zu schaden, dann dürfte es schwieriger sein, wenn man mit mehreren unterwegs ist, oder nicht? Das ist ja im echten Leben nicht anders.«

Jamie zuckte mit den Schultern und nickte. »Hört sich nach einem ganz guten Plan an.«

Jemma lächelte und wies auf den Boxsack. »Dann los! Ich bleib hier und seh dir zu.«

Er stand von der Bank auf und schüttelte den Kopf. »Nein, schon gut. Ich hab genug. Und ich will nicht, dass du und Dad euch Sorgen um mich macht, okay? Ich passe auf.«

»Ich weiß. Aber rede noch mal mit Dad. Ich denke, er würde das auch ganz gern von dir hören.«

Jamie nickte. Er griff sich an die Schläfen, um das Cybernetz zu verlassen, doch Jemma hielt ihn zurück.

»Was würdest du tun, wenn Doc Graham recht hätte und die Cybertechnik wirklich nicht gut für deinen Körper ist?«

Er warf ihr einen langen Blick zu und hob dann hilflos die Schultern. »Ich weiß es nicht.«

Kapitel 6

Der Unterricht kroch am nächsten Morgen quälend langsam vor sich hin. Der Vorfall mit Robin war noch immer das Thema Nummer eins, doch da es keine neuen Informationen gab – weder in den Medien noch von Maisey, die noch nicht wieder in der Schule erschienen war – wiederholten sich nur immer und immer wieder alle möglichen Spekulationen, Vermutungen und haltlosen Verdächtigungen.

Jemma gab sich alle Mühe, einfach nicht hinzuhören und war dankbar, dass Charlie fast ununterbrochen auf sie einredete, denn sie hatte am Nachmittag ihr erstes Treffen mit den Jungs von Strikers. Nachdem sämtliche Stylingfragen und – wichtiger noch – mögliche Songs für ihr Casting durchgesprochen waren, erinnerte Charlie sich allerdings sehr zu Jemmas Leidwesen daran, dass Will sich ja nach den recht geheimnisvollen Andeutungen und seinem überstürzten Abgang am Montagabend noch mal bei ihr melden wollte.

Dummerweise sprach sie Jemma ausgerechnet dann auf Will an, als sie am Mittag gemeinsam mit Meg in der Schulcafeteria saßen. Die hatte die Tatsache, dass Jemma ein Date gehabt hatte, über allem anderen völlig vergessen, wollte nun aber dringend eingeweiht werden. Da Jemma bisher jedoch noch nichts weiter von Will gehört hatte und sich auch keinen Reim aus seinem sonderbaren Verhalten machen konnte, überließ sie die Diskussion ihres nicht vorhandenen Liebeslebens ihren beiden Freundinnen und war fast froh, als die Glocke sie nach der Mittagspause zum Biounterricht rief. Die letzte Stunde des Tages. Die Doppelstunde Physik, mit der man sie normalerweise noch gequält hätte, fiel heute aus und Jemma schickte ein stilles Dankgebet zum Engel der unverhofften kleinen Alltagsfreuden.

»Möchtet ihr etwas essen?«, fragte Max, als er den Wagen in die Einfahrt lenkte und parkte.

»Tee und ein paar Kekse wären klasse.« Jemma stieg aus, schwang ihren Rucksack über die Schulter und griff nach Jamies.

»Hört sich prima an.« Zack zog den Rollstuhl aus dem Kofferraum und stellte ihn so, dass Jamie sich aus dem Auto hineinziehen konnte.

»Sehr gerne.«

Max ging voraus und die drei folgten ihm über den kurzen Weg zum Vordereingang. Drei Stufen führten zur Haustür hinauf und Zack sah Jamie fragend an, doch der schüttelte nur müde den Kopf.

Als nach dem Unfall klar gewesen war, dass Jamie trotz guter Fortschritte in der Reha weiter auf einen Rollstuhl angewiesen sein würde, hatte Robert an allen Treppen im und ums Haus Rampen und Lifte einbauen lassen wollen, damit sein Sohn sich frei bewegen konnte, doch das hatte Jamie nicht gewollt. Er sah die Stufen als Herausforderung, das Laufen an Krücken ständig zu üben. Er fürchtete, dass Rampen und Treppenlifte ihn bequem machen und er sich zu sehr auf seinen Rollstuhl verlassen würde. Robert hatte Jamies Wunsch respektiert und seiner Familie stattdessen einen Hightechhausmann gekauft, dessen primäre Aufgabe es war, Jamie im Alltag zu unterstützen, wenn er Hilfe brauchte. Dass Max während der Schulstunden jede Menge Zeit hatte, um ungeliebte Hausarbeit wie Putzen, Waschen, Bügeln, Einkaufen und Kochen zu erledigen, war ein äußerst willkommener Nebeneffekt, um den keiner der drei Bennetts böse war.

»Heute nicht. Ich bin total k.o.«

Zack nickte, drehte den Rollstuhl und zog ihn rückwärts die Treppe hoch.

Normalerweise schaffte Jamie die drei Stufen zur Eingangstür mit etwas Hilfe auf eigenen Beinen. Im Gedrängel der Schule fühlte er sich nicht sicher genug, um auf den Rollstuhl zu verzichten, doch sobald er zu Hause war, versuchte er mit Krücken auszukommen und für eine ganze Weile hatte das auch schon sehr gut funktioniert. In den letzten Wochen fühlte er sich allerdings oft zu müde und ihm fehlte die Kraft, mehr als ein paar Schritte zu gehen. Seine Krämpfe waren schlimmer geworden und gingen einher mit Muskelschmerzen und Lähmungserscheinungen. Die Theorie seines Arztes dazu kannte er, doch Jamie weigerte sich, zu glauben, dass seine Beschwerden wirklich etwas mit der CyberWorld zu tun haben konnten.

Zack schob den Rollstuhl durch die Haustür und wollte in Richtung Küche abbiegen, doch Jamie hielt ihn zurück und schüttelte den Kopf.

»Ich will keinen Tee. Ich leg mich lieber hin.«

Zack musterte ihn kurz. »Alles in Ordnung?«

Jamie nickte, mied aber seinen Blick. »Ja. Ich bin einfach nur müde.«

»Dann komm, ich bring dich hoch.« Zack bot ihm seine Arme an, um ihm aufzuhelfen, doch Jamie wich zurück.

»Das kann Max machen.«

»Das weiß ich. Aber wenn du mir jetzt ernsthaft sagen willst, dass du dich lieber von deinem Roboter als von mir tragen lässt, fange ich an, mir Gedanken zu machen.«

Jamie musste grinsen, schüttelte den Kopf und griff nach Zacks Armen. Mühsam zog er sich auf die Beine. Für einen Moment kämpfte er um sein Gleichgewicht und Zack hielt ihn fest, bis er sicher stand. Dann wandte er sich um, Jamie schlang seine Arme um ihn und Zack zog ihn auf seinen Rücken.

Niedergeschlagen ließ Jemma ihren Rucksack von der Schulter gleiten und warf ihn neben den Rollstuhl, während die beiden nach oben verschwanden.

Sie brauchte jetzt dringend einen Tee.

Und Kekse.

Max hatte das Wasser bereits aufgesetzt und stellte gerade einen Teller mit Schokocookies auf den Küchentresen.

»Jamie will sich hinlegen?«

Jemma nickte betrübt, zog sich auf einen der Barhocker und begann an einem Keks zu knabbern.

»Wirst du mit Zack den Nachmittag hier verbringen?«

»Ja, wieso?«

»Da ich euch außerplanmäßig früher von der Schule abholen musste, habe ich es nicht mehr geschafft, die Anzüge deines Vaters aus der Reinigung abzuholen und ein paar Einkäufe zu erledigen. Ich könnte die Sachen natürlich liefern lassen, aber wenn du und Zack hier seid, falls Jamie Hilfe benötigt, würde ich meine Aufgaben gerne selbst erledigen.«

Jemma musste lächeln. Das Pflichtbewusstsein, das man Max einprogrammiert hatte, rührte sie immer wieder und für sie war ihr Hightechhausmann schon lange viel mehr als nur eine einfache Maschine, die ihnen den Alltag erleichtern sollte.

»Kein Problem, Max. Geh nur. Wir kommen hier alleine klar.«

»Vielen Dank.« Das Wasser brodelte und der Kocher schaltete sich ab. Max goss den Tee auf und stellte die Kanne mit zwei Tassen zu den Keksen. »Kann ich sonst noch etwas für euch tun?«

»Nein, danke. Alles okay.«

»Dann mache ich mich jetzt auf den Weg. Gibt es noch irgendwas, das ich dir mitbringen soll?«

»Nur den neuen Skizzenblock.«

Max lächelte. »Der steht schon ganz oben auf meiner Liste.«

»Danke, du bist der Beste.«

Der Roboter scannte kurz den Raum, um sicherzugehen, dass er keine Arbeiten liegen gelassen hatte, und wandte sich dann zur Tür.

»Ich denke, in spätestens zwei Stunden werde ich zurück sein. Es gibt keine Staumeldungen für die Straßen in meinem Zielgebiet.«

»Keine Eile. Bis dann!«

Die Haustür fiel ins Schloss. Jemma goss sich Tee ein und da sie Zack auf den Stufen hörte, füllte sie auch gleich die zweite Tasse.

»Wo ist Max hin?« Schwungvoll setzte er sich zu ihr an die Theke und nahm sich einen Keks. Er hatte sich umgezogen und trug nun Jeans und Hoodie statt seiner Schuluniform. Da seine Eltern beruflich viel unterwegs waren und Zack von klein an die Zeit ihrer Abwesenheit im Haus der Bennetts verbracht hatte, war dort sein zweites Zuhause und er lagerte immer einige seiner Klamotten in Jamies Zimmer.

»Ein paar Besorgungen machen. Hat Jamie sich wirklich hingelegt?«

Zack nickte. »Er ist ziemlich erledigt. Ich hoffe, er schläft ein bisschen.«

Jemma rieb sich über die Augen. »Wic oft hat er heute sein Schmerzmittel nehmen müssen?«

Zack sah sie an. »Nur einmal.«

Sie verzog das Gesicht und schüttelte den Kopf. »Im Moment schafft er keinen Schultag ohne. Das kann auf Dauer nicht gut sein.« Fahrig trommelte sie mit den Fingernägeln gegen ihre Teetasse, bis Zack seine Hand über ihre legte.

»Er hat einfach eine schlechte Phase, Jem. Die letzten Wochen waren durch die blöden Klausuren und mündlichen Prüfungen total stressig. Aber ab Freitag haben wir Ferien. Dann kann er sich ausruhen. Mach dir nicht so viele Sorgen. Das wird schon wieder.«

Sie nickte unwirsch. »Hoffentlich. Für meinen Geschmack dauert diese Scheißphase jetzt nämlich langsam lange genug.«

»Ja, ich weiß«, seufzte Zack. »Und die Tatsache, dass sein Doc ihm Stress wegen der C-World macht, trägt auch nicht gerade dazu bei, dass er sich besser fühlt.«

»Nein, nicht wirklich.«

»Ich glaube nicht, dass es daran liegt. Jamie hat immer wieder gute und schlechte Phasen und durch die schlechten hat die CyberWorld ihm bisher immer durchgeholfen, anstatt ihm zu schaden. Sie ist gut für ihn und lenkt ihn ab.«

»Ja, aber kein Mensch weiß, was für Auswirkungen diese Technik vielleicht auf seinen Körper haben kann. Sie schaltet immerhin Muskeln und Nerven aus! Was, wenn die Ärzte recht haben und das für Jamie wirklich nicht gut ist? Es gibt noch keine verlässlichen Studien –«

»Exakt!«, unterbrach Zack sie. »Niemand weiß irgendwas Genaues. Alles, was die Ärzte haben, sind ein paar unbegründete Theorien und Vermutungen. Und ich hasse es, dass sie damit nicht nur dich und euren Dad, sondern vor allem Jamie völlig verunsichern!«

»Was sollen sie denn machen? Sie müssen doch irgendwie forschen, um zu neuen Erkenntnissen zu kommen!«

»Das sagt ja auch keiner! Forschen sollen sie ja auch. Aber bevor sie keine Beweise haben, sollten sie die Klappe halten! Es gibt vermutlich noch zig andere Erklärungen, warum es Jamie mal besser und mal schlechter geht. Ist irgendeinem von den Halbgöttern in Weiß zum Beispiel mal aufgefallen, dass es ihm oft auch dann mies geht, wenn es in der Schule Stress gibt? Vielleicht sollten sie diese Möglichkeit ja auch mal untersuchen! Wäre interessant, ob sie ihm bei so einem Verdacht dann auch raten würden, bei Klausuren und mündlichen Prüfungen ein bisschen kürzerzutreten! Vermutlich nicht, denn Schule ist ja sooo wichtig!«

Jemma befreite sich aus seinem Griff, stützte den Kopf in die Hände und starrte auf die Tischplatte. »Es ist mir völlig egal, woran es liegt. Ich will nur nicht, dass irgendwas all die Fortschritte, die er sich so mühsam erkämpft hat, wieder kaputtmacht.«

»Das will ich auch nicht, Jem«, meinte Zack jetzt deutlich ruhiger als zuvor. »Und wenn ich tatsächlich das Gefühl hätte, die CyberWorld wäre schlecht für ihn, dann würde ich mit Sicherheit versuchen, sie ihm auszureden. Doch ich glaube wirklich, dass sie ihm guttut statt ihm zu schaden.« Er atmete tief durch. »Aber vielleicht hat dein Dad recht und es ist eine gute Idee, wenn wir uns in nächster Zeit mal streng an die Sicherheitsbestimmungen halten. Dann werden wir ja sehen, ob Jamie wieder besser klarkommt.«

Jemma nickte stumm. Schließlich hob sie seufzend den Kopf und rutschte vom Barhocker. »Lass uns hochgehen und Hausaufgaben machen.«

Zack musterte sie kurz, ging dann aber auf ihren offensichtlichen Wunsch nach einem Themenwechsel ein. »Okay. Machen wir Mathe. Dann kann Jamie die Aufgaben heute zur Abwechslung mal von uns abschreiben statt umgekehrt.«

Da Jamie schlief, warf Zack sich auf Jemmas Bett und sie erledigten ihre Aufgaben, wobei Zack sich voll und ganz auf Jemmas Rechenkünste verließ und die Gleichungen einfach von ihr abschrieb. Den Text, den sie für Bio lesen sollten, wählte er dann zwar auf seinem Reader an, doch während Jemma zumindest einen halbherzigen Versuch startete, sich in das Thema Genetik einzulesen, beschloss Zack, dass er für diesen Tag mehr als genug Bildung genossen hatte.

»Was läuft eigentlich zwischen dir und diesem Will?«

Stöhnend gab Jemma ihren ohnehin nur kläglichen Versuch auf.

Zack grinste. »Falsche Frage?«

»Nein, überhaupt nicht! Nachdem ich mein nicht vorhandenes Liebesleben heute schon von Charlie und Meg analysieren lassen musste, kann ich es gerne auch noch mal mit dir durchkauen.« Sie stand vom Bett auf, um ihre Schulsachen wegzuräumen.

»Hättest du denn gern ein Liebesleben mit ihm?«

Sie lachte auf. »Hallo?! Ich kenn ihn doch bisher kaum! Woher soll ich das wissen?«

»Na, du wirst doch wohl generell sagen können, ob du ihn magst, oder nicht? Was sein Aussehen angeht kann man ja definitiv schon mal nicht meckern.« Er grinste. »Groß, sportlich, hübsche Augen, dunkles Haar … Du hättest es eindeutig schlechter treffen können.«

Jemmas Augen verengten sich zu schmalen Schlitzen, als sie ihn mit ihrem Blick durchbohrte. »Ich dachte eigentlich, du stehst eher auf klein, schmal und blond.«

Er lachte. »Keine Sorge, ich werd deinem Bruder schon nicht untreu! Ich finde es nur lustig, wie ähnlich ihr beiden euch immer wieder seid. Anscheinend sogar, was euren Männergeschmack angeht, denn offensichtlich steht ihr beide auf sportlich, dunkle Haare und unglaublich gutaussehend.« Er grinste frech.

Kopfschüttelnd wandte Jemma sich ab. »Dein Ego ist zu groß für mein kleines Zimmer.«

»Dann solltest du endlich anbauen, Süße! Ich bin schließlich öfter hier.«

Sie verdrehte die Augen und kramte kommentarlos weiter in ihren Schulsachen.

»Jetzt mal im Ernst, magst du Will?«

Sie hob die Schultern und nickte zögernd. »Ja, ich denke schon. Er scheint echt nett zu sein und man kann ganz gut mit ihm reden. Aber wie gesagt, im Prinzip kenne ich ihn bisher kaum.«

»Das kann man ja ändern.«

Sie strich sich eine Haarsträhne aus dem Gesicht und sah ihn leicht genervt an. »Vermutlich schon! Allerdings hat er sich bisher noch nicht wieder gemeldet.«

»Warte ab, das kommt schon noch. Ich bin mir ziemlich sicher, dass er dich mag. Was durchaus dafür spricht, dass er einen guten Geschmack hat.«

»Sollte das jetzt ein Kompliment für mich oder für Will sein?«

Bevor Zack antworten konnte, meldete Jemmas Handy, dass eine Nachricht eingegangen war. Sie zog es aus ihrem Rucksack und blickte überrascht auf den Absender.

»Wenn man vom Teufel spricht …«

»… schickt er dir eine Nachricht?!«

Sie nickte und öffnete die Mitteilung, doch falls sie sich auf eine nette Botschaft von Will gefreut hatte, wurde sie enttäuscht. Ein wenig irritiert überflog Jemma die wenigen Worte.

»Was schreibt er denn? Eine Einladung zu einem romantischen Date?«

Stirnrunzelnd drehte sie das Display so, dass Zack die Nachricht selbst lesen konnte.

C-Club 9. PR 2312. Heute, 19.00 Uhr. Bring Jamie und Zack mit.

»Hört sich jetzt eher nicht nach einem romantischen Date an, oder?«

Zack grinste. »Na, kommt drauf an. Immerhin hat er einen PrivateRoom für uns organisiert.«

Kapitel 7

Wir sind da.«

Rot. Das war das Erste, was Jemma sah, als sie nach dem Übergang in die CyberWorld ihre Augen öffnete. Rote Wände, rotes Ecksofa, dunkelroter Teppichboden.

»Wow.« Zack sah sie mit hochgezogener Augenbraue an. »Kleiner Tipp, wenn das mit dir und Will was Ernstes wird und ihr jemals zusammenziehen wollt, übernimm du lieber die Farbgestaltung eurer Wohnung. Nichts gegen Rot, aber das hier ist definitiv ein bisschen too much.«

»Ich finde es eigentlich ganz gemütlich.« Jamie grinste, als Zack ihm einen ungläubigen Blick zuwarf. »Erinnert mich ein bisschen ans McAllister's.« Er strich über die Lehne der Couch. »Da stehen genau die gleichen Sofas.«

Er ging um das Möbelstück herum und trat an die große Fensterfront. Ein virtueller Blick über das nachtbeleuchtete London gaukelte den Eindruck vor, man befände sich am Fenster eines Hochhauses, das sich langsam um die eigene Achse drehte und so einen fantastischen Rundblick über ihre Heimatstadt gewährte. »Der Ausblick ist hier allerdings um Längen besser.«

Jemma schaute sich um, doch außer der grandiosen Aussicht gab es nicht viel zu sehen. Der Raum war nicht sehr groß und den größten Teil nahmen das Ecksofa und ein schlichter kleiner Holztisch ein, der davor stand. Sonst gab es keine weiteren Möbel. An den Wänden hingen halbrunde Deckenstrahler, die ein sanftes Licht verbreiteten und durch das virtuelle Fenster glitzerten die Lichter der Großstadt.

Zack sah auf den digitalen Zeitmesser an seinem Handgelenk, den jeder, der die CyberWorld betrat, automatisch verpasst bekam. Zum einen zeigte er die Uhrzeit im realen Leben, zum anderen die Zeitspanne, die man sich bereits in der virtuellen Welt aufhielt. Spielte man ein Rollenspiel, kam noch eine dritte Angabe hinzu: die Zeit, die im Spiel galt.

»Er kommt zu spät.«

»Noch keine fünf Minuten.« Jamie stand noch immer am Fenster und sah hinaus. »Du kannst ja rausgehen und nachsehen, ob er irgendwo im Club ist.« Er deutete auf eine Tür, die der Fensterfront gegenüber lag.

Zack schüttelte den Kopf und ließ sich auf das Sofa fallen. »Das bringt ja nichts. Wenn er sich wie wir direkt hier in den Raum einwählt, dann renn ich völlig umsonst durch das Gewühl da draußen.«

Hinter der Tür lag der *C-Club 9*, einer der angesagtesten Clubs in der CyberWorld. Als eine Mischung aus Bar, Lounge und mehreren Dancefloors mit unterschiedlichen Musikrichtungen, war der *C-Club 9* ein Ort, an dem man virtuell Leute aus der ganzen Welt treffen konnte. Seit VanguardArts Entertainment das Cybernetz vor fünf Jahren eröffnet hatte, hatten sich unzählige dieser C-Clubs gegründet. Ob bestimmte Musikrichtungen, Filme oder TV-Serien, Sport oder sonstige Hobbys – das Angebot war fast unermesslich.

Der *C-Club 9*, in den Will sie bestellt hatte, war eine virtuelle Großraumdisco für Jugendliche ab sechzehn und einer der größten und ältesten Clubs. Er bot seinen Besuchern die Möglichkeit, sich in PrivateRooms zurückzuziehen, wenn man dem Lärm und Trubel der Tanzflächen für eine Weile entkommen wollte. Man bekam einen persönlichen Code, mit dem nur diejenigen den PR betreten konnten, die auch Zugang haben sollten. Da Will Jemma den Zugangscode für ihren Raum geschickt hatte, hatten die drei sich direkt dorthin einwählen können, ohne erst durch die öffentlichen Bereiche des *C-Club 9* gehen zu müssen. PrivateRooms konnte jeder Besitzer nach eigenem Geschmack gestalten und Wills war offensichtlich eher minimalistisch. Und rot.

Etwas flackerte im hinteren Teil des Raums und die drei wandten sich um. Keine zwei Sekunden später hatte Wills Avatar sich materialisiert.

»Hi! Schön euch wiederzusehen. Ich hoffe, ihr wartet noch nicht lange?«

Jemma schüttelte den Kopf. »Nein, wir haben uns gerade erst eingeloggt und die coole Aussicht bewundert.«

»Freut mich, dass es dir gefällt.« Er lächelte und wirkte ehrlich erleichtert. Einen Moment lang sah es so aus, als würde er sie zur Begrüßung umarmen wollen, doch dann fiel sein Blick auf Jamie und Zack und er zögerte.

Jamie grinste. »Wenn ihr zwei lieber allein sein wollt, können Zack und ich auch gehen. Ich hab mich ohnehin gewundert, dass du uns mit hierher bestellt hast.«

»Echt?«, zog Will ihn auf. »Nachdem ihr Jemma bei unserem letzten Treffen hinterherspioniert habt, dachte ich, ich müsste dich und Zack jetzt bei jedem unserer Dates fest einplanen.«

Jamie verzog das Gesicht. »Lieber nicht. Gewisse Dinge sollte ein Bruder über seine Schwester besser nicht wissen.«

Jemma rammte ihm ihren Ellenbogen in die Seite. »Du bist total unmöglich!«

Lachend nahm Will ihre Hand und Jemma bedauerte, dass seine Berührung nur virtuell war. Sie konnte zwar sehen, dass er ihre Hand hielt und sie fühlte die Berührung auch, da die Cybertechnik ihrem Gehirn diese sensorischen Informationen übermittelte, doch für die Technik war es nur eine x-beliebige Berührung und konnte daher nicht mal ansatzweise das kribbelige Gefühl in ihren Bauch zaubern, das Wills echte Berührung in der realen Welt ausgelöst hatte. Sie seufzte innerlich. Die CyberWorld hatte sich gerade einen ganz dicken Minuspunkt eingehandelt.

»Gut zu wissen, dass deine beiden Bodyguards ab jetzt Abstand halten werden«, raunte er ihr mit einem Augenzwinkern zu und zog sie mit sich zum Sofa.

»Wie Jamie schon sagte, wir können euch gerne allein lassen«, meinte nun auch Zack. »Es sei denn, du willst das Geheimnis deiner rätselhaften Andeutungen von neulich endlich lüften, dann bleiben wir natürlich noch ein Weilchen. Wobei ich zugeben muss, dass mir dafür ein Treffen im McAllister's lieber gewesen wäre. So sehr ich die Games in der C-World schätze, die Clubs sind mir im wahren Leben lieber.«

Will nickte. »Mir eigentlich auch, aber hier haben wir mehr Privatsphäre. Im McAllister's hätte uns jemand belauschen können und das wollte ich nicht riskieren.«

Jamie warf Will einen stirnrunzelnden Blick zu. »Was für ein Wahnsinnsgeheimnis willst du uns denn erzählen? Was immer es ist, sei lieber vorsichtig, was du hier sagst, denn ich garantiere dir, dass wir hier überwacht werden. Der *C-Club 9* steht unter Jugendschutz und irgendwie müssen die ja sicherstellen, dass nichts Illegales oder hoch Anrüchiges in den PRs passiert.«

Will grinste. »Prinzipiell hast du recht, aber dieser Raum hier ist absolut sicher. Ich hab ihn so eingestellt, dass er in den Logfiles des Cybernetzes nicht aufgeführt wird. Offiziell existieren wir also gerade gar nicht.«

»Ja, klar«, schnaubte Zack mit einer gehörigen Portion Skepsis. »Und das kannst du so einfach, weil du der Superhacker schlechthin bist, oder was?«

Will grinste noch immer und schüttelte den Kopf. »Nein.

Obwohl ich sicher nicht schlecht bin. Der eigentliche Grund ist aber, dass meinem Vater dieser Laden hier praktisch gehört.«

Zacks Skepsis wurde immer größer. »Niemandem gehört der *C-Club 9*. Er ist eine öffentliche Einrichtung im Cybernetz.«

»Aber das Cybernetz gehört VanguardArts Entertainment und diese Firma gehört meinem Vater.«

Alle drei starrten ihn verblüfft an.

»Dein Vater ist Edward Dunnington?«, fragte Jamie ungläubig.

»Yep. Und das macht es mir zugegebenermaßen deutlich leichter, im Cybernetz herumzupfuschen, wenn ich mal einen wirklich privaten Bereich brauche.«

»Wow«, meinte Jemma. »Warum hast du mir nicht erzählt, wer dein Vater ist?«

Will zuckte mit den Schultern. »Du hast mir ja auch nicht erzählt, was dein Dad beruflich macht, oder? Das Thema hat sich halt noch nicht ergeben. Und ich ziehe eher selten durch die Gegend und stelle mich vor mit ›Hi, ich bin William Dunnington, der Sohn des VanguardArts Besitzers!‹ Ich glaube, da wäre ich bei den meisten gleich unten durch. Außerdem hab ich schlechte Erfahrungen mit Leuten gemacht, die nur wegen meinem Vater mit mir befreundet sein wollten. Daher halte ich meine familiären Verbindungen in der Regel eher zurück.«

Jemma verzog das Gesicht.

»Und warum erzählst du es uns?«, wollte Zack wissen. »So wirklich gut kennen wir uns ja nun auch nicht gerade.«

Will sah von einem zum anderen. »Ich mag euch. Und ich hab mittlerweile eine ganz gute Menschenkenntnis. Ich denke, dass ich euch vertrauen kann.«

»Wow, jetzt mach es doch nicht so spannend!«, knurrte Zack ungeduldig. »Worum zum Teufel geht es denn jetzt hier?«

Will atmete tief durch und sah zu Jamie. »Du hast am Montag davon gesprochen, dass VanguardArts vor längerer Zeit verkündet hat, dass sie an einem neuen Fantasyrollenspiel arbeiten, man dann aber seltsamerweise nichts mehr davon gehört hat.«

Jamie nickte.

»Das liegt daran, dass mein Dad die Entwicklung des Spiels abgebrochen hat.«

»Warum? Gab es technische Probleme?«

Will schüttelte den Kopf. »Nein, gar nicht. Die Entwicklung lief genau im Zeitrahmen und selbst die technischen Neuerungen, die Dad für dieses Spiel hat erarbeiten lassen, liefen perfekt.«

»Und was ist dann passiert?«, fragte Jemma.

Ein Schatten flog über Wills Gesicht. »Die Komafälle der drei Jungen.«

Stirnrunzelnd sah Zack ihn an. »Hört sich ja ganz nobel an, dass dein Vater keine große Neuveröffentlichung rausbringen will, solange nicht klar ist, was mit den Jungen passiert ist, aber das kann ja eigentlich nicht der Grund sein, oder? *Last of Lunar Six* erscheint ja trotzdem nächste Woche.«

»*Last of Lunar Six* ist weit genug von der Realität entfernt.«

»Und das andere Spiel nicht?«, fragte Zack irritiert.

Will atmete tief durch und schüttelte den Kopf.

»Willst du damit sagen, in diesem Spiel geht es darum, dass Leute ins Koma fallen?!«

Will zögerte kurz, bevor er sich einen Ruck gab und weitersprach. »Der Titel des Spiels war ursprünglich *Mind Ripper*.« Er verzog das Gesicht. »Ihr versteht sicher, dass es hart an der Grenze zur Geschmacklosigkeit wäre, ein Spiel mit so einem Titel weiterzuplanen, nachdem genau das mit dem ersten Jungen passiert war: Irgendetwas hat sein Bewusstsein aus ihm herausgerissen, als er im Cybernetz war.«

Betroffene Blicke waren die Antwort.

»Dad hat den Titel des Spiels sofort geändert, denn wenn die Medien davon Wind bekommen hätten, wäre der Teufel los gewesen. Besonders, als ein paar Wochen später der zweite Junge sein Bewusstsein verloren hat.«

»Worum sollte es in dem Spiel denn gehen?«, fragte Jamie. »Hätte dein Vater es nicht unter dem neuen Titel weiter erarbeiten lassen können?«

»Nach dem ersten Vorfall hat er genau das gemacht. Er hatte den Titel in *Doom of Dark Grove* abgeändert, aber an der Geschichte des Spiels hätte er nicht viel ändern können, denn die zentrale Handlung dreht sich nun mal um die finsteren Machenschaften des Mind Rippers.« Will seufzte. »Als dann der zweite Junge ins Koma fiel, hat er die Arbeiten ganz einstellen lassen.«

»Und was ist die Geschichte des Spiels?«

»Es geht um ein abgelegenes Waldgebiet namens Dark Grove und sein Dorf Shadow Creek. Alles ziemlich düster und gothicmäßig. Außer den üblichen fiesen Monstern wie Wölfen, Bären, Spinnen, fleischfressenden Pflanzen und so weiter, wird das Dorf noch von etwas anderem bedroht: dem Mind Ripper. Die Figur ist angelehnt an Jack the Ripper, der Ende des neunzehnten Jahrhunderts die Straßen hier bei uns in London unsicher gemacht hat. Er hat damals Prostituierte grausam verstümmelt und ermordet. Der Mind Ripper geht in Dark Grove um, reißt den Bewohnern das Bewusstsein heraus und lässt sie als willenlose Zombies zurück.« Will schwieg einen Moment lang und fuhr sich übers Gesicht. »Jetzt versteht ihr sicher, warum Dad dieses Spiel nicht mehr rausbringen kann, oder?«

Die drei nickten erschrocken.

»Weiß die Polizei von diesem Spiel?«, fragte Zack. »Die Parallelen sind ja schon ziemlich heftig. Vielleicht will da irgendwer deinem Vater schaden?«

Will nickte. »Das glaubt Dad mittlerweile auch. Die ersten beiden Vorfälle hätten vielleicht noch schlimme Zufälle wegen technischer Defekte oder sonst was sein können, aber jetzt sind es bereits drei Jungen und keins ihrer Geräte wies irgendwelche Probleme auf, die zu einem Koma hätten führen können. Dad hat der Polizei alles erzählt und arbeitet eng mit ihr zusammen. Sie überprüfen alle Mitarbeiter, die an *Mind Ripper* gearbeitet haben, aber bisher wurde noch nichts Verdächtiges gefunden.«

Eine Weile herrschte Schweigen, dann meinte Jemma: »Es muss schlimm für deinen Vater sein. Nicht zu wissen, wer ihm da so übel mitspielt und warum …«

»Ja. Vor allem, weil niemand weiß, wann der Mistkerl wieder zuschlagen wird.« Will seufzte. »Noch schlimmer ist für Dad aber, dass er nicht weiß, was überhaupt mit den Jungen passiert ist, denn solange er das nicht herausfindet, kann er ihnen auch nicht helfen.«

Zack runzelte die Stirn. »Dein Dad und die Polizei gehen also davon aus, dass irgendein Mitarbeiter deines Vaters sich für etwas rächen oder ihm schaden will? Vielleicht geht es aber auch einfach nur um eine stinknormale Erpressung und er will Geld. Ist ja schließlich kein Geheimnis, dass dein Dad mehr als genug davon hat.«

Will nickte.

»Hat es denn dann noch keine Forderungen gegeben?«, fragte Zack verwundert. »Wer auch immer dahintersteckt, will doch vermutlich irgendwas damit erreichen, oder? Sollte er dann nicht mal langsam sagen, was er will?«

Will hob die Schultern. »Wenn er auf Geld aus ist, dann schon. Falls das der Grund ist, geht die Polizei davon aus, dass er mit den bisherigen Anschlägen Angst und Medienrummel aufbauen wollte, und jetzt, da er die volle Aufmerksamkeit hat, vermutlich noch ein weiteres Mal zuschlagen wird und dann seine Forderungen nennt. Wenn es allerdings um Rache geht oder jemand meinem Vater einfach nur schaden will, dann könnte es durchaus sein, dass der Täter sich nicht zu erkennen gibt, denn er bekommt ja im Moment das, was er will: Er verbreitet Angst und Unsicherheit im Cybernetz und schadet somit dem guten Ruf meines Vaters, weil er nicht mehr für sicheren Freizeitspaß in der C-World garantieren kann. Wenn dem Täter das als Genugtuung reicht, muss er gar keine weiteren Forderungen stellen und kann im Verborgenen bleiben.«

Zack nickte nachdenklich.

»Mich wundert echt, dass die Medien von der ganzen Sache noch keinen Wind bekommen haben. Der *Mind Ripper* wäre doch ein gefundenes Fressen für sie, oder nicht?«, grübelte Jamie. »Ein unveröffentlichtes CyberGame, das seltsame Parallelen zum echten Leben aufweist? Darauf sollten sie sich doch wie die Geier stürzen. Und den perfekten Namen für den unbekannten Täter hätten sie ja auch gleich schon: Mind Ripper. Ganz ehrlich, eine bessere Schlagzeile gibt es doch kaum.«

»Jeder Mitarbeiter bei VanguardArts muss eine Verschwiegenheitserklärung unterzeichnen, die mit astronomisch hohen Geldstrafen einhergeht, sollte er sich nicht daran halten. Und natürlich würde er sofort seinen Job verlieren. Das funktioniert ganz gut, denn in der Regel arbeiten die Leute gerne für meinen Vater, weil er sie äußerst gut bezahlt.«

»Und was ist mit uns?«, warf Jamie ein. »Warum hast du uns das alles erzählt? Wir könnten unser Taschengeld verdammt gut aufbessern, wenn wir das, was wir jetzt wissen, *LondonNews* erzählen.«

Will hielt seinem Blick unbekümmert stand. »Ja, das könntet ihr. Aber das werdet ihr nicht.«

»Was macht dich da so sicher?«

Er sah von Jamie zu Jemma. »Wie gesagt, ich bin ein sehr guter Menschenkenner.«

Zack schnaubte. »Ein ziemlich hohes Risiko, wenn du dich nur darauf verlässt.«

Will lächelte. »Tu ich nicht. Ich hab außerdem noch ein Angebot für euch und ich bin mir sicher, dass ihr das nicht ausschlagen werdet.«

Zack zog eine Augenbraue hoch. »Na, dann lass mal hören!«

Will sah von einem zum anderen. »Sowohl die Polizei als auch mein Dad gehen davon aus, dass die Vorfälle irgendwas mit dem Spiel zu tun haben, allerdings konzentrieren sie sich vor allem auf die Mitarbeiter, die an dem Spiel gearbeitet haben. Aber das Spiel selbst untersuchen sie nicht.«

Verständnislos runzelte Jemma die Stirn. »Was meinst du damit? Dass das Spiel die Jungen ins Koma befördert haben könnte? Aber das war doch noch gar nicht draußen. Wie hätten sie es da spielen können? Und überhaupt, wie sollte ein Spiel jemanden ins Koma schicken?«

Will schüttelte den Kopf. »Ich meinte eher, dass es im Spiel vielleicht irgendwelche Hinweise auf den Täter gibt. Wenn er meinem Dad schaden oder sich für irgendwas rächen will und er selbst praktisch zum Mind Ripper wird, dann könnte es doch sein, dass es dafür im Spiel Hinweise gibt, die uns auf seine Spur führen. Vielleicht ganz unbewusst, er muss es ja nicht einmal beabsichtigt haben.«

»Könnte schon sein«, stimmte Jamie zögernd zu.

»Mein Dad will, dass sich jemand das Spiel ganz genau ansieht. Er selbst arbeitet fieberhaft daran, die Jungen aus dem Koma zu holen und hat keine Zeit, das Spiel gründlich unter die Lupe zu nehmen. Und da er seinen Mitarbeitern momentan nicht mehr vertrauen kann, hat er mich darum gebeten, *Dark Grove* durchzuspielen und nach Hinweisen zu suchen.« Wieder sah Will von einem zum anderen. »Und dabei könnte ich Hilfe gebrauchen.«

»Wow!«, meinte Jamie überrascht.

Zack sah zu ihm herüber. Es war offensichtlich, dass Jamie von der Idee begeistert war, und obwohl auch Zack es reizte, in diesem CyberGame auf Spurensuche nach dem Dreckskerl zu gehen, der für die Komafälle verantwortlich war, blieb er skeptisch.

»Aber dein Vater kennt uns doch gar nicht und trotzdem lässt er uns so einfach an eine so heikle Sache ran? Woher will er wissen, dass er uns vertrauen kann?«

Will lächelte. »Es war nicht ganz einfach und hat mich locker zwei Tage Überredungskunst gekostet. Aber schließlich hab ich ihn damit überzeugen können, dass mehr Augen im Spiel auch viel mehr sehen können. Ich hab ihm gesagt, dass ich euch vertraue und mein Dad vertraut mir. Also hat er eingewilligt. Er wird euch sogar recht ordentlich dafür bezahlen, dass ihr mir helft.« Er verzog sein Gesicht. »Allerdings besteht er darauf, dass ihr vorher seine Verschwiegenheitserklärung unterzeichnet. Die entsprechende E-Mail sollte mittlerweile bei euch eingegangen sein. Sobald ihr sie unterschrieben und zurückgemailt habt, kann es losgehen.« Er zögerte kurz und fuhr sich ein wenig verlegen durch die Haare. »Wenn ihr meinen Vater trefft, wäre es allerdings ganz clever, wenn ihr offiziell *erst* diesen Wisch unterzeichnet habt und *dann* hab ich euch all das hier erzählt, okay?«

Jemma und Jamie grinsten.

Zack dagegen runzelte die Stirn. »Woher hast du unsere E-Mailadressen?« Er sah zu Jemma, doch die schüttelte den Kopf.

Will lächelte vielsagend. »Ich hab doch gesagt, dass ich kein schlechter Hacker bin und die Datenbank eurer Schule zu knacken und ein bisschen in euren Schülerakten zu stöbern, war nun wirklich keine große Herausforderung. Ihr habt übrigens bei den GCSEs ziemlich gut abgeschnitten – zumindest laut der Noten, die eure Lehrer schon im System eingetragen haben.« Er grinste zu Zack. »In den Naturwissenschaften scheinst du allerdings keine große Leuchte zu sein. Aber keine Sorge, bestanden hast du.«

Die drei sahen ihn ziemlich perplex an, doch bevor einer von ihnen etwas sagen konnte, begann es vor dem Sofa zu flimmern. Überrascht blickten Jamie, Jemma und Zack auf den Jungen, der sich vor ihnen materialisierte und der Will erstaunlich ähnlich sah. Er mochte ein, vielleicht zwei Jahre jünger sein als er, war ein Stück kleiner und schmaler, doch die dunklen Haare und blauen Augen waren dieselben. Er grinste, als er die verdutzten Gesichter sah.

»Du hast ihnen wohl noch nicht erzählt, dass ich komme, was?« Er ließ sich zwischen Jemma und Zack aufs Sofa fallen. »Hast du ihnen wenigstens schon gesagt, worum es geht?«

»Wer bist du?«, fragte Jamie irritiert.

»Ned, Wills Bruder. Und ich hoffe, ihr helft uns dabei, den Mind Ripper zu schnappen.«

Kapitel 8

»Ich versteh nicht, was dein Problem ist!«, knurrte Jamie in Zacks Richtung. Der hatte seine Mails auf seinem Tablet zwar aufgerufen, die Verschwiegenheitserklärung von Edward Dunnington im Gegensatz zu Jamie und Jemma aber noch nicht digital signiert.

Nachdem Ned zu ihnen gestoßen war, hatten sie eigentlich noch ein paar Einzelheiten für ihren ersten Einsatz in der virtuellen Welt von *Dark Grove* abklären wollen, doch viel Zeit war ihnen dafür nicht geblieben. Ihre Zwei-Stunden-Grenze im Cybernetz war erreicht und auch wenn es noch zig wichtige Dinge zu besprechen gegeben hätte, wollten Jemma, Zack und selbst Jamie sich an das Versprechen halten, das sie Robert gegeben hatten, daher verabschiedeten sie sich von Will und Ned und machten ein weiteres Treffen für den nächsten Tag nach der Schule aus. Jetzt saßen die drei auf Jamies Bett und hielten Kriegsrat.

»Edward Dunnington, einer der einflussreichsten Menschen der Welt, bittet uns um Hilfe, einen Verbrecher zu schnappen! Alles, was wir dafür tun müssen, ist ein völlig neues CyberGame zu spielen, dessen Story sich ziemlich genial anhört und das mit Sicherheit ein Bestseller werden würde, wenn es nicht die grausamen Parallelen zur Wirklichkeit gäbe. Mal ganz davon abgesehen, dass wir fürs Spielen sogar noch bezahlt werden, stell dir mal vor, wir finden wirklich irgendwelche Hinweise auf den Täter und können Dunnington so dabei helfen, die Jungen aus dem Koma zurückzuholen! Ist dir das egal?«

»Natürlich nicht!« Empört hielt Zack ihm die Verschwiegenheitserklärung unter die Nase. »Ich finde nur, wir sollten dieses Schreiben von deinem Dad gegenlesen lassen. Er ist schließlich Anwalt, oder nicht?«

»In dem Ding steht aber drin, dass wir mit niemandem über die Infos, die Will uns gegeben hat, reden dürfen! Mit niemandem! Also auch nicht mit Dad! Und du glaubst doch nicht allen Ernstes, dass er uns das einfach so unterschreiben lassen würde, oder? Er würde tausend Fragen stellen und erst mal in alles eingeweiht werden wollen. Das heißt, er würde Edward Dunnington kontaktieren und Will käme vermutlich in Teufels Küche, weil er uns alles erzählt hat, bevor wir die Erklärung unterschrieben haben!«

»Aber wir wüssten zumindest, dass diese Verschwiegenheitserklärung rechtlich okay ist! Dir ist schon klar, dass wir noch minderjährig sind, ja? Wahrscheinlich ist der Wisch überhaupt nichts wert, wenn wir den unterschreiben, ohne dass unsere Eltern ihn gegenzeichnen. Und vielleicht kommen *wir* dann in Teufels Küche. Hast du daran schon mal gedacht?«

Jamie schnaubte ungeduldig. »Mann, Zack! Diese ganze Diskussion ist doch völlig unnötig! Die Verschwiegenheitserklärung ist doch nur eine Absicherung dafür, dass wir die Klappe halten und niemandem erzählen, was wir wissen! Es würde also nur Ärger geben, wenn wir irgendwas ausplaudern und das hat ja wohl keiner von uns vor! Also, was ist das Problem? Signier den Wisch und fertig! Wir werden doch sowieso schweigen, also kostet alles andere nur unnötig wertvolle Zeit und kein Mensch weiß, wann der Mistkerl womöglich wieder zuschlägt und der nächste Junge im Koma landet. Aber vielleicht lässt dich das ja völlig kalt –«

»Hör auf!«, unterbrach Zack ihn schroff. »Du weißt ganz genau, dass mich das nicht kalt lässt! Ich weiß, wie scheiße es ist, wenn man Angst hat, dass jemand vielleicht nie wieder aus einem Koma aufwacht! Und du weißt auch, dass ich ganz sicher nicht will, dass so was mit noch einem Jungen passiert, also spar dir die kleinen Psychospielchen, die du hier gerade mit mir abziehen willst, okay?«

Ertappt biss Jamie sich auf die Unterlippe und schwieg.

Zack warf einen wütenden Blick auf die Verschwiegenheitserklärung und atmete tief durch. Er wollte sich nicht mit Jamie streiten. Das taten sie in letzter Zeit ohnehin viel zu oft. Seit Jamie mit seinen Rückschlägen zu kämpfen hatte, war er oft ungeduldig und gereizt und ließ seine schlechte Laune häufig an ihm aus und nicht immer hatte Zack die Nerven und die Geduld, alles zu schlucken.

»Natürlich will ich helfen, herauszufinden, wer der Mistkerl ist und was er mit den Jungen gemacht hat«, sagte er und zwang sich, wieder ruhiger zu werden. »Ich finde es nur immer noch seltsam, dass Will ausgerechnet uns um Hilfe bittet. Sein Vater vertraut im Moment nicht mal seinen eigenen Mitarbeitern und trotzdem verlässt er sich in so einer heiklen Sache auf drei Jugendliche, die sein Sohn kaum kennt? Findest du das nicht zumindest ein bisschen seltsam? Es mag ja durchaus nachvollziehbar sein, dass Will und Ned glauben, dass es hilfreich ist, wenn sie *Dark Grove* nicht nur zu zweit durchspielen. Sie haben sicher recht, dass mehr aufmerksame Augen in diesem Spiel natürlich auch mehr bemerken können. Aber haben die beiden denn keine anderen Freunde? Echte Freunde, meine ich, Leute, die sie nicht erst seit drei Tagen kennen. Warum fragen sie die nicht? Die wären doch viel vertrauenswürdiger als wir.«

»Vielleicht spielen die keine Rollenspiele?« Auch Jamie schlug einen deutlich versöhnlicheren Tonfall an. »Von uns weiß er, dass wir CyberGamer sind und ziemlich viel Erfahrung haben. Wir haben ihm am Montag schließlich selbst erzählt, dass wir alle wichtigen Fantasygames durch haben.« Er sah zu Jemma, die ihm gegenüber im Schneidersitz hockte und sich aus der kleinen Streiterei der beiden bisher wohlweislich herausgehalten hatte. »Oder er macht es wegen Jem.«

Sie sah auf und blickte ihn zweifelnd an. »Wegen mir?!«

Er lächelte. »Vielleicht glaubt er, dass er dich mit der Einladung zu einer Verbrecherjagd in der virtuellen Welt beeindrucken kann und so schneller dein Herz gewinnt. Denn dass er das will, sieht ein Blinder.«

Jemma spürte, dass sie rot wurde. »Spinner!«

Zack schüttelte den Kopf. »Nein, Jamie hat schon recht. Will hat definitiv ein gesteigertes Interesse an dir.«

Er musste grinsen, als er sah, dass sie verlegen lächelte, ganz so, als wäre ihr diese Vorstellung nicht gerade unangenehm. Doch dann schüttelte sie den Kopf.

»Ich glaube, Will vertraut uns aus einem ganz anderen Grund.«

»Und aus welchem?«

Sie seufzte. »Seine Mutter starb vor fünf Jahren an Leukämie. Sie hat ewig gekämpft, es aber schließlich doch nicht geschafft und ihre lange Krankheit muss ziemlich hart gewesen sein. Kurz nach ihrem Tod wurde das Cybernetz eröffnet. Ich glaube, die virtuelle Welt hat ihm sehr geholfen, über den Tod seiner Mutter hinwegzukommen. Er konnte in die CyberWorld fliehen, wenn ihm der Alltag zu viel wurde.«

Jamie verstand, auch ohne dass sie weitersprach. »Du hast ihm von Mum erzählt.«

Sie nickte. »Und von dir. Als du mit Zack ins McAllister's gekommen bist, hat er gefragt, was mit dir passiert ist.«

Sie schwieg, da sie wusste, dass Jamie es nicht mochte, wenn man über ihn und ihre Mum mit Fremden sprach und in der Regel stimmte sie ihm voll und ganz zu. Doch bei Will war es anderes gewesen. Er hatte sie verstanden.

Nachdenklich sah Zack sie an. »Du hast ihm erzählt, wie sehr die CyberWorld auch euch geholfen hat.« Er warf einen kurzen Seitenblick zu Jamie.

Jemma nickte. »Vielleicht ist das der Grund, warum Will uns vertraut und um Hilfe beim Mind Ripper gebeten hat. Er weiß, dass uns die C-World genauso wichtig ist wie ihm, und dass wir sie uns nicht von einem gestörten Mistkerl, der Angst und Schrecken im Netz verbreiten will, kaputtmachen lassen wollen.«

Einen Moment lang herrschte Schweigen, dann atmete Zack tief durch und signierte die Verschwiegenheitserklärung. Als er wieder aufsah, lächelte Jamie und nahm seine Hand. Zack schnitt ihm eine gequälte Grimasse, erwiderte das Lächeln aber.

»Schicken wir den Mist ab.« Schicksalsergeben zuckte er mit den Schultern. »Was soll schon groß schiefgehen?«

Der nächste Schultag zog sich zäh wie Kaugummi und den drei fiel es unendlich schwer, sich auch nur annähernd auf den Unterricht zu konzentrieren. Sie waren viel zu sehr mit dem beschäftigt, was sie am Abend zuvor erfahren hatten, und grübelten deutlich lieber darüber, was sie wohl in *Dark Grove* erwartete und wann ihre Nachforschungen losgehen würden, anstatt sich mit französischer Lyrik, Mathegleichungen oder den unterschiedlichen Regierungssystemen der EU-Staaten auseinanderzusetzen. Zum Glück waren alle Klausuren und mündlichen Prüfungen bereits gelaufen.

Jemma war außerdem dankbar, dass Charlie so viel zu erzählen hatte. Ihr Casting bei den Jungs von Strikers war ein voller Erfolg gewesen und nun stand für den Nachmittag die erste gemeinsame Probe an. In jeder freien Minute, die nicht durch

Unterricht gestört wurde, redete Charlie ohne Punkt und Komma auf sie ein und Jemma ließ sie einfach erzählen, froh, dass ihre Freundin zu beschäftigt mit sich selbst war, um sie nach ihrem Abend mit Will zu fragen, denn da Jemma ihr nichts vom Mind Ripper oder ihrem Auftrag in *Dark Grove* erzählen durfte, hätte sie ohnehin lügen müssen. Also begnügte sie sich damit, Charlies Redefluss mit zustimmendem Nicken und ab und an einem »Oh! Toll!« oder »Ja, klasse!« zu kommentieren und Charlie schien gar nicht weiter aufzufallen, dass Jemma mit ihren Gedanken völlig woanders war.

Als sie in der Mittagspause dann ihre Mails checkte, fand sie eine Nachricht von Will.

Dad gibt grünes Licht. Wir sehen uns in Dark Grove! Heute, 18.00 Uhr? Gib Bescheid, ob euch das passt. Danke, dass ihr uns helfen wollt. Freue mich auf dich! Will

Dann folgten eine Reihe von Buchstaben und Zahlen, die offensichtlich ein verschlüsselter Zugangscode waren.

Jemma gab Zack und Jamie Bescheid, schrieb Will ein kurzes »*Passt prima! Freue mich auch auf dich!*« zurück und die restlichen Schulstunden des Tages wurden zur reinsten Folter, bis sie um halb vier endlich erlöst waren.

Während Jamie zur Physio musste, fuhren Zack und Jemma zu den Watts, um ein paar von Zacks Sachen zu packen, da er für die nächste Zeit mal wieder zu den Bennetts ziehen würde. In der kommenden Woche begann die internationale Möbelmesse in Nizza und da Zacks Eltern als Produktdesigner in dieser Branche arbeiteten, waren sie bereits am frühen Morgen nach Frankreich geflogen, um die Messehallen in Augenschein zu nehmen, Kunden und Geschäftspartner zu treffen, und ihre Präsentationen vorzubereiten.

Nachdem sie Zacks Klamotten in Jamies Zimmer verstaut

hatten, setzten die beiden sich halbherzig an die Hausaufgaben und ließen Jamie abschreiben, als er eine Stunde später erschöpft vom Training kam. Max machte ihnen ein paar Sandwiches und teilte ihnen mit, dass ihr Vater nicht zum Abendessen kommen würde, da er noch einen wichtigen Gerichtstermin mit zwei Kollegen vorbereiten musste und es in der Kanzlei deshalb spät werden würde. Keiner der drei war böse darüber. Im Gegenteil, es ersparte ihnen vermutlich jede Menge nerviger Ermahnungen.

Um kurz vor sechs verzogen sie sich in ihre Zimmer, kramten die CyberSpecs hervor und loggten sich mit Wills Code zum ersten Mal in die virtuelle Welt von *Dark Grove* ein.

Kapitel 9

Schwerelosigkeit.

Dieses fantastische Gefühl, seinen Körper nicht mehr zu spüren.

Das war der Moment, den Jamie jedes Mal am meisten herbeisehnte. Wenn er seine CyberSpecs aufsetzte und das Programm seine Körperfunktionen ausschaltete, fühlte es sich an, als würde eine tonnenschwere Last von ihm genommen, und sobald er sich als Avatar in der CyberWorld materialisiert hatte, war es, als hätte er sein altes Leben zurück.

Als hätte es diesen beschissenen Unfall nie gegeben.

Sich frei bewegen.

Laufen.

Ohne sich auf jeden Schritt konzentrieren zu müssen.

Ohne dass jede Bewegung eine riesige Kraftanstrengung bedeutete.

Ohne dass er mit schlechten Tagen zu kämpfen hatte.

Die Umgebung flirrte und er genoss den Strudel aus Farben, der die CyberWorld für ihn erschuf. Spürte das aufgeregte Kribbeln und die Vorfreude, eine neue Welt zu betreten und sich ihren Abenteuern und Gefahren zu stellen, die so herrlich weit weg von seinem Alltag waren.

Obwohl die Dinge diesmal etwas anders lagen.

Ein bisschen kam er sich mies vor, weil er sich so sehr auf *Dark Grove* freute, denn immerhin ging es ja eigentlich nicht darum, in eine Fantasywelt und ihre Geschichte einzutauchen, sondern sie sollten versuchen, Hinweise auf einen echten Verbrecher zu finden. Doch nur weil er die Augen aufhalten und wachsam sein sollte, bedeutete das ja nicht unbedingt, dass er das Spiel nicht trotzdem genießen durfte, oder?

Das Flimmern der Farben brach abrupt ab und er blinzelte, um seine Augen an die neue Umgebung zu gewöhnen.

Dunkelheit.

Er blinzelte noch einmal, aber auch danach blieb es recht finster. Doch immerhin erkannte er nun Schatten und Schemen in der Dämmerung, die um ihn herum herrschte. Zack und Jem standen eine Armlänge von ihm entfernt und sie befanden sich anscheinend auf einer Lichtung irgendwo im Nirgendwo des Waldes von Dark Grove. Es musste später Abend, vielleicht sogar Nacht sein, denn durch die Baumkronen, die sich in schwindelerregender Höhe über ihren Köpfen dicht ineinander verwoben, drang kein Licht. Vermutlich herrschte hier selbst am Tag auch bestenfalls nur düsteres Zwielicht. Raues Gras und alte Blätter raschelten unter seinen Füßen und alles, was er jenseits der kleinen Lichtung ausmachen konnte, verlor sich in dichtem Gestrüpp, grauen Nebelbänken und Dunkelheit.

»Wow!« Neben ihm ging Jem ein paar Schritte. »Ich kann den Wald riechen!«

Jamie stutzte, dann fiel auch ihm der Geruch nach feuchter Erde, Laub und Pflanzen auf, den er zuvor anscheinend als selbstverständlich angesehen hatte. Doch das war er nicht. Nicht in der CyberWorld. Bisher hatte die Technik nur den Augen und Ohren eine virtuelle Welt vorgaukeln können. Der Tastsinn wurde nur eingeschränkt simuliert: Alles, was man mit den Händen berührte, konnte man anfassen und greifen. Berührungen am restlichen Körper wurden dagegen nur rudimentär dargestellt, sodass man Schläge oder Hiebe während eines Kampfs zwar spürte und man durch sie verlangsamt oder behindert wurde, doch man fühlte keinen Schmerz. Der Geruchssinn dagegen war bisher noch nie simuliert worden und wenn VanguardArts die Cybertechnik auf diesem Gebiet weiterentwickelt hatte, war das eine Sensation.

»Du hast recht.« Zack nickte beeindruckt. »Will hatte doch so was gesagt, oder? Dass sein Dad technische Neuerungen für das Spiel hat entwickeln lassen. Wenn es eine weitere Sinneserfahrung ist, wäre das echt stark!«

Jemma rieb sich über die Arme. »Ich glaube, er hat nicht nur den Geruchssinn neu erschaffen, sondern auch das Fühlen weiterentwickelt. Mir ist irgendwie kalt und diese Klamotten hier fühlen sich klamm und feucht an.«

Auch Jamie merkte nun, dass es recht frisch war und er spürte, wie die feuchtkühle Waldluft sich auf sein Gesicht und seine Haare legte. »Stimmt! Wow, das ist richtig cool!« Er strich sich eine blonde Strähne aus der Stirn. »Das ist ein riesiger Schritt, den die mit diesem Spiel gemacht haben! Dunnington muss sich tierisch ärgern, dass ihm dieser Irre, der die Jungen ins Koma befördert hat, eine Veröffentlichung versaut. Denn ganz ehrlich, selbst wenn die Geschichte von *Dark Grove* vielleicht doch nicht besonders toll sein sollte, mit der Ankündigung des neuen Geruchssinns und verbesserten Gefühlssensoren hätten ihm die Leute das Spiel auf jeden Fall aus den Händen gerissen!«

Zack nickte. »Das einzig Tröstliche dürfte für ihn sein, dass er die neue Technik auch für alle zukünftigen Spiele einsetzen kann. Was aber sicher nichts daran ändert, dass es verdammt ärgerlich ist, dass er sie nicht schon mit *Dark Grove* präsentieren kann.«

»Meint ihr, das könnte ein erster Hinweis sein?«, überlegte Jemma. »Diese neue Technik? Sie ist immerhin sensationell und vorher so noch nicht da gewesen. Vielleicht hat das irgendwen gestört? Vielleicht hat jemand Angst, dass damit noch mehr in unseren Gehirnen herumgepfuscht wird, wenn wir in der C-World sind, und er will mit den Komafällen darauf aufmerksam machen, wie gefährlich die Cybertechnik sein kann?«

»Damit könntest du gar nicht so falsch liegen.« Jamie kickte durch das feuchte Laub und verzog das Gesicht. »Wer weiß? Womöglich steckt am Ende noch Doktor Graham dahinter. Der scheint sich ja auch darauf eingeschossen zu haben, dass die Cybertechnik das große Übel schlechthin ist.«

Zack lachte auf und schüttelte den Kopf. »Ich weiß ja, dass du im Moment nicht gut auf deinen Doc zu sprechen bist, aber bevor du ihn der dreifachen schweren Körperverletzung beschuldigst, solltest du vielleicht lieber abwarten, ob wir wirklich Beweise gegen ihn finden.«

»Warum?«, fragte Jamie trotzig. »Er hat ja auch keine Beweise dafür, dass die Cybertechnik mir schadet und will mir das Spielen in der C-World trotzdem verbieten. Wo ist da der Unterschied?«

»Der Unterschied ist, dass Doc Graham sich Sorgen um dich macht und dir helfen will. Du dagegen bist sauer auf ihn und willst ihm eins reinwürgen, weil du Angst hast, dass er vielleicht doch recht haben könnte.«

Jamie warf ihm einen finsteren Blick zu, zuckte dann aber bloß mit den Schultern. »Ich werd Will trotzdem seinen Namen geben, damit er ihn überprüfen lassen kann.«

»Tu, was du nicht lassen kannst. Aber beschwer dich nicht, wenn du dir damit unnötigen Ärger einfängst. Und apropos Will, wo bleibt der überhaupt?« Zack sah auf seinen Zeitmesser. »Es ist zehn nach sechs. Hatte er nicht was von sechs Uhr geschrieben?«

Jemma nickte. »Eigentlich schon. Vielleicht sind er und Ned aufgehalten worden.«

»Hm«, brummte Zack. »Na, hoffentlich schaffen sie es dann bald. So eindrucksvoll wie dieses Setting hier auch ist, nur blöd in der Gegend rumzustehen ist jetzt nicht so wahnsinnig spannend. Immerhin verschwenden wir hier gerade kostbare Minuten unserer Cyberzeit.«

»Lasst uns doch mal sehen, mit welchen Ausrüstungsgegenständen und Fähigkeiten wir ausgestattet wurden«, schlug Jemma vor. »Die beiden werden sicher gleich kommen und so können wir die Wartezeit für was Sinnvolles nutzen.«

Ihre Bestandsaufnahme war schnell erledigt und ziemlich ernüchternd. Das Spiel hatte ihnen eine einfache schwarze Lederkluft verpasst, mit der sie ohne groß aufzufallen in jeder Neuverfilmung von *Robin Hood* als Statisten hätten mitwirken können. An ihren Gürteln befanden sich ein kleiner Lederbeutel mit zehn Goldstücken und eine Lederscheide, in der ein zwanzig Zentimeter langes Messer steckte. Außer den obligatorischen Armschellen, die jeder von ihnen am rechten Handgelenk trug und die in sattem Grün ihre momentane Lebensenergie anzeigten, war das alles. Keine weiteren Waffen, keine Teleportringe. Jemma und Jamie probierten versuchsweise ein paar der Zaubersprüche, die sie aus anderen Spielen kannten, doch keiner schien zu funktionieren.

»Na toll.« Wenig beeindruckt betrachtete Zack sein Messer und warf dann einen Blick in die Dunkelheit jenseits ihrer Lichtung. »Ich bin mir ziemlich sicher, dass ich den Monstern, die uns da draußen erwarten, nicht nur mit diesem Zahnstocher gegenübertreten will.«

»Wahrscheinlich ist unsere erste Aufgabe, das Dorf zu finden«, vermutete Jamie. »Da kriegen wir dann bestimmt eine bessere Ausrüstung.«

»Ja, blöd nur, dass wir nicht die leiseste Ahnung haben, in welche Richtung wir gehen müssen.«

Die drei sahen sich um, in der Hoffnung, vielleicht einen Hinweis zu finden. Einen Lichtschein, der durch die Finsternis drang. Einen Trampelpfad, der von der Lichtung wegführte. Doch es gab nichts außer Büschen, Sträuchern und Nebelschwaden, die mal dichter mal lichter zwischen den dicken Baumstämmen waberten.

Ratlos hob Jemma die Schultern. »Vielleicht fehlt hier noch irgendwas? Irgendein Hinweis, wie es losgehen soll? Oder ein Trigger? Will hat ja gesagt, dass die Entwicklung des Spiels abgebrochen wurde. Vielleicht fehlt ja irgendeine Anfangssequenz oder ein Intro, das nicht mehr programmiert worden ist?«

»Könnte natürlich sein …«

»Will wollte sich die Skripte durchlesen. Sicher weiß er mehr, wenn er kommt.«

»Ja, *wenn* er kommt …« Ungeduldig warf Zack einen weiteren Blick auf seinen Zeitmesser.

»Wie hieß noch mal das Dorf hier in Dark Grove?«, grübelte Jamie.

»Shadow Creek, glaub ich.«

In diesem Moment ertönte ein panischer Schrei und die drei fuhren erschrocken zusammen.

»Himmel!«, keuchte Zack. »Was zum Henker war das?« Er lief ein paar Schritte in die Richtung, aus der der Schrei gekommen war, blieb aber am Rand der Lichtung stehen.

Jamie folgte ihm. »Hörte sich so an, als wäre jemand in Not.« Er zog sein Messer vom Gürtel. »Los, wir müssen nachsehen!«

Jemma trat neben ihn und hielt ihn zurück. »Und was ist mit Will und Ned? Die beiden finden uns doch nie, wenn wir jetzt die Lichtung verlassen. Sollten wir nicht lieber noch auf sie warten?«

»Wir warten seit einer Viertelstunde.« Zack wies in den Wald. »Vielleicht ist das da unsere erste Aufgabe im Spiel. Was immer da ist, es ist in Rufweite. Will und Ned werden es also auch hören, wenn sie denn irgendwann noch mal hier eintrudeln. Sie werden sich denken können, wo wir sind.«

Erneut ertönte ein verzweifelter Schrei. »Hilfe! Bitte! Ist da jemand? Bitte, helft mir! Hilfe!«

Es klang nach einer Kinderstimme.

Zack zog ebenfalls sein Messer und sah fragend zu Jemma. »Wenn du willst, gehen Jamie und ich allein. Du kannst hier auf die beiden warten und ihr kommt uns nach.«

Entschieden schüttelte sie den Kopf. »Nee, ich bleib sicher nicht allein hier zurück und überlasse euch den ganzen Spaß!« Auch sie zückte ihr Messer.

Jamie grinste. »Dann los!«

Hastig schlugen die drei sich durchs Unterholz und verfluchten schon nach wenigen Metern, dass sie keinerlei Lichtquelle besaßen, denn Wurzeln, Steine und Schlingpflanzen wurden immer wieder zu gemeinen Stolperfallen.

»Hilfe! Ist da jemand?«

»Ja, wir kommen! Wo bist du?«

»Hier! Hier unten!«

Die ängstliche Stimme kam von rechts und die drei hetzten einen kleinen Wall hinauf. Jamie erreichte die Kuppe als Erster, blieb wie angewurzelt stehen und kämpfte einen bangen Moment um sein Gleichgewicht. Sie befanden sich am Rand eines großen Erdtrichters, dessen Durchmesser an die zehn Meter betrug. Seine Wände brachen steil nach unten ab und fielen gut sechs Meter in die Tiefe.

»Was ist das?« Angewidert starrte Jemma in den Krater hinab.

Pflanzenranken, dicker als ihre Oberschenkel, wanden sich in einem riesigen Knäuel. Einzelne Arme bewegten sich wie Schlangen die Wände des Trichters hinauf, tastend, auf der Suche nach einem Opfer, das sie zu sich in die Tiefe zerren konnten – und sie hatten eins gefunden. Keine drei Meter von ihnen entfernt klammerte sich ein kleiner Junge an den Rand des Trichters, während die Tentakeln der Schlingpflanze sich um seine Beine geschlungen hatten und versuchten, ihn in die Tiefe zu zerren.

»Hilfe! Bitte, helft mir! Ich kann mich nicht mehr halten!« Der Waldboden, an den er sich so verzweifelt klammerte, brach unter seinen Händen weg und er schrie erschrocken auf.

Jamie reagierte sofort. Er sprintete zu dem Jungen und packte seine Handgelenke genau in dem Moment, als er nach einem besonders heftigen Ruck der Schlingpflanze seinen Halt verlor. Voller Panik schrie der Kleine auf, doch Jamie hielt ihn fest.

»Keine Angst, ich hab dich!«

Zack und Jemma kauerten sich neben die beiden und griffen nach den Armen des Jungen. Der stöhnte auf, als die Ranken sich fester um seine Beine schlangen und ihn mit noch mehr Kraft in die Tiefe zerren wollten.

»Es tut weh! Es tut so weh«, schluchzte er. »Er wird mich niemals freigeben. Er hat seine Dornen in meine Haut gebohrt. Es tut so schrecklich weh!«

Erschrocken starrten die drei auf die Beine des Kleinen. In der Dämmerung konnten sie nicht besonders viel erkennen, doch sie sahen, dass die dünne Stoffhose des Jungen zerfetzt war und blutige Rinnsale seine Haut verschmierten.

»Er hat recht«, keuchte Jamie. »So wird das nichts. Diese Tentakeln werden ihn nicht freilassen.«

Jemma nickte. »Wie müssen ihn losschneiden.«

»Könnt ihr ihn halten?«, fragte Jamie. »Dann geh ich.«

Zack und Jemma nickten. Sie packten die Arme des Jungen noch fester und Jamie ließ seine Handgelenke los.

Der Kleine wimmerte. »Pass bloß auf, dass der Schlangendorn dich nicht auch erwischt! Er gibt dich nie wieder frei!«

»Danke für die ermutigende Info!«, brummte Jamie und schob sich über den Rand in den Erdtrichter. Die Wände waren steil und im losen Erdreich gab es kaum eine Möglichkeit, sich festzuhalten. Vorsichtig hangelte er sich am Körper des Jungen entlang bis zu seinen Beinen, an denen die Ranken des Schlangendorns zerrten. Als er eine halbwegs sichere Position erreicht hatte, zog er sein Messer und rammte es neben dem Fuß des Jungen in den Pflanzenarm.

Ein Kreischen ertönte aus den düsteren Tiefen des Trichters und ließ Jamie die Nackenhaare zu Berge stehen. Anscheinend war das mörderische Grünzeug nicht gerade begeistert, dass man versuchte, ihm seine sichergeglaubte Beute wieder zu entreißen. Neue Fangarme schlängelten sich aus der Tiefe empor und Jamie säbelte noch schneller durch die zähen Pflanzenfasern, bis die Ranke endlich durchtrennt war. Gehetzt warf er einen Blick über die Schulter. Ein paar der Tentakeln waren bereits gefährlich nah zu ihm heraufgekrochen. Schnell rammte er sein Messer in die zweite Ranke, die das andere Bein des Kleinen festhielt. Erneut erklang das schrille Kreischen, das seine Ohren klingeln ließ.

»Jamie, beeil dich! Diese verdammten Pflanzenteile kriechen immer höher!«

»Ich hab's ja gleich!« Verbissen hackte und schlitzte er weiter und endlich gab die Ranke den Jungen frei.

Wütendes Gekreische war die Antwort darauf.

»Jetzt! Zieht ihn hoch! Schnell!«

Das ließen Zack und Jemma sich nicht zweimal sagen und sie zerrten den Kleinen hastig zu sich auf den sicheren Waldboden. Wimmernd krabbelte er von der Kante des Trichters weg und lehnte sich erschöpft an einen Baumstamm.

Zack beugte sich so weit er konnte über den Rand des Kraters und streckte Jamie seine Hand entgegen. »Los, komm raus! Die Pflanzenschlangen haben dich fast erreicht!«

Jamie versuchte zu ihm hochzuklettern, doch die Wand des Trichters war steil und im losen Erdreich fand er mit den Füßen kaum Halt.

»Mach schon! Gib mir deine Hand!«

Doch so sehr Jamie sich auch streckte, er konnte Zack nicht erreichen. Etwas streifte seinen Stiefel und er fuhr erschrocken herum. Einer der Fangarme schlängelte auf der Suche nach neuer Beute tastend umher. Jamie wich nach rechts aus. Hier war die Erde noch nicht so aufgewühlt und seine Füße fanden besseren Halt. Schnell kletterte er höher, reckte sich so gut er konnte und versuchte erneut, Zack zu erreichen. Der war ihm am Rand des Kraters gefolgt und streckte ihm wieder seine Hand entgegen.

»Komm schon! Nur ein kleines Stück höher!«

Es war Millimeterarbeit, doch schließlich krallten ihre Finger sich ineinander. Zack biss die Zähne zusammen und zog Jamie mit aller Kraft ein Stück höher, bis er ihn sicher am Handgelenk zu fassen bekam. Im gleichen Moment keuchte Jamie erschrocken auf. Ein heftiger Ruck zerrte ihn zurück und hätte ihn fast aus Zacks Händen gerissen. Triumphierendes Kreischen ertönte aus den Tiefen des Schlangendornkraters.

»Mist!« Wütend trat Jamie nach dem Fangarm, der seinen linken Fuß gepackt hatte und sich nun in erschreckender Geschwindigkeit sein Bein hinaufschlängelte.

Ohne zu zögern zog Jemma ihr Messer und schwang sich über den Rand des Trichters.

»Nein, Jem! Bleib oben! Sonst erwischt es dich auch noch!«

»Ach, und wie sollen wir dich rauskriegen, wenn keiner dieses verfluchte Grünzeug von dir losmacht?«

»Ich – Ahhhh!« Spitze Stacheln bohrten sich durch das Leder seiner Hose.

»Was ist?«, fragte Zack alarmiert, als er sah, dass Jamies Armschelle aufleuchtete und das satte Grün langsam heller wurde.

»Schmerzen«, presste Jamie zwischen zusammengebissenen Zähnen hervor. »Wir können in diesem Spiel Schmerzen empfinden! Und glaub mir, es tut verdammt weh, wenn diese beschissenen Stacheln zustechen!«

»Oh Mann!« Zack zog ihn ein Stück weiter zu sich, doch als Jamie aufstöhnte, hielt er sofort inne, denn seine Armschelle verfärbte sich hellgelb.

»Nicht ziehen! Dann packt das Mistvieh noch fester zu und die Dornen bohren sich immer tiefer in mein Bein!«

Zack stieß einen wütenden Fluch aus. »Jem, hack diese verdammte Ranke durch!«

»Was glaubst du, was ich hier mache!« Verbissen säbelte sie durch die widerspenstigen Pflanzenfasern und versuchte, nicht auf Jamies blutiges Hosenbein zu starren, sondern die anderen Tentakeln im Auge zu behalten. Zwei von ihnen rückten ihr nämlich verflixt nahe auf die Pelle.

Wieder ertönte das Kreischen der Pflanze und plötzlich schnellte ein neuer Fangarm aus den Tiefen des Kraters – dünner, schneller und wendiger als die Kriecharme. Er peitschte durch die Luft und schlug nur Zentimeter von den Zwillingen entfernt in den Erdboden ein.

Entsetzt fuhr Jemma herum. »Was war das?«

So schnell wie der Arm gekommen war, zuckte er auch wieder zurück.

»Dieses verdammte Grünzeug hat offenbar mehr als eine Vorrichtung, um sich seine Opfer zu schnappen!«, rief Zack. »Achtung!«

Doch Jemma konnte nicht mehr ausweichen. Die Peitsche traf ihre Schulter, riss ihr Lederhemd auf und schnitten tief in ihre Haut. Heißer Schmerz fuhr durch ihren rechten Arm und sie musste die Zähne zusammenbeißen, um nicht aufzuschreien. Virtuelle Schmerzen mochten die Illusion der CyberWorld noch realistischer erscheinen lassen, waren aber definitiv etwas, auf das sie gut hätte verzichten können.

Wieder zuckte die Peitsche zurück und machte sich zu einem weiteren Angriff bereit. Mit zusammengebissenen Zähnen änderte Jemma ihre Position. Offensichtlich konnte diese Teufelspflanze nicht sehen und musste ihre Beute ertasten. Das war ihr einziger Vorteil und den musste sie nutzen. Sie kroch auf Jamies andere Seite und nur Sekunden später schnellte die Peitsche genau an die Stelle, an der Jemma gerade noch gekauert hatte. Hastig tastete sie nach ihrem Messer, um endlich den Fangarm durchzutrennen, doch ihr rechter Arm gehorchte ihr kaum noch. Die Wunde an der Schulter machte ihn steif und träge. Verzweifelt nahm sie das Messer in ihre linke Hand und säbelte so gut sie konnte. Wieder sauste die Peitsche durch die Luft und Jemma duckte sich aus ihrer Reichweite.

»Schneller, Jem! Ihr müsst da raus!«

»Ich mach schon, so schnell ich kann!«

»Shit! Pass auf!«

Die Peitsche schnellte direkt auf sie zu und Jemma blieb keine andere Wahl, als sich zur Seite zu werfen. Der Fangarm verfehlte sie, aber ihr Ausweichmanöver hatte sie nicht nur ein gutes Stück von Jamie entfernt, ihr Sprung hatte außerdem einen großen Teil des ohnehin schon ziemlich instabilen Erdreichs ins Rutschen gebracht. Entsetzt suchte sie nach einem Halt, doch ihre Füße fanden keinen. Im Gegenteil: Je heftiger sie versuchte, sich in die lockere Erde zu stemmen, desto mehr geriet diese ins Rutschen.

»Jem!« Jamie vergaß seine Schmerzen, als er sah, wie der Erdrutsch seine Schwester von ihm fortriss. Er ließ Zacks Hand los, doch der hielt ihn fest am Handgelenk gepackt. »Lass mich los! Ich muss ihr helfen!«

»Spinnst du?! Wenn ich dich loslasse, zieht das Mistvieh dich sofort in die Tiefe! Du kannst ihr nicht helfen!«

Jamie wusste, dass Zack recht hatte, dennoch konnte er Jem nicht einfach im Stich lassen. Er warf einen verzweifelten Blick über seine Schulter und sah erleichtert, dass der Erdrutsch zum Stillstand gekommen war. Doch Jemma war verletzt und sobald sie versuchte, die steile Trichterwand hinaufzuklettern, geriet die Erde wieder ins Rutschen – und zwei dieser verfluchten Kriechranken hatten sie fast erreicht!

»Ich muss zu ihr!« Erneut versuchte er, seine Hand aus Zacks Griff zu befreien, doch der packte nur noch fester zu.

»Das kannst du nicht!«

»Aber wir können sie nicht da unten lassen! Sonst ziehen die Fangarme sie gleich in die Tiefe!«

Zack fluchte.

»Braucht ihr vielleicht Hilfe?«

Zack fuhr heftig zusammen, als Ned sich plötzlich neben ihn kauerte.

»Mann, wo wart ihr denn so lange?«

»Technische Probleme. Erzählen wir später«, gab Ned knapp zurück. »Jetzt sollten wir erst mal Jamie und Jemma retten.« Er warf zwei Gürtel neben Zack ins Gras und rutschte dann über die Kraterkante zu Jamie hinab.

»Wo ist Will?«

»Er hilft Jem.«

»Danke«, seufzte Jamie, als er sah, wie Will neben dem Erdrutsch vorsichtig zu Jemma hinabschlitterte und sie zu sich auf sichereren Boden zog.

Ned wich geschickt einem Peitschenhieb aus und zückte sein Messer. Da Jemma schon gute Vorarbeit geleistet hatte, brauchte er nur wenige Hiebe, um die Pflanzenfessel um Jamies Bein endgültig zu durchtrennen.

»Zieh ihn rauf!«, rief er Zack zu und duckte sich dann schnell aus der Reichweite eines weiteren Peitschenangriffs.

Zack zerrte Jamie den Hang hinauf, dann streckten sie Ned ihre Hände entgegen und halfen ihm hoch.

»Gebt mir eure Gürtel!«

Jemma atmete erleichtert auf, als plötzlich Will den Steilhang zu ihr hinuntergeschlittert kam und Ned zu Jamie kletterte.

»Mann, ihr habt euch verdammt viel Zeit gelassen! Wo wart ihr denn?«

»Lange Geschichte. Erzähl ich dir, wenn wir in Sicherheit sind.« Will hatte sie fast erreicht und streckte ihr seine Hand entgegen. Dann erst sah er ihre blutige Schulter. »Verdammt! Du bist verletzt?!«

»Nur an der Schulter. Ist nicht so schlimm.« Wenn sie den Arm fest an ihren Körper gepresst hielt, waren die Schmerzen auszuhalten. Sie reckte Will ihre linke Hand entgegen, doch dabei verlor sie auf dem instabilen Erdreich den Halt und rutschte noch ein Stück tiefer in den Trichter.

»Pass auf!«

Einer der Fangarme schlängelte sich dicht an ihren Fuß heran und Jemma beeilte sich, schnell aus seiner Reichweite zu kommen. Will schlitterte noch ein Stück tiefer zu ihr hinab, zog sie zu sich und gemeinsam flüchteten sie vor den Tentakeln.

»Fasst an!« Ned hatte die Gürtel der Jungen aneinander geschnallt und ließ das behelfsmäßige Seil nun zu seinem Bruder hinunter.

Will schob Jemma ein Stück die Trichterwand hinauf, da er die Schlinge, die Ned mit der Gürtelschnalle gemacht hatte, noch nicht erreichen konnte.

»Mist. Haltet mich fest.«

Zack und Jamie packten Neds Beine, während er seinen Oberkörper über den Rand tiefer in den Krater schob und sich Will und Jemma entgegenstreckte.

»Ich hab's!« Will steckte eine Hand durch die Gürtelschlinge und zog Jemma an sich. »Zieht uns hoch!«

Mit vereinten Kräften zerrten Ned, Zack und Jamie die beiden in Sicherheit und für einen Moment blieben alle fünf erschöpft auf dem Waldboden neben dem Kraterrand liegen. Jeder von ihnen hatte durch die Anstrengung Lebensenergie eingebüßt, doch bei Ned, Will und Zack regenerierte sie sich schnell wieder. Jemma und Jamie dagegen waren durch ihre Verletzungen geschwächt und sie besaßen weder Zauber noch Heilmittel, die daran etwas hätten ändern können.

Jamie setzte sich auf und begutachtete die tiefen Kratzer, die die Dornen in sein Bein gerissen hatten. Sie brannten fürchterlich, doch er konnte das Bein bewegen und er würde sicher laufen können.

»Was ist mit deiner Schulter?« Er sah zu Jem.

Will hatte den Stoff ihrer Lederkluft zur Seite geschoben und betrachtete grimmig die klaffende Wunde, die sich quer über ihre Schulter bis zum Oberarm zog.

»Tut tierisch weh, aber es wird schon gehen«, sagte sie tapfer, während Will ihr aus seinem Gürtel eine Schlinge machte, in die sie ihren Arm legen konnte. »Was ist mit dem kleinen Jungen?«

»Welcher kleine Junge?«, fragte Ned.

»Na, der, den wir hier raus gerettet haben«, knurrte Zack. »Oder glaubst du, wir sind aus purer Abenteuerlust zu diesem mörderischen Grünzeug in den Krater gehüpft?«

Nachdem er sich vergewissert hatte, dass es Jamie und Jemma soweit gut ging, stand er auf und ging hinüber zu dem Baumstamm, an dem der Junge noch immer lehnte. Auch wenn Zack klar war, dass es nur eine virtuelle Spielfigur war, die bloß aus einem Zahlencode aus Nullen und Einsen bestand, tat der Kleine ihm leid, als er seine dürren Beinchen sah, die mit blutigen Kratzern übersät waren.

»Hey, alles klar?«

Der Junge sah zu ihm auf und nickte. »Danke, dass ihr mich gerettet habt.«

Zack kniete sich zu ihm. »Kein Thema. Wie heißt du?«

»Nial.«

»Kommst du aus dem Dorf?«

Nial nickte. »Aus Shadow Creek, ja. Kannst du mich nach Hause zu meinem Vater bringen?«

»Weißt du denn den Weg?«

Der Kleine nickte erneut und deutete hinter sich in den Wald.

»Dann komm, ich helf dir.«

Doch als Zack ihn auf die Beine ziehen wollte, stöhnte Nial und sank zurück gegen den Baum.

»Tut mir leid, ich kann nicht laufen.« Kummervoll sah er zu Zack auf. »Vielleicht könnt ihr meinem Vater sagen, wo ich bin? Dann kann er mich holen kommen.«

Entschieden schüttelte Zack den Kopf. »Ich lass dich nicht alleine hier im Wald.« Er nahm ihn auf den Arm und stellte erleichtert fest, dass der Kleine netterweise federleicht programmiert worden war. »Was hast du überhaupt hier ganz alleine mitten in der Nacht im Wald gemacht?«

»Ich wollte Mondbeeren sammeln und dabei bin ich dem Krater von dem blöden Schlangendorn zu nahe gekommen.«

»Was du nicht sagst!«, murmelte Zack und kehrte zu den anderen zurück.

Ned hatte sich Jamies Arm um die Schulter gelegt und stützte ihn, während Will seinen Arm um Jemma gelegt hatte. Letzteres gefiel Zack ganz gut. Ersteres irgendwie nicht. Schnell verscheuchte er das unbequeme Gefühl und wandte sich Wichtigerem zu.

»Also, Kleiner, wo müssen wir lang? Gibt es hier irgendwo einen Weg ins Dorf? Bei der Dunkelheit und ohne vernünftige Waffen würde ich nämlich nicht so gerne durchs Unterholz stiefeln.«

»Der Weg ist da vorne!« Nial wies zwischen zwei dicken Eichenbäumen hindurch und der kleine Trupp setzte sich in Bewegung.

Kapitel 10

Wo zum Teufel seid ihr eigentlich gewesen?«, fragte Zack, als sie endlich aus dem wirren Dickicht des Waldes auf einen holprigen Schotterweg stolperten. »Nicht, dass ich euren dramatischen Auftritt als Retter in letzter Sekunde nicht schätzen würde, aber warum wart ihr nicht zur vereinbarten Zeit im Spiel?«

»Es gab technische Probleme«, antwortete Ned. »Wir wollten ein bisschen cheaten, aber das System hat das bemerkt und uns rausgeschmissen.«

»Wow, was wolltet ihr denn machen?«, fragte Jamie.

Will seufzte. »Ich wollte uns gleich zu Anfang waffenmäßig ein bisschen besser ausstatten und uns ein paar Fähigkeiten geben, die wir sonst erst später im Spiel erlangen.«

»Du meinst Schwerter und Zaubersprüche?«

»Genau. Mit einer besseren Ausrüstung sind wir in den Kämpfen unseren Gegnern überlegen und kommen im Spiel schneller voran. Das nimmt zwar ein bisschen den Spaß und die Spannung, aber deswegen sind wir ja nicht hier. Wir wollen das Spiel ja möglichst schnell durchspielen, um Hinweise zu finden und uns nicht mit jeder kleinen Quest aufhalten.«

»Klingt nach einem guten Plan«, meinte Jemma. Wills Arm um ihren Schultern fühlte sich ziemlich gut an – auch wenn es nur eine Cyberumarmung war. »Aber es hat nicht funktioniert?«

Er schüttelte den Kopf. »Nein. Kaum war ich drin, schlug das IPS zu und ich flog aus dem Programm.«

Verwundert sah Jamie zu ihm auf. »Was? Wer baut so was denn in ein Computerspiel ein?«

»Das fragen wir uns auch«, gab Ned zurück. »Das ist eigentlich ein bisschen oversized.«

Zack stöhnte ungeduldig. »Okay, auch wenn ich mich jetzt als total uncooler Nicht-Hacker oute, lasst mich nicht dumm sterben und sagt mir, was die Buchstabensuppe bedeutet.«

»IPS sind Wächterprogramme«, erklärte Will. »Es steht für Intrusion Prevention System. Diese Systeme erkennen, wenn jemand unerwünscht in ein Programm eintritt und werfen die Eindringlinge raus.«

»Okay. Eigentlich ganz clever, oder? Um sich Hacker vom Hals zu halten ...«

Ned nickte. »Sicher, allerdings wird so was eigentlich nicht in ein simples Spiel eingebaut. Solche Systeme benutzen Firmen oder Banken für ihre Netzwerke, um ihre Daten zu schützen. In einem normalen x-beliebigen CyberGame ist das eigentlich nicht üblich.«

»Habt ihr euren Dad danach gefragt? Vielleicht hat er es ja einbauen wollen, weil er für *Dark Grove* die Cybertechnik auf ein neues Level gebracht hat?«, überlegte Jamie. »Immerhin können wir jetzt Gerüche wahrnehmen und Schmerzen empfinden.« Er hielt kurz an, um seinem verletzten Bein eine Pause zu gönnen. »Auf Letzteres hätte ich übrigens gut verzichten können«, knurrte er durch zusammengebissene Zähne. »Zumindest, solange man im Spiel noch nicht die Möglichkeit hat, sich zu heilen.«

Ned legte seinen Arm fester um Jamies Hüfte, als er langsam weiterhinkte. »Es war sicher nicht geplant, dass du und Jemma gleich zu Beginn so schwer verletzt werdet. Der Schlangendorn ist ja eigentlich ein leichter Anfangsgegner.«

»Leicht?!«, stieß Jamie ungläubig hervor. »Also entweder willst du damit sagen, dass Zack, Jem und ich uns absolut dämlich angestellt haben oder ich mache mir echt Sorgen, was die schweren Gegner in diesem Spiel angeht.«

Ned lachte. »Weder noch. Will hat *Dark Grove* auf ein Team von fünf Spielern eingestellt. Dementsprechend legt das Programm die Stärke der Gegner fest. Nachdem die Wächterprogramme uns aus dem System geworfen hatten, weil wir pfuschen wollten, wurde uns der Zugang zum Spiel verweigert. Wir konnten *Dark Grove* zwar neustarten, wären dann aber in einer anderen Version als eurer gelandet und hätten parallel zu euch gespielt. Also mussten wir etwas tricksen, um wirklich zu euch zu kommen und das hat leider ein bisschen gedauert. Euer Spiel hatte da schon gestartet und ihr musstet euch zu dritt dem Schlangendorn stellen, der eigentlich auf fünf Spieler ausgerichtet war.« Er grinste anerkennend. »Und dafür habt ihr euch ziemlich gut geschlagen, finde ich.«

»Na ja«, grummelte Jamie. »Habt ihr denn euren Dad gefragt, ob er das IPS in *Dark Grove* hat einbauen lassen?«

»Dad wusste nichts von den Wächtern. Er hat sie definitiv nicht in Auftrag gegeben.«

»Dann könnte das ja tatsächlich ein Hinweis darauf sein, dass wir mit unserer Vermutung richtigliegen!«, meinte Jemma. »Wenn jemand so ein System heimlich ins Programm von *Dark Grove* eingebaut hat, kann es doch eigentlich nur bedeuten, dass er etwas im Spiel verborgen hat, das niemand finden soll, oder nicht?«

Will nickte. »Das denken wir auch. Und das ist noch nicht alles. Ich wollte mir doch die Skripte des Spiels ansehen, damit ich weiß, was uns erwartet.«

»Und? Was hast du herausgefunden?«

»Nichts.«

»Wie, *nichts*?«

»Nichts eben. Es gibt keine Skripte zu *Dark Grove* mehr. Jemand hat die originalen Quellcodedateien gelöscht. Im Spiel liegt nur noch der binäre Code vor. Den können zwar die Rechner ohne Probleme lesen und umsetzen, sonst würde das Spiel überhaupt nicht mehr funktionieren, aber für Menschen ist dieser Code nur unlesbares Kauderwelsch.«

»Oh Mann …«

Jamie runzelte die Stirn. »Aber könnte man den Binärcode nicht von einem Computer wieder in einen lesbaren Quellcode zurückübersetzen lassen?«

Will nickte. »Theoretisch schon. Allerdings ist so was nicht ganz leicht und es braucht Zeit, die wir nicht haben. Die Wächterprogramme und die gelöschten Skripte sind eindeutig Anzeichen dafür, dass irgendwer etwas in *Dark Grove* verbergen will und ich denke, wir finden am schnellsten heraus, was das ist, wenn wir das Spiel einfach spielen. Ich bin mir mittlerweile sicher, wenn wir den virtuellen Mind Ripper finden, finden wir auch etwas über den realen heraus.«

Eine Weile liefen sie schweigend durch den düsteren Wald, jeder versunken in seinen Gedanken. Noch immer hingen feine Nebelschwaden zwischen den Bäumen und hin und wieder raschelte etwas im Unterholz, doch außer ein paar aufgescheuchten Nachtvögeln und zwei Kaninchen, die sich vor ihnen im dichten Gras am Wegrand versteckten, bekamen sie nichts zu sehen.

Fast glaubten sie schon, dass der schmale Weg nach Shadow Creek sicher wäre, als plötzlich links von ihnen Zweige knackten. Erschrocken hielten die fünf inne und starrten ins Unterholz, doch es war zu dunkel, um zwischen dem verwilderten Geäst irgendwas erkennen zu können. Angespannt lauschten sie in die Finsternis und Jemma spürte, wie Will seinen Arm noch etwas fester um sie legte. Mit der anderen Hand zog er sein Messer.

Etwas seufzte.

Sog tief die Luft ein.

Schien ihre Witterung in sich aufzunehmen.

Jemma lief es eiskalt den Rücken hinunter. Nervös tastete sie ebenfalls nach ihrem Messer und nahm es in die linke Hand. Selbst wenn sie ihren rechten Arm nicht bewegen konnte, wollte sie sich bei einem Angriff so gut es ging verteidigen können.

Ein Rascheln.

Schritte tappten durch trockenes Laub.

Näherten sich.

Brachen abrupt ab.

Stille.

Nicht mal mehr das Windsäuseln in den Baumkronen war zu hören. Dafür schien der Wald plötzlich tausend Augen zu haben, die jede ihrer Bewegungen genau beobachteten.

Wieder das unheimliche Seufzen.

Als würde sich jemand an einem besonders reizvollen Geruch laben.

Als würde ihm der Duft seiner Beute bereits schmecken.

Und es klang deutlich näher als beim ersten Mal.

Ned und Jamie zogen ebenfalls ihre Messer. Zack wollte Nial absetzen, um im Falle eines Angriffs beweglicher zu sein und beide Hände freizuhaben, doch der kleine Junge klammerte sich fest um seinen Hals.

»Nein, bitte! Wir müssen schnell hier weg«, wimmerte er leise. »In diesem Wald geht etwas um, das so schrecklich ist, dass ihr es mit euren Messern niemals bekämpfen könnt. Wir müssen fliehen! Wir müssen in mein Dorf. Dort sind wir sicher!«

Zack verkniff sich die Frage, warum Nial dann, wenn es doch so gefährlich war, mutterseelenalleine mitten in der Nacht im Wald zum Beerenpflücken unterwegs gewesen war, aber der Logik in CyberGames durfte man manchmal nicht allzu sehr auf den Zahn fühlen.

»Ich denke, der Kleine hat recht.« Will sah sich um. »Ohne gescheite Waffen haben wir keine Chance. Wir müssen hier weg.«

»Glaubst du wirklich, der Mind Ripper würde uns schon so früh im Spiel angreifen?«, fragte Ned. »Meinst du nicht, dass das hier nur für ein bisschen Gänsehautfeeling sorgen soll?«

Die unheimlichen Geräusche im Wald waren verstummt, doch das ungute Gefühl, beobachtet zu werden, blieb.

»Ich weiß es nicht«, gab Will zu. »Aber ich denke, wir sollten von hier verschwinden.«

»Bin ich sofort dabei.« Zack warf einen letzten Blick in den Wald, dann setzte er sich mit Nial auf dem Arm entschlossen in Bewegung. Sein Messer hielt er gezückt und er schlug ein deutlich schnelleres Tempo an als zuvor. »Wie weit ist es noch bis zu deinem Dorf?«

»Nicht mehr weit«, versicherte Nial. »Hinter der nächsten Biegung sollten wir die Lichter sehen können.«

»Na dann, nichts wie hin.« Ned legte sich wieder Jamies Arm um die Schultern und half ihm den Weg entlang.

Will und Jemma folgten ihnen. Nervös lauschte Jemma in die Nacht. Immer wieder glaubte sie, ein Knacken im Unterholz zu hören. Raschelnde Schritte, die sie verfolgten. Das widerliche Seufzen …

Doch ihre eigenen hastigen Schritte knirschten laut auf dem Schotterweg und sie war sich nicht sicher, ob ihre überreizte Fantasie ihr nicht nur einen besonders üblen Streich spielte.

Auch Will schien äußerst angespannt. Er lauschte ebenfalls in die Nacht, warf immer wieder Blicke über seine Schulter und spähte ins Unterholz.

»Ich denke, Ned hat recht«, versuchte Jemma sich selbst zu beruhigen. »Das gerade sollte sicher nur ein bisschen Atmosphäre ins Spiel bringen. Jetzt schon den Mind Ripper angreifen zu lassen, wäre zu früh, da wir uns nicht wirklich wehren könnten. Nur mit unseren Messern hätten wir keine Chance und dann wäre das Spiel ziemlich unfair.«

Will nickte finster, sagte aber nichts.

»Ist alles in Ordnung?«, fragte Jemma unbehaglich.

Er zögerte, offensichtlich nicht sicher, ob er etwas sagen sollte.

»Was ist los?«

Er seufzte. »Mir kam gerade nur ein echt übler Gedanke.«

Alarmiert sah Jemma zu ihm auf. »Übel für uns?«

Nachdenklich schüttelte er den Kopf. »Nein, vermutlich nicht. Wir spielen ja das Originalspiel. Aber vielleicht übel für die Jungen, die im Koma liegen.«

»Wie meinst du das?«, fragte Jamie, der das Gespräch der beiden mitangehört hatte.

»Was ist, wenn sich irgendein Perverser eine Kopie des Spiels gemacht und das Programm so umgeschrieben hat, dass er die Computerfigur des Mind Rippers gelöscht hat und jetzt selbst diese Rolle spielt? Was, wenn er diese Jungen mit der Aussicht auf ein Betatesten eines noch nicht erschienen CyberGames zu sich ins Spiel gelockt hat, um dann selbst zum Mind Ripper zu werden und sie zu jagen?«

Angewidert verzog Jamie das Gesicht. »Mann, das wäre dann aber echt schon ziemlich krank, oder?«

»Gestörte gibt es leider genug«, seufzte Zack grimmig. »Aber warum fallen die Jungen ins Koma? Selbst wenn er sie in der Cyberwelt umbringt, tötet er ja nur ihren Avatar, und das kann durch irgendwelche Cybermonster schließlich in jedem Spiel passieren. Dann fliegt man einfach aus dem Game und das ist doch eigentlich nicht weiter gefährlich.«

»Normalerweise nicht«, warf Ned ein. »Aber wer weiß, was er vorher mit ihnen macht? Vielleicht quält er sie. Irgendwelche miesen Psychospiele. Und Schmerzen kann man in *Dark Grove* schließlich auch empfinden. Wer weiß, was er ihnen womöglich angetan hat. Oder was er sonst noch am Spiel verändert hat.«

Es herrschte beklommenes Schweigen, während die fünf weiter über den dunklen Weg stolperten und über ihren neuen Verdacht grübelten. Jemma versuchte, sich nicht auszumalen, was für abartige Dinge jemand tun musste, um einen anderen Menschen ins Koma zu befördern. Sie schauderte.

»Ihr solltet eurem Vater davon erzählen«, meinte sie schließlich zu Will und Ned. »Vielleicht kann man ja irgendwie nachprüfen, ob das Spiel kopiert wurde.«

»Kaum«, seufzte Will.

»Aber vielleicht könnte man im Cybernetz nachsehen, ob eine Kopie existiert. Oder man überprüft, ob irgendwo jemand Betatester sucht«, schlug Zack vor. »Irgendwelche Möglichkeiten muss es da doch geben, oder nicht?«

»Sicher«, meinte Ned. »Wir werden Dad auf jeden Fall von unserem Verdacht erzählen.«

»Ich hoffe wirklich, wir liegen damit falsch«, murmelte Jemma. Der Gedanke an einen Psychopathen, der Jugendliche in ein CyberGame lockte, um sie dort zu jagen und womöglich zu quälen, war absolut widerlich.

»Das hoffe ich auch«, pflichtete Will ihr bei.

»Macht es denn dann eigentlich überhaupt noch Sinn, dass wir dieses Spiel hier spielen?« Ob es an der düsteren Atmosphäre des Walds oder an ihrem schrecklichen Verdacht lag, konnte Jemma nicht sagen, doch die Lust auf dieses CyberGame war ihr vergangen. Außerdem machten die dumpfen Schmerzen in ihrer Schulter ihr langsam zu schaffen und raubten ihr immer mehr Lebensenergie. *Dark Grove* hatte in den letzten Minuten definitiv eine Menge von seinem Reiz bei ihr eingebüßt. »Wenn es wirklich stimmt, dass jemand mit einer Kopie des Spiels arbeitet und das Programm verändert hat, dann bringt uns das, was wir hier tun, doch gar nichts, oder?«

»Wir wissen aber nicht, ob wir mit unserer Theorie richtigliegen«, warf Ned ein. »Es ist ja nur eine Möglichkeit, die passiert sein könnte.«

»Er hat recht«, stimmte Jamie ihm zu. »Ich denke, wir sollten hier weitermachen wie geplant und ihr erzählt eurem Vater von unserem Verdacht. Ob es eine Kopie des Spiels gibt oder irgendwer im Netz Betatester anheuert, das können er und die Polizei überprüfen. Dabei können wir nicht helfen. Aber wer weiß, was wir hier in *Dark Grove* alles herausfinden.«

Die fünf liefen weiter und erreichten endlich die Biegung im Weg, die Nial angekündigt hatte. Tatsächlich erkannten sie von dort einen schwachen Lichtschein, der zwischen den Bäumen hindurchschimmerte.

»Da vorne ist mein Dorf! Meinem Vater gehört der Dorfladen. Bitte bringt mich zu ihm. Er wird euch sicher reich für meine Rettung belohnen.«

»Na, halleluja!« Heilfroh legte Zack einen Zahn zu. So langsam reichte ihm diese Wanderung durch den düsteren Wald.

Bei der Aussicht, endlich an ihrem Ziel anzukommen, beschleunigten auch Will und Jemma noch einmal ihre Schritte. Jamie dagegen brauchte eine kurze Pause. Das lange Laufen mit seinem verletzten Bein kostete ihn zusehends mehr Lebensenergie und machte ihn langsamer und schwächer.

»Wenn du mit deinem Dad sprichst, richte ihm aus, dass

Schmerzempfinden plus null Heilkräfte eine Scheißidee ist.« Stöhnend verlagerte er sein Gewicht auf das rechte Bein.

Ned lächelte zerknirscht und stützte ihn. »Wie gesagt, dass du so schwer verletzt wurdest, liegt nur am etwas unglücklichen Start unseres Spiels. Dad wollte mit dem Einbringen des Schmerzempfindens die CyberWorld einfach noch realistischer machen.«

Jamie schnaubte sarkastisch. »Realität hab ich im wahren Leben eigentlich schon mehr als genug.«

Unsicher musterte Ned ihn. »Will hat mir erzählt, dass du seit einem Unfall im Rollstuhl sitzt?«, fragte er dann vorsichtig. »Muskelschwäche oder so was?«

Jamie warf ihm einen kurzen Blick zu. »So ungefähr, ja.«

»Kannst du gar nicht laufen?«

»Doch. Aber nur an Krücken und selbst mit denen noch nicht wieder besonders gut. Aber ich arbeite daran.«

Ned verzog das Gesicht und wies auf Jamies verletztes Bein. »Dann kann ich gut verstehen, dass dich das hier jetzt gerade ziemlich anpissen muss.«

»Yep.« Jamie rang sich ein müdes Grinsen ab. »Wie gesagt, Schmerzempfinden ohne Heilzauber ist ätzend. Bestell das deinem Dad.«

Etliche Meter vor ihnen, drehte Zack sich um und sah zu den beiden zurück. »Alles in Ordnung bei euch?«

Jamie nickte. »Ja, alles klar.« Er stützte sich wieder auf Ned und sie schlossen langsam zu den anderen auf.

Wenig später hatten sie das kleine Dorf erreicht, das auf einer größeren Lichtung mitten im Wald lag. Irgendwo plätscherte Wasser und es musste einen Bach oder kleinen Fluss geben, dem Shadow Creek seinen Namen verdankte. Viel zu sehen gab es in der nächtlichen Finsternis allerdings nicht. Das Dorf bestand aus zehn, vielleicht fünfzehn einfachen Häusern, die sich um einen kleinen Dorfplatz drängten, in dessen Mitte ein alter Ziehbrunnen stand. Die meisten Häuser lagen um diese nachtschlafende Zeit im Dunkeln, nur im Dorfladen brannte Licht.

Zielstrebig gingen die fünf darauf zu und Will drückte die Eingangstür auf. Eine Glocke bimmelte über der Tür und verkündete ihren Eintritt. Obwohl der kleine Ladenraum nur mit wenigen Kerzen in altertümlichen Laternen beleuchtet wurde, war Jemma nach der langen Düsternis im Wald für einen Moment geblendet, als Will sie durch die Tür schob und diese dann für Zack, Ned und Jamie aufhielt.

Alle fünf blinzelten gegen die Helligkeit und sahen sich um. Der Verkaufsraum ähnelte dem Laden, den sie aus *Shirewood* kannten. Auch hier standen die Wände voller Regale, in denen sich alle möglichen Alltagsgegenstände stapelten, allerdings wirkten sie deutlich finsterer als bei Old Marley. Hier gab es ein Regal, in dem Messer, Dolche und Äxte lagen, in einem anderen standen Gläser, in denen glitschige Widerlichkeiten eingelegt waren. Uralte Bücher mit unheilvollen Runen stapelten sich überall, wo Platz war, und von der Decke hingen scharfzackige Bärenfallen und Fußangeln. Offensichtlich war das Leben in Dark Grove deutlich härter als in Shirewood und die Dorfbewohner brauchten eine etwas andere Ausrüstung, um ihren Alltag zu meistern.

»Kundschaft zu so später Stunde?« Ein schmächtiger Mann trat aus einem Nebenraum hinter den Verkaufstresen und löste damit sofort eine Reaktion bei seinem virtuellen Sohn aus.

»Vater! Diese fünf tapferen Menschen haben mir das Leben gerettet und mich aus einem Schlangendornkrater befreit!«

Zack schritt durch den Laden und setzte den Kleinen auf den Tresen.

»Nial! Um Himmels willen!« Der Mann legte sofort seine Hände auf die zerkratzten Beine des Jungen. »*Sanare!*«

Der Heilzauber wirkte schnell. Die Schnitte und Schrammen, die die Pflanzenranken hinterlassen hatten, schlossen sich und waren im Nu verschwunden. Der Kleine lachte auf, sprang vergnügt vom Tresen und sah von einem zum anderen.

»Vielen Dank für eure Hilfe! Morgen werde ich allen im Dorf erzählen, was ihr für mich getan habt!« Damit hüpfte er fröhlich von dannen.

»Ich schulde euch tiefen Dank dafür, dass ihr meinen Sohn gerettet habt.« Der Vater trat um den Verkaufstresen herum und sah zu Jemma und Jamie. »Wie ich sehe, wurdet ihr verletzt. Bitte, lasst mich helfen! Ich kann euch heilen.«

»Danke«, stöhnte Jamie. »Das wäre echt klasse!«

Der Mann beugte sich zu seinem Bein hinab, murmelte erneut »*Sanare!*« und ließ seine Hände über die Verletzungen wandern. Jamie spürte eine angenehme Wärme und merkte, wie er sich schlagartig wieder kräftiger fühlte. Die Wunden an seinem Bein schlossen sich, die brennenden Schmerzen verschwanden und seine Armschelle färbte sich wieder zu einem satten Grün.

»Die Dornen haben deine Hose zerstört«, sagte der Ladenbesitzer. »Ich schenke dir eine neue. Eine höherwertige, die dich besser schützen wird.« Er legte seine Hand auf das zerrissene Beinkleid und es verwandelte sich in eine neue schwarze Lederhose, die tatsächlich deutlich robuster wirkte als die vorherige.

»Vielen Dank!« Begeistert betrachtete Jamie seine bessere Rüstung.

Der Mann nickte nur und wandte sich dann zu Jemma, die

ihren verletzten Arm vorsichtig in der Schlinge aus Wills Gürtel hielt.

»Jetzt du.«

Nachdem er auch sie von ihrer Verletzung geheilt und ihr zum Dank ein neues Lederhemd geschenkt hatte, trat er wieder hinter seinen Tresen und sah von einem zum anderen.

»Ihr seid zu einer schweren Stunde nach Dark Grove gekommen und findet mein Dorf in großer Verzweiflung vor. Mein Name ist Tyron und bevor ich euch mit ein paar Gaben als Zeichen meines Dankes für das Leben meines Sohnes gehen lasse, solltet ihr euch anhören, was ich euch über diese Gegend zu erzählen habe. Wir leben in gefährlichen Zeiten und ihr solltet wissen, welches Grauen euch hier in den Wäldern erwarten kann.«

Tyron schwieg und wartete auf eine Reaktion. Die fünf tauschten kurze Blicke. Das hier war offensichtlich das Intro des Spiels und wenn sie Tyron dazu aufforderten, würde er ihnen die Geschichte von Dark Grove erzählen und wichtige Informationen zum Spiel und seinen Regeln geben.

Also genau das, was sie suchten.

»Bitte erzähl uns, was in Dark Grove vor sich geht«, sagte Will deshalb und Tyron begann mit seinem Bericht.

Kapitel 11

Das Leben in Dark Grove war noch nie leicht. Die Wälder sind rau und unerbittlich. Es gibt gefährliche Pflanzen und wilde Tiere. Das Devil's Bog kann tödlich sein, die Hazy Hills sollte man meiden und der Friedhof am Gallow's Barrow ist ein unheiliger Ort geworden. Aber gegen wilde Pflanzen und Tiere können wir uns wehren und gefährlichen Orten kann man fernbleiben. Seit ein paar Wochen geht jedoch ein Grauen bei uns um, gegen das wir bisher keinen Schutz finden konnten. Ein Dämon stiehlt den Geist unserer Dorfbewohner und beraubt sie ihres Verstandes. Der Mind Ripper lässt ihre Körper seelenlos zurück und verwandelt sie in lebende Tote.«

Unter anderen Umständen hätte Jemma Tyrons Geschichte spannend gefunden und sich darauf gefreut, der Sache auf den Grund zu gehen und den Dämon zu jagen. Jetzt aber spürte sie ein nagendes Unbehagen, denn das, was eigentlich nur als ein gruseliges Spiel gedacht war, war in der echten Welt grausame Realität geworden.

»Die Opfer, können wir sie sehen?«, fragte Will. »Gibt es vielleicht jemanden, der den Mind Ripper beobachtet hat, als er sie angriff?«

»Niemand, der dem Dämon begegnet ist, blieb bei Verstand, um uns vor ihm zu warnen. Einzig unsere Jäger berichten von einem dunklen Schatten, der durch die Wälder schleicht und Tiere in seelenlose Monster verwandelt.« Tyron rang nervös die Hände. »Wir haben unsere Opfer ins Herrenhaus der Night-Whispers gebracht. Dort kümmern sich unsere besten Heiler um sie.« Er schwieg, zögerte kurz und es schien, als wäre er nicht sicher, ob er wirklich weiterreden sollte. Als er es schließlich doch tat, senkte er seine Stimme zu einem Flüstern und sah die fünf verzweifelt an. »Sie bewachen sie. Noch schlafen die Seelenlosen, doch ihre Augen sind offen. Noch starren sie ins Leere, aber was passiert, wenn sie sich in die gleichen ruhelosen Toten verwandeln wie die Tiere, denen der Mind Ripper die Seelen geraubt hat? Wer kann sagen, was für grausame Dinge unsere einstigen Freunde uns dann womöglich antun werden?«

Jemma schluckte und verdrängte den Gedanken an die Jungen im Koma.

Tyron schüttelte den Kopf. »Geht nicht nach NightWhisper! Der Ort ist zu gefährlich. Wenn der Mind Ripper die lebenden Toten aus ihrem Schlaf erwachen lässt, ist niemand mehr sicher! Wenn er unsere Freunde zu seinen Sklaven macht, werden sie für ihn auf die Jagd gehen und neue Opfer in seine Fänge treiben, denen er die Seelen rauben kann.« Er stöhnte auf und senkte den Kopf. »Ich hoffe, dass unsere Heiler dies verhindern können, denn sonst gibt es für Dark Grove keine Hoffnung mehr.«

Tyron schwieg einen Moment, dann blickte er auf und ein kleiner Hoffnungsschimmer trat in seine Augen, als er von einem zum anderen sah. »Aber vielleicht könnte es ja gelingen, den Mind Ripper zu finden und auszulöschen, bevor er unsere Freunde versklaven kann? Dafür könnte unser Dorf die Hilfe von fünf tapferen Fremden gut gebrauchen. Ihr habt bereits Mut, Einfallsreichtum und Geschicklichkeit bewiesen, als ihr meinen Sohn gerettet habt. Ihr habt gute Herzen. Würdet ihr uns im Kampf gegen den Mind Ripper helfen? Ich würde euch mit Waffen, Rüstung und Zaubern ausstatten und natürlich würde mein Dorf euch für eure Mühen entlohnen, so gut es unsere bescheidenen Mittel zulassen.«

Er schwieg erneut und wartete wieder auf eine Reaktion.

Die fünf sahen sich an.

»Irgendwie schon ziemlich gruselig, wie viele Parallelen dieses Spiel zur Wirklichkeit hat, oder nicht?«, murmelte Jemma beklommen.

Die Jungen nickten ernst.

»Ich bin mittlerweile fest davon überzeugt, dass wir hier auf irgendetwas stoßen werden, das meinem Vater weiterhilft«, meinte Will.

»Glaubt ihr, den drei Jungen droht auch diese zweite Stufe?«, fragte Jemma unbehaglich. »Jetzt liegen sie im Koma und *schlafen* damit in etwa so, wie Tyron die Opfer hier beschrieben hat. Aber was ist, wenn in der echten Welt womöglich auch das eintritt, was sie hier befürchten?«

»Was?«, fragte Ned stirnrunzelnd. »Dass sie plötzlich aufstehen, umherwandeln und als willenlose Sklaven dem echten Mind Ripper neue Opfer in die Arme treiben?« Er schüttelte den Kopf. »Wohl kaum. Ich wüsste nicht, wie jemand so was hinkriegen sollte.«

»Na, ganz so abwegig ist das nicht«, warf Jamie ein. »Was ist, wenn die Jungen gar nicht im Koma liegen, sondern hypnotisiert wurden? Unter Hypnose kann man Leuten Befehle geben und sie tun Dinge, die sie sonst nie tun würden. So als wären sie ferngesteuert. Das hört sich doch verdammt ähnlich an wie das, was der Mind Ripper hier im Spiel mit seinen Opfern vorhat, oder nicht?«

Zweifelnd schüttelte Zack den Kopf. »Mag schon sein, aber ganz ehrlich: Die Jungen liegen in einer Spezialklinik für Komapatienten. Da gehe ich ja mal schwer davon aus, dass die Ärzte so gut in ihrem Fach sind, dass sie den Unterschied zwischen einem Koma und einer Hypnose erkennen sollten.«

Jamie zuckte mit den Schultern, musste ihm aber recht geben. »Vermutlich schon.«

Will atmete tief durch. »Ich werde es meinem Dad auf jeden

Fall mal sagen. Obwohl ich denke, dass Zack recht hat. So was hätten die Ärzte sicher bemerkt.« Dann wies er mit einem Kopfnicken auf Tyron, der schweigend noch immer darauf wartete, ob sie Dark Grove und seinen Bewohnern nun helfen wollten oder nicht. »Zuerst sollten wir ihm aber wohl mal unsere Antwort geben, damit wir hier weiterkommen und unsere Ausrüstung aufbessern können.«

Die anderen nickten und Ned sagte an Tyron gewandt: »Natürlich helfen wir dir und deinem Dorf.«

Der lachte erleichtert auf. »Oh, das sind wirklich gute Nachrichten! Möchtet ihr meine Waren sehen? Ich mache euch sehr gute Preise für eure Ausrüstung. Und ich schenke euch die Fähigkeiten zu heilen und zu erleuchten!«

»Wir würden uns gern deine Ware ansehen und wir danken dir für die Zauber«, antwortete Will für alle.

»Sehr gern geschehen!«, lächelte Tyron. »Jeder von euch besitzt nun die Fähigkeit zu heilen. Ihr könnt sie mit *Sanare!* abrufen. Außerdem könnt ihr mit *Lux!* ein Licht herbeirufen, damit ihr euch in der Finsternis besser zurechtfindet.«

»Das sind dieselben Zaubersprüche wie in *Shirewood*«, stellte Jemma zufrieden fest. »Ist echt praktisch, wenn man nicht in jedem Spiel neue lernen muss.«

»Das ist halt der Vorteil von Latein«, grinste Jamie. »Bei einer toten Sprache kann sich nicht mehr viel ändern.«

Auf Tyrons Tresen war derweil eine Auswahl seiner Waren erschienen und die fünf traten näher. Neben Messern, Dolchen und Schwertern in unterschiedlichen Größen und Längen gab es Lederkleidung mit verschiedenen Rüstungswerten und kleine Fläschchen mit glitzernden Flüssigkeiten, die Zauberfähigkeiten verliehen, wenn man sie trank.

»Hm.« Jemma betrachtete die Waren und überschlug die

Preise. »Selbst wenn das ein gutes Angebot ist, reicht unser Geld nicht, um uns mit allem ausstatten zu können. Jeder von uns hat nur zehn Goldstücke und allein eine bessere Rüstung schluckt schon gut die Hälfte davon.«

Will nickte wenig begeistert. »Wenn die Wächterprogramme mich nicht rausgeschmissen hätten, hätte ich uns im Cheatmodus mehr Gold gegeben. Aber jetzt muss es leider so gehen.«

»Na ja, normalerweise muss man ja auch mit dem auskommen, was man am Anfang zugewiesen bekommt, also muss das Spiel auch so schaffbar sein«, meinte Zack.

Ned nickte. »Wir sollten unsere Fähigkeiten und Waffen vielleicht ein bisschen abstimmen, damit wir im Kampf von allem was da haben.«

»Gute Idee«, stimmte Jemma ihm zu. »Aber eine ordentliche Rüstung sollte sich jeder von uns zulegen, damit wir besser vor Verletzungen geschützt sind.«

Das traf bei allen auf Zustimmung. Sie tippten auf die robustesten Hemden und Hosen, die auf dem Tresen lagen und im gleichen Moment trugen sie die neuen Kleider am Leib. Danach fühlte sich das kleine Ledersäckchen, das ihr Gold enthielt, bedauerlicherweise schon deutlich leichter an.

»Ich hab ehrlich gesagt wenig Lust, mir all die Zaubersprüche zu merken«, gab Zack zu. »Heilen und Licht sind okay, aber wenn ihr nichts dagegen habt, überlasse ich das Zaubern euch und kaufe mir lieber ein richtig gutes Schwert.« Er deutete auf das größte und teuerste Schwert mit breiter Klinge, dessen Werte für Angriff und Verteidigung recht hoch waren. Es passte so gerade eben noch in sein Budget.

Die anderen nickten.

»Wenn ihr drei die Zauber unter euch aufteilt, dann nehme ich das gleiche Schwert wie Zack«, schlug Will vor. »Dann haben wir zwei Kämpfer mit starken Schwertern und euch drei für magische Hilfen. Ich denke, damit wären wir eine ganz gute Truppe.«

Jamie, Jemma und Ned waren einverstanden. Sie suchten sich drei einfachere und somit deutlich billigere Schwerter aus und kauften sich je einen Zauber. Jemma und Jamie entschieden sich für *Ignis!*, einen Feuerzauber, und Ned erstand *Debilito!*, einen Zauber, um Angreifer zu lähmen.

Sie tranken die glitzernden Zaubertränke und stellten fest, dass der Geschmackssinn in der CyberWorld weiterhin fehlte, denn die Flüssigkeiten verschwanden einfach, sobald die kleinen Fläschchen ihre Lippen berührten.

Da Jemma und Jamie einen Teil ihrer Rüstung von Tyron geschenkt bekommen hatten, blieb ihnen noch genügend Gold übrig, um ein Seil zu kaufen. Nach ihrem Erlebnis im Schlangendornkrater, wollten sie sich nicht unbedingt noch einmal auf ihre Notlösung mit den zusammengeknoteten Gürteln verlassen müssen. Sobald sie ihre Auswahl für Schwerter und Seil bestätigt hatten, erschienen die Waffen in langen Lederscheiden auf ihrem Rücken und das Seil materialisierte sich als symbolische Schlaufe an Jamies Gürtel. Wenn sie es benutzen wollten, würde es sich automatisch verlängern.

»Ihr habt eine gute Wahl getroffen«, sagte Tyron zufrieden. »Ich bekomme immer wieder neue Waren herein, es lohnt sich also, hin und wieder bei mir vorbeizuschauen. Um Gold für neue Einkäufe zu verdienen, könnt ihr Aufträge im Dorf annehmen. Viele Einwohner sind dankbar für etwas Hilfe und sie werden euch großzügig entlohnen.«

»Sieht so aus, als müssten wir doch ein paar der Nebenquests machen«, seufzte Ned. »Sonst können wir unsere Ausrüstung nie verbessern und bekommen keine neuen Zauber.«

»Vermutlich.« Will schien darüber auch nicht besonders glücklich, da diese Aufträge unnötig Zeit kosten und sie von der Hauptquest, dem Finden des Mind Rippers, abhalten würden. Den allerdings nur mit der Ausrüstung aufspüren zu wollen, die sie sich als blutige Anfänger im Spiel leisten konnten, wäre virtueller Selbstmord. Sie würden also notgedrungen den ein oder anderen Auftrag annehmen müssen, um Geld zu verdienen.

»Wünscht ihr Informationen über die Armschellen, die eure Lebensenergie anzeigen?«, fragte Tyron. Offensichtlich näherten sie sich dem Ende des Intros und das Programm wollte sicherstellen, dass sie mit den allgemeinen Spielregeln von Rollenspielen in der CyberWorld vertraut waren.

»Danke, wir wissen Bescheid«, brach Jamie diesen Teil des Gesprächsverlaufs ab. »Wir sind keine Anfänger.«

»Gut.« Tyron registrierte die Antwort. Seine Waren verschwanden vom Tresen und stattdessen erschien eine altertümliche Karte mit den Umrissen von Dark Grove. Viel war darauf allerdings noch nicht zu sehen. Das Dorf Shadow Creek war durch eine Ansammlung einfach gezeichneter Hütten abgebildet, neben denen sich ein kleiner Bachlauf im Nichts verlor. Der Weg, den die fünf zum Dorf gelaufen waren, war eingezeichnet, ebenso der Schlangendornkrater sowie die kleine Lichtung, auf der sie zu Beginn des Spiels angekommen waren. Der Rest der Karte war weiß.

»Diese Karte wird sich euch enthüllen, sobald ihr das Gebiet von Dark Grove erkundet«, erklärte Tyron.

Auch dieses Vorgehen kannten die fünf bereits aus anderen CyberGames. Aufträge, die sie annahmen, würden auf der Karte mit einem Kreuz versehen werden, sodass sie sich mit ihrer Hilfe orientieren konnten.

»Hast du einen Tipp für uns, wo wir Hinweise auf den Mind

Ripper finden können?«, fragte Will. »Wo haben die Jäger den seltsamen Schatten gesehen?«

Tyron zeigte mitten ins Weiß der Karte. Ein großes rotes X markierte eine Stelle, die sich ein gutes Stück südwestlich des Dorfs befand. »Hier ist unser Jagdgebiet. Es beginnt gleich hinter dem Hof von Marten und seiner Frau.«

»Na, das hilft doch schon mal weiter.«

»Seid achtsam, wenn ihr euch dorthin begebt. Abseits der Wege sind die Wälder unsicher. Die Spinnen in den Hazy Hills sind in diesem Jahr besonders angriffslustig und beim Monolithen treibt ein Grauwolf sein Unwesen, dem der Mind Ripper seine Seele entrissen hat. Er ist ein gefährliches Monster, das schon viele Reisende das Leben gekostet hat. Wenn ihr ihn erlöst und den Weg zwischen Shadow Creek und unseren Jagdgründen wieder sicher macht, würde mein Dorf sich dafür erkenntlich zeigen. Gleiches gilt, wenn ihr die Spinnenpopulation in den Hazy Hills für uns ein wenig dezimiert.« Tyron tippte auf zwei weitere Stellen zwischen dem ersten X auf ihrer Karte und ihrem momentanen Standpunkt in Shadow Creek. »Außerdem treiben widerliche Leichenfresser auf dem Friedhof am Gallow's Barrow, unserem Galgenhügel, ihr Unwesen. Sie schänden die Toten und verwandeln den Friedhof in einen unheiligen Ort. Wenn ihr den Ghoulen Einhalt gebietet und ihren Freveltaten ein Ende bereitet, würde mein Dorf euch dafür auch sehr gut entlohnen.« Ein weiteres X erschien auf der Karte.

»Diese Quests liegen praktisch auf dem Weg«, stellte Ned zufrieden fest. »Das wird leicht verdientes Gold ohne zu viel Zeitverlust bei der Hauptstory.« Er sah von der Karte zu Tyron. »Gibt es sonst vielleicht noch einen Auftrag dort in der Nähe?«

»Marten wollte mir ein Buch über alte Zaubertränke ausleihen, hat es aber bisher nicht zu uns ins Dorf geschafft. Wenn ihr es bei ihm für mich abholt, würde ich mich auch dafür erkenntlich zeigen.« Er zeichnete ein weiteres Kreuz direkt neben dem ersten ins Nichts der Karte. »Außerdem ist einer unserer Kräutersammler seit einigen Tagen verschwunden. Er wollte ins Devil's Bog, um seltene Sumpfkräuter zu sammeln und kehrte nicht zurück. Niemand weiß, was mit ihm geschehen ist, doch wir müssen wohl das Schlimmste befürchten.« Tyron tippte auf eine Stelle nordwestlich des Jagdgebiets. »Ich muss euch allerdings warnen, die Sümpfe des Devil's Bog sind heimtückisch und äußerst gefährlich. Seid also auf der Hut, wenn ihr euch dorthin begeben wollt. Falls ihr vor einer Erkundung des Moors noch einmal eure Ausrüstung aufbessern wollt, könnt ihr mit den Teleportringen jederzeit in meinen Laden zurückkehren und durch meine Waren stöbern.«

An den Ringfingern ihrer rechten Hände erschien ein breiter Silberring mit eingravierten Runen und einem schwarzen Stein.

Will grinste zu Jemma. »Ich fürchte, die Merchandisemachinerie für *Dark Grove* ist nie angelaufen. Du wirst dir also diesen Ring hier leider nicht in echt kaufen können.«

Jemma schnitt eine Grimasse und streckte ihm die Zunge raus.

»Oh, ich denke, wenn du ihr stattdessen einen anderen Ring kaufst, wird sie das ganz sicher verschmerzen«, zog Ned seinen älteren Bruder auf und fing sich dafür eine Kopfnuss ein.

»Der Teleportring bringt euch zu jedem Punkt auf der Karte, der namentlich vermerkt ist und den ihr bei eurer Erkundung von Dark Grove bereits aufgedeckt habt«, erklärte Tyron. »In noch unerforschte Gebiete könnt ihr nicht teleportieren. Wünscht ihr weitere Informationen zu dieser Fortbewegungsart?«

»Ist die Funktion standardisiert?«, fragte Jamie. »Ring dreimal drehen und den gewünschten Ort laut aussprechen?«

Tyron nickte. »Exakt.«

»Dann brauchen wir keine weiteren Informationen.«

»Wo befindet sich das Anwesen der NightWhispers?«, fragte Will schnell, da Tyron im Begriff war, die Karte von Dark Grove zusammenzufalten.

»Diesen Ort solltet ihr meiden. Die Seelenlosen dürfen nicht gestört werden!«

»Natürlich nicht«, beschwichtigte Will. »Das wollen wir auch gar nicht. Es wäre einfach nur hilfreich für uns, zu wissen, wo er ist.«

Tyron zögerte, dann zeigte er auf einen Punkt auf der Karte, der nördlich des Sumpfgebiets lag. »Aber ich bitte euch noch einmal: Geht nicht dorthin! Niemand darf die Seelenlosen in ihrem Schlaf stören, sonst sind wir alle verloren!« Er faltete die Karte und reichte sie Will zusammen mit einem Kompass.

»Danke.«

Tyron nickte und sah von einem zum anderen. »Dann bleibt mir jetzt nichts weiter, als euch noch einmal aus tiefstem Herzen dafür zu danken, dass ihr uns helfen wollt. Ich wünsche euch viel Glück auf euren Wegen. Und seid vorsichtig! Ihr habt gute Seelen. Passt auf sie auf! Der Mind Ripper geht um und wird sie euch sicher entreißen wollen.«

»Na, das sind doch mal ein paar richtig aufmunternde Worte zum Abschied!«, meinte Zack sarkastisch, als ihr Questgeber verstummte und es auch nicht so aussah, als hätte er ihnen noch irgendwas zu sagen.

Will deutete zur Tür. »Lasst uns gehen.«

Kapitel 12

Vor dem Laden nahm Ned seinem Bruder die Karte ab und breitete sie aus. Durch die Fenster fiel zwar genügend Licht, dennoch rief Jemma »*Lux!*«, einfach um auszuprobieren, ob der Zauberspruch auch wirklich funktionierte. Tat er und eine kleine Flamme begann in ihrer Hand zu tanzen. Sie trat neben Ned und beleuchtete die Karte.

»Wir müssen in diese Richtung.« Nachdem er sich mit Karte und Kompass orientiert hatte, zeigte Ned auf eine schmale Straße, die neben dem Dorfladen aus Shadow Creek herausführte. »Tyron meinte, dass dieser Grauwolf bei der Monolithenkreuzung herumlungert. Wenn wir da sind, und ihn erledigt haben, müssen wir uns überlegen, ob wir einen Abstecher zu den Hazy Hills mit der Spinnenquest machen, uns diesen ghoulverseuchten Galgenhügel vornehmen, oder ob wir gleich zu Martens Hof wollen, um den Mind Ripper zu suchen.« Er faltete die Karte zusammen und steckte sie mit dem Kompass in seine hintere Hosentasche.

»Das können wir dann immer noch entscheiden.« Will schlug den Weg ein, den Ned ihnen gewiesen hatte. »Lasst uns jetzt erst mal den Monolithen finden.«

Leise gingen sie durch eine schmale Gasse, vorbei an drei Häusern, einem kleinen Gemüsegarten und einem Gatter, hinter dem zwei dicke Schweine friedlich schliefen. Dann hatten sie Shadow Creek bereits hinter sich gelassen und der Weg führte sie zurück in den Wald. Zu ihrer Rechten plätscherte in einem breiten Graben ein Bachlauf, links wucherten Büsche so üppig, dass sie immer wieder weit in ihren Pfad hineinragten.

»Ich bin dafür, dass wir direkt zum Hof gehen«, sagte Jemma, nachdem sie eine Weile schweigend durch die Dunkelheit marschiert waren.

Jamie lachte auf. »War ja klar!«

»Warum? Wir wollen doch schließlich so schnell wie möglich zum Mind Ripper und sehen, was wir über ihn herausfinden können, oder nicht?«

»Natürlich«, antwortete ihr Bruder todernst. »Und dein Vorschlag hat auch garantiert nichts damit zu tun, dass Tyron was von fiesen Spinnen erzählt hat, die in den Hazy Hills dezimiert werden sollen.«

Jemma boxte ihm in den Rücken.

»Hast du Angst vor Spinnen?« Will drehte sich zu ihr um.

»Nein. Ich finde sie nur widerlich.«

Jamie grinste. »Ihr kennt doch sicher *Kingdom of Wintertide*?«, fragte er in Richtung Will und Ned.

Die beiden nickten. Es war ein Fantasyrollenspiel aus der Firma ihres Vaters.

»Da gibt es die Option, alle Spinnen im Spiel durch Wölfe ersetzen zu lassen, damit es auch Arachnophobiker ohne Panikattacken spielen können.«

»Das habt ihr nicht wirklich so eingestellt, oder?« Ned sah ungläubig zu Jemma, die ihrem Bruder erneut einen Hieb in den Rücken verpasste.

»Nein, haben wir nicht!«, fauchte sie.

»Aber darüber nachgedacht hast du schon!«, zog Jamie sie weiter auf und erntete dafür einen dritten Boxhieb.

»Dann erzähl ihnen jetzt auch, wem ich meine Abneigung gegen achtbeinige Krabbelviecher zu verdanken habe!«

Ned grinste und sah von Jemma zu Jamie. »Was hast du gemacht? Ihr heimlich eine Spinne ins Bett gesetzt?«

»Nein, so was würde ich nie tun. Das alles war viel eher ein – Missgeschick ...«

Jemma schnaubte. »Ja, klar!«

»Er hat recht«, sprang Zack Jamie bei. »Wir wollten dir wirklich keinen Schreck einjagen.«

»Ja, sicher!«

»Was habt ihr denn gemacht?«, fragte nun auch Will neugierig.

»Diese beiden Widerlinge haben dicke, haarige Kellerspinnen gesammelt und in mein Puppenhaus gesetzt, als ich nicht da war. Angeblich wollten sie spielen, dass meine arme Puppenfamilie von fiesen Riesenspinnen heimgesucht wird!«

Ned lachte und auch Will hatte seine liebe Not, ernst zu bleiben.

»Wir waren acht Jahre alt!«, verteidigte sich Jamie. »Kleine Jungs stehen halt auf so was!«

Jemma ignorierte ihn. »Leider haben die beiden *vergessen*, nach ihrem Spiel *aufzuräumen*.« Sie malte ziemlich eindeutige Anführungszeichen in die Luft. »Als ich mein Puppenhaus das nächste Mal aufgeklappt habe, hatten sich vier fette Ekelspinnen darin häuslich eingenistet!«

»Ich weiß nicht, wie oft ich mich dafür noch entschuldigen soll«, seufzte Jamie. »Es war wirklich keine Absicht! Zack und ich hatten es einfach vergessen.«

»Ich hab den Schock meines Lebens bekommen und das Haus nie wieder angerührt«, knurrte Jemma.

»Ja, und dafür haben Mum und Dad mir auch ganz schön die Hölle heißgemacht!«

Jemma schnaubte. »Vier Tage Zimmerarrest! Für jede verdammte Spinne einen. Ich finde das nicht besonders viel!«

»Und es stimmte ja nicht mal«, meinte Zack.

»Halt die Klappe!«, zischte Jamie.

Überrascht sah Zack ihn an. »Was? Weiß sie es etwa immer noch nicht?«

Jamie schüttelte den Kopf, hob dann aber schicksalsergeben die Schultern, als er den funkensprühenden Blick seiner Schwester sah, und seufzte. »Dank dir jetzt gleich aber vermutlich schon.«

»Was sollte ich wissen?« Lauernd blickte Jemma von einem zum anderen.

»Es waren nicht vier Spinnen«, gestand Zack und gab sich alle Mühe, zerknirscht auszusehen. »Sondern fünf.«

»*WAS?!*«

Jamie rollte mit den Augen. »Ja, es waren fünf! Wir hatten mit fünf Spinnen gespielt. Aber als Mum und Dad wollten, dass ich die Viecher aus deinem Puppenhaus entferne, waren nur noch vier drin. Eine muss vorher ausgebüxt sein.«

»Soll das etwa heißen, ich hatte Tage, vielleicht sogar Wochen oder Monate lang eins von diesen widerlichen Biestern *in meinem Zimmer?!*«

»Bis das kleine Kerlchen in biblischem Alter das Zeitliche gesegnet hat – vermutlich schon«, meinte Zack. »Keine Ahnung wie alt die gemeine Kellerspinne so werden kann.«

Jemma funkelte ihren Zwilling mit einer Mischung aus Wut und Fassungslosigkeit an. »Und du hast nichts davon gesagt?!«

»Mann, Jem, was hätte ich denn machen sollen? Die Spinne war weg und in deinem Zimmer hätte ich sie doch nie gefunden! Die konnte schließlich überall sein! Und es war ja immerhin nicht so, als wäre sie hochgiftig oder sonst irgendwie gefährlich. Es war eine harmlose kleine Kellerspinne!« Er kickte einen Stein über den Weg. »Außerdem hatte ich mit Mum und Dad schon genug Ärger wegen der ganzen Sache.«

»Ich fasse nicht, dass du eiskalt gelogen hast, um deine Haut zu retten!«

Jamie seufzte ergeben. »Okay, wenn du willst, erzähle

ich Dad, dass ich vor acht Jahren fünf statt vier Spinnen in deinem Puppenhaus ausgesetzt habe. Dann kann er mir ja nachträglich noch den fehlenden Tag Zimmerarrest aufbrummen, von mir aus auch mit Zinsen.« Er sah seine Schwester versöhnlich an. »Können wir das Thema dann damit zu den Akten legen?«

Sie schüttelte den Kopf, musste aber schließlich grinsen. »Du bist absolut unmöglich!«

»Tut mir leid.« Er schenkte ihr ein treuherziges Grinsen.

Jemma schüttelte noch einmal den Kopf, warf dann einen beschwörenden Blick gen Himmel und beschleunigte ihre Schritte. »Lasst uns zusehen, dass wir diese Monolithenkreuzung mit dem Grauwolfbiest finden. Ich muss mich jetzt dringend an irgendwas abreagieren!«

Die Monolithenkreuzung stellte sich als kleine Weggabelung heraus, neben der ein großer Findling am Waldrand lag, auf den jemand mit blutroter Farbe Richtungspfeile zu den Hazy Hills, zum Gallow's Barrow, nach Shadow Creek und zum Devil's Bog gezeichnet hatte.

»*Monolithenkreuzung?*« Mit hochgezogener Augenbraue sah Zack sich um. »Ziemlich protziger Name für das hier. *Abzweigung am Felsbrocken* hätte es als Name auch getan.«

»Klingt aber längst nicht so geheimnisvoll«, grinste Ned.

Zack schnaubte. »Das einzig Geheimnisvolle an diesem Ort ist, wo der olle Grauwolf sich herumtreibt.« Erneut sah er sich um. »Er scheint zumindest nicht auf uns zu warten.«

»Vielleicht hatte er heute schon seine Portion schutzloser Reisender, deshalb hat er keinen Hunger mehr auf einen kleinen Mitternachtssnack und schläft friedlich in seiner Höhle.« Jamie nahm Anlauf und sprang über den Bachlauf, um sich abseits des Wegs ein wenig im Wald umzusehen.

»Dann müssen wir ihn wohl suchen.« Ned sprang ebenfalls über den Bach und drehte sich dann zu Will, Zack und Jemma um. »Verteilen wir uns, dann finden wir ihn schneller.« Er folgte Jamie.

Wenig begeistert sah Zack ihm hinterher.

»Bleibt in Rufweite und geht nicht zu weit!«, rief Will ihnen nach. »Wir wissen nicht, wie stark der Wolf ist! Wer ihn sieht, gibt Bescheid. Am besten greifen wir ihn erst gemeinsam an. Keine leichtsinnigen Heldentaten, bitte!« Dann trat er mit Jemma auf der anderen Wegseite in den Wald.

»Keine Sorge«, rief Ned zurück. »So schlimm wird das Biest schon nicht sein. Ist ja immerhin noch ein Anfangsgegner.«

»Das war der blöde Schlangendorn angeblich auch«, knurrte Zack und riss seinen Blick endlich von Ned und Jamie los, die mit gezogenen Schwertern durch das Unterholz stapften. Er zog ebenfalls sein Schwert vom Rücken und ging ein Stück den Pfad in Richtung Hazy Hills entlang, bevor er sich in den Wald schlug.

Er mochte nicht, dass es ihn so nervte, dass Ned sich ständig in Jamies Nähe aufzuhalten schien, aber es war eben so. Es hatte ihm vorhin schon nicht gepasst, dass es Ned gewesen war, der Jamie mit seiner Verletzung geholfen hatte. Am liebsten hätte er ihm den kleinen Nial in die Arme gedrückt und Jamie selbst geholfen.

Zacks Hände krallten sich fest um den Griff seines Schwerts, während er auf ein paar Schlingpflanzen eindrosch, die ihm den Weg versperrten. Als das widerspenstige Grünzeug zerfleddert am Boden lag, zwang er sich, tief durchzuatmen und lockerte seinen Griff.

Mann, er war doch nicht wirklich eifersüchtig, oder? Das war total lächerlich! Jamie war mit ihm zusammen und nur weil sie sich in letzter Zeit öfter zofften und Jamie sich offensichtlich ganz gut mit Ned verstand, bedeutete das ja nicht, dass er gleich mehr für ihn empfand. Die beiden kannten sich immerhin kaum!

Unwirsch schüttelte Zack den Kopf und verscheuchte seine verqueren Gedanken. Er hatte jetzt echt Wichtigeres zu tun, als sich über irgendwelche irrwitzigen Hirngespinste den Kopf zu zermartern.

Er schaute sich um. Hier im Unterholz war es noch dunkler als auf dem Waldweg und sehr weit sehen konnte man nicht. Zusätzlich versperrten immer wieder dichte Büsche, Sträucher und alte Baumstümpfe die Sicht, doch in einiger Entfernung schien es heller zu werden. Zack umrundete ein großes Gebüsch und ging weiter, blieb dann aber wie angewurzelt stehen, als er erkannte, was der Grund für die trübe Helligkeit war.

Nebel.

Einzelne graue Schwaden waberten träge durch das Unterholz und schienen sich weiter hinten zu einer richtigen Wand zu verdichten.

Zack schluckte, ging rasch ein paar Schritte rückwärts und sah sich nervös um. Offensichtlich war er den Ausläufern der Hazy Hills schon viel näher, als er geahnt hatte. Wenn er nicht aufpasste, fand er hier nicht den Grauwolf, sondern triggerte womöglich schon die Spinnenquest. Vorsichtig wandte er sich um und fuhr erschrocken zusammen, als plötzlich ein Schrei ertönte.

»Hierher! Er ist bei uns!«

»Kommt zur Kreuzung zurück! Wir locken ihn da hin!«

Ned und Jamie.

Zack rannte los, stolperte zurück auf den Weg und sah die Weggabelung keine dreißig Meter entfernt. Jemma und Will stürmten von links aus dem Wald, während Jamie und Ned über den Bachlauf sprangen und sich mit gezogenen Schwertern auf der kleinen Kreuzung positionierten. Etwas Großes, Schweres krachte hinter ihnen durchs Dickicht, ließ Äste und Zweige bersten und setzte mühelos über den Bachlauf.

Der Wolf war riesig. Sein Kopf reichte Jamie fast bis zu den Schultern. Unter blutigen Lefzen stachen lange Reißzähne hervor und aus seiner Kehle drang gefährliches Knurren. Weiße, pupillenlose Augen glommen in der Dunkelheit, als das Untier zum Sprung ansetzte.

»*Debilito!*«

Ned schleuderte seinen Lähmungszauber auf das Biest. Ein gleißend heller Lichtstrahl traf den Wolf direkt in die Brust und fror ihn in seiner Bewegung ein. Sofort griffen die anderen vier mit ihren Schwertern an, doch Ned sank stöhnend zu Boden.

Erschrocken fuhr Jamie zu ihm herum. »Was ist los?«

»Nichts«, stieß Ned zwischen zusammengebissenen Zähnen hervor und rappelte sich mühsam auf. »Allerdings hätte Tyron ruhig sagen können, dass der Lähmungszauber die Hälfte unserer Lebensenergie kostet!« Er hielt sein rechtes Handgelenk hoch. Seine Armschelle leuchtete orange.

»Mist! Kannst du kämpfen?«

»Ja, geht schon.« Ned verzog das Gesicht. »Ich sollte mich von dem Biest nur nicht unbedingt beißen lassen.«

Er packte sein Schwert und wollte zu Will, Zack und Jemma, die den Grauwolf bereits heftig mit ihren Schwertern attackierten, doch Jamie hielt ihn am Arm zurück.

»Vielleicht solltest du erst mal deine Lebensenergie regenerieren?«

Ned schüttelte den Kopf. »Dauert zu lange. Und wenn ich schon die Hälfte meiner Energie für diesen blöden Zauber geopfert habe, dann will ich wenigstens was davon haben und das Biest angreifen, solange es noch gelähmt ist!«

Jamie warf einen Blick über seine Schulter. »Dann musst du dich aber beeilen.«

Der Lähmungszauber ließ tatsächlich schon nach, denn der Kopf der Wolfs zuckte bereits wieder und er fletschte seinen Angreifern die Zähne.

»*Ignis!*«

Der Feuerzauber traf die Flanke des Untiers. Jamie war klar, dass es leichtsinnig war, seinen Zauber einzusetzen, ohne zu wissen, ob er ihn genauso viel Lebensenergie kosten würde wie Ned. Aber irgendwie musste er es ja herausfinden. Seine Armschelle färbte sich gelb, also verbrauchte ein Feuerzauber offensichtlich nicht so viel Energie wie ein Lähmungszauber. Dennoch sollte er ihn wohl besser kein zweites Mal einsetzen. Er warf einen schnellen Blick zu Jemma.

»Ich hab's mitgekriegt«, keuchte sie und ließ ihr Schwert auf ihren Gegner niedersausen. »Ich spar mir meinen für später auf.«

Jamie griff den Wolf ebenfalls mit seinem Schwert an und traf ihn am Hals. Die Klinge hinterließ einen blutigen Schnitt, doch harte Muskeln und Sehnen schützten das Tier vor einer ernsthaften Verletzung und seine Vorderpfoten zuckten gefährlich. Jamie musste mit einem schnellen Schritt ausweichen, um nicht von den messerscharfen Krallen erwischt zu werden. Noch waren die Bewegungen des Wolfs zwar ungelenk, doch der Lähmungszaubers ließ nun immer schneller nach.

Hastig stieß Jamie noch einmal zu und sah auf die Fußschellen, die ihr Gegner an den Vorderpfoten trug. Dunkles Gelb. Ein hasserfülltes Knurren grollte aus der Kehle des Wolfs und Sabber tropfte von seinen Reißzähnen. Nur einen Wimpernschlag später schnellte sein Kopf hervor und der riesige Kiefer schnappte nach Zacks Oberarm, doch Zack war schneller und brachte sich rechtzeitig in Sicherheit. Als Revanche verpasste er der Bestie einen Schwerthieb gegen die Kehle und die Lebensenergie des Wolfs verfärbte sich orange.

Das Tier heulte und seine Augen blitzten vor Zorn, als er nach einem weiteren Angreifer schnappte. Aber auch Will konnte ausweichen und ließ sein Schwert auf ihren Gegner niedersausen. Der Wolf heulte erneut. Er bäumte sich auf, schlug wutentbrannt mit seinen Vorderläufen um sich und erwischte Ned, der zu geschwächt war, um sich schnell genug in Sicherheit zu bringen. Ned schrie auf und wurde durch die Wucht des Prankenhiebs einige Meter vom Kampfgeschehen weggeschleudert. Hart prallte er auf dem Schotterweg auf und blieb reglos liegen. Seine Armschelle leuchtete feuerrot.

»Ned!« Will wollte zu seinem Bruder, doch Jamie hielt ihn zurück.

»Ich kümmere mich um ihn. Kämpf du weiter! Dein Schwert macht viel mehr Schaden als meins.«

Hin und her gerissen sah Will von Ned zu Jamie, zögerte aber nur kurz, bevor er nickte. Dann riss er sein Schwert hoch und ließ es voller Wut auf den Schädel ihres Gegners krachen.

Jamie rannte zu Ned und kniete sich neben ihn. Seine Lederkluft war über der rechten Schulter aufgerissen und die Wolfskrallen hatten tiefe Schnitte hinterlassen.

»*Sanare!*« Jamie streckte seine Hände aus und ließ seinen Heilzauber über die Verletzung wandern.

Ned stöhnte und öffnete mühsam die Augen. »W-was …?« Doch er war zu schwach, um sprechen zu können.

»Das Mistvieh hat dich erwischt.« Jamie fuhr weiter mit seinen Händen über Neds Schulter und spürte ein warmes Kribbeln in seinen Fingern, das ihm verriet, dass sein Heilzauber wirkte. Erleichtert sah er, wie die Wunden sich langsam schlossen, dafür verfärbte sich allerdings seine eigene Armschelle zusehends dunkler und wurde langsam orange.

»*Ignis!*«, hörte er in diesem Moment Jem hinter sich und er sah hinüber zu den anderen.

Jemmas Feuerzauber traf den Grauwolf in die Brust und das Tier jaulte auf, als sich seine Fußschellen in ein dunkles Rot verfärbten. Unerbittlich stießen Zack und Will mit ihren Schwertern zu. Der Wolf versuchte einen Prankenhieb, doch der Verlust seiner Lebensenergie war bereits zu groß. Er verlor das Gleichgewicht und sackte in sich zusammen. Seine Fußschellen glommen ein letztes Mal rot auf, dann wurden sie schwarz.

Ihr Gegner war tot.

Will ließ sein Schwert sinken und eilte zu seinem Bruder. »Ich übernehme.« Er wies mit einem Kopfnicken auf Jamies Armschelle. »Du musst langsam selbst aufpassen.«

Jamie nickte und ließ seine zitternden Hände sinken. »Die Zaubersprüche in diesem Spiel kosten verdammt viel Lebensenergie«, murmelte er erschöpft. »Man kann kaum mehr als zwei in einem Kampf anwenden.«

»Das wird sicher besser, wenn wir keine Anfänger mehr sind und genug Gold gesammelt haben, um uns bei Tyron ein Upgrade für unsere Zauber zu kaufen«, meinte Jemma.

»Na, hoffentlich.«

Zack half Jamie auf die Beine und sie gingen zurück zu ihrem Gegner. Um den Wolfsnacken glitzerte ein Halsband aus einem rauen Stück Strick.

»Das wird der Questgegenstand sein, den wir Tyron mitbringen müssen, zum Beweis, dass wir diese Aufgabe erledigt haben.« Sobald Jamie den Strick berührte, hörte das Glitzern auf. Er löste das Band, knotete es an seinen Gürtel und der zottelige Körper des Wolfs flackerte auf und verschwand.

»Ist mit dir alles in Ordnung?« Jamie riss seinen Blick von der Stelle los, an der gerade noch das tote Tier gelegen hatte, und sah zu Zack auf.

Der nickte und hob seine Armschelle, die hellgrün leuchtete. »Schwertkampf kostet nicht so viel Energie wie Zaubern und ich hatte Glück. Das Biest hat mich nicht erwischt.« Er runzelte die Stirn, als sein Blick zufällig auf die Digitalanzeige seines Zeitmessers fiel. »Verdammt! Weißt du, wie lange wir schon im Spiel sind?!«

Auch Jamie kontrollierte nun die Zeitanzeige. »Mist!«

Zack wandte sich um und ging mit schnellen Schritten zurück zu den anderen drei. »Wir sind seit dreieinhalb Stunden hier!«

»Was?!« Ungläubig blickte Jemma auf ihre Armschelle. Wie so oft beim Spielen in der virtuellen Welt hatte sie gar nicht bemerkt, wie viel Zeit vergangen war. »Aber warum wurden wir nach zwei Stunden nicht von den CyberSpecs gewarnt?«

Will hob die Schultern. »*Dark Grove* ist noch nicht fertig programmiert. Vermutlich fehlt die Sicherheitsfunktion im Spiel noch.«

»Aber deswegen müsst ihr euch echt keine Sorgen machen«, wiegelte Ned ab. »Ich weiß, ihr habt gestern im C-Club auch schon sehr auf diese lächerliche Zwei-Stunden-Grenze geachtet. Ganz ehrlich, die ist bloß etwas, worauf irgendwelche pingeligen Gesundheitsapostel gepocht haben. Will und ich haben uns noch nie daran gehalten und es ist noch nie was passiert.«

Jemma schüttelte den Kopf und sah kurz zu Jamie. »Aber wir haben unserem Dad versprochen, dass wir die Sicherheitshinweise einhalten.«

Spöttisch blickte Ned von ihr zu Jamie. »Und ihr haltet euch immer brav an die Versprechen, die ihr eurem Daddy gebt?«

»Wenn es etwas ist, das ihm wirklich wichtig ist, dann schon!«, gab Jemma verärgert zurück. »Er macht sich Sorgen wegen der Jungen, die im Koma liegen, und solange nicht klar ist, warum ihnen das passiert ist, will er, dass wir uns an die Sicherheitsbestimmungen halten.«

»Aber die Komafälle haben nichts mit den Sicherheitsbestimmungen zu tun«, warf Ned ein. »Und vermutlich sind wir hier im Spiel sogar sicherer als sonstwo im Cybernetz.«

Jemma sah ihn herausfordernd an. »Ja, aber das kann ich ihm ja wohl nur schlecht sagen, oder? Denn dann müsste ich ihm erzählen, wo wir sind und was wir hier machen, und das darf ich laut der Verschwiegenheitserklärung, die ich unterzeichnen musste, ja nicht!«

Ned schwieg.

Will dagegen nickte langsam. »Da hast du recht.«

Unwirsch fuhr Ned sich durch die dunklen Haare. »Soll das etwa heißen, dass wir von jetzt an immer nur zwei Stunden lang spielen können? Dann dauert es ja ewig, bis wir im Spiel vorwärtskommen!« Doch plötzlich hellte sich sein Gesicht auf. »Warum kommt ihr nicht zu uns zum Spielen? Da kann euer Dad euch nicht kontrollieren und er bekommt gar nicht mit, wie lange ihr im Cybernetz seid!«

Zack sah zu Jamie, doch der wich seinem Blick aus. »Mal ganz davon abgesehen, dass ich Roberts Vertrauen nicht so hintergehen will, ist er nicht der einzige Grund, warum wir uns an die Zwei-Stunden-Grenze halten wollen.« Er schwieg und sah erneut zu Jamie.

»Und welchen Grund gibt es sonst noch?«, fragte Ned genervt. »Euch ist schon klar, dass wir nicht alle Zeit der Welt haben, um *Dark Grove* durchzuspielen und zu verhindern, dass womöglich noch ein Junge ins Koma fällt, ja? Aber vielleicht ist euch das ja auch scheißegal und ihr seht das hier nur als nettes kleines Abenteuer! Als ein brandneues CyberGame, das ihr kostenlos spielen könnt! Vielleicht ist das ja alles, was euch daran wichtig ist! Aber für meinen Dad bedeutet es sehr viel mehr, okay? Und für mich und Will auch! Also –«

»Hey!«, unterbrach Zack ungehalten seinen Wortschwall. »Fahr mal wieder runter, Ned! Es ist uns ganz sicher nicht egal, was mit den drei Jungen los ist, oder ob noch jemand zu Schaden kommt! Und natürlich wollen wir euch und eurem Dad helfen, klar? Das ist ganz sicher nicht der Grund!«

Wütend funkelte Ned ihn an. »Was dann?«

»Der Grund bin ich«, sagte Jamie, bevor Zack etwas erwidern konnte.

»Was?!« Verwirrt fuhr Ned zu ihm herum und auch Will blickte Jamie überrascht an.

Der seufzte. »Mein Arzt hat den Verdacht, dass die Cybertechnik nicht gut für meinen Körper ist. Bei dem Unfall vor zwei Jahren wurde meine Wirbelsäule verletzt und seitdem kämpfe ich mit Muskelschwächen und Lähmungserscheinungen. Die Ärzte glauben, dass die Cybertechnik, die eben auch Muskeln und Nerven lähmt, mir schaden könnte.« Missmutig fuhr er sich über die Augen, weil er es hasste, seine Schwächen immer wieder eingestehen zu müssen. Er spürte die Blicke der anderen auf sich, mied sie aber und sah stattdessen auf seine Stiefelspitze, mit der er im Waldboden herumstocherte. »Seit ungefähr drei Wochen geht es mir nicht besonders und meine Beschwerden sind schlimmer geworden. Genau zu der Zeit haben wir *Shirewood* gespielt und uns auch nie wirklich an die Zwei-Stunden-Grenze gehalten. Mein Arzt meint, ich soll eine

Zeit lang in der C-World kürzertreten und sehen, ob es dann wieder besser wird.«

Ned und Will schwiegen betroffen, doch schließlich fragte Ned leise: »Und? Glaubst du, dein Arzt hat recht?«

Unsicher hob Jamie die Schultern. »Ich weiß es nicht. Aber ich will nichts riskieren.« Er schwieg einen Moment, dann hob er den Blick und sah die anderen an. »Aber das ist allein mein Problem.« Er schaute zu Zack und Jemma. »Wenn ihr beiden länger im Netz bleiben wollt, ist das okay für mich. Ihr könnt mit Will und Ned weiterspielen und den Mind Ripper suchen. Ich werde Dad nichts sagen.« Er rang sich ein gequältes Lächeln ab. »Ich hab ja wegen der fehlenden Spinne ohnehin noch was gutzumachen. Damit sind wir dann quitt.«

Jemma und Zack schüttelten die Köpfe. Sie wussten beide, wie schwer Jamie dieses Angebot fiel, auch wenn er es durchaus ehrlich meinte.

Zack trat zu ihm und schlang seine Arme um Jamies Mitte. »Nein«, sagte er leise, aber bestimmt, und sah ihm dabei fest in die Augen. »Wir sind ein Team, verstanden?«

Jamie wich seinem Blick aus und sah zu Jemma, die sofort nickte.

»Wir spielen definitiv nicht allein weiter.«

Überraschenderweise nickte auch Ned. Seine Ungeduld, die ihn gerade noch so wütend gemacht hatte, schien verflogen.

»Ihr habt recht. Wir sind ein Team und das spielt zusammen und lässt niemanden zurück. Will und ich wussten nicht, dass es für dich wichtig ist, dass wir uns an die Regeln halten.« Kleinlaut sah er von Jamie zu Zack. »Es war unfair, was ich gerade gesagt habe. Tut mir leid. Wir sind euch dankbar, dass ihr uns bei der Suche nach dem Mind Ripper helft, und wenn die jetzt halt etwas länger dauert, dann ist das eben so.« Ned warf einen kurzen Blick zu Will, der bestätigend nickte. Dann sah er zurück zu Jamie. »Nichts ist es wert, dass du womöglich deine Gesundheit aufs Spiel setzt, klar?«

Einen Moment lang war Jamie überrumpelt, da er eigentlich damit gerechnet hatte, dass Will und Ned keine großartige Rücksicht auf ihn nehmen würden, sondern lieber möglichst schnell das Spiel nach Hinweisen durchforsten wollten, und es war ihm unangenehm, der Bremsklotz zu sein, da die Zeit ja schließlich drängte. Andererseits freute er sich aber riesig, dass er die Chance bekam, weiter dabei zu sein, und bei der Suche nach dem Mind Ripper helfen zu können.

»Wir werden auf keinen Fall ohne dich spielen, okay?«, versicherte Will.

»Okay«, nickte Jamie mit einem kleinen Lächeln. »Danke.«

»Kein Thema«, winkte Will ab. Er sammelte sein Schwert ein und steckte es in die Lederscheide auf seinem Rücken. »Ich hab für heute eigentlich auch genug. Lasst uns Schluss machen. Ned und ich erzählen Dad, was wir bisher herausgefunden haben und er soll sich mal nach einer illegalen Kopie des Spiels im Netz umsehen.« Er drehte sich zu Jemma und nahm ihre Hand. »Sehen wir uns morgen wieder?«

Sie lächelte und nickte. Will hatte gerade mächtig viele Pluspunkte bei ihr gesammelt, weil er Jamie nicht fallen gelassen hatte, nur weil er nicht uneingeschränkt in ihrem Team mithalten konnte. »Gleiche Zeit?«

»Einverstanden. Ich speichere unseren Spielstand, dann treffen wir uns genau hier wieder und können weiter zum Hof gehen.«

»Okay.«

»Bis morgen!« Will schenkte ihr ein letztes Lächeln und

drückte kurz ihre Hand, dann griff er an seine Schläfen und verschwand.

»Bis dann!« Ned verschwand ebenfalls.

Seufzend sah Jemma zu Zack und Jamie. »Okay, ab nach Hause. Und lasst uns hoffen, dass Dad nicht mitgekriegt hat, wie lange wir im Netz waren.«

Kapitel 13

Jamie saß auf der Bettkante, zog sich das Oberteil seines Schlafanzugs über den Kopf und massierte seine Nackenmuskeln. Dafür, dass er einen anstrengenden Tag und eine Überdosis CyberWorld hinter sich hatte, machte sein Körper ihm erfreulich wenig Probleme. Er fühlte sich zwar verspannt und ziemlich müde, doch schmerzhafte Krämpfe und Muskelzuckungen waren ihm bisher erspart geblieben. Vielleicht war das ja ein gutes Zeichen und es ging jetzt endlich wieder bergauf. Noch wagte er allerdings lieber nicht, zu sehr darauf zu hoffen. Zu oft hatte es in letzter Zeit Rückschläge gegeben und er war mit seinem Optimismus sehr vorsichtig geworden.

Er nahm eine Wasserflasche vom Nachttisch, trank ein paar Schlucke und genoss es, allein zu sein. Schule, Physio, Hausaufgaben und dann *Dark Grove*. Er hatte kaum mal ein paar Minuten für sich gehabt und spürte, dass die Ruhe ihm jetzt guttat.

Im Badezimmer rauschte Wasser. Jem stand unter der Dusche und Zack war in die Küche verschwunden, um sich ein Sandwich zu organisieren. Die CyberWorld schien bei ihm immer irgendeinen Hungerreflex auszulösen, denn jedes Mal, wenn sie von einem actionreichen Spiel aus der virtuellen Welt zurückkehrten, brauchte er erst mal Futter.

Es klopfte.

Soviel zum Thema *ein paar Minuten allein sein.*

Seufzend wandte Jamie sich zur Tür. »Ja?«

Sein Vater trat ein. Er trug einen seiner Office-Anzüge, schien gerade erst nach Hause gekommen zu sein und sah auch so aus, als hätte er heute nicht besonders viel Ruhe bekommen. Jamie warf einen Blick auf seinen Wecker. Viertel vor zehn.

»Hey Champ.«

»Hi Dad. Langer Tag?«

Ächzend ließ Robert sich neben ihn auf die Bettkante sinken und nickte müde. »Und morgen wird es vermutlich nicht viel besser.« Er nahm seinem Sohn die Wasserflasche aus der Hand und trank einen tiefen Schluck. »Wahrscheinlich werde ich sogar am Wochenende in die Kanzlei müssen.«

»Schwieriger Fall?«

»Ja, aber auch mächtig interessant.« Robert lächelte. »Und ich mag es ja durchaus, wenn es ein bisschen knifflig ist.«

Jamie grinste. »Ich weiß.«

Das Wasserrauschen stoppte und sein Dad sah zum Badezimmer hinüber. »Gab es hier irgendwas Wichtiges?«

»Nein, nicht wirklich.«

Robert deutete auf die CyberSpecs, die auf dem Nachttisch lagen. »Wart ihr im Netz?«

Jamie nickte und machte sich auf das Unvermeidbare gefasst.

»Und? Sollte ich lieber nicht fragen, für wie lange?«

»Dad, ich –«

»Schon gut«, winkte Robert ab. »Ich glaube, so genau muss ich das gar nicht wissen. Die Tatsache, dass Zack unten unseren Kühlschrank plündert, deine Schwester im Bad ist und du hier sitzt und es dir offensichtlich ganz gut geht, zeigt mir, dass ihr ja wohl alles richtig gemacht habt, oder?« Mit einem Augenzwinkern wuschelte er seinem Sohn durch die Haare.

Der grinste. »Zumindest haben wir wohl nichts falsch gemacht.«

Robert lachte. »Manchmal ist man als Vater damit schon mehr als zufrieden.« Er nahm noch einen Schluck aus der Wasserflasche und gab sie dann zurück. »Wie war die Physio?«

Jamie zuckte mit den Schultern. »Anstrengend, aber gut. In

den Ferien will Jon jeden Tag mit mir arbeiten. Er meint, so ein Intensivtraining würde mir guttun.«

»Und? Was meinst du?«

»Ich will es auf jeden Fall ausprobieren. Vielleicht hilft es ja wirklich.«

Robert nickte. »Jon weiß sicher, was er tut, wenn er dich ein bisschen fordert, und ich finde es gut, dass du es versuchen willst.« Doch in dem Blick, mit dem er seinen Sohn ansah, lag Sorge. »Aber übernimm dich nicht, okay? Die letzten Wochen waren durch die Prüfungen in der Schule ziemlich anstrengend und du hast dir ein bisschen Ruhe verdient. Wenn es dir guttut, trainiere so viel wie du willst, aber gönn dir auch ein paar Auszeiten und überanstreng dich nicht.«

Genervt wich Jamie seinem Blick aus.

»Ich weiß, dass du deine Beweglichkeit zurückhaben willst, Jamie, und ich bin wahnsinnig stolz auf dich, dass du so hart an dir arbeitest. Aber gib dir Zeit. Mit falschem Ehrgeiz tust du dir keinen Gefallen.«

Jamie schluckte seinen Ärger hinunter und rang sich ein gequältes Lächeln ab. »Ja, ich weiß. Ich pass schon auf, okay?«

Robert sah ihn durchdringend an, doch bevor er etwas sagen konnte, ging die Badezimmertür auf und Jemma erschien im Schlafanzug und mit Zahnbürste im Mund. Still dankte Jamie seiner Schwester für ihr Timing.

»Hi Dad!«, nuschelte sie durch den Zahnpastaschaum und deutete auf seinen Anzug. »Bist du jetzt erst aus der Kanzlei zurück?«

Mit einem müden Seufzer stemmte Robert sich von Bett hoch. »Ja, leider.« Er strubbelte Jamie noch einmal durchs Haar, dann trat er zu seiner Tochter und gab ihr einen Kuss auf die

Stirn. »Aber jetzt hab ich Feierabend und werde mal nachsehen, ob Zack noch was im Kühlschrank übrig gelassen hat.«

»Keine Sorge«, mampfte der, als er mit einem riesigen Sandwich in der einen und einer Sodaflasche in der anderen Hand genau in diesem Moment ins Zimmer trat. »Max hat gut eingekauft und so verfressen bin ich nun auch wieder nicht!«

Robert lachte und klopfte ihm gutmütig auf die Schulter. »Schlaft gut, ihr drei!«

»Gute Nacht!«

Er trat auf den Flur und zog die Tür hinter sich zu.

Jemma verschwand zum Waschbecken, um ihre Zahnbürste loszuwerden, während Zack sich zu Jamie aufs Bett fallen ließ.

»Charlie hat geschrieben«, rief Jemma aus dem Badezimmer. »Die Bandprobe war super und die Jungs wollen sie wirklich als Sängerin für Strikers haben. Ich soll mich bei ihr melden, weil sie jetzt nicht weiß, ob sie sich noch auf die Woche Ferien bei ihrer Cousine in New York freuen soll, oder ob sie eher bedauert, dass sie deshalb nicht mit den Jungs proben kann.«

Zack rollte mit den Augen. »Das Leben kann manchmal echt grausam sein.«

Jemma erschien in der Tür und warf ein Handtuch nach ihm. »Sei nicht fies! Sie hat ein Auge auf diesen Colin geworfen und meint, dass es diesmal mehr sein könnte als eine ihrer üblichen Schwärmereien.«

»Hat sie das nicht bei den letzten drei Typen, die angeblich alle was ganz Besonderes waren, auch gesagt?«, grübelte Jamie stirnrunzelnd.

Jemma strafte ihn mit einem bösen Blick. »Jedenfalls fürchtet sie nun, dass sie es sich bei ihm verscherzen könnte, wenn sie sich eine Woche lang nicht sehen.«

»Richte ihr aus, wenn der Kerl keine sieben Tage auf sie warten kann, ist er es auch nicht wert«, kaute Zack zwischen zwei Sandwichbissen hervor.

Jetzt war es Jemma, die mit den Augen rollte. »Hast du noch mehr so tolle Glückskeksweisheiten auf Lager?«

»Im Moment nicht. Aber wenn mir noch eine einfällt, lasse ich euch gern daran teilhaben.« Grinsend warf er das Handtuch zu ihr zurück.

Jemma schnaubte. »Ich chatte jetzt mit Charlie. Ich brauch dringend jemand Weibliches zum Reden!«

»Bestell ihr schöne Grüße! Bin gespannt, was sie zu Wills Heldentaten sagen wird.«

Mit hochgezogenen Augenbrauen wandte Jemma sich zu ihrem Bruder um.

»Na, immerhin hat er dich sehr ritterlich aus der Schlangendorngrube gerettet und auf dem Weg nach Shadow Creek äußerst fürsorglich beschützt. Oder hab ich da irgendwas falsch gesehen?« Jamie grinste frech.

»Blödmann!«

Ungerührt zuckte er mit den Schultern. »Pass nur auf, was du Charlie sagst. Denk dran, dass du ihr nichts von *Dark Grove* oder dem Mind Ripper erzählen darfst.«

»Ich bin ja nicht blöd. Wenn sie überhaupt nach dem Namen des Spiels fragt, nenn ich ihr einfach irgendeinen anderen. Das merkt Charlie sowieso nicht. Schlaft gut, ihr zwei!«

»Du auch! Gute Nacht!«

»Jem?«

Sie drehte sich noch einmal zu Jamie um.

»Was Will angeht – er ist echt in Ordnung. Meinen Segen habt ihr.«

Sie zog eine Augenbraue hoch. »Ich wusste nicht, dass ich den brauche?«

Lächelnd schüttelte Jamie den Kopf. »Tust du auch nicht«, gab er zu. »Aber ich weiß, dass du ihn gern hättest.«

Sie erwiderte sein Lächeln. »Gute Nacht.« Dann verschwand sie in ihr Zimmer.

»Sie scheint Will wirklich zu mögen.« Zack schluckte den letzten Bissen seines Sandwiches hinunter.

»Er ist ja auch ein netter Kerl. Würde mich freuen, wenn aus den beiden wirklich was wird.« Jamie griff nach seinen Krücken, stemmte sich vom Bett hoch und ging langsam hinüber ins Bad.

Einen Moment lang sah Zack ihm nach, dann stand er ebenfalls auf, zog sich sein Schlafzeug an und folgte Jamie, der gegen das Waschbecken gelehnt Zähne geputzt hatte und nun sein Gesicht abtrocknete. Zack trat hinter ihn und schlang seine Arme um die schmale Taille seines Freunds. Lächelnd verlagerte Jamie sein Gewicht und lehnte sich in die Umarmung. Das Handtuch fiel achtlos ins Waschbecken, als Zack sich zu ihm hinabbeugte und zärtlich seinen Nacken küsste.

»Hast du vielleicht noch irgendwas vor?« Verschmitzt blickte Jamie ihn im Spiegel an.

Zack grinste. Er zog ihn dichter an sich und gab ihm noch einen Kuss, schüttelte dann jedoch den Kopf. »Nein, heute nicht. Du hattest Schule und Training. Und wir waren verdammt lange im Cybernetz. Du musst dich ausruhen.«

Schlagartig war Jamies gute Laune verschwunden. Er stieß Zack von sich, suchte Halt am Waschbecken und drehte sich wütend zu ihm um. »Was soll das? Hör auf damit!«

Überrascht von der heftigen Reaktion sah Zack ihn irritiert an. »Was hab ich denn gemacht?«

»Du bevormundest mich und tust so, als wäre ich ein dummes Kleinkind, das nicht selbst weiß, was gut und richtig ist!

Mag sein, dass mein Rücken und meine Beine nicht richtig funktionieren, aber mein Kopf ist völlig in Ordnung, klar?«

Beschwichtigend hob Zack die Hände. »Hey, das weiß ich doch!«

»Ach ja?! Warum behandelst du mich dann plötzlich, als wäre ich nicht ganz zurechnungsfähig?«

Verständnislos schüttelte Zack den Kopf. »Das würde ich nie tun!«

»Doch, das hast du! Gerade eben!« Hilflos kämpfte Jamie mit dem Kloß, der ihm plötzlich im Hals steckte.

Bitte, nicht Zack auch noch!

Die anderen waren schon schlimm genug, aber nicht auch noch Zack!

Er krallte seine Finger in den kalten Keramikrand des Waschbeckens. Das Atmen fiel ihm plötzlich schwer, da irgendwas seine Kehle zuschnürte. Schnell wandte er sich ab, weil er wusste, dass Zack viel zu leicht in seinem Gesicht lesen konnte.

Er musste hier weg!

Er konnte Zacks Nähe gerade nicht ertragen.

Trotzig packte er seine Krücken.

»Jamie, was ist los?«

Die Sanftheit in Zacks Stimme traf ihn mitten ins Herz, die Besorgnis dagegen kochte seine Wut nur noch höher. Verbissen schüttelte Jamie den Kopf. Er krallte seine Hände noch fester in die Krücken und kämpfte sich mühsam Schritt für Schritt zu seinem Bett zurück.

»Jamie?«

Er ließ sich auf die Bettkante sinken, zog sich auf die Matratze und drehte sich auf die Seite.

Weg von Zack.

»Lass mich einfach in Ruhe, okay?«

Zack schloss die Augen. Er hasste es, wenn Jamie so drauf war und ihn nicht an sich heranließ. Das tat er in letzter Zeit immer häufiger, wenn er frustriert war oder sich mies fühlte und für eine Weile hatte Zack gedacht, es wäre wirklich das Beste, ihn dann einfach in Ruhe zu lassen. Doch so langsam bezweifelte er, dass dies der richtige Weg war. Zumindest jetzt gerade fühlte es sich einfach falsch an. Also setzte er sich neben Jamie, der jedoch sofort ein Stück von ihm weg wich.

»Was ist los mit dir?«

Er wollte seine Hand auf Jamies Rücken legen, doch der fuhr wütend hoch und stieß Zacks Arm fort.

»Was mit *mir* los ist?«, fauchte er ungläubig. »Mit *mir*? Was ist mit *euch* los? Was ist mit *dir* los? Seit es mir schlechter geht, bevormunden mich alle, als wäre ich plötzlich nicht mehr in der Lage, selbst zu beurteilen, was richtig für mich ist! Doktor Graham, der mir das Cybernetz verbieten will! Jon, der meint, ich müsste härter trainieren! Dad, der mir das Cybernetz zwar nicht verbietet, aber trotzdem denkt, dass der Doc recht hat! Außerdem findet er zwar gut, dass ich mehr trainieren will, gleichzeitig scheint er aber praktisch zu erwarten, dass ich das nicht hinkriege und mich dabei überanstrenge!«

Er warf sich zurück in die Kissen und wandte sich wieder ab, denn Zacks forschenden Blick konnte er gerade überhaupt nicht ertragen. Unwirsch fuhr er sich über die Augen und schüttelte den Kopf. »Die drei waren schon schlimm genug! Aber du jetzt auch noch?!« Seine Stimme bebte. »Warum traut ihr mir alle plötzlich nichts mehr zu? Weißt du, wie beschissen sich das anfühlt? Ich weiß nicht, was ich falsch gemacht hab, aber das ertrag ich nicht, okay? Besonders nicht von dir!«

Zack schluckte betroffen. »Jamie …« Zögernd streckte er erneut seine Hand aus und legte sie sacht auf Jamies Rücken.

Jamie schloss die Augen und presste die Lippen aufeinander. Die Berührung tat unendlich gut und am liebsten hätte er sich einfach in Zacks Arme geflüchtet.

So wie er es schon so oft getan hatte.

Vielleicht zu oft?

Der Gedanke schmerzte so sehr, dass er die Zähne fest zusammenbeißen musste.

In den letzten Wochen zweifelte er ständig an sich, weil es ihm stetig schlechter ging und niemand wirklich wusste, warum. Er war es so unglaublich leid, andauernd kämpfen zu müssen. Nicht nur mit seinem Körper, der ihn plötzlich immer wieder im Stich ließ, sondern auch damit, die anderen nicht merken zu lassen, wie beschissen es ihm dabei ging. Er konnte ihre sorgenvollen Blicke einfach nicht ertragen.

Alles war ein permanenter Kampf.

Gegen Zweifel und Frust, Mutlosigkeit und Selbstvorwürfe, Schmerzen und das Gefühl brennender Ungerechtigkeit.

Tag für gottverdammten Tag musste er mit sich ringen, um sich nicht unterkriegen zu lassen. Hatte sich schon tausendmal gefragt, was er falsch gemacht hatte. Warum all die Fortschritte, die er so mühsam erkämpft hatte, sich plötzlich wieder in Rückschritte verwandelten.

Hatte alles Mögliche in Frage gestellt.

Jetzt also auch noch die Gefühle, die Zack für ihn hatte?

»Es tut mir leid«, sagte Zack leise.

Ruckartig fuhr Jamie wieder zu ihm herum und stieß ihn fort. Tränen der Wut glitzerten in seinen Augen und er ballte die Hände zu Fäusten. »Ich will dein beschissenes Mitleid nicht, Zack!«

»*Mitleid?!*« Ungläubig schüttelte Zack den Kopf. »Verdammt, das war kein Mitleid! Das war eine Entschuldigung! Es tut mir leid, wenn ich dir gerade das Gefühl gegeben hab, dass ich dich bevormunden will. Das will ich ganz sicher nicht! Ich mach mir einfach nur Sorgen um dich!«

Jamie schnaubte genervt. »Lass es, okay! Ich will nicht, dass du – oder die anderen – dass ihr euch alle ständig Sorgen um mich macht! Das nervt, verstehst du? Das nervt total!«

Zack wollte etwas sagen, doch Jamie ließ ihn nicht zu Wort kommen.

»Ich weiß nicht, was falsch gelaufen ist und warum es mir auf einmal schlechter geht. Ob es am Stress in der Schule lag, an zu viel Cybernetz oder vielleicht hab ich mich beim Training wirklich nicht genug angestrengt, wenn ich nach der Schule müde und kaputt war. Ich weiß es nicht! Jeder hat irgendwelche anderen Theorien und schlaue Meinungen und tolle Vorschläge.« Fahrig wischte er sich über die Augen. »Ich verstehe ja, dass es alle gut meinen und mir helfen wollen und dafür bin ich auch wirklich dankbar. Aber manchmal ist das alles trotzdem einfach nur unerträglich. Ich hab es so verdammt satt, dass alle glauben, sie wüssten, was das Beste für mich ist, und mir offensichtlich keiner zutraut, dass ich Risiken und Gefahren ganz gut selbst einschätzen kann! Das hier ist *mein* Leben und *mein* Körper! *Ich* bin derjenige, der damit klarkommen muss! Glaubst du nicht, dass ich von euch allen am meisten will, dass alles wieder besser wird? Ich bin ja bereit, mir jeden verfluchten Vorschlag anzuhören, und ich werde auch alles ausprobieren, von dem ich denke, dass es mir vielleicht helfen könnte! Selbst wenn manches davon echt schwerfällt. Aber ich will mir nicht ständig vorschreiben lassen, was ich tun und lassen soll! Ich bin kein Idiot! Ich kann selbst ganz gut beurteilen, ob etwas für mich richtig ist!«

Aufgebracht schnappte er nach Luft und versuchte, wieder etwas ruhiger zu werden. »Ich weiß, dass vermutlich alle Ärzte und Therapeuten ihren Patienten Vorschreibungen machen. Das ist schließlich ihr Job.« Er verzog das Gesicht. »Und Dad gibt sich Mühe, aber er hat Mum verloren und mich beinahe auch. Ich verstehe, dass er deswegen wohl einfach nicht anders kann, als sich Sorgen zu machen, und dann stellt er eben Regeln auf und mahnt und kontrolliert mich. Das nervt, aber damit komme ich klar. Meistens jedenfalls.« Ein wenig hilflos hob er die Schultern und senkte den Blick. »Er ist halt mein Dad.« Jamie schwieg und starrte stumm auf seine Hände.

»Aber du kommst nicht damit klar, wenn du das Gefühl hast, dass ich dich bevormunden will und dir etwas nicht zutraue.« Zack schaute ihn ruhig an.

Jamie nickte knapp und schaffte es nicht, ihn anzusehen. Stattdessen starrte er weiter auf seine Hände und schluckte hart. »Ich ertrag es nicht, wenn du mich als verkrüppelten Schwächling siehst und mir nicht genug vertraust, um meine Entscheidungen zu respektieren«, murmelte er schließlich bitter.

Zack starrte ihn an, als hätte Jamie ihm einen Schlag in den Magen verpasst.

Natürlich hatte er gemerkt, dass Jamie in letzter Zeit immer häufiger an sich zweifelte und oft empfindlicher reagierte als sonst. Er war halt einfach ziemlich down.

Scheiße, Mann, wer wäre das nicht?

Aber warum zweifelte er ausgerechnet an ihm?! Hatte er ihm irgendeinen Grund dafür gegeben? Wie kam er dazu, ihm so einen verdammten Mist zu unterstellen?

Hilflose Wut wallte in ihm hoch und er sprang so abrupt von der Bettkante auf, dass Jamie erschrocken zusammenfuhr. »Du glaubst doch hoffentlich nicht wirklich, dass ich dich so sehe, oder? Verdammt, ich liebe dich! Glaubst du echt, ich könnte so für dich empfinden, wenn ich dich nicht respektieren und dir nicht vertrauen würde?!« Aufgebracht tigerte Zack vor dem Bett auf und ab. »Außerdem sehe ich dich ganz sicher nicht als Krüppel! Es ist mir scheißegal, ob du im Rollstuhl sitzt oder an Krücken gehst!« Er hielt inne, schüttelte den Kopf und raufte sich unwirsch durch die Haare. »Nein, natürlich ist mir das nicht egal. Ich hoffe nichts so sehr, als dass du irgendwann wieder richtig laufen kannst! Vielleicht sogar ohne Krücken, aber hoffentlich wenigstens ohne diese beschissenen Muskelschmerzen. Nichts wünsche ich mir mehr, weil ich weiß, wie sehr du dir das wünschst und wie wichtig das für dich ist! Aber selbst wenn der absolute Drecksfall eintreten sollte und du für immer im Rollstuhl sitzen müsstest, würde das nichts an meinen Gefühlen für dich ändern! Kapiert? Ich liebe dich! Egal, was kommt! Und ich halte dich auch bestimmt nicht für einen Schwächling! Keiner, der weiß, wie sehr du um jeden kleinen Fortschritt kämpfst, würde in dir einen Schwächling sehen. Wer das doch tut, ist ein blindes Arschloch, und ich hoffe wirklich, dass du mich so nicht siehst!«

Zack zwang sich, tief durchzuatmen und wieder etwas herunterzufahren. Er suchte Jamies Blick und fand darin seine Antwort. Erleichtert sank er zurück auf die Bettkante und vergrub sein Gesicht in den Händen.

»Na, da hab ich ja noch mal Glück gehabt«, murmelte er dumpf zwischen den Fingern hervor.

Zerknirscht legte Jamie seine Hand auf Zacks Arm. »Es tut mir leid.«

Zack wandte sich zu ihm um. »War das jetzt Mitleid oder ist das eine Entschuldigung?«

Jamie mühte sich ein schiefes Lächeln ab und Zack nahm seine Hand.

»Hör zu, ich kann verstehen, dass dich das alles nervt und

du es nicht ausstehen kannst, wenn du das Gefühl hast, dass alle Welt dich bevormundet. Mich würde das sicher auch wahnsinnig machen. Aber ich kann dir nicht versprechen, dass ich die Klappe halte, wenn du etwas tust, das ich nicht gut finde. Wir sind die besten Freunde und wir konnten uns bisher immer gegenseitig die Meinung sagen, oder nicht?«

Jamie nickte und schüttelte dann den Kopf. »Darum geht es ja auch gar nicht.«

»Doch, mir schon! Ich fänd es schlimm, wenn ich dir nicht mehr sagen könnte, was ich denke.«

»Aber das kannst du ja! Ich will nur, dass du akzeptierst, dass es letztendlich meine Entscheidung ist, was ich tue oder nicht.«

Zack verzog das Gesicht. »Hab ich das jemals nicht getan?«

Seufzend fuhr Jamie sich über die Augen und schüttelte den Kopf. »Nein, eigentlich nicht«, gab er zu. »Aber in den letzten Wochen nerven einfach ziemlich viele Leute, weil jeder denkt, dass er weiß, was das Beste für mich ist. Deswegen war ich gerade so angepisst, als du mir gesagt hast, dass ich einen anstrengenden Tag hatte und mich ausruhen soll. Ich will einfach nicht, dass du einer von denen wirst, denn das könnte ich nicht ertragen.«

»Ich hab das nicht gesagt, weil ich dir nicht zutraue, dass du nicht selbst weißt, was das Richtige für dich ist. Ich mach mir einfach nur Sorgen um dich, weil es dir in letzter Zeit eben nicht so gut geht.«

Jamie rollte mit den Augen. »Ja, aber genau das nervt! Auch wenn es mir im Moment nicht so besonders geht, krieg ich mein Leben trotzdem hin. Vertrau mir doch einfach!« Er wollte seine Hand aus Zacks ziehen, doch der hielt ihn fest.

»Vertraust du Jem?«

»Was?« Stirnrunzelnd sah Jamie ihn an. »Was ist das denn jetzt für eine Frage?«

Zack hob bloß die Schultern. »Vertraust du ihr?«

»Du weißt ganz genau, dass ich das tue. Aber was hat das mit uns zu tun?«

»Wenn du Jem vertraust, warum wolltest du dann, dass wir ins McAllister's fahren, als sie sich dort zum ersten Mal mit Will getroffen hat? Hast du ihr nicht zugetraut, dass sie weiß, was sie tut, und prima allein klarkommen wird?«

Jamie verzog das Gesicht.

»Wenn man jemanden liebt, dann will man einfach nur, dass es ihm gut geht und dass ihm nichts passiert, stimmt's?« Zack sah ihn vielsagend an. »Und man macht sich halt Sorgen um ihn, selbst wenn man weiß, dass derjenige eigentlich gut alleine auf sich aufpassen kann.«

Einen Moment lang herrschte Schweigen und Jamie schaute auf die Hand, die seine nicht loslassen wollte. Sacht fuhr er mit dem Daumen über Zacks Handrücken und nickte. »Okay, ich hab's kapiert.«

Zack strich ihm eine helle Haarsträhne aus der Stirn und versuchte, in seinen Augen zu lesen. »Ist dann jetzt wieder alles in Ordnung zwischen uns?«, fragte er leise.

Statt einer Antwort lächelte Jamie bloß, zog ihn zu sich und küsste ihn.

Zack grinste erleichtert. »Okay, das war viel besser als ein einfaches Ja.«

Jamie küsste ihn noch einmal und seine Hand wanderte unter Zacks T-Shirt.

Verschmitzt hob Zack eine Augenbraue. »Hey, hast du etwa noch irgendwas vor?«

»Wer weiß?«

Kapitel 14

Pünktlich auf die Minute«, lobte Ned grinsend, als Jamie, Zack und Jemma sich an der Monolithenkreuzung, an der sie sich am Abend zuvor getrennt hatten, materialisierten.

»Wir waren es ja eigentlich nicht, die gestern ein Problem mit der Pünktlichkeit hatten, oder?«, gab Zack spitz zurück.

»Touché!«

Will trat zu Jemma und schloss sie kurz in seine Arme. »Schön, dich wiederzusehen.«

Sie lächelte glücklich. »Gleichfalls!«

»Hat es gestern Ärger gegeben, weil ihr so lange im Netz gewesen seid?« Will nahm ihre Hand und führte sie zu einem flachen Felsen, auf dem die Karte von Dark Grove ausgebreitet lag.

Sie schüttelte den Kopf. »Dad kam erst total spät aus der Kanzlei. Er hat gar nicht mitgekriegt, wie lange wir in der C-World waren.«

Will grinste. »Glück muss der Mensch haben.«

Ned sah zu Jamie. »Ich hoffe, du hattest keine Probleme, weil wir so lange gespielt haben?«

»Nein.« Jamie schüttelte den Kopf. »Ehrlich gesagt, ging es mir heute sogar ziemlich gut.« Es war seit langem der erste Tag gewesen, an dem er kein Schmerzmittel hatte schlucken müssen, um den Schultag zu überstehen.

»Das ist cool!« Ned wirkte ehrlich erfreut und trat mit ihm zu Jemma und Will.

Die Karte von Dark Grove war nicht mehr ganz so weiß wie das letzte Mal, als sie einen Blick darauf geworfen hatten. Der Weg, den sie am Tag zuvor gelaufen waren, war nun eingezeichnet, ebenso der Wald, der ihn umgab, die Monolithenkreuzung, auf der sie gerade standen, und die Hazy Hills. Dort befand sich, nur wenige Zentimeter links des Wegs, ein rotes X. Ein Stück geradeaus und rechts markierte ein zweites X eine weitere Quest.

Will zeigte auf die beiden Kreuze. »Das sind die Spinnen bei den Hazy Hills und das die Ghoule auf dem Friedhof am Galgenhügel.« Er wies auf ein drittes X, das noch weiter entfernt im Weiß der unerkundeten Gebiete lag. »Das hier ist der Hof von diesem Marten.«

»Wir haben uns gedacht, wir lassen die Spinnen und die Ghoule erst mal weg und gehen direkt zum Hof, denn dies scheint die erste Station für die Hauptquests zu sein«, meinte Ned. »Wir wissen schließlich nicht, wann der Mind Ripper im echten Leben womöglich wieder zuschlagen wird. Da ist es besser, wenn wir uns im Spiel erst mal nur auf ihn konzentrieren.«

Zack und Jemma nickten, Jamie dagegen sah sich seufzend um.

»Ist echt schade. Die Atmosphäre und das Setting des Spiels sind wirklich cool.«

»Das Spiel läuft uns ja nicht weg.« Aufmunternd klopfte Ned ihm auf die Schulter. »Wenn wir die Hauptstory gespielt und hoffentlich ein paar Hinweise für meinen Dad gefunden haben, können wir ja jederzeit zurückgehen und uns die Nebenquests ansehen. Ist dann vielleicht nicht mehr ganz so spannend, aber wir haben dann zumindest alles gesehen. Und wer weiß? Vielleicht fällt uns ja sogar eine andere Geschichte für *Dark Grove* ein. Es muss ja nicht unbedingt der Mind Ripper sein, der dieses Waldgebiet heimsucht. Für dieses Setting gibt es bestimmt noch tausend andere gruselige Geschichten, die man hier spielen lassen könnte. Dad wäre sicher begeistert, wenn wir ihm eine neue Idee liefern, die er programmieren lassen kann.«

»Hey, das wäre echt cool!« Jamie war sofort begeistert. »Eine andere Geschichte könnte wirklich funktionieren und dein Dad könnte einen Großteil des Spiels doch noch verwenden!«

»Genau!«

»Bevor ihr zwei unter die Skriptschreiber geht, sollten wir aber erst mal unseren eigentlichen Auftrag erledigen, okay?« Will faltete die Karte zusammen und deutete den dämmrigen Waldweg hinunter. »Da geht's lang.«

Er und Jemma übernahmen die Führung. Ned und Jamie folgten ihnen und diskutierten bereits erste Ideen für eine alternative *Dark Grove*-Geschichte. Zack bildete das Schlusslicht und gab sich redlich Mühe, sich nicht daran zu stören, dass Ned schon wieder ständig Jamies Nähe zu suchen schien. Finster beäugte er die beiden.

Warum musste Ned ihn eigentlich ständig anfassen?

Ein Schulterklopfen hier, ein kleiner Rempler da …

Zack seufzte und schüttelte den Kopf.

Mann, er drehte langsam wirklich durch!

Wahrscheinlich interpretierte er in diese Gesten viel zu viel hinein. Das war rein freundschaftlich! Wenn er nach so was gehen würde, dann müsste er auf Sam auch eifersüchtig sein, oder nicht? Aber Sam hatte erstens eine Freundin und war zweitens nicht Jamies Typ. Ned dagegen schon. Dunkle Haare, hübsche blaue Augen … Er sah definitiv süß aus. Und er hatte sich äußerst loyal verhalten, als er von Jamies Zwei-Stunden-Problem erfahren hatte.

Zack beobachtete, wie die beiden vor ihm liefen und sich angeregt miteinander unterhielten.

Ob Ned auf Jungs stand? Hatte Will ihm erzählt, dass Jamie und er zusammen waren? Und was war, wenn Ned wirklich Interesse an Jamie hatte? Was würde Jamie dann tun? Und, verdammt! Wie sollte er selbst sich dann verhalten?

Grimmig presste Zack die Lippen aufeinander und stoppte das Gedankenkarussell, bevor es noch mehr Geschwindigkeit aufnehmen konnte. Vermutlich sah er nur Gespenster und eigentlich gab es gerade ganz andere Dinge, auf die er sich konzentrieren sollte. Schließlich ging es darum, Hinweise auf ein Verbrechen zu erkennen!

Und falls – *Falls!* – Ned sich wirklich an Jamie ranmachen sollte, sollte er dann nicht einfach darauf vertrauen, dass Jamie doch eigentlich ihn liebte und mit ihm zusammen war?

Um sich endgültig abzulenken, riss Zack seinen Blick von den beiden los und sah sich um.

Das Waldgebiet von Dark Grove schien heute heller als am Tag zuvor. Grünes Dämmerlicht hing zwischen den Baumstämmen, von denen die meisten so dick waren, dass man sie vermutlich nur zu dritt hätte umfassen können. Dichtes Gestrüpp wucherte am Wegrand und es war fast unmöglich, irgendwas dahinter auszumachen.

Die fünf liefen den Weg entlang und erreichten schon bald eine Abzweigung, an der auf einem windschiefen Wegweiser *Gallow's Barrow* zu lesen war. Ein schmaler Pfad schlängelte sich rechts in den Wald, doch sie hielten sich an ihren Plan, ließen die Leichenfresser links liegen und liefen weiter den Hauptweg entlang, der sie zu Martens Hof führen sollte.

Tatsächlich dauerte es nicht lang und sie erkannten, dass es in einiger Entfernung heller wurde und der Wald sich etwas lichtete. Dennoch standen die hohen Bäume auch auf dem Gutshof noch so dicht beieinander, dass sich ihre Blätterdächer berührten.

»Dass hier überhaupt was wächst«, wunderte Jemma sich, als sie an einem abgeernteten Getreidefeld vorbeiliefen, das im trüben Zwielicht neben dem Weg lag.

»Das hier ist ein CyberGame«, lachte Will. »Virtuelle Pflanzen müssen sich nicht an die Regeln der Photosynthese halten.«

Mit einem Augenrollen gab sie ihm einen Knuff in die Rippen. »Das weiß ich!«

Übertrieben stöhnend rieb Will sich die Seite. »Aber offensichtlich hast du vergessen, dass wir in diesem Spiel Schmerz empfinden können!«

Sie grinste frech. »Nein, hab ich nicht.«

Hinter dem Getreidefeld bog ein Weg zwischen Gemüsebeeten und einem Obstgarten zum Hof ab. Mit einem unguten Gefühl betrachteten die fünf das Chaos, das dort herrschte. Die Beete waren völlig zerwühlt und die Obstbäume sahen aus, als hätten sich Vandalen darüber hergemacht.

»Nicht gut«, murmelte Jamie und zog sein Schwert vom Rücken.

Ned nickte. »Irgendwas ganz Übles ist hier passiert.« Er zog ebenfalls sein Schwert.

»Aber warum sollte der Mind Ripper hier durch die Beete wühlen?« Stirnrunzelnd sah Jemma sich nach allen Seiten um.

»Es wird vermutlich nicht der Mind Ripper gewesen sein«, meinte Will. »Wahrscheinlich waren es eher die Tiere, denen er die Seelen geraubt hat und die nun zu wilden Bestien geworden sind.«

»Na super.«

Auch Jemma, Will und Zack zogen ihre Waffen.

Vorsichtig gingen sie weiter. Gemüsebeete und Obstgarten waren zum Hof hin durch eine Hecke abgegrenzt, die so hoch und dicht war, dass man nicht sehen konnte, was dahinter lag. Das Ganze schrie geradezu nach einer Falle.

Will, der die Führung übernommen hatte, wandte sich um und legte einen Finger an seine Lippen. Dann bedeutete er den anderen, den Schotterweg zu verlassen und stattdessen auf der Grasnarbe neben dem Weg zu laufen. Der weiche Untergrund schluckte ihre Schritte und sie schlichen weiter.

Seltsame Geräusche drangen zu ihnen. Grunzen. Schmatzen. Hin und wieder ein drohendes Fauchen oder Knurren. Jemma schauderte. Es klang wie die Geräuschkulisse einer Raubtierfütterung und sie war sich nicht sicher, ob sie wirklich sehen wollte, was hinter der Hecke gerade passierte.

Kaum dass sie die Büsche erreicht hatten, traf sie ein widerlicher Gestank und Jemma wünschte, man hätte es mit der Programmierung des Geruchssinns in *Dark Grove* nicht ganz so gut gemeint. Es roch faulig, gammelig und gleichzeitig irgendwie süßlich-klebrig.

Die fünf kauerten sich hinter die Büsche und bogen vorsichtig ein paar Äste zur Seite. Hinter der Hecke lag eine große Koppel, auf der ehemals anscheinend Kühe, Schafe und einige Schweine gelebt hatten.

Jetzt sah es aus wie ein Schlachtfeld.

Keins der Hoftiere war mehr am Leben und ihre Kadaver verwesten verstreut im Gras. Eine Kuh lag keine drei Meter entfernt und starrte sie aus leeren weißen Augen an. Jemma musste schlucken. Das Tier hatte die gleichen seelenlosen Augen wie der Grauwolf, den sie gestern besiegt hatten. Der Mind Ripper war also tatsächlich hier auf dem Hof gewesen.

Doch etwas passte nicht.

Die tote Kuh war blutüberströmt und im Hals waren tiefe Bissspuren zu erkennen. Es sah fast so aus, als wären ganze Fleischstücke herausgerissen worden. Auch am übrigen Körper war die Haut aufgebissen und aus dem Bauch des Tiers quollen die Gedärme heraus.

Lecker!

Für Jemmas Geschmack hätte etwas weniger Realismus auch gereicht. Hatte Tyron ihnen nicht erzählt, dass der Mind Ripper seinen Opfern zwar das Bewusstsein entriss, sie ansonsten aber völlig unberührt ließ? War das hier also vielleicht gar nicht sein Werk? Und was zum Teufel waren das für widerliche Geräusche?

In diesem Moment keuchte Ned auf. »Shit! Sind das Ghoule?!« Für sein gebrülltes Flüstern fing er sich einen unsanften Rempler von Zack ein.

Jemma schauderte. *Ghoule?* Wirklich? Außer der toten Kuh, zwei blutigen Schafen und einem ziemlich übel zugerichteten Schweinekadaver konnte sie durch ihr Guckloch nicht viel sehen. Sie warf einen fragenden Blick zu Jamie und der nickte grimmig.

Vorsichtig ließ Zack die Heckenzweige zurückgleiten und deutete dann in die Richtung, aus der sie gekommen waren. Hier kamen sie nicht weiter. So leise wie möglich liefen sie bis zur Weggabelung zurück.

»Puh«, stöhnte Jamie, als sie sicher außer Hörweite waren. »Wenn wir einfach so weiterspaziert wären, wäre es verdammt übel für uns ausgegangen.«

»Na, dafür hätte man aber schon unglaublich blöd sein müssen«, grinste Ned. »Das Einzige, was an der Hecke noch fehlt, ist ein Neonschild mit: *Achtung, Falle!*«

»Sind da tatsächlich Ghoule?«, fragte Will.

Zack nickte. »Eine ganze Menge sogar. Ich hab elf gezählt, aber es können auch noch mehr sein.«

»Und was machen die hier?«, wunderte Jemma sich.

»Ehm, fressen?!«

Augenrollend knuffte sie Ned gegen den Arm. »Das ist mir schon klar! Aber ich dachte, Ghoule fressen nur Menschenleichen, leben auf Friedhöfen und kriechen bloß nachts aus ihren Löchern.«

Ned zuckte mit den Schultern. »Ob Mensch oder Tier – offensichtlich machen die Biester da keinen großen Unterschied. Hauptsache, tot und halb vergammelt. Und der Friedhof vom Galgenhügel ist nicht weit weg. Wahrscheinlich wurden sie vom Geruch der Viecher angelockt. Genug gestunken hat es ja. Und da es hier selbst am Tag verdammt düster ist, haben sie sich aus ihren Löchern rausgetraut. So ein Festmahl lässt man sich einfach nicht entgehen.«

»Habt ihr die Augen der Tiere gesehen?«, fragte Jamie. »Sie waren auch so gruselig weiß und leer wie beim Grauwolf. Der Mind Ripper muss also hier gewesen sein.«

»Ob die Tiere durchgedreht und aufeinander losgegangen sind, nachdem sie sich in seelenlose Monster verwandelt hatten?« Jemma warf einen unbehaglichen Blick in Richtung Hecke. »Irgendwie müssen sie ja gestorben sein, sonst hätten sie die Ghoule nicht anlocken können.«

»Ich denke, die Leute vom Hof haben sie getötet«, meinte Zack. »Zwei der Schafe hatten Einschusslöcher in den Köpfen.«

»Dann muss auf dem Hof noch jemand sein, der die Attacke des Mind Rippers überlebt hat«, meinte Ned. »Wenn wir den finden, kriegen wir hier sicher ein paar Hinweise.«

»Also, wie gehen wir vor?« Jamie hatte keine Lust mehr, einfach nur blöd herumzustehen. Er wies zurück zur Hecke. »Da durch können wir auf keinen Fall. Selbst wenn Ghoule eigentlich Leichenfresser sind, werden sie uns angreifen, sobald wir in die Nähe ihrer Beute kommen.«

Zack nickte. »Und es sind zu viele, als dass wir uns durchkämpfen könnten. Selbst wenn sie keine Waffen haben, sind diese Biester immer verflixt stark und sie haben messerscharfe Klauen. Wir sollten uns also besser nicht auf einen Kampf mit ihnen einlassen.«

Will ließ seinen Blick über den verwüsteten Obstgarten wandern. »Dann bleibt uns eigentlich nur eine Wahl, oder?«

Sie beschlossen einen großen Bogen zu schlagen und sich dem Farmhaus durch den Wald zu nähern, in der Hoffnung, dass die Ghoule sich nur bei den toten Tieren auf der Koppel aufhielten. Leise schlichen sie durchs Unterholz und gaben sich alle Mühe, nicht zu sehr im Laub zu rascheln. Sie zählten insgesamt fünfzehn Ghoule, die sich über das tote Vieh hermachten und immer wieder drohend fauchten, wenn einer dem anderen zu nahe kam und der Futterneid ausbrach.

Angeekelt verzog Jemma das Gesicht, als einer der Leichenfresser mit seinen Klauenhänden tief in den Eingeweiden eines Schafs wühlte, ein blutig-glitschiges Etwas hervorzog und gierig in sein Maul stopfte. Sie fand Ghoule generell widerwärtig, aber die Macher von *Dark Grove* hatten hier ein paar ganz besondere Prachtexemplare erschaffen. Die Leichenfresser waren in zerschlissene Lumpen gehüllt, die ihre meist recht dürren Körper kaum bedeckten. Ledrige Haut spannte sich über Muskeln und Sehnen und der Anblick warnte jeden, die Kräfte dieser Kreaturen nicht zu unterschätzen. Gleiches galt für die messerscharfen Klauen an den Enden ihrer langen Arme, mit denen sie mühelos die Tierkadaver aufschlitzen konnten, immer auf der Suche nach den größten Leckerbissen, die ihre Beute zu bieten hatte. Die schaufelten sie dann in ihre riesigen Reißzahnmäuler, aus denen Geifer und Blut sabberte.

Definitiv kein schöner Anblick.

Jemma wandte sich ab und schlich kaum zwanzig Meter von den scheußlichen Kreaturen entfernt durch den Wald in Richtung Farmhaus. Bisher hatte keins der Biester ihre Witterung aufgenommen und sie bezweifelte, dass ihr Geruch den Verwesungsgestank durchdringen konnte. Ghoule hatten zwar gute Nasen, aber so gute nun auch wieder nicht.

Ned stolperte und ein Ast knackte. Wie angewurzelt blieben die fünf stehen und spähten erschrocken zur Koppel hinüber. Drei der Ghoule, die in der Nähe des Waldrands ihre Beute ausweideten, hielten inne und ihre kahlen Schädel zuckten in ihre Richtung.

Schwarze Augen suchten misstrauisch die Umgebung ab und schmale Nasenschlitze witterten.

Keiner rührte sich. Bei Tag konnten Ghoule nicht besonders gut sehen. Wenn sie also keinen Laut von sich gaben und auf den penetranten Verwesungsgestank zählten, konnten sie Glück haben und unentdeckt bleiben.

Die Leichenfresser fixierten den Waldrand und schnupperten in der Luft, doch da sich niemand zeigte, wandten sich alle drei schließlich wieder ihrem Fressen zu.

Erleichtert schlichen die fünf weiter. Nur noch wenige Meter, dann hatten sie die Koppel endlich hinter sich gebracht. Daran anschließend befanden sich ein Stall und eine große Scheune, denen schräg gegenüber das Farmhaus lag. Leise liefen sie an der Stallwand entlang bis zu einem der verdreckten Fenster. Zack spähte hindurch, zog seinen Kopf aber sofort wieder zurück und wies die anderen stumm an, keinen Ton zu sagen und einfach weiterzulaufen.

»Da drin sind noch mehr Aasfresser«, flüsterte er, als sie sich ein Stück vom Fenster entfernt hatten. »Ich glaube, die haben sich über die Pferde hergemacht. So genau erkennen konnte man das aber ehrlich gesagt nicht mehr.«

Am Ende des Stallgebäudes trafen sie auf eine schmale Gasse zwischen Stallungen und Scheune, die auf den kleinen Innenhof zwischen den Farmgebäuden führte. Gespenstische Stille lag über dem Anwesen, nur unterbrochen durch die widerlichen Schmatzgeräusche, die durch die offenen Stalltüren zu ihnen drangen. Es schien, als hätten die Menschen, die einmal hier gelebt hatten, ihr Zuhause aufgegeben. Fenster und Türen des Wohnhauses waren mit dicken Brettern vernagelt und es war niemand zu sehen.

»Glaubt ihr wirklich, da drin ist noch jemand?«, fragte Jemma leise. »Sieht eher so aus, als wären sie geflohen, oder nicht?«

Ned zuckte mit den Schultern. »Untersuchen müssen wir das Haus auf jeden Fall.«

»Das Problem ist nur, wir wissen weder, wie wir da reinkommen, noch was uns da drin womöglich erwartet.« Jamie musterte das unheimliche Gemäuer.

»Na und?« Ned warf ihm einen schrägen Blick zu. »Soll uns das etwa abschrecken?«

Grinsend schüttelte Jamie den Kopf. »Nein, natürlich nicht.«

»Irgendwie kommen wir da schon rein«, murmelte Will und wies dann auf die offene Stalltür. »Aber erst mal müssen wir ungesehen an unseren leichenfressenden Freunden vorbei.«

»Wir könnten versuchen, die Türen zu schließen und sie einsperren«, schlug Jemma vor.

Will schüttelte den Kopf. »Zu gefährlich. Die Tore sehen schwer aus und ich glaube nicht, dass diese rostigen Scharniere irgendwann schon mal einen virtuellen Tropfen Öl gesehen haben. Wenn wir Pech haben, quietschen die wie blöd und wir scheuchen damit alle Aasfresser aus dem Stall auf.« Er warf einen Blick zu Zack. »Wie viele waren überhaupt da drin?«

Der hob unsicher die Schultern. »Es war ziemlich düster, ich hab nicht viel gesehen. Vier, vielleicht fünf. Könnten aber auch mehr sein.«

Will schüttelte den Kopf. »Das sind zu viele. Ein Angriff wäre zu riskant. Vor allem, da der Lärm womöglich die anderen Biester von der Koppel auch noch herlocken könnte.«

»Dann müssen wir uns eben an der Tür vorbeischleichen«, meinte Ned. »Wenn wir das an der Koppel geschafft haben, sollte das offene Stalltor auch kein Problem sein.«

»Okay. Ned und ich gehen zuerst und checken die Lage drüben am Haus.« Will sah zu den anderen drei. »Ihr kommt nach, sobald wir herausgefunden haben, ob die Luft rein ist, einverstanden?«

Jemma, Zack und Jamie nickten.

»Dann los.«

Die anderen sahen zu, wie Ned gebückt an der Wand entlang zur offenen Stalltür schlich und vorsichtig ins Gebäude spähte. Er zögerte einen kurzen Moment, dann huschte er am Tor vorbei und kauerte sich an der anderen Seite gegen die Wand.

Alles blieb ruhig.

Jamie hob den Daumen und grinste ihm stumm zu, während Will sich ebenfalls zum Tor vorwagte, einen raschen Blick riskierte und dann schnell an der Öffnung vorbeischlich. Er tippte Ned auf die Schulter und flüsterte irgendwas, das Jemma, Jamie und Zack nicht hören konnten. Dann verließen die beiden die schützende Deckung, rannten quer über den Innenhof zum Farmhaus und teilten sich auf. Will schlich zur Haustür und überprüfte die verbarrikadierten Fenster der Vorderseite, während Ned abbog und das Gleiche an der rechten Seite des Hauses tat.

Jamie musterte das Fenster, von dem Will sich gerade abgewandt hatte. »Ich glaube, die sind nicht nur von außen, sondern auch von innen verrammelt«, flüsterte er.

Zack folgte seinem Blick. »Doppelt hält ja bekanntlich besser.«

»Irgendetwas sagt mir, dass das den Farmern hier trotzdem nicht viel geholfen hat«, murmelte Jemma leise.

Zack grinste. »Hm, mal überlegen ... Vielleicht die seelenlosen Tierkadaver? Oder doch eher die Armee der einmarschierten Leichenfresser?«

Sie verzog das Gesicht. »Vermutlich beides.« Nervös beobachtete sie das Farmhaus. Will und Ned waren aus ihrem Blickfeld verschwunden und mussten sich irgendwo hinter dem Gebäude befinden.

Hoffentlich warteten da nicht irgendwelche bösen Überraschungen auf die beiden ...

»Wo bleiben die denn so lange?«, murrte Jamie ungeduldig. »Wenn die Luft rein ist, sollten sie uns erst mal Bescheid geben. Einen Weg ins Haus können wir auch gemeinsam suchen.« Er warf einen Blick auf seine Uhr. Eine Dreiviertelstunde seiner knappen Cyberzeit war bereits verstrichen und er hatte keine Lust, weitere kostbare Minuten sinnlos zu vertrödeln. »Sollen wir nicht einfach schon mal rüberlaufen? An der Stalltür müssen wir eh einzeln vorbei.«

Auch Zack sah keinen Sinn darin, noch länger zu warten. »Geh du zuerst. Jem und ich kommen nach.«

Vorsichtig schlich Jamie an die Tür heran. Der Gestank, der ihm entgegenwaberte, war bestialisch. Schnell warf er einen Blick in den Stall. Einer der Ghoule hockte kaum drei Meter von der Tür entfernt und wühlte schmatzend in den Eingeweiden eines Pferdes. Zum Glück kehrte er dem Tor den Rücken zu und war offensichtlich gut beschäftigt. Jamie hielt die Luft an und stahl sich dann rasch an der Öffnung vorbei. Jemma und Zack folgten ihm und schafften es ebenfalls unbemerkt, die

Ghoule hinter sich zu lassen. Hastig flitzten die drei über den kleinen Innenhof zur Frontseite des Wohnhauses und spähten durch eins der zugenagelten Fenster.

»Sie sind tatsächlich doppelt verrammelt«, stellte Zack fest. »Da wollte jemand wohl absolut sichergehen, dass hier keiner reinkommt.«

»Oder raus«, meinte Jemma unbehaglich. Plötzlich war sie nicht mehr ganz so sicher, ob es wirklich eine gute Idee war, einen Weg in das Haus zu suchen.

»Was macht ihr denn schon hier?« Neds leise Stimme ließ sie erschrocken herumfahren.

»Wir dachten, wir kommen schon mal rüber«, meinte Zack. »Schließlich haben wir keine Zeit zu verschenken.«

Ned warf einen kurzen Blick zu Jamie. »Okay, kommt mit. Die Luft scheint rein zu sein und hinter dem Haus gibt es einen Kellereingang. Will versucht schon, ihn aufzubekommen.«

Sie folgten ihm zur Rückseite des Hauses. Hier lag ein kleiner Kräutergarten, der genauso verwüstet wie der Obsthain aber wenigstens frei von Ghoulen war. Eine Hecke grenzte den Garten zum Waldrand hin ab. Ned führte sie zu einer Bodenluke neben der verbarrikadierten Hintertür des Farmhauses.

Will hatte sein Schwert gezogen und unter eins der Bretter geschoben, um sie aufzuhebeln. »Das hier scheint der einzige Zugang zum Haus zu sein. Die Bretter an den Fenstern und Türen sitzen so bombenfest, dass man nicht mal eine Messerklinge drunterschieben kann.«

Zack trat neben ihn und half die Bretter zu lösen.

»Habt ihr gesehen, dass die Zugänge sowohl von außen als auch von innen vernagelt sind?« Jamie ließ einen prüfenden Blick über das Gebäude wandern. Hier an der Rückseite, wo die Bäume dicht an dicht standen, war es deutlich düsterer als vor dem Haus.

Will nickte. »Wir müssen auf jeden Fall vorsichtig sein, wenn wir uns drinnen bewegen.« Er hebelte das letzte Brett los und warf es zur Seite.

Zack schob seine Schwertklinge zwischen die Türhälften der Luke und ruckelte ein paar Mal hin und her, bis das Schloss mit einem leisen Knacken nachgab. Er bückte sich und stemmte eine der beiden Türen auf. Eine ausgetretene Holztreppe führte schräg hinab und verlor sich nach wenigen Stufen in der Dunkelheit.

Jamie stupste seiner Schwester in die Seite und grinste. »Na, was ist? Ladies first?«

Kapitel 15

Will erwies sich als Gentleman. In der einen Hand sein Schwert, in der anderen seine Zauberflamme, stieg er als Erster die Stufen in den Keller hinab. Die anderen folgten ihm. Im flackernden Flammenschein sahen sie einen kleinen Raum, an dessen rechter Wand sich vom Boden bis zur Decke Holzscheite stapelten. Links gegenüber gab es Regale, in denen Werkzeug lag.

Langsam schlichen sie weiter.

Der zweite Kellerraum war deutlich größer. In seiner Mitte stand ein wackliger Tisch mit einer dicken Kerze, deren Wachs auf die Tischplatte gelaufen war, und in den Regalen ringsum stapelten sich Einmachgläser, Flaschen und Körbe, in denen die pelzigen Überreste von Kartoffeln, Rüben und Karotten vor sich hin gammelten. Zwei fette Ratten machten sich über die zweifelhaften Leckerbissen her und ließen sich dabei von den Eindringlingen nicht im Geringsten stören. Es roch muffig und über allem lag eine dicke Staubschicht. Spinnweben hingen von der Decke und Jemma schob sie mit ihrer Schwertklinge beiseite, damit sie ihr nicht ins Gesicht fielen. Eine schmale Stiege führte zu einer Tür hinauf und als Will die ersten Stufen betrat, ächzte das altersschwache Holz bedrohlich unter seinem Gewicht.

»Ich glaube, wir sollten lieber einzeln gehen«, murmelte Jemma.

Will nickte. »Ist sowieso besser, wenn ich erst mal alleine kurz die Lage peile.«

Er löschte sein Licht und stieg die Stufen hinauf. Vorsichtig drehte er am Türknauf und ein leises Klicken verriet, dass die Tür nicht abgeschlossen war. Mit erhobenem Schwert schob er die Tür langsam einen Spalt weit auf.

Stille.

Dämmerlicht.

Und die leere Küche des Farmhauses.

Rasch stiegen die anderen zu ihm hinauf.

Die Küche sah genauso aus, wie man sich eine altertümliche Bauernküche vorstellte. Es gab einen Holzofen, eine Spüle mit Wasserkanne, mehrere Regale mit Töpfen und Geschirr und einen wuchtigen Tisch mit zwei Bänken. Durch die zugenagelten Fenster fiel nur wenig Licht in den Raum, doch man konnte trotzdem erkennen, dass er ziemlich überhastet verlassen worden war. Dreckige Teller stapelten sich im Spülbecken und auf dem Tisch standen mehrere Tassen, in denen braune Teereste klebten. Auf dem Boden lagen Scherben.

Hatte sich hier jemand zu Tode erschreckt und das Geschirr fallen lassen, als der Mind Ripper über den Hof hergefallen war?

Jemma merkte, wie ihr Kopfkino zu arbeiten begann und sie musste aufpassen, dass ihre Fantasie nicht zu sehr mit ihr durchging.

Will war an die Tür zum Flur getreten und spähte auf den dunklen Gang hinaus.

»Nichts zu sehen. Sollen wir uns aufteilen? Zwei sehen sich das Wohnzimmer an, die anderen drei gehen schon mal nach oben?«

Ned schüttelte den Kopf. »Wir sollten lieber zusammenbleiben.«

Jemma und Jamie nickten zustimmend und sie durchquerten gemeinsam den düsteren Korridor. Bilder hingen schief an den Wänden, so als wäre jemand den Gang entlanggehetzt und hätte sie mitgerissen. Ein Rahmen lag zersplittert am Boden.

Im Wohnzimmer herrschte ähnliches Chaos. Ein Esstisch samt Stühlen war umgeworfen worden und zwischen matschigen Blumenresten lag eine zerbrochene Vase am Boden. Sofakissen waren zerfetzt und Bücher aus den Regalen gerissen.

Jemma spürte ein unbehagliches Kribbeln im Nacken, als sie sich umsah. »Sieht nicht gut aus …«

Jamie nickte. Aus den Augenwinkeln sah er ein schwaches Glitzern in einem der Bücherhaufen am Boden. Er bückte sich, schob ein paar dicke Wälzer beiseite und entdeckte ein schmales Büchlein über Zaubertränke, von dem das Glitzern ausging.

»Das muss das Buch sein, das wir Tyron mitbringen sollen.« Er nahm das Buch an sich und das Glitzern verschwand. Um die Hände freizuhaben, steckte er sich den Questgegenstand hinten in seinen Hosenbund.

Ein Knarzen über ihren Köpfen ließ sie heftig zusammenfahren.

Schritte!

Hastig löschten sie ihr Licht und packten die Schwerter fester. Zack trat als Erster zurück auf den Korridor und schlich zur Treppe, die in den ersten Stock führte. Die anderen folgten dicht hinter ihm. Leise stiegen sie Stufe für Stufe hinauf in den Flur der oberen Etage. Hier war es noch düsterer als im unteren Teil des Hauses und sie konnten nur schemenhaft mehrere Türen ausmachen, die rechts und links vom Korridor abgingen und vermutlich zu den Schlafzimmern der Hofbewohner führten.

Vorsichtig näherte Zack sich der ersten Tür. Sie stand einen Spalt weit offen, doch nicht genug, um sehen zu können, was dahinter lag. Gerade als er die Tür mit seinem Schwert aufstoßen wollte, wurde sie plötzlich aufgerissen und ein Gewehrlauf drückte sich gegen seine Stirn. Erschrocken keuchte er auf und ließ sein Schwert sinken.

»Keine Bewegung oder ich puste dir dein Gehirn weg!«, knurrte eine Männerstimme. »Das gilt auch für deine Begleiter!«

Ohne die Waffe von Zacks Kopf zu nehmen, trat ein muskelbepackter Mann auf den Gang und musterte sie misstrauisch. »Ich will eure Augen sehen!«

»Bitte, Sir! Wir sind keine Seelenlosen.« Jamie ließ sein Schwert sinken und trat neben Zack. »Tyron schickt uns.«

Der Mann musterte die fünf und sah ihnen prüfend in die Augen. »Ihr seid wirklich keine Seelenlosen.« Er ließ sein Gewehr sinken, blieb aber trotzdem misstrauisch. »Was wollt ihr hier?«

»Wir sind nach Dark Grove gekommen, um beim Kampf gegen den Mind Ripper zu helfen«, erklärte Ned.

»Mind Ripper? Ist das der Name des Dämons, der meinen Hof heimgesucht hat?«

Jemma nickte. »Sind Sie Marten?«

Er warf ihr einen kurzen Blick zu und nickte ebenfalls.

»Können Sie uns sagen, was hier passiert ist?«, fragte Will. »Wir wollen den Mind Ripper finden und vernichten und vielleicht haben Sie wertvolle Informationen für uns.«

Marten schüttelte ernst den Kopf. »Diesen Dämon kann niemand vernichten. Er ist zu schnell, zu stark und viel zu mächtig. Ihr solltet euch lieber in Sicherheit bringen, solange ihr noch könnt. Sonst ergeht es euch genauso wie meiner Frau und meinen Kindern.«

Er trat ein paar Schritte zurück und gab die Tür frei. Die fünf folgten ihm in ein kleines Schlafzimmer. Im Ehebett lagen eine Frau und zwei Kinder, ein Junge und ein Mädchen, beide nicht älter als acht oder neun. Reglos und leichenblass. Ihre Augen waren offen. Ganz in weiß starrten sie ins Leere.

Seelenlos.

Jemma schauderte. Die drei wirkten kein bisschen so, als würden sie schlafen, sondern als warteten sie auf einen geheimen Befehl, der sie zu einem neuen, dunkleren Leben erwecken würde.

»Was ist mit ihnen passiert?«, fragte Jamie beklommen.

Marten seufzte und rieb sich erschöpft über die Augen. »Vor vier Tagen war ich bei der Arbeit auf dem Feld, als ich plötzlich meine Tiere auf der Weide schreien hörte. Schreie, wie ich sie noch nie von Tieren gehört habe. Ich rannte sofort zur Koppel und sah Dinge, die unmöglich waren. Meine Schafe, Kühe und Schweine waren wie von Sinnen und gingen aufeinander los. Friedliche Tiere bissen und traten sich plötzlich gegenseitig, als wäre der Leibhaftige in sie gefahren! Als sie mich sahen, ließen sie voneinander ab und wollten auf mich losgehen. Ich musste sie erschießen, um meine Haut zu retten.« Bei der Erinnerung daran schüttelte er fassungslos den Kopf. »Es war fürchterlich.«

»Haben Sie gesehen, was mit den Tieren passiert ist?«

»Nein. Mein Stallbursche und zwei meiner Arbeiter liefen panisch über den Hof und schrien etwas von einem dunklen Dämon, der unser Vieh in Monster verwandelt hätte. Sie waren so voller Angst, dass kein vernünftiges Wort aus ihnen herauszubringen war. Ich wies sie an, Gewehre zu holen und die tollwütigen Tiere zu erschießen, doch sie rannten nur Hals über Kopf in den Wald davon.« Er stöhnte. »Ich habe sie nie wiedergesehen.«

»Haben Sie den dunklen Dämon auch gesehen?«, fragte Will.

Der Gutsherr nickte sichtlich mitgenommen. »Ich rannte hierher ins Haus, um nach meiner Frau und den Kindern zu sehen.« Er stockte, sprach dann aber doch weiter. »Ich konnte ihre Schreie hören. Er hatte sie in die Stube gedrängt. Ein schwarzer Schatten mit brennenden Augen. Meine Kinder lagen reglos am Boden und meine Frau hielt er gepackt. Eine finstere Kralle legte sich über ihren Kopf und er murmelte Worte in der verbotenen Sprache. Meine Elsa sackte leblos in sich zusammen und ich sah etwas Leuchtendes in der Krallenhand. Der Dämon zischte erneut verbotene Worte und das Leuchten verwandelte sich in eine kleine helle Kugel, die in den Tiefen seines Gewands verschwand.«

»Warum hat er Sie verschont? Wie sind Sie ihm entkommen?«

Hilflos hob der Gutsherr die Schultern. »Ich weiß es nicht. Ich habe auf ihn geschossen, doch die Kugeln konnten ihm nichts anhaben. Sie gingen einfach durch ihn hindurch und krachten in die Wand. Er sah mich mit rot glühenden Augen an und ich dachte, meine letzte Stunde hätte geschlagen, doch dann löste er sich einfach auf und verschwand.« Marten wandte sich um und wies auf seine Frau und seine beiden Kinder. »Ich dachte, die drei wären tot, aber ihre Herzen schlagen noch. Also habe ich sie hier heraufgebracht und hoffe, dass sie irgendwann wieder aufwachen.«

Jemma blickte in die starren weißen Augen und hoffte, dass sie genau das nicht taten. Zumindest nicht, solange sie ihre Seelen nicht zurückhatten.

»Ich musste mein Vieh erschießen«, sagte der Gutsherr kummervoll. »Aber ich konnte die Kadaver nicht verbrennen. Alle meine Arbeiter sind geflohen. Ich bin hier ganz allein. Der Gestank der toten Tiere hat die Ghoule hergelockt und ich habe das Haus so gut es geht verbarrikadiert, denn ich werde nicht zulassen, dass diese Bestien meiner Frau oder meinen Kindern zu nahe kommen.« Er sah die fünf bittend an. »Ihr könntet meine Rettung sein. Ich kann hier nicht fort, um Hilfe zu holen. Ich kann meine Familie nicht alleinlassen. Ich würde euch gut entlohnen, wenn ihr nach Shadow Creek geht und dort Bescheid gebt, was hier passiert ist. Sie sollen Hilfe schicken. Würdet ihr das für mich tun?«

»Ja, natürlich«, sagte Jemma sofort und sie tat es nicht nur, weil dies eine neue Questaufgabe war, die ihren Geldbeutel füllen würde. Auch wenn der Gutsherr nur eine virtuelle Computerfigur war, tat er ihr leid und sie wollte ihm helfen.

Marten wirkte unendlich erleichtert. »Ich danke euch! Und bitte beeilt euch! Ich weiß nicht, wann der Dämon hierher zurückkommt, um auch meine Seele zu holen. Ich fürchte, verbarrikadierte Fenster und Türen werden ihn nicht draußen halten. Also bitte, seid schnell!«

»Wir gehen sofort«, versicherte Will. »Aber können Sie uns vielleicht noch irgendetwas über den Dämon sagen? Etwas, das uns helfen könnte, ihn zu finden?«

»Nein, tut mir leid. Die Jäger drüben im Wald erzählen schon lange von einem teuflischen Schatten, der aus dem Devil's Bog kommt und Tiere in seelenlose Monster verwandelt. Aber ich habe immer geglaubt, das sei nur ein Ammenmärchen, das sie erfunden haben, damit ihre Kinder sich nicht zu weit ins Moor wagen.« Er schüttelte bitter den Kopf. »Jetzt weiß ich es besser.«

Will nickte nachdenklich. »Was ist mit den Worten, die der Mind Ripper geflüstert hat? Sie haben gesagt, sie seien aus einer verbotenen Sprache? Wissen Sie darüber irgendwas?«

Marten schauderte. »Man erzählt sich von einem Ort im Teufelsmoor, an dem man Stimmen in der verbotenen Sprache wispern hören kann. Ich selbst war niemals dort und freiwillig geht sicher niemand je dorthin. Es ist ein unheiliger Ort und die Worte des Dämons waren keine Laute aus einer menschlichen Sprache. Sie waren böse. Abgrundtief böse.«

Die fünf warfen sich bedeutungsvolle Blicke zu. Offensichtlich war das Devil's Bog der nächste Ort, den sie aufsuchen mussten, wenn sie dem Mind Ripper nachjagen wollten.

»Vielen Dank für die Informationen«, sagte Jamie. »Wir gehen jetzt nach Shadow Creek und schicken Ihnen Hilfe.«

»Danke, vielen Dank!« Damit wandte der Gutsherr sich ab und setzte sich mit seinem Gewehr auf die Bettkante, um seine Familie zu bewachen.

»Lasst uns gehen«, meinte Will. »Mehr werden wir hier nicht erfahren.«

Sie verließen das Schlafzimmer.

»Wollen wir wirklich schon zurück nach Shadow Creek?«, fragte Ned, als sie die Treppe hinunter ins Erdgeschoss liefen. »Das Devil's Bog kann nicht weit von hier sein. Das Hinweisschild haben wir ja schon gesehen. Wir könnten durch den Wald gehen und schauen, ob wir auf dem Weg ein paar Jäger treffen, die wir nach diesem unheiligen Ort mit dem seltsamen Flüstern befragen können.«

»Ich finde, wir sollten erst ins Dorf zurückgehen«, hielt Zack dagegen. »Wir haben versprochen, Marten schnell Hilfe zu schicken, also bekommen wir vermutlich mehr Gold, wenn wir den Auftrag rasch erledigen. Außerdem meinte Tyron doch, dass wir uns bei ihm besser ausrüsten sollten, bevor wir ins Moor gehen. Das wird er ja mit Sicherheit nicht ohne Grund gesagt haben.«

»Er hat uns aber auch ins Jagdgebiet geschickt, um mit den Jägern zu sprechen.«

»Aber das war keine Quest, sondern einfach nur ein Hinweis darauf, wo wir Infos über den Mind Ripper finden können. Lasst uns erst mal zu Tyron zurück und neue Ausrüstung kaufen.«

»Zack hat recht«, pflichtete Will ihm bei. »Wenn wir mit den Teleportringen zurückgehen, kostet uns das kaum Zeit. Wir geben die Quests, die wir erledigt haben, ab und sehen, was wir an Ausrüstung bekommen können. Danach beamen wir uns mit den Teleportringen hierher zurück. Da wir den Hof jetzt entdeckt haben, sollte das ja kein Problem sein.«

Grummelnd gab Ned nach. »Hauptsache, die Ringe teleportieren uns dann nicht mitten rein in den Leichenschmaus der Ghoule …«

Kapitel 16

Tyron begrüßte sie mit Erleichterung, als sie seinen Laden betraten und Jamie ihm die Questgegenstände reichte, die sie vom Grauwolf und in Martens Haus ergattert hatten. Bestürzt lauschte der Händler ihrem Bericht über den Angriff des Mind Rippers auf Martens Hof und die Belagerung durch die Ghoule und versicherte, sofort Hilfe loszuschicken.

Wie versprochen wurden sie für die Erledigung der Questaufgaben entlohnt und sie durchforsteten Tyrons Waren auf der Suche nach besseren Ausrüstungsgegenständen. Will und Zack konnten ihre alten Schwerter gegen einen Aufpreis in zwei bessere eintauschen und Ned, Jamie und Jemma erstanden Upgrades, die ihre Zaubersprüche verstärkten. Leider war auch diesmal nicht herauszubekommen, wie viel Lebensenergie sie kosten würden.

»Ihr habt eine gute Wahl getroffen«, sagte Tyron, als die fünf ihre Einkäufe beendet hatten. »Kann ich sonst noch etwas für euch tun?«

»Gibt es neue Informationen über den Mind Ripper?«, fragte Will. »Hat sich hier im Dorf oder in einem anderen Gebiet von Dark Grove in der Zwischenzeit irgendwas ereignet, das uns helfen könnte, ihn zu finden?«

Tyron schüttelte den Kopf. »Nein. Die schlimmen Nachrichten, die ihr von Martens Hof bringt, sind die einzigen Neuigkeiten.«

»Was ist mit den Opfern, die auf dem Anwesen der Night-Whispers behandelt werden?«, wollte Ned wissen.

Erneut schüttelte Tyron den Kopf. »Auch dort gibt es nichts Neues. Leider haben unsere Heiler noch keine Möglichkeit gefunden, ihnen zu helfen. Vermutlich wird man sie nur retten können, wenn man den Geschändeten ihre Seelen zurückgibt. Bislang ruhen sie noch und wir können nur hoffen, dass der Dämon sie nicht aufweckt und in seinen Dienst ruft. Haltet euch von dort also fern. Die Ruhe der Seelenlosen darf nicht gestört werden.«

»Marten erzählte uns von einem unheiligen Ort im Devil's Bog«, sagte Will. »Dort soll man Stimmen hören, die Worte in einer verbotenen Sprache sprechen. Er meinte, dieser Ort könnte etwas mit dem Mind Ripper zu tun haben. Kannst du uns vielleicht irgendwas dazu sagen?«

Erschrocken senkte Tyron seine Stimme. »Ich weiß, welchen Ort du meinst. Aber niemand spricht darüber und ganz sicher geht niemand dorthin. Das Teufelsmoor alleine birgt schon viele Gefahren, euch aber zum verbotenen Ort zu schicken, wäre absolut verantwortungslos! Dort lauert Schlimmeres als der Tod!«

»Geschenkt«, wischte Ned Tyrons Bemerkung ungeduldig beiseite. Er zog ihre Karte hervor und breitete sie auf der Ladentheke aus. »Überspringen wir einfach den Teil mit der Warnung vor düsteren und vermutlich absolut tödlichen Gefahren und gehen davon aus, dass wir uns diesen Ort trotzdem ansehen werden. Was kannst du uns darüber erzählen? Wo liegt er und was ist dort passiert?«

Widerstrebend deutete der Händler auf einen Punkt in der Nähe der Kräutersammlerquest. Ein rotes X erschien.

»Ungefähr hier liegt der Ort, an dem vor vielen hundert Jahren die Burg des dunklen Grafen stand.« Tyron sprach hastig und hielt seine Stimme gesenkt. »Seinen wirklichen Namen kennt heute keiner mehr. Er war unser Graf, der Earl of Dark Grove. Doch dann wurde er böse und hieß bei allen nur noch Earl of Darkness. Die Legenden besagen, dass er seine Seele dem Teufel verschrieb, der ihm dafür die Kunst der dunklen Mächte verlieh, die er mit Worten, die kein rechtschaffener Mensch benutzen würde, rufen konnte. Grausame Dinge geschahen an diesem Ort. Unaussprechliche Dinge. Und eines Tages gingen selbst dem Teufel die Abscheulichkeiten zu weit. Man sagt, der Graf war so niederträchtig geworden, dass der Leibhaftige in ihm einen Nebenbuhler sah und seine Macht zu fürchten begann. Also brachte er die Erde zum Beben und die dunkle Burg wurde samt ihrem finsteren Herren vom Sumpf verschlungen. Nur wenige Trümmer sollen heute noch zu sehen sein, doch ob das wirklich stimmt, kann niemand sagen. Die wenigen Dummköpfe, die sich aus Neugier dorthin begaben, kehrten nie wieder zurück.«

»Na, das hört sich doch nach einem echt spannenden Ziel für einen kleinen Wochenendausflug an, oder nicht?« Ned grinste in die Runde.

Will nickte. Er faltete ihre Karte wieder zusammen und steckte sie ein. »Danke für all die Informationen.«

Der Ladenbesitzer nickte ernst. »Bitte, gebt gut auf euch acht!«

»Machen wir«, versicherte Will und wandte sich dann an die anderen. »Lasst uns gehen.«

Sie verließen den Laden und Jamie kickte missmutig einen Kieselstein quer über den Dorfplatz.

»Meine zwei Stunden sind um.« Seufzend hielt er sein Handgelenk mit der Armschelle hoch. »Aber ihr könnt allein weitersuchen. So wirklich viel haben wir ja heute noch nicht herausgefunden.«

»Warum?«, fragte Ned. »Die Hinweise auf diesen dunklen Grafen und seine versunkene Burg sind doch klasse und wir wissen jetzt auf jeden Fall, wie es weitergeht.«

»Ja, hier im Spiel schon, aber haben wir irgendwas herausgefunden, das den Jungen im Koma helfen kann?« Unwirsch strich Jamie sich die Haare aus der Stirn. »Was das angeht, sind wir keinen Schritt weitergekommen. Seid ihr wirklich sicher, dass das Ganze hier überhaupt was bringt?«

Will nickte zuversichtlich. »Ich denke schon. Gestern kamen uns beim Spielen einige gute Ideen und Dad war dankbar für den Hinweis auf eine mögliche illegale Kopie des Spiels. Ned und ich haben ein Programm geschrieben, das das Cybernetz danach durchsucht. Außerdem werden sowohl Cybernetz als auch Internet nach Angeboten zum Betatesten von CyberGames durchforstet.«

Stirnrunzelnd musterte Zack die beiden. »Wann habt ihr das denn alles gemacht? Müsst ihr nicht zur Schule?«

Ned winkte ab. »Es gibt wichtigere Dinge als Schule. Außerdem war heute eh der letzte Tag vor den Ferien.«

Will sah zurück zu Jamie. »Was wir bis jetzt herausgefunden haben, hilft auf jeden Fall. Und auch wenn heute nichts Neues dazu kam, wer weiß, was wir morgen finden werden oder welche Ideen uns vielleicht kommen, wenn wir uns diesen dunklen Grafen näher ansehen.«

Jamie nickte zögernd. »Aber ihr müsst meinetwegen nicht bis morgen warten.« Er sah von einem zum anderen. »Spielt weiter und sucht diese versunkene Burg. Je schneller ihr Hinweise findet, desto besser und –«

»Nein.« Entschieden fiel Will ihm ins Wort. »Das Thema ist durch, Jamie. Wenn du jetzt rausgehst und wir allein weiterspielen, bringt uns das gar nichts. Wenn du hier aus dem Spiel gehst, startest du morgen auch wieder genau hier. Du kannst dich dann zwar mit deinem Teleportring zu Martens Hof beamen, aber nicht ins Teufelsmoor, denn das hast du noch nicht entdeckt. Wenn wir vier das Gebiet alleine aufdecken, müssten wir morgen erst zurück zu Martens Farm und dich von dort abholen, damit wir zusammen weiterspielen können. Das wäre unnötige Zeitverschwendung, denn dann können wir es auch gleich komplett auf morgen verschieben.«

»Nicht, wenn ich ganz aus dem Spiel aussteige. Dann müsst ihr keine Rücksicht mehr nehmen und seid viel flexibler.« Es fiel Jamie nicht leicht, aber er musste es anbieten. Es ging hier schließlich nicht um ihn, sondern um drei Jungen, die im Koma lagen.

Will schüttelte den Kopf. »Das Angebot ehrt dich, aber vergiss es. Das Spiel ist auf ein Team von fünf Leuten eingestellt, also würden wir uns zu viert gegen unsere Gegner vermutlich ziemlich schwertun. Denk an die Schlangendorngrube. Und nachdem Ned und ich letztes Mal aus dem Spiel geflogen sind, als wir versucht haben, etwas an den Einstellungen zu ändern, hab ich wenig Lust auf weitere Experimente. Wer weiß, was passiert, wenn ich versuchen würde, das Spiel von fünf auf vier Spieler zu verändern? Vielleicht kommen wir dann gar nicht mehr rein. Oder unser Spielstand wird gelöscht und wir müssten noch mal ganz von vorne anfangen. Nein, danke. Wir machen Schluss für heute und spielen morgen weiter.«

»Und wegen morgen«, meldete sich nun Ned zu Wort. »Dad würde euch gern kennenlernen. Wir sollen euch fürs Wochenende zu uns einladen. Spielen können wir dann bei uns. Bringt einfach eure CyberSpecs mit.«

Zack zog die Augenbrauen hoch. »Wow, der berühmte Edward Dunnington lädt uns zu sich ein?«

»Yep. Kostenlose Übernachtung und sicherlich leiern wir Dad auch noch eine Pizzalieferung aus den Rippen. Also, was ist? Kommt ihr?«

»Prinzipiell gerne.« Jemma hatte absolut nichts dagegen,

Will in der echten Welt wiederzusehen. »Allerdings müssen wir erst unseren Dad fragen und der wird dann mit eurem sprechen wollen. Er hat da so seine Prinzipien, dass er uns nicht bei Leuten übernachten lässt, die er nicht kennt.« Verlegen verzog sie das Gesicht. »Eltern halt.«

Will winkte ab. »Kein Problem. Ich schick dir Dads Nummer, dann kann euer Dad sich absichern, dass ihr das Wochenende in einem anständigen Haushalt verbringen werdet.« Er grinste.

»Ich hab morgen Vormittag aber erst mal zwei Stunden Physio«, druckste Jamie herum.

»Na und?« Ned hob die Schultern. »Dann kommt ihr halt am Nachmittag. Oder schlaucht dich das Training so sehr, dass du danach nichts mehr unternehmen kannst?«

»Nein, das nicht.«

Will schien zu ahnen, was das Problem sein könnte. »Wenn du dir Sorgen wegen deinem Rollstuhl machst, dann kannst du ganz beruhigt sein. In unserem Haus wirst du deshalb kaum Schwierigkeiten haben. Und wenn doch, sagst du uns einfach, wie wir dir helfen sollen. Das ist echt kein Ding.«

Jamie wich seinem Blick aus. Er hasste, dass er wieder anfing, sich einen Kopf über so was zu machen. Eigentlich war er doch längst darüber hinweg gewesen.

Eigentlich …

Die ersten Monate nach dem Unfall hatte es ihn jedes Mal unendlich viel Überwindung gekostet, sich in eine fremde Umgebung zu trauen, aber in den letzten beiden Jahren hatte er gelernt, gut im Rollstuhl zurechtzukommen. Mittlerweile hatte er sich sogar genügend Kraft und Beweglichkeit zurückerobert, dass er ein paar Stufen oder ein zu enges Badezimmer an Krücken meistern konnte. Selbst wenn also irgendwo irgendwas nicht barrierefrei war, kam er meistens auch ohne fremde Hilfe klar. Wieso fing er also jetzt wieder an, sich darüber Gedanken zu machen?

Weil sein verdammter Körper ihm in den letzten Wochen viel zu häufig einen Strich durch die Rechnung gemacht hatte.

Was, wenn –

STOPP!

Er ballte die Fäuste.

Er musste mit diesem Was-Wenn-Gegrübel aufhören, sonst würde sich sein ganzes Leben irgendwann nur noch um seine beschissene Behinderung drehen!

Das Wochenende bei Ned und Will versprach echt cool zu werden. Sollte er also auf den Spaß verzichten, nur weil seine kaputte Wirbelsäule im Moment mehr rumzickte, als ihm lieb war? Er hatte wirklich Lust darauf, die beiden im echten Leben zu treffen, und dieses Wochenende fühlte sich gut an. Und wenn sich etwas gut anfühlte, dann sollte er es einfach tun, ohne ewig über mögliche Probleme nachzugrübeln, oder nicht?

Und er war ja schließlich nicht allein. Falls wirklich Muskelkrämpfe auftreten sollten oder er irgendwo nicht alleine zurechtkam, waren Zack und Jem bei ihm.

»Also, was ist?«, hakte Will nach.

Jamie nickte entschlossen. »Wir kommen.«

Kapitel 17

Wie Jemma vorausgesagt hatte, war ihr Dad nicht sonderlich erbaut von der Vorstellung, dass seine beiden Sprösslinge und Zack das Wochenende bei Wildfremden verbringen wollten, selbst wenn es sich dabei um die Familie des angesehenen Edward Dunnington handelte. Robert rechnete dem Geschäftsmann zwar hoch an, dass er trotz seines Erfolgs mit der Entwicklung des Cybernetzes und dem Vermögen, das er damit gemacht hatte, als äußerst zurückhaltender, bodenständiger Mensch galt, der seine Familie von Öffentlichkeit und Medienrummel fernhielt, dennoch verging ein guter Teil des Samstagvormittags mit einer langen Telekonferenz zwischen den beiden Männern. Doch am Ende gab Robert sein Okay und erlaubte Jamie, Jemma und Zack die Übernachtung.

»Ist das mit diesem Will was Ernstes?«, fragte er seine Tochter, als er, kurz bevor er sich zur Kanzlei aufmachte, in ihrem Zimmer vorbeischaute.

Verlegen hob Jemma die Schultern und nickte. »Könnte schon sein.«

Schicksalsergeben verzog Robert das Gesicht und schloss sie kurz in seine Arme. »Dann denk bitte nur an das siebzehnjährige Popsternchen, ja? Ich fühle mich nämlich definitiv noch zu jung, um schon Großvater zu werden.«

»Dad!« Jemma stöhnte empört auf, wand sich aus seiner Umarmung und verpasste ihm einen Knuff in den Magen.

Robert lachte und gab ihr einen Kuss auf die Stirn. »Viel Spaß!«

Um kurz vor vier fuhr Max durch ein schmiedeeisernes Tor

auf das Anwesen der Dunningtons. Eine Auffahrt führte durch einen kleinen Park mit hohen Bäumen, die – genau wie die hohen Mauern – das Gelände hervorragend gegen allzu neugierige Blicke abschirmten. Erst hinter einer Biegung kam das Herrenhaus in Sicht. Zwei Stockwerke hoch, aus hellem Stein und mit großen Fenstern, wirkte es eindrucksvoll, aber nicht protzig, sondern freundlich und einladend. Breite Stufen mit bunten Blumenkübeln führten zum Eingangsportal hinauf, das von zwei schlanken Säulen gesäumt war.

»Wow«, meinte Zack beeindruckt. »Hier kann man es aushalten.« Er grinste in Jemmas Richtung. »Außer Ned hat Will keine Geschwister, oder? Dann ist er der Erstgeborene und wird das alles hier irgendwann mal erben. Wenn du clever bist, verscherzt du es dir mit ihm nicht!«

Jemma schnaubte. »Hör bloß auf! Ich musste mir heute schon von Dad anhören, dass er sich noch nicht dazu bereit fühlt, Großvater zu werden. Was glaubt der denn, was Will und ich heute Nacht vorhaben?!«

»Keine Ahnung. Habt ihr denn was vor?« Lachend hob Zack die Hände, um die Hiebe abzuwehren, die Jemma auf ihn niederprasseln ließ.

»Wenn, dann geht dich das ja wohl überhaupt nichts an!«

»Also, ich hätte nichts dagegen, Onkel zu werden«, mischte Jamie sich jetzt auch noch ein. »Natürlich nicht unbedingt sofort in den nächsten neun Monaten, aber so generell …«

Jemma bohrte ihren Zeigefinger in seine Brust. »Ich warne dich, eine blöde Bemerkung zu Will und ich schwöre dir, du bist schneller tot, als du um Gnade winseln kannst.« Sie drehte sich zurück zu Zack und warf auch ihm einen drohenden Blick zu. »Das Gleiche gilt für dich! Ich bin da nicht wählerisch. Bei euch beiden trifft man eh immer den Richtigen!«

Max lenkte den Wagen auf den Vorplatz und hielt am Fuß der Treppe. »Benötigt ihr Hilfe mit eurem Gepäck?« Er sah zu Jamie. »Oder soll ich dir die Stufen hinaufhelfen?«

Jamie stieß die Wagentür auf und schüttelte den Kopf. »Nein, Max, danke. Ich schaff das alleine.«

Er zog seine Krücken hervor, schob seine Beine ins Freie und stemmte sich aus dem Sitz. Für einen Moment stand er unsicher und lehnte sich gegen den Wagen. Die vielen kleinen Kiessteinchen, mit denen der Vorplatz ausgelegt war, waren nicht gerade der optimale Untergrund, doch wenn er langsam ging, würde er es schon hinkriegen.

Zack trat mit dem Rollstuhl neben ihn. Zwar hatte Jamie sich vorgenommen, möglichst viel mit seinen Krücken zu bewältigen, aber ganz auf seinen Rollstuhl zu verzichten, traute er sich nicht. Jemma holte ihre Rucksäcke aus dem Kofferraum und trat zu Max an die Fahrerseite.

»Danke fürs Herfahren.«

»Sehr gern geschehen. Wann soll ich euch morgen wieder abholen?«

»Frühestens am Nachmittag, vermutlich eher später. Wir rufen an.«

»Sehr wohl.« Er ließ den Wagen anrollen. »Ich wünsche euch viel Spaß!«

»Danke. Bis morgen!« Als sie sich umwandte, sah sie, dass die Haustür offenstand und ein Mann mittleren Alters die Stufen hinuntereilte. Er trug ein helles Hemd zu dunkler Hose und war offensichtlich ein Hausangestellter.

»Willkommen im Hause Dunnington. Bitte lasst mich mit dem Gepäck helfen.« Er sah zu Jamie und musterte ihn einen Moment lang intensiv. »Oder soll ich dir zuerst hinaufhelfen?«

»Nein, danke. Ich komme schon klar.«

Der Hausdiener nickte. »Natürlich.« Mit einem höflichen Lächeln nahm er Zack und Jemma Rollstuhl und Rucksäcke ab und trug sie die Treppe hinauf.

»Ob er auch ein Roboter wie Max ist?« Jemma sah zu, wie der Mann mit ihrem Gepäck im Haus verschwand. »Oder ob man hier eher auf Tradition und menschliche Bedienstete steht?«

»Hightech«, mutmaßte Zack. »So wie er Jamie gemustert hat, sah das sehr nach Scannen aus. Und soweit ich weiß, hat Dunnington doch an der Roboterentwicklung maßgeblich mitgeforscht, oder nicht? Da würde es mich wundern, wenn er sie nicht auch im eigenen Haushalt einsetzen würde.«

»Ich denke auch, dass er ein Roboter ist«, meinte Jamie, während sie langsam die Stufen hinaufstiegen. »In einem Haushalt, wie dem hier, ist das doch viel praktischer. Offensichtlich ist Mr Dunnington seine Privatsphäre ja sehr wichtig und bei Hightechbediensteten muss man sich um deren Verschwiegenheit keine Sorgen machen. Ein Befehl einprogrammiert und die neugierige Presse erfährt garantiert keine privaten Geheimnisse der Familie.«

»Ganz genau«, erklang Wills Stimme, als er durch die Haustür zu ihnen trat. »Wir haben drei Roboter, die sich um alle Arbeiten kümmern, die in Haus und Garten anfallen, und wir hatten noch nie Schwierigkeiten damit, dass unser Privatleben an die Öffentlichkeit gedrungen wäre.« Er lächelte in die Runde. »Schön, dass ihr hier seid.«

»Danke für die Einladung.« Jemma spürte, wie ihr Magen zu kribbeln begann. Sie freute sich riesig, Will in der realen Welt wiederzusehen und nicht nur seinen Avatar in der CyberWorld zu treffen. Als er ihre Hand nahm, explodierte das Kribbeln in ihrem Bauch und sie musste sich arg zusammenreißen, um nicht dümmlich vor sich hin zu grinsen.

»Tut mir leid wegen der Treppe«, meinte Will zu Jamie, der gerade die letzte Stufe gemeistert hatte. »Drinnen gibt's einen Aufzug.« Er machte eine einladende Geste und ließ sie ins Haus.

»Wow«, murmelte Zack. »Nicht schlecht.«

Sie traten in eine helle Eingangshalle mit schicken Möbeln und modernen Zeichnungen an den Wänden und neben einer breiten Freitreppe, die in die oberen Stockwerke des Hauses führte, befand sich tatsächlich ein kleiner gläserner Aufzug. Dicke Teppiche lagen auf hellen Steinfliesen und in die Decke war eine kunstvolle Beleuchtung eingearbeitet. Doch auch wenn die Einrichtung sehr edel war, wirkte sie nicht protzig oder steif. Im Gegenteil. Auf einem Sideboard lag ein buntes Chaos aus Schlüsselkarten, Zeitschriften und anderem Kleinkram, über dem Treppengeländer hing eine Jeansjacke, die dort offensichtlich niemanden störte, und in den dicken Teppichen zeigten ausgetretene Laufstraßen, dass hier gelebt wurde.

Der Butler hatte den Rollstuhl mit ihren Rucksäcken vor die Treppe geschoben. »Soll ich das Gepäck in die Gästezimmer bringen?«

»Nein, lass nur, Paul. Das machen wir schon selbst.«

»Gut, dann bereite ich jetzt den Tee vor.«

»Ja, danke.«

Paul nickte kurz und verschwand durch den Flur in den hinteren Teil des Hauses.

»Wo ist Ned?«, fragte Jemma und sah sich nach ihm um.

Wills Hand in ihrer zuckte und er wirkte plötzlich ernster, angespannt und – nervös?

»Alles in Ordnung?« Stutzig musterte sie ihn.

»Ja, ich hoffe schon.« Er atmete tief durch und fasste ihre Hand fester. »Kommt mit. Ned ist im Wohnzimmer.«

Jemma, Jamie und Zack tauschten irritierte Blicke, folgten

Will aber durch einen breiten Rundbogen in ein großzügiges Wohnzimmer. Ein Großteil der Wände war mit edlen Holzregalen bedeckt, in denen der Hausherr offensichtlich alte Bücher sammelte. Zwei wuchtige Ohrensessel luden zum Lesen ein und im Kamin prasselte ein Feuer, das angenehme Wärme und Gemütlichkeit verbreitete. An der einzigen Wand ohne Bücherregale hing ein riesiger Flachbildschirm, über den der düstere Videoclip einer Rockband flimmerte. Davor stand ein Ecksofa, auf dem in eine Wolldecke gehüllt ein Junge lag, der aber sofort aufsprang, als die vier eintraten.

»Hey.« Grüßend hob er die Hand und schien entsetzlich nervös. »Schön, dass ihr hier seid.«

Jemma konnte nicht anders, als ihn anzustarren. Es fiel ihr schwer, in dem bleichen, abgemagerten Jungen den Ned wiederzuerkennen, den sie aus der CyberWorld kannte. Jeans und Pulli schlackerten um seinen dürren Körper und dunkle Schatten lagen unter seinen Augen. Er trug eine blaue Wollmütze, die er sich tief in die Stirn gezogen hatte, und Jemma erkannte, dass er weder Augenbrauen noch Wimpern hatte. Ihr Magen krampfte sich zusammen, als ihr mit einem Schlag klar wurde, was das bedeutete.

Krebs.

Ned hatte Krebs.

Für einen Moment war der Schock so überwältigend, dass sie sich wie betäubt fühlte, doch dann spürte sie plötzlich, dass Will ihre Hand so fest drückte, dass es wehtat.

Der Schmerz rückte sie wieder zurecht.

Sie wand ihre Finger und Will ließ sofort los, doch sie konnte seinen Blick in ihrem Nacken spüren, als sie auf Ned zuging.

Der sah ihr mit einer Mischung aus Unsicherheit, Angst

und jeder Menge Trotz entgegen. Sie kannte diesen Blick nur zu gut. Jamie hatte ihn in den letzten beiden Jahren perfektioniert.

Innerlich atmete sie tief durch.

Ned war krank, gut.

Oder eher nicht gut.

Scheiße, Mann! Überhaupt nicht gut!

Aber die Tatsache, dass er gegen diese beschissene Krankheit zu kämpfen hatte, machte ihn zu keinem anderen Menschen als dem, den sie in den letzten beiden Tagen kennengelernt hatte und durchaus mochte. Er war auch da schon krank gewesen, nur hatte sie es gestern und vorgestern noch nicht gewusst. Was machte es also für einen Unterschied?

Und Krebs war sicher vieles, aber er war nicht ansteckend.

Mit einem Lächeln trat sie zu Ned und schloss ihn zur Begrüßung in die Arme. Sie spürte seine Überraschung, doch dann erwiderte er ihre Umarmung. Sie grinste, als sie ihn flüchtig von oben bis unten musterte und ihm schließlich fest in die Augen sah.

»Also, wenn du uns nichts erzählt hast, um einen möglichst spektakulären Auftritt hinzulegen, dann ist er dir auf jeden Fall gelungen.«

Ned war deutlich anzusehen, wie die Anspannung von ihm abfiel. »Jetzt, wo du's sagst«, ging er erleichtert auf ihren lockeren Tonfall ein. »Vielleicht hätte ich mit Licht und einer Nebelmaschine noch ein paar Special Effects einbauen sollen.«

Jamie trat zu ihnen und schenkte ihm einen Blick, der alles sagte. »Nein, keine Sorge. So bist du schon okay.«

Zack folgte ihm und nickte. »Jamie hat recht. So bist du völlig in Ordnung.«

Ned atmete sichtlich auf und lächelte dankbar.

»Cooles Haus habt ihr.« Jamie sah sich im Wohnzimmer um

und nickte zum Fernseher, der noch immer den düsteren Musikclip zeigte. »Ist das der neue Song von EvilOblivion?«

Ned ging sofort auf den Themenwechsel ein. »Yep. *No Regrets*. Echt finster, aber ich find's klasse.«

Will trat zu Jemma und nahm wieder ihre Hand. »Komm, ich zeig dir, wo du heute Nacht schlafen kannst«, sagte er leise und wandte sich dann zu seinen Bruder um. »Zeigst du Jamie und Zack ihre Zimmer?«

»Ja, klar.« Ned sah kurz von Will zu Jemma, grinste, sagte aber nichts weiter.

Jemma folgte Will zurück in die Eingangshalle, bis sie außer Sichtweite der anderen waren. Zig Fragen rasten ihr durch den Kopf, doch bevor sie auch nur eine davon stellen konnte, hielt er an und drehte sich zu ihr um. Seine Augen suchten ihre, hielten sie fest und plötzlich waren all ihre Fragen völlig egal. Ganz sanft strich er eine helle Haarsträhne aus ihrem Gesicht. Seine Berührung war wie ein kleiner Stromschlag und ihr Herz begann wie wild zu pochen.

»Du bist unglaublich, weißt du das?«, flüsterte er. Dann nahm er ihr Gesicht in seine Hände, beugte sich zu ihr herab und küsste sie.

Jemma schloss die Augen und ihr Herz hörte auf zu schlagen. Sie fühlte plötzlich gar nichts mehr. Außer Wills Lippen. Die fühlten sich einfach so unfassbar gut an, dass in ihrem Inneren schlicht für nichts anderes mehr Platz blieb.

Oder doch. Sie spürte seine Hände, die sich sanft um ihr Gesicht schmiegten. Seine Finger, die zärtlich über ihre Schläfen und Wangen strichen, ihre eigenen Hände, die plötzlich an seinen Hüften lagen.

Wie zum Teufel waren die denn da hingekommen?!

Sie merkte, wie er zusammenzuckte und sein Kuss stürmischer wurde, als sie ihn näher zu sich zog, doch dann löste er seine Lippen plötzlich von ihren und lachte ziemlich außer Atem auf.

»Himmel!« Seine Augen funkelten, als er sie ansah. »Du bist wirklich unglaublich!« Dann wurde sein Blick jedoch deutlich ernster. »Ich glaube, ich bin dabei, mich ganz fürchterlich in dich zu verlieben.« Seine Stimme klang rau und seltsam, fast so, als hätte er eher mit sich selbst und nicht mit ihr gesprochen.

Jemmas rasender Herzschlag war mit einem Mal wieder da und die Schmetterlinge in ihrem Bauch purzelten wild durcheinander. »Wäre – wäre das denn so schlimm?«

Will lächelte, doch er wirkte irgendwie – *traurig?* Erneut fuhr er mit einem Finger zärtlich über ihre Stirn, die Schläfe entlang und ihre Wange hinunter. Irre Gänsehaut krabbelte über Jemmas ganzen Körper, obwohl Wills seltsames Verhalten sie gleichzeitig ziemlich verunsicherte.

»Nein«, sagte er schließlich leise, doch in seinen Augen blieb ein dunkler Schatten. »Ich hoffe nicht.« Abrupt drehte er sich weg und ging in Richtung Treppe.

»Was ist denn auf einmal los?« Verwirrt sah Jemma ihm hinterher.

Will blieb stehen, wandte ihr aber weiter den Rücken zu. Stimmen drangen zu ihnen und es hörte sich so an, als wären Ned, Jamie und Zack auf dem Weg zur Eingangshalle.

»Lass uns hochgehen, da sind wir ungestört. Welcher ist deiner?« Will deutete auf die drei Rucksäcke, die Paul vor der Treppe abgestellt hatte.

»Der blaue.«

Er schnappte sich ihr Gepäck, schien für den Bruchteil einer Sekunde zu zögern und streckte dann seine Hand aus. Noch immer ziemlich verwirrt, legte Jemma ihre Hand in seine. Zu den zig Fragen, die sie zuvor schon gehabt hatte, hatten sich gerade noch ein gutes Dutzend weitere hinzugesellt. Doch da die Stimmen aus dem Wohnzimmer immer näher kamen und sie absolut keine Lust auf blöde Kommentare von Zack, Jamie oder Ned hatte, lief sie erst mal mit Will hinauf in den ersten Stock.

Die Treppe führte auf eine lichtdurchflutete Galerie mit riesigen Fensterfronten und einer gläsernen Flügeltür, durch die man auf eine große Terrasse und den Park des Anwesens sehen konnte.

»Hinter der letzten Tür liegt mein Zimmer.« Will deutete die Galerie entlang nach links. »Daneben ist Neds. Unsere Gästezimmer sind hier drüben.« Er wandte sich nach rechts und öffnete eine der Türen.

Wie der Rest des Hauses war auch das Gästezimmer hell und freundlich: Gelbe Wände, weiße Möbel und neben dem Fenster stand ein gemütlicher roter Sessel. An einer Wand hing ein Flachbildschirm und durch eine Glastür konnte man auf die Terrasse sehen, auf der in hübschen Blumenkübeln die ersten Frühlingsblumen blühten.

Will legte den Rucksack aufs Bett und wies auf eine zweite Tür. »Das Badezimmer musst du dir mit Jamie teilen. Ich hoffe, das ist okay?«

»Ja, natürlich.«

»Die Bedienung für den Fernseher und die Schlüsselkarte der Terrassentür liegen in der oberen Nachttischschublade.«

»Okay.« Ehrlich gesagt war ihr das Zimmer im Moment relativ egal. Sie versuchte viel mehr in Wills Gesicht zu lesen, was plötzlich los war.

»Falls dir nachts kalt wird, liegen im Kleiderschrank zwei Wolldecken. Und Handtücher sind im Regal im Bad. Nimm so viele du willst.«

»Danke.« Sie trat zu ihm und lächelte versichernd. »Das Zimmer ist prima und ich bin mir sicher, dass ich zurechtkommen werde.«

Er wich ihrem Blick noch immer aus, daher fasste sie einfach seine Hand und setzte sich mit ihm auf die Bettkante. »Was ist denn auf einmal los? Warum bist du so nervös? Wegen Ned?«

Will atmete tief durch und blickte auf seine Hand, die Jemma in ihren hielt.

»Ich hab dir nicht die Wahrheit gesagt.«

Sie hob die Schultern und schüttelte den Kopf. »Du hast mir nur nicht alles über deine Familie erzählt. Vermutlich hat Ned das so gewollt, oder? Jamie ist manchmal genauso.«

Will nickte und drückte ihre Hände. »Ich musste ihm versprechen, dass ich euch nichts sage. Auch dir nicht. Er wollte nicht, dass ihr ihn wie einen Krebskranken behandelt.«

»Okay, dass man nicht gleich beim ersten Treffen damit rausrückt, kann ich ja verstehen, aber gestern Abend hättet ihr doch was sagen können, oder nicht? Dann hätten wir ihn gerade nicht so geschockt angestarrt. Das muss doch total ätzend für ihn gewesen sein.«

»Es war Neds Entscheidung.« Seufzend fuhr Will sich über die Augen. »Ich glaube, er wollte euch lieber schocken, als euch die Wahrheit zu sagen. Er hatte Angst, dass ihr dann vielleicht doch nicht kommen wollt.«

Ungläubig sah Jemma ihn an. »Habt ihr wirklich gedacht, wir wären so arschig, dass wir mit Ned nichts mehr zu tun haben wollen, weil er krank ist?«

Wieder seufzte Will und schüttelte den Kopf. »Ich nicht. Aber Ned hat keine besonders guten Erfahrungen gemacht, wenn Leute herausgefunden haben, dass er Krebs hat.« Sein Blick verfinsterte sich und seine Hände ballten sich zu Fäusten. »Manche haben Angst vor der Krankheit, einige ekeln sich sogar. Den meisten ist es einfach unangenehm und sie wissen nicht, wie sie damit umgehen sollen. Zuerst sind sie geschockt, dann zerfließen sie vor Mitleid und machen alle möglichen Versprechungen: Dass sich an ihrer Freundschaft nichts ändern wird, dass sie ihm helfen wollen und immer für ihn da sind.« Hilflos hob er die Schultern. »Aber das alles sagt sich halt so leicht. Es ändert sich aber eben doch vieles. Und wenn sie merken, dass es Ned wirklich schlecht geht und er nicht mehr mit ihnen mithalten kann, dass die Chemo ihn fertigmacht und ihm die Haare ausfallen, dann kommt damit plötzlich keiner mehr klar und sie lassen ihn fallen.«

Jemma schnaubte empört. Dafür hatte sie null Verständnis. Nur weil es nicht leicht war, mit der Krankheit eines Freundes umzugehen, ließ man ihn doch nicht einfach im Stich!

»Ned kann damit nicht besonders gut umgehen, daher stößt er den Leuten manchmal absichtlich vor den Kopf und schockt sie mit seiner Krankheit. Er hatte Angst, dass es bei euch genauso wie bei vielen anderen laufen könnte, obwohl er gehofft hat, dass es wegen Jamie vielleicht nicht so ist.«

Jemma musste schwer schlucken.

Was hätte es mit Jamie gemacht, wenn seine Freunde ihn nach dem Unfall fallen gelassen hätten? Allein der Gedanke daran tat schrecklich weh und sie schob ihn schnell wieder von sich.

Haben sie ja nicht.

»Hat er Leukämie?«

»Ja. Der gleiche Mist wie bei Mum.«

»Scheiße.« Sie wischte sich über die Augen. Wie fürchterlich musste es sein, dieselbe Krankheit zu haben, an der die eigene Mutter gestorben war? Wieder musste sie hart schlucken.

Noch so ein Gedanke, den sie lieber nicht zuende denken wollte. »Wann ist es bei ihm ausgebrochen?«

Will lachte freudlos auf. »Das erste Mal? Ein paar Monate nachdem Mum gestorben war. Da war er gerade elf.«

Erschüttert starrte Jemma ihn an. »Er hatte das schon öfter?!«

Will nickte finster. »Ja. Das zweite Mal mit vierzehn und jetzt darf er diese verfluchte Hölle seit einem halben Jahr zum dritten Mal durchmachen.«

Fassungslos schüttelte Jemma den Kopf. »Zu manchen Leuten ist das Leben echt scheiße.«

»Ja, und verdammt ungerecht!«

Sie nickte stumm und legte ihre Hände um seine Fäuste, bis er sie entspannte und seine Finger mit ihren verschränkte.

»Wird er wieder gesund?«, fragte sie vorsichtig und fürchtete sich vor der Antwort.

Wills Blick blieb finster. »Die Ärzte sagen, dass die Therapie anschlägt. Aber der letzte Ausbruch liegt erst zwei Jahre zurück und sein Körper hatte kaum Zeit, sich richtig zu erholen. Die neue Chemo macht ihm schwer zu schaffen und manchmal gibt es Tage, an denen er von dem ganzen Mist so geschwächt ist, dass er kaum alleine aufstehen kann.« Niedergeschlagen wischte er sich über die Augen und die Sorge um seinen Bruder stand ihm mehr als deutlich ins Gesicht geschrieben. »So mies wie diesmal ging es ihm noch nie«, murmelte er leise.

»Das tut mir leid.« Mitfühlend schlang Jemma ihre Arme um ihn und hielt ihn einfach nur fest. »Aber ich bin mir sicher, er steht das durch. Die Hauptsache ist doch, dass die Therapie anschlägt und der Krebs wieder verschwindet, oder nicht?«

Will schluckte hart und nickte müde. »Ja, sicher. Das ist die Hauptsache.«

»Na bitte.« Jemma drückte ihn noch einmal und schenkte

ihm ein aufmunterndes Lächeln. »Den Rest kriegen wir dann auch hin. Irgendwie schaffen wir es schon, dass er die beschissene Chemo durchsteht und diesmal muss er da garantiert nicht ohne Freunde durch.«

Will sah sie mit einem Blick an, den sie nur schwer deuten konnte, doch er traf sie mitten ins Herz. Sacht schob er seine Hand in ihren Nacken, zog sie zu sich und küsste sie. Sanfter, weniger stürmisch als beim ersten Mal, doch es fühlte sich deshalb nur noch viel fantastischer an.

Jemma schloss die Augen. Sie spürte seinen Herzschlag unter ihren Fingern, der genauso wild pochte wie ihr eigener. Seine Hand glitt ihren Rücken hinab und er zog sie noch fester in seine Arme, ganz so, als wollte er sie nie wieder gehen lassen.

Wow, das –

Ein dumpfer Gongschlag hallte durchs Haus und sie fuhren erschrocken auseinander.

»Was war das denn?«, keuchte sie.

»Der Essensgong«, schnaubte Will entnervt. »Unser Tee ist fertig.«

Kapitel 18

Zu Jemmas Überraschung führte Will sie nicht in irgendein vornehmes Speisezimmer, sondern in eine gemütliche Küche, die hinter dem Wohnzimmer lag. Auf einem großen Holztisch stand ein Tablett mit Brownies und Muffins und in zwei Schalen türmten sich Kekse. Es gab weder eine steife Tischdecke noch edles Porzellangeschirr oder Silberbesteck, nur schlichte weiße Teller und bunt zusammengewürfelte Tassen.

Als die beiden in die Küche traten, saßen Jamie, Ned und Zack bereits am Tisch und Zack grinste unverschämt in Jemmas Richtung.

»Also dein Zimmer muss echt am anderen Ende des Grundstücks liegen. Was könnte wohl sonst der Grund dafür sein, dass ihr so ewig gebraucht habt?«

Sie streckte ihm die Zunge raus, verkniff sich aber einen bösen Kommentar, als hinter ihr eine Männerstimme ertönte.

»Das sind also unsere Wochenendgäste.«

Edward Dunnington war ein hochgewachsener Mann Anfang fünfzig, der seine blauen Augen ganz offensichtlich an seine beiden Söhne vererbt hatte. Jemma kannte ihn aus den Medien. Dort wirkte er mit Anzug und Krawatte immer etwas steif und streng auf seine beruflichen Aktivitäten fixiert. Sie war erstaunt, als er nun lässig in Jeans und verwaschenem Hemd in die Küche trat und schnell abwinkte, als sie zur Begrüßung aufstehen wollten.

»Bleibt bloß sitzen! Wir sind hier nicht bei der Vorstandssitzung, sondern beim Nachmittagstee.«

»Vielen Dank für die Einladung«, besann Jemma sich trotzdem rasch auf ihre gute Erziehung.

»Keine Ursache.« Dunnington setzte sich zu ihnen und goss sich eine Tasse ein. »Es ist schön, die Freunde meiner Söhne kennenzulernen. Und eigentlich muss ich mich ja bei euch bedanken – für die Hilfe bei *Dark Grove*.« Er nahm einen Schluck Tee und sah kurz zu seinem älteren Sohn. »Ich muss zugeben, dass ich reichlich skeptisch war, als Will mir vorgeschlagen hat, euch in alles einzuweihen, aber jetzt bin ich froh, dass ich mich habe überzeugen lassen. Die Idee einer illegalen Kopie, mit der jemand sein eigenes übles Spiel treibt, war wirklich gut! Ich hoffe, dass ich die Speicherkarten aus den CyberSpecs der betroffenen Jungen an diesem Wochenende endlich so weit wiederherstellen kann, dass ich erkenne, wo sie zuletzt waren. Nach Anzeichen einer Kopie von *Doom of Dark Grove* zu suchen, kann da äußerst hilfreich sein.«

»Sie haben die CyberSpecs der Jungen hier?«, fragte Jamie überrascht.

Dunnington nickte. »Im Untergeschoss besitze ich mein eigenes kleines Hightechreich und da ich momentan nicht weiß, wem in meiner Firma ich trauen kann, untersuche ich die Specs lieber hier.«

»Konnten Sie denn schon irgendwas herausfinden?« Jemma nahm sich einen Blaubeermuffin.

Er seufzte. »Leider nicht viel. Einen technischen Defekt an den CyberSpecs kann ich ausschließen. So wie es aussieht, wurden die Speicherkarten durch einen Virus gelöscht und das bedeutet, dass es definitiv jemanden gibt, der sie manipuliert hat. Vermutlich, um seine Spuren zu verwischen. Ob derjenige das Koma der Jungen allerdings absichtlich herbeigeführt hat, oder ob es nur ein unglücklicher Unfall war, kann ich aber erst sagen, wenn ich so viele Daten wie möglich von den Speicherkarten gerettet und wiederhergestellt habe.«

»Aber drei unglückliche Unfälle auf einmal?«, meinte Zack skeptisch. »Ist das nicht ziemlich unwahrscheinlich?«

Dunnington nickte ernst. »Vermutlich schon. Und wenn ich ehrlich bin, glaube ich auch nicht mehr an Erpressung oder Rache. Dann hätte sich längst jemand mit einer Forderung melden müssen. Ich fürchte eher, dass ihr mit eurem Verdacht richtigliegt und da jemand Übles mit einer Kopie von *Dark Grove* treibt.« Er seufzte. »Hoffentlich findet ihr weitere Hinweise im Spiel. Seht euch den Mind Ripper genau an. Wenn sich wirklich irgendein Mistkerl mit dieser Figur identifiziert, dann kann jede Kleinigkeit wichtig sein.«

Zehn Minuten später machten die fünf es sich im Wohnzimmer auf dem Sofa bequem und Will verknüpfte ihre CyberSpecs mit dem Hauptrechner des Hauses.

Das gewünschte Programm wird geladen. Bitte warten …

Programm bereit.

Doom of Dark Grove startet.

Als das Flimmern endete, befanden sie sich auf dem kleinen Dorfplatz von Shadow Creek, genau dort, wo sie am Vortag das Spiel verlassen hatten. Sie waren allein, nur in einigen der Häuser brannten die ersten Lichter in der zunehmenden Abenddämmerung.

»Die Tageszeiten sind wohl noch nicht programmiert worden, was?«, meinte Zack, nachdem er sich umgesehen hatte. »Irgendwie ist die Tag-Nacht-Simulation total willkürlich.«

»Na ja, ist eh fast egal, oder?« Ned grinste schief. »Einen großen Unterschied macht es kaum aus.«

Will hatte ihre Karte hervorgeholt und die anderen scharten sich um ihn.

»Am besten teleportieren wir uns zu Martens Hof zurück.« Jamie deutete auf die entsprechende Stelle auf der Karte und fuhr mit dem Finger zu dem X, das den verbotenen Ort im Teufelsmoor markierte, der noch im Weiß der Karte verborgen lag. »Von da sind wir am dichtesten dran. Wir müssen nur einen Weg dorthin finden.«

»Und hoffen, dass uns die Teleportringe nicht mitten zwischen die Ghoule beamen, falls die immer noch auf dem Hof herumlungern«, meinte Ned. »Das könnte sonst ziemlich ungemütlich werden.«

Jamie grinste. Für seinen Geschmack hatte es in ihrer letzten Spielzeit viel zu wenig Action gegeben und er hatte durchaus Lust, ein paar Ghoule aufzumischen. »Wir müssen einfach nur auf alles vorbereitet sein.« Er zog sein Schwert vom Rücken.

Die anderen taten es ihm gleich, dann drehten sie ihre Teleportringe und nannten ihren Wunschort.

»Martens Hof!«

Als der Wirbel aus flirrenden Farben nachließ, brauchten sie zwei Sekunden, um sich zu orientieren und zu erkennen, dass sie auf dem kleinen Innenhof zwischen den Gutsgebäuden gelandet waren. Düster ragten Stall, Scheune und Hofhaus um sie herum in die immer dunkler werdende Nacht. Wie am Tag zuvor lag eine unheimliche Stille über dem Hof, die nur durch ein gelegentliches Knurren, Schmatzen oder Fauchen unterbrochen wurde.

Die Leichenfresser waren also immer noch da. Zwar schien keiner in ihrer unmittelbaren Nähe zu sein, aber in der Dunkelheit war das schwer zu sagen. Ghoule jedoch waren Wesen der Nacht. Ihre Augen funktionierten gerade in der Finsternis hervorragend …

Nach einem hastigen Rundumblick wies Will rechts am

Haupthaus vorbei zum Waldrand. Die anderen nickten stumm. Leise rannten sie über den Hof in die Deckung der Hauswand und Zack, der die Führung übernommen hatte, spähte um die Ecke. In der schmalen Gasse zwischen Haus und Obstgartenhecke war es stockfinster, doch nichts regte sich. Schnell huschten sie weiter bis zum Ende der Hauswand –

Ohne Vorwarnung schnellte eine knochige Klauenhand um die Hausecke und schlug nach Zacks Gesicht.

»Shit!« Gerade rechtzeitig warf er sich zur Seite, spürte aber noch den Luftzug der Krallen, die seine Haut zerfetzen wollten.

Der Ghoul fauchte wütend und wollte sich auf ihn stürzen, doch da hatte Ned ihm schon sein Schwert zwischen die Rippen gestoßen. Ein ohrenbetäubendes Kreischen schrillte durch die Nacht.

»Verdammt, wir müssen ihn zum Schweigen bringen, bevor er seine ganze Sippe herlockt!« Will schlug mit seinem Schwert nach dem Kopf des Leichenfledderers, verfehlte ihn jedoch.

»*Ignis!*«

Jamie schleuderte seinen Feuerball und traf. Mit einem erfreulich leisen Röcheln sackte ihr Gegner in sich zusammen, flimmerte kurz auf und verschwand.

»Cool.« Jamie inspizierte seine Armschelle. Grüngelb. Der Feuerzauber kostete nach dem Upgrade also nicht mehr so viel Lebensenergie wie zuvor.

Dafür hatten sie jetzt allerdings ein ganz anderes Problem.

»Verdammt!«

»An denen kommen wir niemals ungesehen vorbei bis zum Waldrand.«

Jamie trat zu den anderen und lugte vorsichtig um die Hausecke. Sechs weitere Ghoule streiften durch den Kräutergarten an der Hinterseite des Hauses und spähten geifernd in die Richtung, in der ihr Artgenosse gerade das Zeitliche gesegnet hatte.

»Rückzug?«

Jemma warf einen Blick zurück. »Ehm, nee, eher nicht.«

Alarmiert fuhren die anderen herum. Mehrere Schatten mit zu langen Armen, die in spitzen Klauen endeten, kamen durch die dunkle Gasse auf sie zu.

»Na, ganz toll«, brummte Will. »Wir sind eingekesselt und wir haben keine Ahnung, wie viele da anrücken.«

»Hatte Tyron nicht gesagt, er wollte Marten Hilfe schicken?«, grummelte Ned. »Scheint irgendwie nichts draus geworden zu sein, was?«

»Wer weiß?«, meinte Zack. »Vielleicht haben sie Marten und seine Familie hier rausgeholt, aber mittlerweile sind vom Friedhof schon wieder neue Ghoule hergekommen? Es scheinen jedenfalls deutlich mehr hier zu sein als beim letzten Mal.«

»Im Kräutergarten sind aber nur sechs«, sagte Jemma nach einem schnellen Rundumblick.

Jamie kauerte sich neben sie. »Also Flucht nach vorne, würde ich sagen. Fünf gegen sechs sollte schaffbar sein. Aber wir müssen schnell angreifen, bevor die anderen auch noch hier ankommen.«

»Okay, dann los!« Zack packte sein Schwert fester und sprang aus der Deckung der Hauswand in den Garten.

»*Ignis!*« Ohne zu zögern folgte Jamie ihm und schleuderte seinen Feuerzauber auf den Ghoul, der ihm am nächsten war. Der Leichenfresser geriet ins Stolpern, verlor auf einen Schlag gut die Hälfte seiner Lebensenergie und seine Bewegungen wurden deutlich langsamer. Wütend kreischte er auf. Jamie hetzte zu ihm, rammte sein Schwert in den ledrigen Körper und sein Gegner löste sich flimmernd vor ihm auf.

Auch die anderen vier griffen an. Jemma schaltete einen weiteren Ghoul mit ihrem Feuerzauber und einigen gezielten Schwertstößen aus und auch die neuen Waffen von Will und Zack machten deutlich mehr Schaden als ihre alten. Nur wenige Hiebe reichten aus, um ihre Gegner so sehr zu schwächen, dass sie leicht zu besiegen waren. Leider kommentierten die Leichenfledderer jeden Treffer mit hasserfüllten Schreien, die schrill und viel zu laut durch die Nacht hallten.

Ned und Jamie hatten einen weiteren Ghoul zur Strecke gebracht und sahen rasch zurück in die Gasse, durch die sie gekommen waren.

Der Lärm hatte noch deutlich mehr Bestien angelockt und sie waren schon verdammt nahe …

»*Debilito!*« Ned schleuderte seinen Lähmungszauber in die Dunkelheit, in der Hoffnung einen der vorderen Ghoule zu treffen. In der schmalen Gasse sollte das die Meute zumindest für einen Moment aufhalten. Seine Armschelle verfärbte sich zu einem dunklen Gelb, doch zum Glück kostete auch sein Zauber nicht mehr ganz so viel Lebensenergie wie zuvor. Dennoch sollte er einen zweiten wohl lieber nicht wagen.

»Wir müssen hier weg!« Er zog Jamie mit sich und sie rannte zu den anderen, die gerade den letzten Ghoul im Kräutergarten auslöschten.

»Leute, ich hab keine Ahnung, wie viele Leichenfresser gleich hier eintreffen, aber es sind todsicher zu viele für uns. Wir sollten abhauen und zwar zügig!«

Jemma wischte sich eine lose Haarsträhne aus dem Gesicht und sah zurück zur Hausecke. »Und was ist, wenn die hinter uns herkommen?«

»Ich hab einen Plan! Los, durch das Tor!«

Hastig scheuchte Ned die anderen durch die Kräuterbeete

zu einem schmalen Gartentor, das durch eine vertrocknete Buchenhecke in den Wald führte. Zack riss das Gatter auf und die fünf stolperten hindurch. Als sie zurücksahen, drängten sich die ersten wütenden Ghoule um die Hausecke und nahmen sofort ihre Verfolgung auf.

»Brüderchen, was immer dein Plan ist, ich hoffe, er geht verdammt schnell!«

Ned zog das Tor zu. »Ruft euer Licht! Und dann zündet mit den Flammen die Hecke an!«

»Was?!«

»Los, macht schon! *Lux!*« Ned rief seine Flamme und hielt sie dicht neben dem Tor in die Blätter der Buchenhecke. Sofort fing das trockene Geäst Feuer.

Rasch steckten die anderen vier in einigem Abstand zueinander die Hecke ebenfalls in Brand und die Flammen fraßen sich gierig durch Blätter und Zweige. Jemma spürte die Hitze auf ihrem Gesicht und wich ein paar Schritte zurück. Durch die Feuerwand erkannte sie schemenhaft die Umrisse der Ghoule auf der anderen Seite. Sie verharrten und wichen zähnefletschend zurück. Als Nachtwesen fürchteten sie die Hitze und das helle Licht. Wütendes Fauchen und Knurren drang durch das Knistern der Flammen, doch die Leichenfresser wagten sich keinen Schritt näher.

»Gute Idee!« Anerkennend klopfte Jamie Ned auf die Schulter.

»Hoffen wir nur, dass sie nicht so intelligent sind und einfach zurückgehen und einen anderen Weg suchen«, meinte Zack.

Ned schüttelte den Kopf. »Das glaube ich nicht. So funktionieren die Aufgaben in CyberGames in der Regel ja nicht, oder? Wenn man es geschafft hat, einen Feind oder eine Gefahrensituation auszuschalten oder zu überwinden, dann ist diese

Aufgabe damit erledigt.« Er wies auf die Ghoule, die zwar noch immer drohend keiften und mit ihren Klauenhänden durch die Luft fuchtelten, jedoch keinerlei Anstalten machten, sich eine Alternativroute zu überlegen.

Zack zuckte die Schultern und nickte, dann wandte er sich um und spähte in den Wald. Ein kleiner Pfad schlängelte sich vom Gartentor weg und verlor sich im Unterholz. »Okay, dann lasst uns gehen. Mal sehen, wohin der Weg uns führt.«

Da sie nicht wussten, was sie zwischen den Bäumen erwartete, hielten sie ihre Schwerter kampfbereit und ließen Martens Hof hinter sich. Einige Meter weit erhellte das Licht der brennenden Hecke noch ihren Weg, doch das Unterholz wurde rasch dichter und schließlich lag der Pfad im Dunkeln und sie mussten aufpassen, dass sie nicht über Baumwurzeln stolperten, die hinterhältig in den Weg hineinragten. Trotzdem machten sie kein Licht. Keiner wollte als wandelnde Zielscheibe durch den Wald spazieren und es war besser, wenn sich ihre Augen an die Dunkelheit gewöhnten.

»Wissen wir eigentlich, wo genau dieser Pfad hinführt?«, fragte Jemma.

»Vermutlich zu den Jagdhütten, oder nicht?«, meinte Zack. »Laut Karte müsste das hier das Jagdgebiet von Dark Grove sein.«

»Na, dann hoffen wir mal, dass die Jäger schon ganze Arbeit geleistet haben und dieser Wald von all den durchgedrehten Tieren gesäubert ist, denen der Mind Ripper die Seelen geraubt hat. Ansonsten könnte unser kleiner Marsch hier durch eine echte Herausforderung werden.«

Doch diesmal schienen sie Glück zu haben, denn kein seelenloser Waldbewohner griff sie an. Sie stolperten über den kleinen Trampelpfad durch die Dunkelheit und obwohl sie hin und wieder ein verdächtiges Rascheln oder Zweigeknacken hörten, näherte sich ihnen niemand und keiner griff sie an.

Nachdem sie einige Zeit durch die Nacht gewandert waren, stellten sie fest, dass der Wald um sie herum sich veränderte. Die riesigen Bäume mit ihren meterdicken Stämmen wurden kleiner und schlanker. Das Unterholz lichtete sich, dafür hingen nun vereinzelte Nebelbänke zwischen den Bäumen und der einst steinige Waldboden wurde erdiger und weicher und war an vielen Stellen mit dunklem Moos überwuchert. Feuchte Kälte legte sich auf ihre Gesichter und ihre Lederkleidung wurde klamm.

»Hmm, gemütlich!« Jemma sah sich um und rümpfte die Nase.

»Ist aber ein gutes Zeichen«, versuchte Ned es mit Zweckoptimismus. »Sieht so aus, als kämen wir dem Teufelsmoor immer näher.«

»Fantastisch«, gab Jemma mit triefendem Sarkasmus zurück. »Das Devil's Bog bei Nacht soll ja immer einen Ausflug wert sein!«

»Willst du damit etwa andeuten, dir sagt der Ort unseres heutigen Dates nicht zu?« Will sah sie mit gespielter Verletztheit an. »Dabei hab ich mir bei der Planung solche Mühe gegeben …«

Jemma grinste. »Nächstes Mal überlässt du die lieber mir.«

»Undank!« Er schüttelte den Kopf. »Nichts als Undank!«

Ned, der vor ihnen lief, blieb abrupt stehen und Will prallte gegen ihn.

»Was ist los?«, fragte er sofort wieder ernst.

»Da vorne ist irgendwas.« Ned hob sein Schwert.

Grauweiße Dunstschwaden waberten immer dichter um sie herum, dennoch konnte man dunkle Schemen erkennen, die zu groß und zu breit waren, als dass sie von Büschen oder Bäumen stammen konnten. Vorsichtig schlichen sie näher. Nach nur wenigen Metern weitete sich der Trampelpfad und aus dem Nebel tauchte der Umriss einer Hütte auf, die auf einer kleinen Lichtung stand.

»Sieht so aus, als hätten wir das Dorf der Jäger gefunden«, meinte Jamie leise, als nach und nach noch drei weitere Gebäude aus dem Nebel auftauchten.

»Na, *Dorf* ist reichlich übertrieben«, gab Jemma genauso leise zurück. »Das sind drei Hütten und ein windschiefer Holzverschlag.«

»Scheint keiner da zu sein.« Zack hielt sein Schwert trotzdem einsatzbereit, während sie sich näher an die Hütten heranpirschten.

»Vielleicht schlafen alle nur.«

Ned fing sich einen zweifelnden Blick von Jemma ein. »Das glaubst du doch selbst nicht.«

Er grinste. »Nein, nicht wirklich.«

»Oh Mann«, keuchte Jamie plötzlich, als er fast über den Körper eines stämmigen Mannes gefallen wäre, der halb verborgen im hohen Gras zwischen den Hütten lag. Erschrocken wich er zurück. Kalte seelenlose Augen stierten weiß und leer ins Nichts.

»Nicht gut.« Zack zog ihn von dem Untoten fort.

»Ja, der Mind Ripper war auf jeden Fall hier.« Beklommen sah Jemma sich um. »Meint ihr, er ist vielleicht noch in der Nähe?«

Auch die anderen warfen nervöse Blicke über die Lichtung und in den umliegenden Wald, doch durch Nebel und Dunkelheit war kaum etwas zu erkennen.

»Wir kommen zu spät«, seufzte Zack schließlich. »Von den Bewohnern werden wir wohl keine Infos mehr über den Ripper bekommen. Ich schätze, die anderen werden hier ebenfalls irgendwo rumliegen. Oder sie konnten rechtzeitig fliehen, wenn sie mehr Glück hatten.«

»Wir sollten trotzdem alles gründlich absuchen«, schlug Ned vor. »Immerhin steht fest, dass der Mind Ripper hier zugeschlagen hat, und Dad meinte, jeder kleinste Hinweis könnte wichtig sein. Also sollten wir uns umschauen und sehen, ob wir irgendwas herausfinden.«

Will nickte. »Teilen wir uns auf, dann geht es schneller. Ich gehe mit Jem nach rechts und wir sehen uns die Hütte und den Holzverschlag an. Ihr drei nehmt euch die anderen beiden Hütten vor, einverstanden?«

Zustimmendes Nicken.

Ned, Jamie und Zack schlichen nach links und Jamie spähte vorsichtig durch ein kleines Fenster in die erste Jagdhütte.

»Nichts zu erkennen.« Er trat zu den anderen beiden an die Tür. Auf ein Zeichen von Zack zog Ned sie auf und alle drei wappneten sich mit erhobenen Schwertern für einen möglichen Angriff – doch alles blieb ruhig.

»Da drin ist es stockfinster«, murrte Ned. »Wir müssen Licht machen, sonst sehen wir überhaupt nichts. Gebt mir Deckung!«

Zack und Jamie gingen in Position und Ned rief sein Licht. Die magische Flamme reichte zwar nicht aus, um die Dunkelheit komplett zu vertreiben, sie war aber stark genug, um erkennen zu können, dass aus der Hütte keine Gefahr drohte. Das wenige Mobiliar bestand aus ein paar einfachen Regalen, in denen sich Geschirr stapelte, einem alten Ofen, einem klapprigen Tisch mit vier Stühlen und einer großen Holztruhe. Alles total harmlos. Als sie sich jedoch weiter wagten und der Lichtschein in den hinteren Teil der Hütte fiel, fuhren die drei erschrocken zusammen. An der Rückwand stand ein breites Bett, auf dem ein zusammengesunkener Körper lag. Zögernd näherten sie sich der reglosen Gestalt.

Es war ein junger Mann mit wirren Haaren. Seine Augen glommen im Licht weiß auf und stierten starr ins Leere. Halb sitzend, halb liegend lehnte er an der Wand der Hütte und seine rechte Hand umklammerte ein Messer.

Jamie schluckte. »Glaubt ihr, er hat sich damit gegen den Mind Ripper verteidigen wollen?«

»Na, kampflos aufgeben würde ich auch nicht«, meinte Zack.

Ned trat mit seinem Licht noch ein bisschen näher an den Seelenlosen und stutzte.

»Was ist los?«, fragte Jamie, als Ned sich vorbeugte und das dunkle Holz der Hüttenwand beleuchtete.

»Ich glaube, hier ist irgendwas eingeritzt«, murmelte er und kletterte auf das Bett.

»Kannst du erkennen, was es ist?«

Ned schüttelte den Kopf. »Der Kerl ist im Weg.«

»Na, wunderbar«, stöhnte Zack. »Heißt das, wir sollen ihn wegziehen?«

»Wenn ich erkennen soll, was da steht, schon!«

Zack schnaubte. »Wehe, das sind dann nur irgendwelche Kratzer von der letzten Renovierungsaktion in diesem Schuppen!«

Ned grinste. »Nein. Das Holz ist dunkel, die Kratzer hell. Sie müssen frisch sein. Also macht schon!«

Zack und Jamie tauschten einen wenig begeisterten Blick, doch dann packten sie die Arme des jungen Mannes und zogen ihn von der Wand weg. Er fühlte sich steif und klamm an und die Berührung war mehr als unangenehm. Sie zerrten ihn ein Stück nach links und als sie ihn losließen, sackte er langsam zur Seite und sank in die Kissen. Kalte Augen stierten sie an.

»Suuuper.« Zack wich dem gruseligen Anblick schnell aus.

»Ich glaube, der Kerl wollte sich mit dem Messer gar nicht verteidigen.« Ned beleuchtete die seltsamen Kratzer in der Wand. »Er hat damit eine Botschaft hinterlassen. Das hier sind Buchstaben!« Er hielt seine Flamme dicht an die Wand.

Mit etwas Mühe konnte man aus den kruden Kerben im Holz ein E und ein D herauslesen. Das letzte Zeichen war nicht mehr als eine verzerrte Zickzacklinie, die kaum erkennbar nur noch sehr flüchtig und nicht sehr tief in die Oberfläche des Holzes gekratzt worden war. Was immer der Mann hatte mitteilen wollen, er hatte es offensichtlich nicht geschafft, seine Nachricht zu beenden.

»E – D?« Stirnrunzelnd betrachtete Zack die Zeichen. »Und was soll das Letzte sein? Ein M und irgendwas, bei dem er abgerutscht ist?«

»EDM?« Jamie schüttelte den Kopf. »Das ergibt keinen Sinn.«

Zack legte den Kopf schief und betrachtete die Kerben stirnrunzelnd. »Wenn man die Kratzer anders zusammensetzt, könnten es auch zwei Buchstaben sein. Ein N – und ein schiefes L vielleicht? Eventuell auch ein V? Oder ein unvollständiges W?«

»Das macht aber genauso wenig Sinn.«

»Vielleicht soll es gar kein Wort ergeben. Vielleicht ist es eine Abkürzung!«

»Mensch, das könnte es sein!«, rief Jamie plötzlich. »Initialen!«

»Nicht so laut!«, zischte Zack ihn an. »Oder willst du den ganzen verfluchten Wald auf uns aufmerksam machen?«

»Sorry«, murmelte Jamie wieder deutlich leiser. »Aber E.D.! Das könnte für Earl of Darkness stehen!«

»Hey, das könnte wirklich sein!«, stimmte Ned zu. »Dann

hätte Marten recht damit, dass der Mind Ripper etwas mit diesem alten Grafen zu tun hat. Marten konnte mit dem Namen Mind Ripper nichts anfangen, vermutlich kannten ihn die Leute hier im Wald also auch nicht. Aber als der Ripper in ihrem Dorf über sie hergefallen ist, war ihnen klar, dass so etwas Fürchterliches nur der dunkle Graf tun würde, der diese Gegend schon einmal heimgesucht hat!«

»Gut«, bremste Zack seine Euphorie. »Aber was wirklich Neues ist dieser Hinweis ja nun nicht gerade. Dass dieser dunkle Graf irgendwas mit dem Mind Ripper zu tun hat, hatten wir uns doch eh schon zusammengereimt.«

Ned schwieg und starrte nachdenklich auf die Buchstaben. »Glaubt ihr, das könnte ein Hinweis darauf sein, dass der Mistkerl, der das Spiel für seine Zwecke missbraucht, sich hier vielleicht verewigt hat? Wenn E.D. für Earl of Darkness, also den Mind Ripper im Spiel steht, dann könnte doch das zweite Buchstabenpaar vielleicht für den Mind Ripper in der Realität stehen. Vielleicht sind das seine Initialen!«

Zack und Jamie starrten auf die Buchstaben an der Wand.

Konnte das wirklich sein? Hatte derjenige, der den Mind Ripper hatte real werden lassen, sich wirklich hier auf dieser Wand verewigt?

»Möglich wäre es schon«, meinte Jamie schließlich zögernd. »Allerdings bringt uns das auch nicht wirklich weiter, oder? Aus dieser wackeligen Zickzacklinie kann man alles Mögliche herauslesen. Wenn sie überhaupt etwas bedeutet, dann vermutlich am ehesten N.L. oder N.V., aber es könnte auch M.L., M.V. oder N.W. heißen. Falls der echte Mistkerl sich hier also wirklich verewigen wollte, hätte er es dann nicht gut lesbar gemacht? Nicht so krakelig, dass man nicht mal wirklich weiß, was es heißen soll? Und nicht halb verborgen, dass man es fast übersieht?«

»Vielleicht ist ihm gar nicht wichtig, dass es jemand sieht«, gab Ned zu bedenken. »Er sucht ja auch in der Realität nicht die große Öffentlichkeit. Vielleicht reicht es ihm, für sich zu wissen, dass es hier steht.«

Jamie nickte nachdenklich.

»Vielleicht hat er auch die gleichen Initialen wie der Mind Ripper«, schlug Zack vor. »E.D. – und der Rest sind einfach nur sinnlose Kratzer. Oder fallende Börsenkurse, die der Mistkerl deinem Vater prophezeit, wenn er mit seinen Schandtaten weitermacht und noch mehr Jungen ins Koma schickt.«

Ned warf ihm einen bösen Blick zu.

Zack grinste und konnte sich einen weiteren kleinen Seitenhieb nicht verkneifen. »E.D. könnte übrigens nicht nur für Earl of Darkness stehen. Das sind auch die Initialen von deinem Vater – Edward Dunnington.«

Damit war er offensichtlich endgültig zu weit gegangen. Wütend sprang Ned vom Bett und stieß ihm die Hände gegen die Brust. »Was willst du damit denn sagen? Dass mein Vater der Mind Ripper ist?!«

Abwehrend hob Zack die Hände. »Hey, schon gut. Natürlich nicht. Das war nur ein Scherz. Dein Dad wäre wohl kaum so blöd und würde sich und seiner Firma selbst schaden.«

Ned starrte ihn noch immer finster an. »Nein, das wäre er ganz sicher nicht!«

»Na also!« Zack ignorierte Neds funkelnde Blicke und schaute sich stattdessen noch einmal in der Hütte um. »Wir können ihm ja nachher von eurer Idee erzählen. Vielleicht sagen ihm die Buchstaben ja irgendwas.« Er sah zurück zu Ned und Jamie. »Sonst ist hier in der Bude nichts Interessantes mehr. Lasst uns rausgehen und in der anderen nachsehen. Außerdem sollten wir Jem und Will erzählen, was wir gefunden haben. Vielleicht haben die zwei ja auch noch eine Idee, was die Buchstaben bedeuten könnten.« Er wandte sich um und ging zur Tür.

Grimmig blickte Ned ihm hinterher, bis Jamie ihm versöhnlich eine Hand auf die Schulter legte. »Hey, sei nicht sauer auf ihn. Es war nur ein Scherz. Er hat es nicht böse gemeint.«

Doch Ned schüttelte seine Hand beleidigt ab und stiefelte ebenfalls Richtung Ausgang. Rasch schloss Jamie zu ihm auf.

»Mensch, jetzt guck nicht so finster! Zack glaubt ganz sicher nicht, dass dein Vater der Mind Ripper ist.« Er grinste. »Wenn er das wirklich tun würde, hätte er dich schließlich gleich mit verdächtigen müssen.«

Ned blieb abrupt stehen und starrte ihn an. »Wieso das denn?«

Jamie hob die Schultern. »Na, du heißt doch vermutlich auch Edward Dunnington. Wie dein Dad. *Ned* ist doch nur die Koseform von *Edward*, oder nicht?«

Kapitel 19

Als die beiden aus der Hütte traten, sahen sie Zack mit Will und Jemma am Holzverschlag stehen.

»Komm«, meinte Jamie. »Wenn Zack ihnen die Botschaft zeigt, können wir uns schnell die letzte Hütte ansehen.«

Sie schlichen sich an das Haus heran, Jamie zog die Tür auf und sie traten mit gezogenen Schwertern ein. Auch hier herrschte tiefe Dunkelheit und Ned rief sein Licht. Im matten Flammenschein erkannten sie schnell, dass diese Hütte der ersten sehr ähnlich sah. Sie war mit den gleichen Möbeln und Gegenständen ausgestattet, die größtenteils sogar am selben Platz standen.

Vorsichtig schlichen sie zum Bett. Es war leer. In der Hütte befand sich niemand.

»Vielleicht ist das hier das Haus von dem Kerl, der drüben im Gras liegt.« Jamie ließ sein Schwert sinken.

Sie leuchteten die Wände gründlich nach eventuellen Botschaften ab, fanden diesmal jedoch nichts.

»Lass uns zurück zu den anderen gehen«, schlug Jamie schließlich vor.

Als sie wieder ins Freie traten, kamen Will, Zack und Jemma gerade aus der Buchstabenhütte und gingen zu dem Haus zurück, das Will und Jemma zuvor untersucht hatten.

»Wir schauen da drin noch mal kurz nach, ob Will und ich an den Wänden irgendwas übersehen haben«, rief Jemma ihnen leise zu. »Ihr könnt ruhig hier warten, das dauert ja nicht lange.«

Jamie hob die Hand zum Zeichen, dass er verstanden hatte, und wandte sich zu Ned um. »Hast du unsere Karte? Dann können wir schon mal nachsehen, wo wir sind und wie es weitergehen soll.«

Ned schüttelte den Kopf. »Will hat sie.«

Er sah hinüber zu den anderen. Jemma fasste Wills Hand und selbst in der Dunkelheit konnte man sein Lächeln erkennen. Gemeinsam verschwanden sie im Inneren der Hütte.

»Du hast eine echt coole Schwester.«

»Ja, ich weiß.« Jamie lächelte. »Dein Bruder ist aber auch nicht übel. Und das sag ich jetzt nicht, weil ich auf Jungs stehe.«

Ned lachte. »Da wärst du bei Will auch an der falschen Adresse.« Dann wurde er wieder ernst. »Er hat Jem echt gern, weißt du.«

Jetzt musste Jamie grinsen. »Das hab ich mir schon gedacht.« Er musterte Ned amüsiert. »Willst du mich jetzt fragen, ob ich was dagegen hätte, wenn die beiden zusammen wären? Hab ich nicht, keine Sorge. Und selbst wenn, Jem hat ihren eigenen Kopf und würde sich da sowieso nicht reinreden lassen.«

Ned verzog das Gesicht und schüttelte den Kopf. »Das meinte ich gar nicht. Ich – ich wollte eigentlich wissen, ob sie genauso für ihn empfindet.« Er senkte den Blick und stocherte mit seinem Stiefel im Waldboden herum. »Will hätte es echt verdient und ich will nicht, dass er womöglich enttäuscht wird«, murmelte er leise.

Nachdenklich sah Jamie ihn von der Seite an. Offensichtlich standen Ned und Will sich ähnlich nahe, wie Jem und er.

»Ich bin mir sicher, dass Jem ihn mag, und wenn Will nicht irgendwelche Leichen im Keller hat oder was ganz Übles anstellt, dann glaube ich nicht, dass er es sich mit ihr noch verscherzen kann. Da müsste er sich schon reichlich dämlich anstellen.«

Ned sah auf, doch bevor er etwas erwidern konnte, raschelte es direkt hinter ihnen. Alarmiert fuhren die beiden herum und starrten in die dichten Büsche, die um die Hütte herum wucherten.

Zweige knackten.

Äste zitterten.

Plötzlich schien das Gestrüpp zu explodieren und ein riesenhafter Schatten schoss auf sie zu. Zu erschrocken um ausweichen zu können, versuchte Jamie noch sein Schwert hochzureißen, doch es ging alles viel zu schnell. Ein schwerer Körper prallte gegen seinen, riss ihn zu Boden und Pfoten groß wie Suppenteller bohrten scharfe Krallen in seine Schultern und Oberarme. Seelenlose Augen blitzten irr, Lefzen zuckten. Dann riss der Grauwolf sein Maul auf, um seine Reißzähne in Jamies Kehle zu schlagen.

»*Debilito!*«

Ned fror den Wolf mitten in der Bewegung ein und das Biest stieß ein hasserfülltes Knurren aus. Doch das kümmerte Ned herzlich wenig und er ließ sein Schwert auf die Bestie niedersausen.

Holz krachte gegen Holz, als die Hüttentür aufflog und Will, Zack und Jemma herausstürmten.

»*Ignis!*« Im Rennen schleuderte Jemma ihren Feuerzauber und griff den Wolf dann mit ihrem Schwert an.

»Halte durch, okay?«, rief Zack Jamiezu. »Wir haben ihn gleich!«

Jamie nickte tapfer, obwohl ihm klar war, dass *gleich* absolut schöngeredet war. Die Fußschellen an den Vorderpfoten des Wolfs leuchteten in einem grünlichen Gelb. Er schien also einiges an Schaden auszuhalten.

Vorsichtig versuchte Jamie seinen Arm zu bewegen. Wenn er es schaffte, seine Hand zu drehen, konnte er seinen Feuerzauber auf das Biest werfen und den anderen helfen. Allerdings musste er sich beeilen, bevor der Wolf ihm zu viel Lebensenergie raubte.

Ein Ruck ging durch den zottigen Körper, als Neds Lähmungszauber nachließ und das Biest merkte, dass seine

Beute sich unter ihm bewegte. Jamie stöhnte aus, als die Krallen sich noch tiefer in seine Schultern bohrten. Mit zusammengebissenen Zähnen versuchte er den rechten Arm möglichst ruhig zu halten und nur das Handgelenk zu drehen.

»*Ignis!*«, rief Jemma erneut und ließ einen weiteren Feuerzauber auf den Grauwolf niedergehen. Ihre Armschelle rutschte ins Orange und sie merkte, dass ihre Bewegungen schlagartig langsamer und schwerfälliger wurden. Will schob sie weg vom Kopf des Wolfs an seine Flanke und Zack stieß sein Schwert nach dem Hals des Untiers. Doch ihr Gegner war schnell und schlug seine Reißzähne tief in Zacks Unterarm.

»Ahhh! Shit!«

Will stieß dem Biest seine Klinge in die Kehle und der Wolf gab Zacks Arm wieder frei. Zack keuchte und taumelte ein paar Schritte zurück. Hand und Arm bluteten stark und die Schmerzen waren höllisch, trotzdem bückte er sich nach seinem Schwert, doch es war plötzlich viel zu schwer und er konnte es kaum halten.

»*Debilito!*«, schrie Ned und sackte im selben Moment in sich zusammen. Seine Armschelle leuchtete feuerrot.

»Ned!« Erschrocken sah Will zu seinem Bruder, der zusammengekrümmt neben dem betäubten Wolf lag.

»Ich kümmere mich um ihn.« Zack ließ sein Schwert fallen. »Mach du den verdammten Wolf platt. Mit dem Arm kann ich nicht kämpfen. Ich muss mich erst heilen.«

Will nickte grimmig und schlug sein Schwert erneut in den Hals ihres Gegners.

»*Sanare!*« Zack kauerte sich neben Ned, der mit geschlossenen Augen auf dem Waldboden lag, und spürte, wie der Zauber nicht nur auf Ned wirkte, sondern gleichzeitig auch die Wunden an seinem Arm heilte. Dankbar atmete er auf, als die Schmerzen deutlich nachließen, und sah hinüber zu Will und Jemma, die den Wolf noch immer mit ihren Schwertern traktierten. Das Biest war verflucht zäh. Seine Fußschellen leuchteten zwar inzwischen in einem hellen Orange, doch mittlerweile hatte der Wolf auch drei seiner Gegenspieler ausgeschaltet und Jemma konnte allerhöchstens noch mit halber Kraft kämpfen.

Während Zack seine heilenden Hände weiter über Neds Körper wandern ließ, warf er einen besorgten Blick auf Jamie. Seine Armschelle leuchtete orange und seine rechte Hand zuckte.

Zuckte?!

»*Ignis!*«, zischte Jamie zwischen zusammengebissenen Zähnen hervor und sein Feuerball schoss gegen den Unterleib des Wolfs. Trotz andauerndem Lähmungszauber stieß das Biest ein zorniges Brüllen aus und seine Fußschellen leuchteten feuerrot.

Will ließ sein Schwert auf ihren Gegner niedersausen, bis die Fußschellen nur noch einmal kurz aufglommen und dann endlich erloschen. Der Grauwolf schnaubte ein letztes Mal, flimmerte einen Moment lang und verschwand.

»Jamie!« Jemma kniete sich neben ihren Bruder, der mit schmerzverzerrtem Gesicht auf dem Waldboden lag und sich kaum regen konnte. »*Sanare!*« Ohne groß darüber nachzudenken, dass ihre eigene Lebensenergie kaum noch dafür ausreichte, rief sie ihren Heilzauber und ließ ihre Hände über seine verletzten Schultern wandern.

»N-nein!«, brachte Jamie mühsam hervor, als er sah, dass Jemmas Armschellen fast genauso aussahen wie seine.

Hilflos sah Zack zu ihnen hinüber, konnte aber nichts tun, da er selbst noch immer um Neds Lebensenergie kämpfte. Will hockte sich neben ihn und wies mit dem Kopf zu Jamie.

»Geh zu ihm. Ich helfe Ned.«

Dankbar eilte Zack zu den Zwillingen. »Hör auf.« Er schob

Jemmas Hände von Jamie fort. »Du bist zu schwach. Regenerier dich selbst. Ich kümmere mich um ihn.«

Jemma ließ die Arme sinken. Erschöpft setzte sie sich neben die beiden und sah zu, wie Zack Jamie heilte. Jetzt, da sie sich ausruhte und weder kämpfte noch zauberte, konnte sie fühlen, wie ihre eigene Energie sich wiederherstellte und sie langsam wieder kräftiger wurde. Sie sah hinüber zu Will, der Ned soweit gestärkt hatte, dass er sich aufsetzen konnte.

»Ist Jamie okay?«

»Ja, ist er.« Mit einem gequälten Grinsen stemmte Jamie sich auf die Ellenbogen. Seine Wunden waren verheilt, nur seine Lebensenergie war noch etwas niedrig, regenerierte sich aber zusehends. »Können wir uns bitte darauf einigen, dass wir von jetzt an allen verdammten Grauwölfen aus dem Weg gehen?«, stöhnte er. »Die Biester scheinen nämlich definitiv zu den härteren Gegner zu gehören, die Dark Grove zu bieten hat.«

»Zumindest wissen wir jetzt, warum Tyron meinte, dass wir uns bei ihm erst ein paar Upgrades holen sollten, bevor wir ins Teufelsmoor gehen«, meinte Jemma. »Wir sind noch nicht mal da und die Gegner hier sind schon deutlich schwieriger als auf Martens Farm.«

»Aber wir haben es geschafft.« Zufrieden blickte Ned in die Runde. »Und wir können uns nicht beschweren, dass es hier langweilig wird.«

Jamie schnitt ihm eine Grimasse, während Zack ihn auf die Beine zog. »Lasst uns abhauen. Wer weiß, was hier rund um die Hütten sonst noch so lauert.«

Will holte ihre Karte hervor, damit sie sich orientieren konnten. »Das ist der verschwundene Kräutersammler und hier liegt dieser verbotene Ort, an dem irgendwann mal die Burg von dem dunklen Grafen gestanden haben soll.« Er tippte auf die beiden

Kreuze auf der Karte, sah dann auf und deutete auf zwei schmale Pfade, die rechts und links von der Lichtung wegführten. »Ich denke, das sind die entsprechenden Wege.«

Zack nickte. »Ich bin für links. Tut mir zwar leid für den Kräutersammler, aber mit dem sollten wir uns nicht aufhalten.«

Will faltete die Karte wieder zusammen. »Also nach links.«

Sie folgten dem schmalen Pfad und schon nach wenigen Metern war die Lichtung mit den Jagdhütten hinter ihnen in Dunkelheit und grauen Dunstschleiern verschwunden.

»Diese Nebelsuppe wird immer dichter. Wir können kaum erkennen, wenn sich irgendwer an uns heranschleicht«, brummte Jamie.

»Wir müssen halt die Ohren offenhalten«, meinte Will.

Doch auch die Geräusche schien der Nebel zu verschlucken. Fast schien es, als wolle er die fünf Gestalten, die sich immer tiefer in sein Reich vorwagten, verschlingen und nie wieder hergeben. So kam es Jemma zumindest vor und sie musste sich zusammenreißen, damit ihre Fantasie nicht Amok lief und ein Horrorszenario nach dem anderen abspielte.

Tollwütige Monster, die sich aus dem Hinterhalt auf sie stürzen wollten.

Gierige Schlingpflanzen, die ihre Fangarme nach ihnen ausstreckten.

Todbringende Nebelgeister, die mit feuchten Fingern nach ihnen griffen.

Stopp!

Entschieden schüttelte sie den Kopf. Wie war das noch? Nicht irre machen lassen?! Na, das klappte ja prima …

Sie atmete tief durch, schüttelte die gruseligen Gedanken ab und konzentrierte sich stattdessen auf Will und Ned, die vor ihr liefen, doch obwohl sie nur wenige Meter von ihr entfernt waren, konnte sie sie durch die grauen Schleier nur noch schemenhaft erkennen.

Was, wenn sie sich im Nebel aus den Augen verloren? Wenn sie plötzlich ganz allein durch diesen gespenstischen Wald irren musste? Wenn die Monster aus Dark Grove genau darauf warteten und angriffen, wenn sie nicht mehr im Schutz der Gruppe kämpfen konnte? Allein hätte sie keine Chance. Die Bestien würden sie zerfleischen und –

Oh Mann, jetzt hör aber auf!

Der Waldboden schmatzte feucht unter ihren Stiefeln und sie warf einen unbehaglichen Blick auf den matschigen Untergrund. Der Sumpf kündigte sich immer deutlicher an und sie musste zugeben, dass sie eigentlich keine große Lust auf dieses Teufelsmoor hatte. Am liebsten hätte sie für heute Schluss gemacht. Wenn dieser blöde Pfad sie zum Devil's Bog führte, wollten sie dann wirklich in dieser Nebelsuppe durch ein heimtückisches Moor tappen? Wäre es nicht viel sinnvoller, jetzt abzubrechen und darauf zu hoffen, dass sie besseres Wetter und vielleicht ja sogar Tageslicht vorfanden, wenn sie das Spiel das nächste Mal betraten?

Gerade als Jemma den anderen diesen Vorschlag machen wollte, ertönte von vorne ein erschrockener Schrei.

Ein Platschen.

Wieder ein Schrei.

Aufgewühltes Wasser.

Dann plötzlich grausige Stille.

»Was ist passiert?« Zack, der das Schlusslicht gebildet hatte, drängte Jamie und Jemma in die Richtung, aus der der Schrei gekommen war, doch Will stellte sich ihnen rasch in den Weg.

»Vorsicht, nicht weiter! Der Pfad wird hier total matschig.

Ned ist abgerutscht und in eine Art Graben gefallen. Ich kann ihn nicht sehen. Der Nebel ist über dem Wasser zu dicht.«

»Ned?«, rief Jamie hinaus in die neblige Dunkelheit. Er trat einen Schritt an Will vorbei und geriet auf dem leicht abschüssigen Untergrund sofort ins Rutschen. Geistesgegenwärtig packten Zack und Will zu und rissen ihn zurück.

»Was an *Nicht weiter!* war so verdammt unverständlich?«, knurrte Zack.

Unwirsch schüttelte Jamie seine Hand ab. »Irgendwas müssen wir doch tun! Wir können ihn doch nicht da drin lassen!«

Jenseits des Ufers lag eine undurchdringliche Wand aus grauen Schleiern, die alles in sich verbarg. Jamie setzte sich auf den matschigen Boden und rutschte vorsichtig den kleinen Abhang hinunter.

»Ned? Ned! Mann, wo bist du?«

Totenstille.

»Ned!«

Plötzlich ein lautes Platschen. Jemand schnappte heftig nach Luft, keuchte, prustete.

»Hilfe!«

»Ned!« Erschrocken und erleichtert zugleich schlitterte Jamie so schnell er konnte bis zum Wasserrand.

»Ich – ich weiß nicht, wo das Ufer ist!« Neds Stimme überschlug sich vor Panik. »Der Nebel ist zu dicht!« Verzweifeltes Husten. »Wo seid ihr?«

»Hier! Hier drüben!«, versuchte Will seinem Bruder eine Orientierungshilfe zu geben. »Schwimm einfach auf unsere Stimmen zu!«

Wieder Keuchen, hektisches Platschen, dann erneutes Husten. »Ich – ich kann nicht! Dieses Wasser! Hier ist – irgendein Sog! Es – es zieht mich immer wieder runter!«

Will fluchte. Er, Zack und Jemma hatten sich ähnlich wie Jamie zum Rand des Wassergrabens vorgetastet, doch außer ein paar unruhigen Wellen, die ans Ufer schwappten, war nichts zu sehen.

Hastig richtete Jamie sich auf. »Ich schwimm zu ihm.«

»Spinnst du?« Zack sah ihn an, als hätte Jamie den Verstand verloren. »Auf keinen Fall! Dann hängst du auch noch in diesem verdammten Sog fest!«

»Nicht, wenn ihr mich festhaltet.« Rasch knotete Jamie das Seil von seinem Gürtel, das er zu Beginn ihres Abenteuers bei Tyron erstanden hatte. »Ich schwimm zu Ned und ihr zieht uns raus.« Als er das Seilende um seine Brust knoten wollte, ging Will dazwischen.

»Ich sollte gehen.«

Jamie schüttelte den Kopf. »Ich bin leichter als du und du bist stärker. Wenn ich gehe, haben Ned und ich eine viel größere Chance, dass ihr drei uns gemeinsam rausziehen könnt.«

Will nickte widerstrebend und Zack überprüfte grimmig, ob Jamie durch Seil und Knoten auch wirklich gesichert war.

»Ich krieg das schon hin, okay?« Jamie drückte kurz seine Hand. »Lass mich einfach nur nicht los.«

Zack schnitt ihm eine Grimasse. »Als ob!«

Jamie schenkte ihm ein schiefes Grinsen. »Ned, ich komm jetzt zu dir!«, rief er dann in den Nebel und ließ sich in das grausig kalte Matschwasser gleiten. »Wo bist du?«

Gurgelndes Husten antwortete ihm. »Hier!«

Mühsam kämpfte Jamie sich durch das schlammige Wasser, das sich so zäh an ihn klebte, dass seine Arme und Beine schon nach wenigen Schwimmzügen bleischwer waren und jede Bewegung unendlich viel Kraft kostete.

Verdammt, wo war Ned?

Jamie sah sich um und stellte erschrocken fest, dass er das Ufer nicht mehr sehen konnte.

Wenn das hier wirklich nur ein Wassergraben war, wie verflucht breit war der dann?!

Für einen Moment drohte Panik ihn zu übermannen und er tastete nach dem Seil, aus Angst, es könnte sich gelöst haben. Doch seine Rettungsleine war noch da.

Alles gut, reiß dich zusammen!

Verbissen schwamm er weiter.

»Jamie?« Neds Stimme klang erfreulich nah, gleichzeitig aber auch erschreckend erschöpft.

Wie viel Lebensenergie hatte ihn das Kämpfen gegen den Sog schon gekostet?

»Ich bin hier!«, rief Jamie ihm zu und merkte, wie das Wasser um ihn herum plötzlich unruhiger und das Schwimmen noch anstrengender wurde.

Weiter! Weiter!

Drei mühsame Schwimmzüge später sah er kaum einen Meter von sich entfernt einen zappelnden Umriss im Nebel.

»Ned!«

»Komm nicht näher! Hier –« Abrupt wurde Ned nach unten gerissen und verschwand von der Wasseroberfläche.

»Nein!« Geschockt starrte Jamie auf die Stelle, an der gerade noch Neds Kopf zu sehen gewesen war. Er spürte, wie etwas auch nach seinen Beinen greifen und ihn in die Tiefe zerren wollte. Hastig zog er sie dicht an den Körper und wühlte mit den Armen durch das schlammige Wasser, bis seine linke Hand endlich etwas streifte. Sofort krallte er seine Finger hinein. Ned packte seinen Arm, versuchte sich hochzuziehen und Jamie keuchte erschrocken auf, als er durch den Ruck selbst unter Wasser gezogen wurde. Doch er ließ Ned nicht los. Verbissen trat er gegen den Sog und schaffte es, sich ein Stück hochzukämpfen. Sein Kopf durchbrach die Wasseroberfläche und er schnappte nach Luft. Neben ihm tauchte Ned hustend und spuckend auf und Jamie schlang seine Arme um ihn.

»Ich hab ihn! Zieht uns raus! Schnell!« Jamie spürte einen heftigen Ruck, als das Seil in seinen Oberkörper schnitt, doch die Schmerzen waren ihm egal.

Hauptsache, weg hier!

»Danke, Mann!«, keuchte Ned wenig später, als Will, Zack und Jemma ihn sicher aufs schlammige Ufer gezogen hatten.

Erschöpft ließ Jamie sich neben ihn sinken. »Kein Thema.«

Jemma stöhnte. Auch wenn sie nicht halb so verdreckt war wie Ned und Jamie in ihren patschnassen Klamotten, fand sie, dass ihr Ausflug in die Welt von Dark Grove für heute eindeutig lange genug gedauert hatte.

»Geht es nur mir so oder habt ihr auch genug von Nebel, Matsch und Dunkelheit?«

Ächzend setzte Ned sich auf. »Absolut. Mir reicht's für heute.«

Kapitel 20

»Ich gehe kurz runter zu Dad und erzähle ihm von den Buchstaben, die wir gefunden haben.« Will speicherte ihr Spiel an einem der Hausterminals ab, das in ein Sideboard im Wohnzimmer integriert war. »Vielleicht weiß er, ob das wirklich Initialen sind oder er hat eine Idee, was sie sonst bedeuten könnten. Ihr könnt ja schon mal Pizza bestellen. Ich hab tierischen Hunger.«

»Ich auch.« Zack angelte sich einen der Muffins, die vom Nachmittagstee übrig geblieben waren.

Jemma fuhr sich übers Gesicht und wischte dann über ihre Arme und Beine.

»Alles okay?« Ned beobachtete sie stirnrunzelnd.

»Yep, ich fühle mich nach all dem Matsch nur irgendwie total dreckig.«

»Du Mädchen!«, foppte Ned sie. »Der war doch nur virtuell.«

Jemma streckte ihm die Zunge raus. »Ach, wirklich?! Was ist mit der Pizza? Wir sollten dringend für Futter sorgen, sonst hat Zack den Rest der Muffins gleich im Alleingang inhaliert.«

»Das stimmt gar nicht!«, mampfte der empört, verschluckte sich prompt und bekam einen Hustenanfall, bei dem er eine ganze Ladung Krümel quer über den Tisch spuckte.

Angewidert zog Jemma eine Augenbraue hoch, während Jamie Zack fürsorglich auf den Rücken klopfte, sich das Lachen aber nicht verkneifen konnte.

Ned grinste. »Wie wäre es mit einer Riesenpizza zum Teilen? Gibt es irgendwas, das als Belag so gar nicht geht?«

»Pilze!«, sagten Jemma und Jamie wie aus einem Mund.

Ned musste lachen. »Zwillinge.« Er warf Jemma die Fernbedienung des Fernsehers zu. »Sieh mal nach, ob es heute Abend irgendwas Witziges gibt.«

Eine gute halbe Stunde später saßen sie mit Pizza und Cheesy Bread vor dem Fernseher und sahen einem hyperaktiven Moderator mit giftgrünen Haaren und schrägen Klamotten zu, der ihnen spektakuläre Unterhaltung in der neuen Ausgabe seiner Show *Got Talent?!* versprach.

»Leute, Leute! Egal, ob bombastische Stimmen, atemberaubend akrobatische Danceacts, die witzigsten aller Comedians oder mystische Magier! Wir bieten euch all das in nur einer Show! Leute, Leute! Ich sag's euch: Auch heute Abend sprudelt unsere Bühne wieder über vor Talent!«

»Nur schade, dass du davon nichts abbekommen hast.« Mit einer Mischung aus Faszination und Fassungslosigkeit beobachtete Zack den hibbeligen Moderator, der keine drei Sekunden stillzustehen schien und sein Publikum ununterbrochen weiter zutextete. »Wenn der den ganzen Abend so drauf ist, sollten sie eine Warnung für Epileptiker einblenden. So hektisch wie der rumspringt, bringt der das Bild zum Flackern. Das ist doch nicht normal, oder? Der muss doch irgendwas genommen haben. Kein Mensch ist von alleine so drauf. Hoffe ich zumindest.«

»Was willst du von einem Moderator erwarten, der sich Mycroft Macintosh nennt?« Will nahm sich noch ein Stück Pizza.

»Wieso *nennt*?«, fragte Jemma. »Ich glaube, der heißt wirklich so.«

»Im Ernst?! Oh Mann, Eltern können so grausam sein …«

»Wahrscheinlich hat die Mutter in der Schwangerschaft irgendwelche chemischen Kampfstoffe geschnüffelt.« Zack legte seinen Arm um Jamie. »Das würde nicht nur den Namen erklären. Ich hab Vertrauen in Mutter Natur. Den da hat sie garantiert nicht verbockt. Da muss ein ganz übler Drogenmix nachgeholfen haben.«

Aufgeregt auf und ab hopsend holte Mycroft Macintosh gerade die erste Talentanwärterin auf die Showbühne und begrüßte überschwänglich eine grell geschminkte, recht beleibte, wasserstoffblonde Mitvierzigerin, aus deren viel zu engem, knallpinken Cocktailkleid nicht nur ihre pummeligen X-Beine mehr als unvorteilhaft hervorquollen.

Zacks Augen wurden immer größer. »Heiliger Maulwurf«, murmelte er. »Ich garantiere euch, jeder Junge, der sich bisher über seine sexuelle Orientierung noch nicht im Klaren gewesen ist, schwört beim Anblick von diesem Schmuckstück gerade spontan der Frauenwelt ab.«

Jamie knuffte ihm in die Seite und betrachtete Genevieve Jones aus Bristol mit einem mitleidigen Kopfschütteln. »Ich frag mich, ob die Arme für die Show keinen Stylisten gehabt hat.«

»Oder wenigstens Freunde«, fügte Jemma hinzu. »Charlie hätte mich erschossen, bevor ich in so einem Aufzug auch nur einen Schritt vor die Haustür gesetzt hätte.«

»Ich dich auch.« Zack zog sein Bein gerade schnell genug zur Seite, bevor Jemma ihm mit einem gezielten Tritt die Kniescheibe zertrümmern konnte. »Was denn?«, fragte er empört. »Charlie darf dich erschießen, aber ich nicht? Das ist diskriminierend!«

»Du hättest sagen müssen: Liebste Jemma, egal, wie das Leben dir vielleicht auch mitspielt, du wirst in dreißig Jahren niemals so aussehen, wie diese Antiheldin des guten Geschmacks, die gerade den Anteil der schwulen Bevölkerung in Großbritannien explodieren lässt!«

Zack grinste. »Hey, wenn du Komplimente hören willst,

solltest du dir die von jemand anderem abholen! Fürs Süßholzraspeln in deine Richtung bin ich eigentlich nicht zuständig!«

Will verstand den Wink mit der Holzhandlung. Mit einem Augenzwinkern legte er seinen Arm um Jemma und zog sie an sich. »Liebste Jemma, egal, wie das Leben dir auch mitspielen wird, du wirst garantiert nie und nimmer so aussehen wie diese geschmacksverirrte arme Seele. Dein Anblick – jetzt und für alle Zeiten – wird für mich immer so liebreizend sein, dass ich mich dem weiblichen Geschlecht niemals abwenden werde!«

Die Show nahm ihren Lauf und keiner war sonderlich überrascht, dass die meisten der Teilnehmer mit Ausnahme von wenigen Lichtblicken talentmäßig eher dürftig ausgestattet waren, und ihre persönlichen Beurteilungen der einzelnen Kandidaten wurden immer böser, je weiter die Show fortschritt. Während die anderen jedoch die verzweifelten Bemühungen der Talentanwärter gutgelaunt kommentierten, wurde Ned immer stiller. Schließlich wand er sich aus der Wolldecke, die er um sich gewickelt hatte, und stand auf.

»Ich muss mal kurz raus«, murmelte er und verließ dann hastig das Wohnzimmer.

»Ist alles okay?«, rief Jamie ihm hinterher, doch Ned antwortete nicht. Fragend sah Jamie zu Will.

Der seufzte. »Die Chemo schlägt ihm ziemlich auf den Magen und die Pizza war vermutlich nicht die beste Idee.«

»Mann, warum habt ihr denn nichts gesagt?«, fragte Jemma betroffen. »Wir hätten doch auch was anderes essen können.«

Will schüttelte den Kopf. »Ned wollte die Pizza und im Moment ist es relativ egal, was er isst. Er behält kaum was drin.«

»Deshalb ist er so schrecklich dürr«, murmelte Jamie.

»Sagt ausgerechnet der, dem ein paar Kilos mehr selbst ganz guttun würden.« Bedeutungsvoll stupste Zack ihm in den viel zu flachen Bauch, doch Jamie wehrte seine Hand genervt ab.

»Sei doch froh, dass du nicht so viel zu schleppen hast, wenn du mir helfen musst!«

Zack warf ihm einen stirnrunzelnden Blick zu, verkniff sich aber lieber jeden weiteren Kommentar.

»Ich muss nach Ned sehen.« Will stemmte sich vom Sofa hoch. »Manchmal macht sein Kreislauf schlapp. Tut mir leid.«

Jemma nickte sofort und drückte kurz seine Hand. »Hey, dafür musst du dich doch nicht entschuldigen. Geh schon!«

Will warf ihr ein dankbares Lächeln zu, dann eilte er hinauf in den ersten Stock.

»Scheißkrebs.« Zack angelte nach der Fernbedienung und regelte die Lautstärke herunter. Plötzlich war die schräge Samstagabendshow nicht mehr lustig, sondern nur noch viel zu schrill und nervig.

Jamie nickte ernst und kaute auf seinem Daumennagel.

»Hat Ned euch erzählt, was mit ihm los ist?«, fragte Jemma, da sie nicht wusste, ob Ned Zack und Jamie gegenüber genauso offen gewesen war, wie Will bei ihr.

Jamie seufzte und rieb sich über die Augen. »Er hat Leukämie. Wie seine Mum. Aber zum Glück schlägt die Therapie wohl ganz gut an. Auch wenn die Chemo ihn offensichtlich ziemlich fertigmacht.«

»Er hat es schon zum dritten Mal«, sagte Jemma leise.

Erschüttert blickten Zack und Jamie sie an.

»Was?!«

»Er muss diese Scheiße schon zum dritten Mal durchmachen?«

Jemma nickte betrübt. »Ja, und er hat sich vom zweiten Mal kaum erholen können, bevor der Krebs wiederkam. Deswegen geht es ihm diesmal wohl besonders schlecht.« Seufzend strich sie ihre Haare zurück. »Will hat erzählt, dass er durch den ganzen Mist viele Freunde verloren hat, die mit seiner Krankheit nicht klargekommen sind. Das macht ihn zusätzlich noch ziemlich fertig.« Sie schaute Jamie und Zack vielsagend an. »Ich glaube, er könnte ein paar neue ganz gut gebrauchen.«

Zack nickte langsam und sah zu Jamie, der gegen ihn gelehnt hatte, sich jetzt aber aus seiner Umarmung befreite und nach seinen Krücken griff.

»Ich geh zu ihm.« Mühsam stemmte er sich vom Sofa hoch und merkte, dass sein Körper eine Auszeit forderte. Sein Rücken tat weh und seine Beine fühlten sich bleischwer an. Er musste es langsam angehen lassen, wenn er nicht stürzen wollte. Doch jetzt gab es etwas viel Wichtigeres als seine eigenen Probleme, also biss er entschlossen die Zähne zusammen und kämpfte sich durch die ersten schmerzhaften Schritte, bis sein Körper widerwillig die neue Anstrengung akzeptierte.

Zack warf ihm einen zweifelnden Blick zu. »Willst du das wirklich? Ich denke nicht, dass er will, dass ihm jemand beim Kotzen zusieht.«

»Ich will ihm nicht beim Kotzen zusehen«, gab Jamie zurück. »Ich will ihm zeigen, dass es mir nichts ausmacht, dass er ein Problem hat. Und dass er nicht schon wieder alleine ist.«

»Er ist nicht alleine. Will ist bei ihm.«

»Will ist sein Bruder! Hast du nicht gehört, was Jem gesagt hat? Was Ned braucht, sind ein paar Freunde, die zu ihm halten, trotz der Scheiße, die er gerade durchmachen muss!«

Zack spürte, wie plötzlich Wut in ihm hochkochte. »Ach,

stimmt ja! Seit du ihn vorhin aus dem Tümpel gefischt hast, seid ihr ja jetzt wohl so was wie *best buddies*!«

Das war böser und verächtlicher herausgekommen, als er gewollt hatte, und er war über sich selbst erschrocken. Doch zurücknehmen wollte er auch nichts. Besonders nicht, als er Jamies Reaktion sah.

»Nein, aber ich weiß, wie beschissen es sich anfühlt, wenn der eigene Körper einen im Stich lässt! Und vielleicht hilft es Ned, wenn er jemanden zum Reden hat, der ihn versteht und der sich nicht wie ein Arschloch aufführt!« Giftig funkelte Jamie ihn an.

»Fein!« Zack sprang vom Sofa auf. »Vielleicht solltet ihr dann ja einen Club für unverstandene Seelen aufmachen! Ganz exklusiv natürlich, da wir Normalsterblichen euch ja eh nicht verstehen! Aber zwei Mitglieder, die sich offensichtlich gesucht und gefunden haben, habt ihr ja schon!« Wütend stürmte er an Jamie vorbei und Augenblicke später waren seine polternden Schritte auf der Treppe zu hören.

Einen Moment lang starrte Jamie ihm nur fassungslos hinterher. Dann verfinsterte sich sein Gesicht und er krallte seine Hände in die Griffe der Krücken.

»Arschloch!«, schrie er voller Zorn, kurz bevor im ersten Stock eine Tür knallte. Grimmig verließ er ebenfalls das Wohnzimmer.

Jemma sah ihm hinterher und seufzte. »Ich denke, das war es dann wohl mit dem netten Abend«, murmelte sie resignierend und schaltete den Fernseher aus.

Sie hasste es wie die Pest, wenn Jamie und Zack sich zofften. In der Regel hielt sie sich aus ihren Streitereien heraus, um nicht zwischen die Fronten zu geraten, denn die wenigen Male, bei denen sie Partei ergriffen hatte, war es eher nach hinten losgegangen. Deswegen zog sie es meistens vor, die Schweiz zu sein. Sie schnappte sich den leeren Pizzakarton und ein paar dreckige Servietten und brachte sie hinüber in die Küche.

Und dann entschied sie, heute ausnahmsweise mal die Alpenregion zu verlassen.

Die Nacht war kühl und sternenklar, als Zack auf die Terrasse hinaustrat. Fröstelnd zog er die Schultern hoch und bereute für einen Moment, dass er keine Jacke übergezogen hatte. Doch eigentlich tat die Kälte ihm ganz gut.

Sie kühlte seine Wut herunter.

Die Wut auf Jamie.

Vor allem aber die Wut auf sich selbst.

Verdammt!

Finster kickte er ein kleines Steinchen quer über die riesige Terrasse. Jamie hatte recht. Er führte sich hier wirklich gerade wie das letzte Arschloch auf!

Schuldbewusst blickte er hinüber zum Haus. Hinter Jamies Fenstern brannte kein Licht. Er war also wohl tatsächlich bei Ned. Zack schluckte, als er einen Stich in seinem Herzen spürte und sein Magen sich zusammenkrampfte.

Mann, er war doch nicht wirklich eifersüchtig, oder? Ned ging es beschissen und wenn Jem recht hatte und seine alten Freunde ihn wegen seiner Krankheit im Stich gelassen hatten, dann hatte er ein paar neue verdient.

Dann hatte er Jamies Freundschaft verdient.

Seine *Freundschaft*.

Aber was war, wenn Ned mehr wollte?

Wenn Jamie mehr wollte?

Zack fuhr sich durch die Haare und vergrub dann seine Hände tief in den Hosentaschen. Er fühlte sich mies wegen dem, was er Jamie gerade an den Kopf geworfen hatte. Und elend, weil Jamie in Ned offensichtlich etwas sah, das Zack ihm nicht geben konnte.

Von ihnen allen konnte Jamie wohl am besten nachvollziehen, wie Ned sich fühlte, denn er wusste, wie schrecklich es war, wenn man sich auf den eigenen Körper plötzlich nicht mehr verlassen konnte. Wenn man damit klarkommen musste, dass man anders war, als alle anderen und nicht mehr einfach so mithalten konnte. Wenn man sich nichts mehr als Normalität und sein altes Leben zurückwünschte.

Doch umgekehrt galt genau das Gleiche. Missmutig wischte Zack sich eine Haarsträhne aus der Stirn und ließ sich auf eine Holzbank fallen. Ned konnte Jamie vermutlich auch viel besser verstehen als er, oder nicht?

Niedergeschlagen starrte er hinauf in den dunklen Nachthimmel und atmete tief die klare kalte Luft ein, doch besser fühlte er sich dadurch auch nicht. Seufzend zog er die Beine an, stützte die Ellenbogen auf die Knie und vergrub seinen Kopf zwischen den Armen.

Eigentlich wusste er doch, dass Jamie nur zu Ned gegangen war, um ihm zu helfen. Um ihm zu zeigen, dass es Leute gab, die nicht wegliefen, wenn es ihm scheiße ging.

Und es war ja auch nicht so, dass er Ned nicht leiden konnte! Im Prinzip schien er ein ganz netter Kerl zu sein und Zack konnte verstehen, dass Jamie ihn mochte. Und vermutlich hatte Ned in den letzten Tagen beim Spielen in der CyberWorld nur so oft seine Nähe gesucht, weil er gehofft hatte, in Jamie jemanden zu finden, der ihn verstand und der sich eben nicht abwenden würde, wenn er herausfand, dass Ned krank war.

Eben jemand, der ein echter Freund werden konnte.

Und das war doch auch völlig in Ordnung, oder nicht?

Das bedeutete doch nicht, dass Ned gleich mehr von Jamie wollte!

Wütend auf sich selbst presste Zack seine Handballen gegen die Augen.

Verdammt, und selbst wenn Ned das wollte, sollte er dann nicht einfach auf Jamie vertrauen? Darauf, dass Jamie ihn liebte und er mit ihm zusammen war? Sie hatten schon so viel gemeinsam durchgestanden. Das würde Jamie doch niemals so einfach wegwerfen, nur weil er in Ned jetzt vielleicht einen Seelenverwandten gefunden hatte, der ihn besser verstehen konnte als Zack.

Oder doch?

Immerhin hatte Jamie ihm bei ihrem Streit vor zwei Tagen Dinge unterstellt, von denen Zack niemals angenommen hätte, dass er ihm so was zutrauen würde. Beim Gedanken daran ballte er seine Fäuste so fest, dass es wehtat.

Er hatte eine Scheißangst, Jamie zu verlieren.

Warum war auf einmal alles so verflucht schwierig?

Es lag nicht wirklich nur an Ned, oder? Es hatte zwischen ihm und Jamie immerhin schon Spannungen gegeben, bevor Ned auf der Bildfläche erschienen war. Zack hatte ihre vielen kleinen Streitereien auf den Stress in der Schule geschoben und darauf, dass Jamie eben eine schlechte Phase gehabt hatte und er deswegen deprimiert und genervt gewesen war und er seinen Frust halt oft an ihm ausließ.

Aber was, wenn er sich da nur was vorgemacht hatte? Was, wenn sie zusammen einfach nicht mehr funktionierten? Wenn Ned jetzt nur der berühmte Tropfen war, der das Fass zum Überlaufen bringen würde?

Was dann?

Sein Magen krampfte sich erneut zusammen. Er schloss die Augen und verbarg den Kopf wieder zwischen seinen Armen. Mühsam kämpfte er gegen den fiesen Knoten in seinem Hals, der ihm langsam die Luft abzuschnüren drohte, und fuhr erschrocken zusammen, als sich eine Hand auf seine Schulter legte.

»Ich bin's nur.« Jemma lächelte entschuldigend, als er völlig neben sich zu ihr aufsah. »Ich hab dich hier draußen gesehen und du siehst so aus, als könntest du eine Decke gebrauchen.« Sie legte ihm eine Wolldecke um die Schultern und setzte sich neben ihn auf die Bank. »Und jemanden zum Reden.«

»Danke«, murmelte er. Er zog die Decke um sich, wich Jemmas Blick aber aus und schwieg.

Eine Weile lang ließ Jemma ihm sein Schweigen durchgehen und schaute still hinauf in den dunklen Sternenhimmel, doch dann wandte sie sich ihm wieder zu. »Was ist los, Zack?«

Müde schloss er die Augen und schüttelte den Kopf. Er mochte Jem sehr, liebte sie wie eine Schwester, trotzdem wollte er eigentlich nicht mit ihr über seine Gefühle reden. Nicht, wenn er Angst haben musste, dass sie seine Befürchtungen womöglich bestätigte. Das packte er jetzt gerade einfach nicht.

»Du bist doch nicht wirklich sauer auf Jamie, weil er zu Ned gegangen ist, oder? Denn, ganz ehrlich, das passt nicht zu dir.«

Zack öffnete die Augen und atmete tief durch. »Hör zu, Jem, es ist lieb, dass du hier bist, aber ich will nicht darüber reden, okay?«

Sie sah ihn nur ruhig an. »Nein, nicht okay. Es geht dir mies und auch wenn Jamie gerade vielleicht nicht ganz fair gewesen ist, musst du zugeben, dass du angefangen hast. Und du kennst ihn genauso gut wie ich. Dir muss doch klar gewesen sein, dass er zurückschießt, wenn du ihm so was an den Kopf wirfst.«

Zack schnaubte genervt. »Ja, ich weiß, ich bin ein Arsch! Aber ganz ehrlich, Jem, ich hab jetzt keine Lust auf eine Moralpredigt.«

Sie schüttelte den Kopf. »Ich will dir überhaupt keine Moralpredigt halten. Ich will nur wissen, was mit dir los ist. Was du gerade unten gesagt hast, war gemein und verletzend und so bist du normalerweise nicht. Schon gar nicht zu Jamie. Also, was ist los?«

Sie kroch zu ihm unter die Decke und schmiegte sich an ihn. Zack seufzte, ließ aber zu, dass sie ihre Arme um ihn schlang. Ihre Nähe tat gut, trotzdem mied er lieber ihren Blick und starrte nur weiter hinaus in die Nacht.

Einen Augenblick lang musterte Jemma ihn stirnrunzelnd, nicht sicher, ob sie eins und eins wirklich richtig zusammengezählt hatte. »Sag mir jetzt nicht, dass du eifersüchtig auf Ned bist!«

Verbittert presste Zack die Lippen aufeinander und antwortete mit eisigem Schweigen.

»Oh, bitte, Zack! Ich weiß ja, dass die letzten Wochen nicht einfach waren und dass du und Jamie euch öfter mal gefetzt habt. Aber ich weiß auch, dass Jamie dich liebt! Er würde dich niemals verlassen. Schon gar nicht für jemanden, den er gerade mal drei Tage kennt!« Sie zog ihn an sich und hielt ihn einfach nur fest. »Mann, er liebt dich doch, du Spinner. Hast du vergessen, wie sehr er am Ende von *Shirewood* um dein Leben gekämpft hat, als der Drache dich erwischt hatte? Die Vorstellung, dich zu verlieren, war fürchterlich für ihn. Und das war nur ein CyberGame! Glaubst du da echt, dass du einen Grund hast, auf Ned eifersüchtig zu sein?« Sie zwickte ihm in die Rippen und bedachte ihn mit einem Blick, der Bände sprach.

Verlegen verzog Zack das Gesicht.

Jemma lehnte den Kopf an seine Schulter und verschränkte ihre Finger in seine. »Jamie und Ned verstehen sich einfach, weil sie Ähnliches durchmachen und beide damit klarkommen müssen, dass sie anders sind als wir anderen und eben nicht bei allem uneingeschränkt mithalten können. Aber nur weil Jamie in Ned vielleicht einen neuen Freund gefunden hat, ändert das doch nichts an den Gefühlen, die er für dich hat.« Sie fuhr mit dem Daumen über seinen Handrücken. »Geh zu ihm und rede noch mal mit ihm.«

Zack schwieg eine ganze Weile. »Er wird stinksauer auf mich sein, wegen dem, was ich ihm gerade an den Kopf geworfen habe«, murmelte er dann unbehaglich.

»Vermutlich. Aber wenn du ihm sagst, was mit dir los ist, wird er es verstehen.«

Zack seufzte schicksalsergeben.

Mit einem aufmunternden Lächeln wies Jemma zu Jamies Zimmer hinüber. Hinter den Fenstern brannte Licht. »Da ist deine Chance, alles wieder geradezubiegen.«

Zack folgte ihrem Blick und mühte sich ein gequältes Lächeln ab. »Okay. Hoffentlich hast du recht.«

»Hab ich das nicht immer?« Sie grinste.

Über ihre Schulter sah Zack einen Schatten auf die Terrasse kommen und musste ebenfalls grinsen. »Ich glaube, es ist jetzt ohnehin Zeit für mich, zu gehen.«

Jemma drehte sich um und lächelte erfreut, als sie sah, dass Will durch die Dunkelheit zu ihnen herüberkam.

»Störe ich?« Er musterte die beiden vorsichtig.

Zack schüttelte den Kopf. »Nein, ich wollte gerade gehen. Ich muss noch was erledigen.« Er stand auf, legte die Wolldecke um Jemma und schloss sie dabei kurz in seine Arme.

»Danke«, flüsterte er. »Und jetzt vergiss Jamie und mich und genieß den Rest des Abends.« Er zwinkerte ihr zu und sah kurz zu Will. »Gute Nacht, ihr zwei.« Dann drehte er sich um und verschwand in der Dunkelheit.

»Gute Nacht!« Will blickte ihm nach und setzte sich zu Jemma auf die Bank.

»Wie geht es Ned?«

»Er hat sich ausgekotzt und war danach ziemlich erledigt.« Will seufzte, lächelte dann aber. »Jamie war bei ihm und sie haben noch ein bisschen geredet. Dein Bruder ist wirklich ein netter Kerl.«

»Ja, das ist er.« Jemma schaute in die Richtung, in die Zack verschwunden war. »Meistens jedenfalls.«

Will folgte ihrem Blick. »Ist mit Zack alles in Ordnung? Er sah ziemlich down aus.«

»Er und Jamie haben sich gestritten. Aber das kriegen sie schon wieder hin.«

Will nickte langsam. »Die beiden stehen sich sehr nah. Das merkt man.«

»Ja, das tun sie.« Sie seufzte. »Aber es ist halt nicht immer einfach. Besonders dann nicht, wenn es Jamie mies geht.«

Nachdenklich sah Will sie an. »Aber er hat sich heute doch gut geschlagen, oder nicht? Er hat den Rollstuhl überhaupt nicht gebraucht.«

Jemma lächelte. »Ja. Obwohl er schon arg an seine Grenzen gegangen ist. Aber das muss er selbst wissen. Seit ein paar Tagen geht es ihm endlich wieder besser und ich hoffe, das bleibt jetzt so.«

Will nickte mitfühlend. »Glaubst du, es würde Zack besser gehen, wenn er wüsste, dass Ned auf Mädchen steht?«, fragte er dann.

Jemma musste grinsen. Blöd war Will definitiv nicht. »Ja,

vielleicht. Auch wenn ich hoffe, dass das keine Rolle mehr spielt, wenn er mit Jamie geredet hat.«

»Gut.« Will wirkte erleichtert. »Ned mag Jamie nämlich sehr. Rein platonisch. Er hätte ihn nur einfach gern als Freund. Und ich fänd es übel, wenn Zack damit ein Problem hätte.«

Jemma schüttelte den Kopf. »So ist Zack nicht. Er muss einfach nur ein paar Dinge mit Jamie klären und das kriegen die beiden schon hin.«

Will lächelte. »Bedeutet das für uns dann, dass wir das Thema Brüder, Freunde und deren Probleme damit jetzt abhaken können und den Rest des Abends nur für uns haben?«

Jemma grinste. »Auf jeden Fall!«

Zack atmete tief durch und klopfte an Jamies Zimmertür.

»Wer ist da?«

»Ich bin's. Kann ich reinkommen?«

Ein kurzes Zögern, dann ein knappes: »Ja.«

Zack atmete noch einmal tief durch, dann öffnete er die Tür und trat ein. Jamie lag im Bett und hatte gelesen, doch jetzt schaltete er seinen Reader aus und legte ihn auf den Nachttisch neben die kleine Dose mit seinen Schmerzpillen. Mühsam setzte er sich auf und lehnte sich gegen die Kopfkissen. Wut und Enttäuschung standen in seinem Blick und Zack seufzte innerlich.

Einfach würde das hier nicht werden.

Er schloss die Tür und setzte sich auf die Bettkante.

»Es tut mir leid, was ich vorhin gesagt hab«, begann er. »Es war gemein und unfair. Und du hattest recht: Ich war ein richtiges Arschloch.«

Normalerweise konnte er recht gut in Jamies Gesicht lesen,

doch jetzt blieb es eine unbewegliche Maske und er blickte ihn nur schweigend an.

Gequält verzog Zack das Gesicht. »Jetzt sag schon was. Schrei mich an, wenn du willst. Geig mir die Meinung. Aber behandle mich bitte nicht mit eisigem Schweigen.«

Jamie schüttelte nur den Kopf. »Ich fass es nicht, dass du offensichtlich eifersüchtig auf Ned bist! Oder warum hast du sonst so ein Problem damit, wenn ich mich mit ihm gut verstehe und ihm helfen will? Verdammt, glaubst du, ich schmeiß mich ihm gleich an den Hals und wir reiten gemeinsam auf einem weißen Pferd in den Sonnenuntergang?! Mal ganz davon abgesehen, dass er im Moment ja wohl echt andere Probleme als sein Liebesleben hat, glaube ich nicht mal, dass er auf Jungs steht. Aber selbst wenn, warum vertraust du mir dann nicht? Glaubst du, ich würde das, was zwischen uns ist, einfach so wegwerfen?«

Die Wut war zwar bei Weitem noch nicht aus Jamies Blick verschwunden, aber sie machte nun deutlich mehr Platz für Unsicherheit und Verletztsein.

Niedergeschlagen vergrub Zack sein Gesicht zwischen den Armen und raufte sich durch die Haare. »Ich hoffe nicht«, murmelte er dumpf hervor. »Aber du musst zugeben, dass es in letzter Zeit nicht wirklich gut zwischen uns gelaufen ist, oder? Da dachte ich halt –« Abrupt brach er ab und sprang vom Bett auf. »Mann, Jamie, was soll ich denn denken? Am Mittwochabend lernen wir Ned kennen und er und Will bitten uns um Hilfe beim Mind Ripper. Und nur einen Tag später geht es dir dann plötzlich schlagartig besser?! Außerdem musst du ja wohl zugeben, dass Ned im Spiel ständig deine Nähe sucht und ihr zwei euch auf Anhieb verdammt gut verstanden habt! Ist es da so abwegig, dass ich mir Gedanken mache, dass da irgendwas zwischen euch laufen könnte? Vor allem, da wir seit heute wissen, dass Ned krank ist und ihr somit Gemeinsamkeiten habt, die ich nicht nachvollziehen kann! Du hast selbst gesagt, dass du Ned von uns allen am besten verstehen kannst. Was ja sicherlich auch stimmt! Und umgekehrt gilt das Gleiche. Er versteht dich sicher auch!« Aufgebracht schnappte er nach Luft, wandte sich ab und fuhr sich wieder durch die Haare. »Ich hab einfach Angst, da nicht mithalten zu können. Dass Ned dir Dinge gibt, die ich dir nicht geben kann. Und dass du deshalb vielleicht –« Er musste schlucken und schaffte es nicht, seine schlimmste Befürchtung laut auszusprechen.

»Zack.« Jetzt war auch das letzte bisschen Wut verflogen, als Jamie begriff, was wirklich los war. Am liebsten wäre er aufgesprungen, um Zack in seine Arme zu ziehen.

Doch das konnte er nicht.

Sein verdammter Körper ließ ihn nicht. Seine Rückenschmerzen brachten ihn fast um, seinen Beinen fehlte die Kraft zum Laufen und seine Arme waren zu müde. Aber davon konnte und wollte er sich jetzt nicht runterziehen lassen. Jetzt gab es etwas viel viel Wichtigeres, um das er sich kümmern musste.

»Zack, ich hab keine Ahnung, was Ned durchmacht. Ich weiß genauso wenig wie du, wie es sich anfühlt, Krebs zu haben. Wie schrecklich es sein muss, zum dritten Mal die gleiche Krankheit zu haben, an der die eigene Mutter gestorben ist. Wie es ist, eine Chemo durchzustehen und Angst haben zu müssen, dass sie vielleicht nicht anschlägt und man sterben könnte. Das muss der absolute Horror sein und ich kann ihn mir vermutlich nicht mal ansatzweise vorstellen.« Er schluckte, da Zack ihm noch immer den Rücken zuwandte. »Genauso wenig wird Ned sich vorstellen können, wie es ist, wenn man plötzlich gelähmt ist. Wie unglaublich anstrengend und frustrierend es ist, wenn man selbst die kleinsten Bewegungsabläufe erst wieder mühsam und manchmal ziemlich schmerzhaft neu lernen muss. Wenn man akzeptieren muss, dass man viele Dinge nicht mehr alleine hinkriegt und immer wieder auf die Hilfe von anderen angewiesen ist. Wie sich das anfühlt, kann Ned kein bisschen besser nachvollziehen als du. Im Gegenteil. Du kannst es vermutlich sogar besser, denn du bist einer derjenigen, die mir seit zwei Jahren helfen. Ned und ich, wir mögen vielleicht beide damit zu kämpfen haben, dass unsere Körper uns Grenzen setzen, aber wir kämpfen an völlig unterschiedlichen Fronten.«

Zack blickte aus dem Fenster in die Nacht hinaus. »Mag sein. Aber ihr wisst beide, was es heißt, kämpfen zu müssen«, sagte er leise.

Jamie seufzte. »Ja, vielleicht. Aber so gut kenn ich Ned doch noch gar nicht. Außer gerade eben haben wir bisher kaum über persönliche Dinge geredet. Bis jetzt ging es eigentlich immer nur um *Dark Grove* und den Mind Ripper. Aber ich gebe zu, dass ich Ned mag und dass es vielleicht wirklich schön sein könnte, mit jemandem befreundet zu sein, der in manchen Dingen etwas Ähnliches durchmacht.«

Er sah zu Zack hinüber, der noch immer mit hängenden Schultern am Fenster stand, und Jamie wünschte sich, er würde ihn endlich wieder ansehen und verdammt noch mal zu ihm zurückkommen.

»Zack, bitte. Wenn ich wirklich jemanden bräuchte, der mich hundertprozentig versteht und sich genau in meine Lage versetzen kann, glaubst du nicht, dass ich dann nicht schon längst in eine der Selbsthilfegruppen gegangen wäre, in die meine Ärzte und Therapeuten mich immer wieder reinquatschen wollen? Aber die will ich nicht! Ich hab tolle Freunde und Dad und Jem. Und, verdammt, ich hab dich!« Fahrig wischte er mit den Händen über die Bettdecke. »Es mag ja vielleicht vielen helfen, sich mit Gleichgesinnten auszutauschen, aber ich will mir nicht die Schicksalsschläge der anderen anhören. Ich will nur mein eigenes Leben in den Griff bekommen!« Er schluckte hart. »Ich weiß, dass ich das in letzter Zeit nicht besonders gut hingekriegt hab und dass ich meine Wut darüber viel zu oft an dir auslasse. Und ich weiß auch, dass ich manchmal ein viel größeres Arschloch bin, als du es vorhin warst.«

Niedergeschlagen senkte er den Kopf und rieb sich über die Augen. Als er wieder aufblickte, sah er, dass Zack sich zu ihm umgedreht hatte und ihn still anschaute.

»Es tut mir leid, wenn du deswegen denkst, dass du mir nicht mehr wichtig wärst«, sagte er leise. »Das stimmt nicht. Ich weiß nicht, was ich ohne dich machen würde.« Unsicher suchte er Zacks Blick.

Der sah ihn weiter ruhig an, dann lächelte er und trat zurück ans Bett. Erleichtert fasste Jamie nach seiner Hand und zog ihn zu sich auf die Bettkante hinunter. »Mann, ich lieb dich doch. Und es tut mir leid, wenn ich in letzter Zeit so ätzend zu dir war, dass du das bezweifelst.«

Zack schüttelte den Kopf und zog ihn in seine Arme. Die eisige Kralle, die sich seit Tagen immer wieder um seine Brust gelegt und beständig fester zugedrückt hatte, war auf einmal verschwunden, und es fühlte sich unglaublich gut an, davon befreit zu sein und wieder richtig durchatmen zu können.

»Ich hatte eine Scheißangst, dich zu verlieren«, flüsterte er und streichelte sacht über Jamies empfindliche Wirbelsäule.

Jamie schmiegte sich in seine Arme, lauschte Zacks Herzschlag und vergrub die Finger in seinen Pullover. »Zwischen mir und Ned ist nichts. Wirklich nicht«, versicherte er noch einmal. »Ich bin vorhin nur zu ihm gegangen, weil ich mir vorgestellt hab, wie schrecklich es für mich gewesen wäre, wenn mich alle meine Freunde fallen gelassen hätten, als ich plötzlich im Rollstuhl saß. Ich weiß nicht, was ich dann getan hätte. Ich hatte einfach riesiges Glück und wenn Ned dieses Glück bisher nicht hatte, dann finde ich, dass er es jetzt mehr als verdient hat, oder nicht?« Er drehte den Kopf, um Zack ansehen zu können.

Der sah zu ihm hinab und nickte. »Ja, das hat er. Und ich bin froh, dass du zu ihm gegangen bist.«

Zweifelnd zog Jamie eine Augenbraue hoch und Zack verzog das Gesicht zu einem schiefen Lächeln. »Nein, wirklich! Es ist gut, dass du bei ihm warst. Er hat ein paar richtige Freunde verdient und ich bin froh, dass du den Anfang gemacht hast. Es tut mir leid, dass ich deswegen so ein Arschloch war. Ich hab halt gedacht, du hättest dich vielleicht in ihn verliebt und den Gedanken konnte ich einfach nicht ertragen.«

Jamie löste sich aus Zacks Umarmung und setzte sich auf. »Ich kenne ihn doch erst seit drei Tagen!«

»Aber so was kann ja manchmal verdammt schnell gehen, oder nicht? Und immerhin ging es dir urplötzlich besser, nachdem du ihn kennengelernt hast.«

Jamie schüttelte den Kopf. »Ich hab keine Ahnung, warum es mir jetzt wieder besser geht, aber es liegt ganz sicher nicht daran, dass ich mich Hals über Kopf in Ned verliebt hab.« Ein wenig ratlos hob er die Schultern. »Vielleicht liegt es daran, dass wir mit *Dark Grove* und dem Mind Ripper so viel zu tun haben. Vielleicht war es einfach nur gut, aus den ganzen dunklen Gedanken rauszukommen und nicht ständig darüber nachzugrübeln, was mit mir los sein könnte.« Wieder zuckte er mit den Schultern und schüttelte den Kopf. »Ich weiß es nicht. Ich weiß nur, dass ich es nicht in Frage stellen will, sondern einfach nur hoffe, dass es jetzt so bleibt.«

Zack strich ihm liebevoll eine Haarsträhne aus den Augen und küsste seine Stirn. »Ja, das hoffe ich auch.«

Lächelnd nahm Jamie seine Hand, stahl sich einen richtigen Kuss und deutete auf den freien Platz neben sich. »Schläfst du bei mir?«

Zack musste grinsen und zog eine Augenbraue hoch.

Jamie rollte mit den Augen, musste aber ebenfalls grinsen und schüttelte den Kopf. »*Bei* mir, nicht *mit* mir!« Mit einem leisen Stöhnen ließ er sich in die Kissen zurücksinken, ohne jedoch Zacks Hand loszulassen. »Für Letzteres bin ich heute leider viel zu k.o.«

Zack musterte ihn. Jamie sah wirklich müde aus. Jon hatte am Vormittag zwei Stunden lang ein heftiges Training von ihm abverlangt und er hatte sich den kompletten Tag an Krücken durchgeschlagen. Kein Wunder also, dass er jetzt erschöpft war und sich vermutlich mit Muskelschmerzen herumschlagen durfte. Ein paar Mal hatte Zack gemerkt, wie sehr Jamie an seine Grenzen gegangen war, doch um sich nicht wieder vorwerfen lassen zu müssen, dass er ihn bevormunden würde, hatte er den Mund gehalten und nichts gesagt. Schließlich hatte Jamie recht: Es war seine eigene Entscheidung und er musste selbst wissen, was er tat.

Daher sagte Zack auch jetzt nichts, er lächelte nur und stand vom Bett auf. »Ich geh und hol meine Sachen.«

Kapitel 21

Als Jemma am nächsten Morgen Zack in dem Badezimmer vorfand, das sie sich laut Will eigentlich mit Jamie teilen sollte, lächelte sie erleichtert.

»Na, wenn du hier bist, kann ich mir die Frage, wie es mit Jamie gestern noch gelaufen ist, wohl sparen, oder?«

Zack grinste sie durch einen Mund voll Zahnpastaschaum an. »Yep.« Er spuckte das lästige Zeug aus und wusch sich das Gesicht. »Und wie war dein Abend noch so?«, fragte er dann betont unschuldig.

»Sehr schön, danke der Nachfrage!« Sie kramte ihre Zahnbürste aus ihrem Kulturbeutel und klaute sich Zacks Zahnpasta.

»Irgendwelche besonderen Vorkommnisse?«

Jemma lachte auf. »Hallo?! Für wen hältst du mich denn? Ich kenn Will erst seit einer Woche, glaubst du da wirklich, ich würde nach unserem dritten Live-Date gleich mit ihm ins Bett springen? Und selbst wenn, würde dich das ja wohl gar nichts angehen. Ich frag dich ja schließlich auch nicht, wann du das erste Mal mit Jamie geschlafen hast.«

Grinsend zuckte Zack mit den Schultern. »So ungefähr vor einem halben Jahr.«

Jemma sah aus, als hätte sie in eine extra saure Zitrone gebissen und schubste ihn energisch aus dem Badezimmer. »Viel zu viele Informationen!«

In der Küche warteten Toast, Rührei und frische Waffeln, als Jemma, Zack und Jamie eintraten.

»Alles in Ordnung mit dir?«, fragte Ned besorgt, als er sah, dass Jamie im Rollstuhl saß.

»Ja, keine Sorge.« Jamie verzog das Gesicht. »Ein paar meiner Muskeln wollen heute nur leider nicht so, wie ich es gern hätte, daher kann ich das Laufen vorerst vergessen. Aber vielleicht wird es später besser. Wollen wir nach dem Frühstück zurück nach Dark Grove?«

»Klar.«

Jemma setzte sich neben Will, der sie so anlächelte, dass ihre Schmetterlinge im Bauch spontan zu tanzen begannen.

Zack nahm sich Rührei und Toast. »Hat euer Dad mittlerweile schon was zu den Buchstaben herausgefunden?« Er schenkte sich Tee ein und reichte die Kanne an Will weiter. »Gestern Abend meintest du ja, dass er damit nicht viel anfangen konnte.«

Statt Will antwortete Edward Dunnington selbst, der in diesem Moment die Küche betrat. »Viel mehr kann ich damit heute leider auch noch nicht anfangen, aber ich lasse sämtliche möglichen Buchstabenkombinationen mit den Namen meiner Mitarbeiter abgleichen. Mal sehen, welche Treffer das bringt und was mir ihre Personalakten dann über sie verraten.« Er trat zu Ned und blickte auf den leeren Teller seines Sohns. »Kein Frühstück?«

Ned schüttelte den Kopf. »Lieber nicht. Wir wollen gleich *Dark Grove* weiterspielen und ich hab wenig Lust darauf, das Netz plötzlich verlassen zu müssen, nur um Toast und Rührei wieder auszukotzen.«

»Solange du nicht mitten im dramatischsten Kampf auf Leben und Tod abhaust, kannst du dir gerne zwischendurch eine Auszeit nehmen.« Zack grinste schief, wurde dann aber deutlich ernster. »Echt jetzt, keiner von uns hat damit ein Problem und du musst deshalb bestimmt nicht aufs Frühstück verzichten.«

Ned musterte Zack ein wenig überrascht. »Danke, aber ich hab sowieso keinen Hunger. Außerdem – bei unserem Glück würdet ihr in meiner Abwesenheit vermutlich gleich von einer ganzen Horde Moorleichen angegriffen und hättet ohne mich nicht die geringste Chance!«

»Sagt ausgerechnet der, den ich gestern aus dem Tümpel fischen musste, weil er über seine eigenen Füße gestolpert ist!« Jamie hob abwehrend die Arme, als Ned ein Stück Toast nach ihm warf.

»Weißt du eigentlich schon mehr als wir oder waren die Moorleichen nur ein Schuss ins Blaue?« Zack schob sich eine Gabel voll Rührei in den Mund.

Ned zuckte mit den Schultern und knabberte jetzt doch vorsichtig an einem Toast. »Das wären die Monster, die ich als Gegner einsetzen würde, wenn ich das Spiel programmiert hätte. Was passt besser in ein Sumpfgebiet als ein paar gammelige Leichen, die im Moor ihr matschiges Grab gefunden haben?« Er überlegte einen Moment. »Krokodile vielleicht. Aber dafür herrscht in Dark Grove das falsche Klima. Ist ja eher nasskaltes englisches Dartmoor als die schwülwarmen Everglades in Florida.«

»Was haltet ihr davon, wenn ihr heute unten in meinem Arbeitsraum spielt?«, schlug Dunnington vor. »Dort habe ich die Möglichkeit, euer Spiel über Monitor zu verfolgen. Die Sache mit den Buchstaben gibt mir zu denken und ich wäre gern dabei, wenn ihr die versunkene Burg von diesem Earl of Darkness findet.« Er sah mit einem entschuldigenden Lächeln in die Runde. »Versteht das nicht falsch, ich bin mehr als zufrieden mit dem, was ihr bisher alleine herausgefunden habt. Aber wenn in dieser Burg weitere Hinweise versteckt sein sollten, würde ich sie gern mit eigenen Augen sehen. Wer weiß, was mir dabei vielleicht für Geistesblitze kommen.«

»Sie können uns zusehen?«, fragte Jemma überrascht. »Ich wusste gar nicht, dass das bei CyberGames geht.«

»Für die normalen Benutzer gibt es diese Funktion auch nicht«, erklärte Dunnington. »Aber in der Firma können wir sie für Tests und zu Anschauungszwecken aktivieren.«

»Wer weiß, ob wir die Burg heute überhaupt schon finden.« Ned schob den Teller mit dem angebissenen Toast von sich und wirkte plötzlich noch blasser als zuvor.

Sein Vater sah ihn ernst an. »So wie ich das auf eurer Karte gesehen habe, seid ihr schon ganz nah dran. Ihr solltet euch also nicht mehr großartig mit irgendwelchen anderen Dingen aufhalten. Ihr müsst enthüllen, wer der Mind Ripper ist. Die Zeit drängt schließlich.«

Abrupt sprang Ned vom Tisch auf und funkelte seinen Vater wütend an. »Ja, stell dir vor, das weiß ich!« Ohne ein weiteres Wort wandte er sich um und stürmte aus der Küche.

Betroffen und ein wenig irritiert sahen Jemma, Jamie und Zack ihm nach. Dunnington dagegen fuhr sich seufzend über die Augen und stemmte sich von seinem Stuhl hoch.

»Ich bin unten, wenn ihr spielen wollt.« Er warf Will einen kurzen Blick zu. Der nickte knapp und Dunnington verschwand aus der Küche.

»Ist alles in Ordnung?« Jemma musterte Will, der niedergeschlagen in seine Teetasse starrte. Er zuckte zusammen, als sie ihre Hand auf seinen Arm legte. »Hey, ist alles okay?«

»Ja, klar«, versicherte er, aber es klang nicht so. Doch er atmete tief durch und zwang sich zu einem kleinen Lächeln. »Ich fürchte nur, Ned hat heute keinen besonders guten Tag.« Er stand vom Tisch auf. »Ihr könnt schon mal runtergehen, wenn ihr wollt. Fahrt einfach mit dem Aufzug ins Untergeschoss. Ich rede kurz mit Ned und wir kommen dann nach.«

»Bist du denn sicher, dass wir ins Netz gehen sollen?«, fragte Jamie. »Wenn Ned nicht gut drauf ist, dann können wir es lassen. Oder erst später spielen, wenn er sich besser fühlt.«

Will schüttelte den Kopf. »Nein, keine Sorge. Sobald er im Netz ist, kriegt er sich schon wieder ein.«

»Wenn du meinst ...«

Als der gläserne Aufzug sie ins Untergeschoss brachte, hatten Jemma, Zack und Jamie das Gefühl, sie würden in eine geheime Kommandozentrale der NASA abtauchen. Der Kellerraum war riesig und hätte bequem zwei Klassenzimmer der Liongate Academy beherbergen können. Es gab verschiedene Arbeitsbereiche, an denen Tastaturen oder Touchscreenkonsolen vor Bildschirmen standen, eine Unmenge hochmoderner Computerserver blinkte in Racks vor sich hin und an einer der Wände hing ein Monitor, der locker zwei mal drei Meter maß. Auf einem Arbeitstisch daneben waren CyberSpecs an verschiedene Computer angeschlossen und endlose Zahlenkolonnen ratterten über die dazugehörigen Bildschirme. Das Einzige, das zwischen all der modernen Technik seltsam fehl am Platz wirkte, war ein altes Sofa, das im hinteren Bereich der Zentrale neben einer kleinen Küchenzeile stand. Kissen und Wolldecken lagen in wildem Chaos durcheinander und neben der Spüle standen ein Wasserkocher und mehrere Tassen.

Edward Dunnington saß vor dem größten Monitor, der ein vertrautes Waldgebiet an einem schlammigen Gewässer zeigte.

»Schön, dass ihr da seid.« Er drehte sich um, als er die Aufzugtür hörte, und blickte dann stirnrunzelnd auf die Unordnung in der Sofaecke. »Entschuldigt bitte das Chaos. Ned leistet mir hier unten manchmal Gesellschaft und er hat offensichtlich mal wieder nicht aufgeräumt.«

»Wow!« Beeindruckt rollte Jamie sich an die riesige Konsole, an der Dunnington saß. »Wenn das hier nur Ihr Hightechkeller ist, wie sieht es denn dann erst in Ihrer Firma aus?«

»Wenn es dich wirklich interessiert, kann ich es dir gerne irgendwann mal zeigen.«

»Echt? Das wäre cool!« Jamie deutete auf den Arbeitstisch, an dem die Daten aus den CyberSpecs ausgelesen wurden. »Sind das die von den Jungen im Koma?«

»Ja. Leider gibt es auf dem Gebiet noch nichts Neues. Darf ich?« Dunnington wies auf die Specs, die auf Jamies Schoß lagen. »Dann schließe ich sie schon mal ans System an.«

»Klar.« Jamie reichte ihm die Brille und deutete zum Großbildschirm. »Das ist die Stelle, an der wir gestern aus dem Spiel gegangen sind.«

Dunnington nickte und verknüpfte erst Jamies, dann Jemmas und Zacks CyberSpecs mit dem Computer. »Leider habe ich keine Möglichkeit, frühere Spielstände abzurufen, sonst hätte ich mir gerne selbst die Buchstaben in der Jagdhütte angesehen. Aber irgendwer hat mit der Struktur des Spiels ganz schön herumgemurkst. Ich hoffe, ich kann euch gleich folgen, wenn ihr reingeht.«

»Können Sie uns die Karte von Dark Grove zeigen?«, fragte Zack.

Dunningtons Finger flogen über die Konsole und gaben verschiedene Befehle ein. »Das ist die einzige andere Funktion, die auch funktioniert.«

Die Karte erschien auf einem zweiten Monitor und zeigte ihnen die Gebiete, die sie bereits erforscht hatten.

»Ich wusste doch, dass das kein einfacher Wassergraben war!«, knurrte Jamie. »Dafür war er viel zu breit.«

Auf der Karte sah man deutlich, dass das schlammige Gewässer, in dem Ned und er am Vortag unfreiwillig baden gegangen waren, ein langgezogener halbmondförmiger See war, der das Teufelsmoor vom Waldgebiet der Jagdgründe abgrenzte.

»Wir sind wirklich nicht mehr weit von dem X der versunkenen Burg entfernt«, stellte Jemma fest.

Ihre letzte Spielposition befand sich fast an einer der Halbmondspitzen. Diese mussten sie nur noch umrunden und dann ein Stück nach Norden gehen. Auf dem Bildschirm sah es nicht weit entfernt aus, doch leider war dieser Teil der Karte noch nicht aufgedeckt, sodass nicht zu erkennen war, ob es einen Weg gab, der sie dorthin führen würde.

Hinter ihnen klingelte der Aufzug und spuckte Will und Ned aus. Ned schien noch immer nicht besonders guter Laune zu sein, trat aber mit seinem Bruder zu den anderen und sah sich die Karte an.

»Wenn das Moor nicht allzu viele Boshaftigkeiten für uns bereit hält, sollte das mit der Burg heute eigentlich zu schaffen sein«, meinte Zack optimistisch.

Will nickte und wies auf das Sofa. »Dann los. Wird Zeit, dass wir das Geheimnis um den Mind Ripper lüften.«

Während die anderen zur Sofaecke hinübergingen, hielt Jamie Ned am Arm zurück.

»Alles okay?«, fragte er leise. »Wir müssen nicht ins Netz gehen, wenn du nicht willst.«

Ned versuchte ein Lächeln, das ihm nur mäßig gelang. »Nein, alles in Ordnung. Keine Sorge.«

»Ganz sicher?«, hakte Jamie nach. »Wenn du dich nicht gut

fühlst, dann können wir es heute auch lassen. Oder wir spielen erst später.«

Ned schüttelte den Kopf und wirkte nun genervt. »Nein, es ist alles in Ordnung. Ich hab einfach nur einen schlechten Tag, okay? So was kommt vor! Ich dachte, gerade du verstehst das!« Mit einem vielsagenden Blick auf Jamies Rollstuhl, wandte er sich um und ging ohne ein weiteres Wort hinüber zu Will und Jemma, die es sich auf dem Sofa bequem gemacht hatten und bereits ihre CyberSpecs trugen. Ned ließ sich neben sie fallen und verzog sich ebenfalls hinter seine Specs.

»Was ist denn mit dem auf einmal los?«, wunderte sich Zack, der den Wortwechsel zwischen den beiden mitangehört hatte.

»Keine Ahnung.« Ratlos rollte Jamie sich zu den anderen und zog sich neben Jemma aufs Sofa. »Vielleicht hat er wirklich nur einen schlechten Tag.«

»So plötzlich? Vorhin war er doch noch nicht so mies drauf.« Doch dann zuckte Zack mit den Schultern. »Na, hoffentlich hat Will recht und unser kleiner Sonnenschein kriegt sich im Netz gleich wieder ein. Ansonsten könnte es ein äußerst anstrengender Marsch durch den ollen Sumpf werden.«

Kühle Waldluft und der Geruch nach feuchtem Laub und brackigem Wasser empfingen sie, als die CyberWorld von *Dark Grove* sich um sie herum materialisiert hatte. Noch immer hingen graue Dunstschleier zwischen den Bäumen und über dem Moorsee, doch der Nebel war nicht mehr so dicht wie am Tag zuvor und es war deutlich heller. Milchig trübes Licht drang durch den Hochnebel und auch wenn es weit entfernt von fröhlichem Sonnenschein war, war es eine hundertprozentige Verbesserung zur finsteren Nebelnacht in ihrer letzten Spielzeit.

Als Jamie an sich herabsah, stellte er zufrieden fest, dass das Spiel ihm beim Wiedereintritt netterweise trockene Klamotten verpasst hatte und er nach seinem Bad im modrigen See nicht patschnass durch die Gegend laufen musste.

Will übernahm die Führung am matschigen Seeufer entlang, doch schon nach kurzer Zeit tauchte aus den trüben Schleiern das Ende des Gewässers auf und der Pfad wand sich nach Norden in das Sumpfgebiet des Devil's Bog.

»Wenigstens gibt es einen Weg«, meinte Jemma, als sie den See hinter sich ließen und das Teufelsmoor betraten.

»Na, *Weg* ist ja wohl eine fröhliche Übertreibung«, brummte Zack. »Das hier ist bestenfalls ein Trampelpfad.«

Um auf böse Überraschungen schnell reagieren zu können, zogen sie ihre Schwerter, sobald sie das Moorland betraten, doch niemand war zu sehen und alles blieb ruhig. Die einzigen Geräusche waren ihre schmatzenden Schritte im Morast.

Die Gegend um sie herum wirkte trist und deprimierend und schon nach wenigen hundert Metern wünschte Jemma sich das dunkle Grün des Waldes zurück, der ihr im bisherigen Spiel so vertraut geworden war. Das Moor war einfach nur eine trostlose Einöde aus schlammigen Brauntönen: Dunkelbrauner Matsch auf dem Weg und daneben Sumpfpflanzen in diversen braunen und grauen Variationen, die traurig vor sich hin moderten. Hier und da ragte ein abgestorbener Baum mit knorrigen Zweigen aus den Nebelbänken und aus schwarzen Wasserlöchern stiegen träge Blasen auf, die widerliche Faulgase verströmten.

Angeekelt verzog Jamie das Gesicht. »Devil's Bog, alles klar. Es hätte ruhig ein klein bisschen weniger zweideutig sein dürfen.«

Auch Jemma rümpfte die Nase. »Finde ich auch. Den Geruchssinn in die CyberWorld einzubauen, ist an sich ja echt genial, aber muss es denn immer nur so was Ekliges sein? Verwesungsgestank bei den Ghoulen, Faulgase im Moor. Warum kann es nicht mal nach was Angenehmem riechen? Frisch gebackene Waffeln zum Beispiel! Beim Frühstück roch es gerade fantastisch.«

Jamie warf ihr einen schrägen Blick zu. »Warum sollte es in einem Moor nach frischen Waffeln riechen?!«

Jemma verdrehte die Augen. »Mann, das war doch nur ein Beispiel!«

»Ja, aber ein ziemlich blödes – Aua! Mann, spinnst du?« Grummelig rieb Jamie sich den Hintern, der gerade äußerst unsanfte Bekanntschaft mit Jemmas Schwertspitze gemacht hatte.

Jemma grinste böse, doch das schmatzende Geräusch von zwei Moorleichen, die sich ein Stück vor ihnen aus dem matschigen Wasser zogen, ließ sie rasch wieder wachsam werden. Schwankend kamen die triefenden Gestalten auf die Beine und wankten drohend auf sie zu.

»Na, lecker«, brummte Zack.

Die beiden verquollenen Körper waren keine Augenweide. So aufgeschwemmt, dass man kaum mehr erkennen konnte, ob die Untoten einmal männlich oder weiblich gewesen waren, hingen die Reste ihrer Kleidung in halb verrotteten Fetzen an ihnen herab und gaben große Flächen gräulich weißer Haut frei, die mit dunklen Verwesungsflecken übersät war. Ihre Gesichter waren aufgedunsen und an vielen Stellen aufgeplatzt. Röcheln drang aus ihren ausgefransten Mündern und der Geruch nach Fäulnis und Verwesung, den die beiden verströmten, war kaum zu ertragen.

»Hab mich schon gewundert, wann die ersten Gegner hier auftauchen.« Jamie fasste sein Schwert fester. »Bisher lief unser kleiner Spaziergang viel zu glatt.«

Jemma legte den Kopf schief und musterte die beiden Zombies stirnrunzelnd. »Ich hab immer gedacht, Moorleichen sehen eher aus wie Mumien.«

»Süße, das willst du jetzt nicht wirklich wissenschaftlich ausdiskutieren, oder?« Mit hochgezogener Augenbraue warf Zack ihr einen Seitenblick zu.

»Sei nett!« Grinsend schwang sie ihr Schwert in seine Richtung und wies mit einem Kopfnicken in Richtung Moorzombies, die nur schleppend langsam in ihre Richtung torkelten. »Bis die uns gefährlich werden, hab ich noch mehr als genug Zeit, mein Schwert auch in deinen Hintern zu bohren!«

»Pass lieber auf, was du jetzt sagst«, warnte Jamie. »Ich garantiere dir, sie macht das wirklich!«

Ned verdrehte genervt die Augen und rempelte sich an ihnen vorbei. »Wenn ihr mit eurem Schwachsinn fertig seid, könnt ihr mir gerne helfen!« Mit gezogenem Schwert in der einen Hand, streckte er die andere dem ersten Untoten entgegen und warf seinen Lähmungszauber auf ihn.

»*Debilito!*«

Sofort erstarrte der Moorzombie und röchelte nur weiter vor sich hin. Grimmig stieß Ned ihm sein Schwert in die Brust, zog es dann sofort wieder mit einem eklig schmatzenden Geräusch aus dem aufgequollenen Leib heraus und schlug dem Monster mit Schwung den Kopf ab.

»Hoppla!«, meinte Zack beeindruckt. »Entweder entwickelt unser Sonnenscheinchen Superkräfte, wenn er scheiße drauf ist, oder unsere Moormonsterfreunde sind keine besonders harten Gegner.«

Da Neds Lebensenergie für einen weiteren Lähmungszauber nicht ausreichte, gestaltete sich sein Kampf gegen den zweiten Untoten etwas anspruchsvoller, doch als Jamie dem Zombie einen Feuerball in den Magen jagte, war auch der schnell erledigt.

»Dafür, dass Tyron uns vor dem Moor so eindringlich gewarnt hat, scheinen die Gegner hier aber nicht besonders schwierig zu sein, oder?«, wunderte Zack sich, als die beiden Untoten zu flimmern begannen und verschwanden.

»Wer weiß?«, warf Jemma ein. »Wir haben ja immerhin seinen Rat befolgt und uns bei ihm neu ausgestattet, bevor wir hierher gekommen sind. Wenn wir sie mit unseren alten Waffen und Zaubern bekämpft hätten, wäre es vielleicht viel schwerer gewesen.«

Jamie zuckte mit den Schultern. »Ja, vielleicht.«

Ned kickte einen Stein vom Weg, der mit einem Platschen in dem Tümpel versank, aus dem die Moorzombies herausgekrochen waren. »Lasst uns weitergehen.«

Die Landschaft veränderte sich, als sie tiefer in das Sumpfgebiet vordrangen. Moosige Felsbrocken ragten aus dem matschigen Untergrund, die Zahl der abgestorbenen Bäume nahm zu und das Gebiet wurde hügeliger. In den Talmulden hatte sich Wasser zu modrigen Tümpeln gesammelt, auf den Anhöhen wuchsen karge Büsche und Sträucher und über allem lag eine geisterhafte Stille.

Bis Jemma plötzlich ein boshaftes Flüstern hörte.

Im ersten Moment glaubte sie, sie hätte sich getäuscht und ihre Fantasie würde ihr nur einen üblen Streich spielen.

Doch da war es wieder!

Ein unheimliches Wispern, das ihr eine Gänsehaut über den Rücken jagte.

Neben ihr blieb Jamie abrupt stehen und sah sich um. »Hast du das auch gehört?«

Sie nickte stumm und spürte, wie ihr Herzschlag schneller wurde. Auch die anderen waren stehen geblieben und lauschten.

Wieder ein Flüstern.

Und ständig schien es aus einer anderen Richtung zu kommen.

»Das ist echt gruselig«, murmelte Jemma.

»Könnt ihr verstehen, was da geflüstert wird?«, fragte Zack leise.

Will schüttelte den Kopf. »Wenn das Worte aus der verbotenen Sprache sind, sollen wir sie vermutlich gar nicht verstehen können.«

»Stimmt«, murrte Jamie. »Dann sollen sie uns nur Angst machen.«

Jemma stöhnte. »Funktioniert prima.«

Will schenkte ihr ein schiefes Lächeln. »Wenigstens wissen wir, dass wir hier richtig sind.« Er blickte sich um. »Wenn hier furchterregend rumgeflüstert wird, dann sollte das ja wohl der Ort sein, an dem die Burg mitsamt dunklem Grafen im Moor versunken ist.«

»Hauptsache, uns ergeht es nicht genauso.«

Zu ihrer Rechten ragte in einiger Entfernung ein steiler Hügel aus einer Wiese auf, die halb unter Wasser stand. Kümmerliche Sträucher wucherten wie kleine Inseln daraus hervor. Links dagegen lag eine langgezogene Ebene, die sich in trüben Nebelschleiern verlor. Felsbrocken ragten aus dem Dunst und tote Bäume wuchsen krumm und schief aus dem unebenen Boden.

»Das hier könnte schon ein Platz sein, an dem einmal eine Burg gestanden hat«, befand Zack. »Groß genug wäre er.«

Will nickte. »Wir sollten uns diese Felsbrocken genauer ansehen. Vielleicht sind das gar keine natürlichen Steine, sondern Überreste von alten Mauern. Aber seid vorsichtig! Wenn wir den Weg verlassen, ist der Untergrund bestimmt nicht ganz ungefährlich. Keiner sollte allein umherwandern. Ich gehe mit Ned nach rechts, ihr drei seht euch links um, einverstanden? Irgendwo muss es einen Spalt oder einen Durchgang geben, der uns in die Burg hinunterführt.«

Sobald sie auf die freie Ebene traten, nahm das unheimliche Wispern deutlich an Intensität zu. Es schien von einer Richtung in die andere zu huschen, dann wieder von überall zugleich zu kommen und auch wenn noch immer keine verständlichen Worte auszumachen waren, klang es eindeutig wütend und bedrohlich.

Jemma gab sich alle Mühe, es auszublenden, während sie vorsichtig mit ihrem Schwert die Festigkeit des Bodens testete und sich langsam mit Zack und Jamie zu dem ersten größeren Felsbrocken vortastete. Als sie näherkamen, erkannten sie, dass es gar kein einzelner großer Brocken, sondern eine Anhäufung von vielen Steinen war.

Jamie hob einen auf, betrachtete ihn eingehend, warf ihn dann zurück und untersuchte einen anderen. »Ist nicht wirklich zu erkennen, ob das hier mal Mauersteine gewesen sind, oder?«

»Nein.« Zack hatte sich ebenfalls ein paar der Steine näher angesehen. »Aber es ist schon merkwürdig, dass die hier alle auf einer Stelle liegen. Wirklich natürlich sieht das jedenfalls nicht aus.«

Jemma war einmal um den kleinen Steinberg herumgegangen und wies zu einem weiteren, der einige Meter entfernt lag. »Einen Eingang gibt es hier jedenfalls nicht. Lasst uns den nächsten untersuchen.«

Doch auch bei diesem und drei weiteren Haufen fanden sie nichts. Einige der Steine waren allerdings auffällig glatt und eben, was durchaus dafür sprach, dass sie einmal bearbeiten worden waren und Teil einer Burgmauer gewesen sein konnten. Doch einen Eingang, der sie in die versunkene Burg geführt hätte, fanden sie nicht.

»Wer sagt eigentlich, dass dieser blöde Eingang bei einem Steinhaufen liegen muss?«, brummte Zack, nachdem sie erfolglos einen weiteren Haufen abgesucht hatten. »Es kann ja auch irgendwo eine Spalte in der Wiese sein.« Er rieb sich über die Ohren. »Mann, so langsam geht mir dieses verfluchte Gewisper tierisch auf den Keks!«

»Mir auch«, grummelte Jamie. »Mir wird ganz schwindelig, wenn es ständig aus anderen Richtungen kommt.«

»Das ist wahrscheinlich der Sinn des Ganzen. Es soll uns schön langsam auf kleiner Flamme in den Wahnsinn kochen.« Zack ließ einen bösen Blick über die Umgebung wandern.

Genervt kickte Jamie gegen einen dickeren Felsbrocken, brachte damit die Hälfte des Steinhaufens ins Rutschen und musste hastig zur Seite springen, um seine Füße in Sicherheit zu bringen.

»Mist! Vielleicht sollten wir –«

»Hey, kommt hier rüber!« Will winkte ihnen von einem kleinen Erdwall aus zu. »Wir haben was gefunden!«

»Halleluja!«, seufzte Zack erleichtert.

Hinter dem Erdwall stand eine Gruppe verkrüppelter Bäume und zwischen den Wurzeln, halb zugewuchert von hohem Gras, lag eine Steinplatte.

Jamie stieß einen anerkennenden Pfiff aus. »Okay, *das* sieht vielversprechend aus!«

Die graue Steinplatte war ungefähr anderthalb mal drei Meter breit und ihre Oberfläche war völlig verwittert. Feinen Linien verrieten, dass es einmal eine Inschrift gegeben hatte, doch die war kaum noch zu erkennen.

»Ich würde sagen, das hier wird unser Eingang.« Jamie kniete sich neben die Platte und fuhr mit den Fingern am Rand des Steins entlang. »Wir müssen das Ding nur irgendwie aufkriegen.«

»Na, super«, stöhnte Jemma. »Das Teil sieht aus wie eine Grabplatte. Vielleicht liegt da nur irgendein gammeliges Skelett drin, das wir gleich aus seinem Totenschlaf wecken.« Trotzdem kniete sie sich neben ihren Bruder, um beim Schieben zu helfen.

»Das ist mit Sicherheit kein einfaches Grab.« Zack hockte sich zu ihr. »Burgherren haben keine gewöhnlichen Gräber. Wenn das hier nicht wenigstens der Eingang zu einer Familiengruft ist, wäre ich vom Earl of Darkness ziemlich enttäuscht.«

Will und Ned knieten sich auf die andere Seite der Felsplatte und mit vereinten Kräften schoben und zogen sie, bis sich der Stein mit einem schleifenden Geräusch zur Seite bewegte. Schlagartig hörte das Geflüster um sie herum auf und es herrschte Totenstille.

»Na endlich!«

Unter der Platte kam eine Steintreppe zum Vorschein, die sich nach wenigen Metern in tiefer Finsternis verlor.

Jemma wies auf die unlesbare Inschrift. »Wie gut, dass wir keine Ahnung haben, was da mal geschrieben stand.«

»Vermutlich so was wie: *Nicht öffnen und schon gar nicht hinuntersteigen! Dort wartet nur ein grausamer und wahnsinnig schmerzhafter Tod auf euch!*«, krächzte Zack mit Grabesstimme, grinste und griff nach seinem Schwert. »Und würden wir uns davon abschrecken lassen?«

Jemma grinste zurück. »Nein!«

»Na, bitte! Ladies first?«

Mit einem verächtlichen Schnauben stupste sie ihn zur Seite. »Das hab ich also davon, wenn ich mit vier echten Kerlen unterwegs bin!«

Sie stieg die Stufen hinunter und rief ihre Flamme, als das trübe Tageslicht, das durch die Öffnung fiel, nicht mehr ausreichte. Kühler Modergeruch schlug ihr entgegen und legte sich kalt und feucht auf ihr Gesicht. Am Ende der Treppe lag ein Tunnel, dessen Wände aus groben Felssteinen bestanden. Vorsichtig schlich Jemma weiter, ihr Schwert kampfbereit in der Hand. Nach wenigen Metern verbreiterte sich der Gang und mündete in eine Kammer. Etwas Dunkles ragte ein Stück über ihrem Kopf aus der Wand und als sie näher trat, erkannte sie eine Fackel. Rasch hielt sie ihre kleine Zauberflamme dagegen und nur Augenblicke später brannte sie. Das Knistern der Flammen hallte als gespenstisches Echo durch die Finsternis und entlang der Wände entzündeten sich reihum weitere Fackeln, die den düsteren Raum in flackerndes Licht tauchten.

»Und?«, meinte Zack triumphierend. »Hab ich's nicht gesagt? Familiengruft!«

Zwölf riesige Steinsärge standen aufgebahrt auf Podesten in der Grabkammer. Teuflische Fratzen und Dämonenfiguren waren in den Stein gemeißelt und schienen jeden davor zu warnen, den Gebeinen zu nahe zu kommen.

»Warum nur habe ich das ungute Gefühl, dass wir hier gleich fiesen untoten Besuch bekommen?«, murmelte Jamie. Trotzdem ging er vorsichtig weiter in die Kammer und stieg auf eins der Podeste, um sich einen der Steinsärge näher anzusehen. Am Kopfende war ein Wappen eingemeißelt, auf dem sich unheilvolle Runen um zwei Buchstaben schnörkelten.

»Hey, Leute! Das müsst ihr euch ansehen!«

Zack und Jemma kletterten zu ihm aufs Podest und er deutete auf die Buchstaben im Familienwappen.

N.W.

Darunter stand ein Name.

NightWhisper.

Zack lachte auf. »Na, jetzt wissen wir, was die Zickzacklinien in der Jägerhütte bedeuten sollten!«

»Wisst ihr auch, was das noch bedeutet?«, fragte Jemma aufgeregt. »Wir haben gerade den richtigen Namen des Earl of Darkness herausgefunden! Er hieß NightWhisper!«

Jamie nickte grimmig. »Und das bedeutet, dass wir jetzt auch wissen, wo wir den Mind Ripper finden werden. Die Familie des fiesen Grafen hat überlebt. Offensichtlich sind nicht alle damals mit der Burg im Moor versunken. Und sie haben Dark Grove nicht verlassen, sondern einfach ein neues Anwesen gebaut und führen da ihr dunkles Erbe weiter! Vielleicht ist auch der Geist des alten Grafen zurückgekehrt oder sie haben ihn irgendwie heraufbeschworen. Hey, vielleicht wurden die Seelen der Dorfbewohner ja für irgendein teuflisches Ritual gestohlen! Hatte Tyron nicht gesagt, dass der Graf seine Seele dem Teufel verkauft und dafür von ihm die Kunst der dunklen Mächte gelernt hat? Vielleicht ist er deshalb jetzt so scharf auf all die Seelen, die er den Menschen und Tieren in Dark Grove entrissen hat!«

Etwas knackte.

»Jedenfalls ist es keine gute Idee, dass all die Seelenlosen ausgerechnet auf das Anwesen der NightWhispers gebracht worden sind. Auch wenn das mit Sicherheit kein Zufall gewesen sein dürfte.« Jemma sprang vom Podest und trat zurück zu Will und Ned. »Aber zumindest wissen wir jetzt, wo wir als nächstes hinmüssen. Glaubt ihr, das ist ein Hinweis, mit dem euer Dad auch im echten Leben etwas anfangen kann?«

Bevor einer der beiden antworten konnte, erklang erneut ein Knacken, dann ein Schleifen von Stein auf Stein.

»Oh shit!« Erschrocken hackte Jamie nach einer weißen Knochenhand, die sich unter der Grabplatte eines Sargs hervorschob und nach ihm grapschte. »Ich wusste doch, dass es hier noch ungemütlich wird!«

An jedem der Särge ruckelten nun die Deckel zur Seite und Knochen kratzten über Stein, als die Skelette aus ihren Totenkammern krochen.

»Nein!« Obwohl eins der Gerippe ihn fast erreicht hatte, ließ Ned sein Schwert sinken und machte keinerlei Anstalten, sich zu verteidigen. »Dad, es reicht. Ich will nicht mehr.« In seiner Stimme lag unendliche Müdigkeit. »Es ist vorbei. Ich kann das nicht mehr.«

Erschrocken wandten Jamie, Zack und Jemma sich zu ihm um.

»Was ist los?«, fragte Jamie besorgt und musste im nächsten Moment heftig blinzeln, als die komplette Skelettarmee zu flackern begann und sich mit einem Mal auflöste. Doch nicht nur die. Auch sein Schwert verschwand aus seiner Hand und sein Messer von seinem Gürtel. »Was zum Teufel …?!«

Verwirrt blickte er zu den anderen. Jemma und Zack hatten ebenfalls ihre Waffen verloren, Will und Ned dagegen trugen ihre Schwerter noch.

»Was ist passiert?«

Will warf einen schuldbewussten Blick zu Jemma, drehte sich dann aber zu seinem Bruder um, doch Ned wandte sich ab und ging mit hängenden Schultern zu einem der Särge.

»Dad hat ins Spiel eingegriffen und unsere Gegner gelöscht, damit sie uns nicht angreifen.« Will sah noch immer zu Ned und seufzte schwer. »Ich denke, das Spiel ist vorbei.«

Jamie blickte ebenfalls zu Ned. Er trat zu ihm an den Steinsarg und legte ihm eine Hand auf die Schulter. »Ist schon okay«, versicherte er. »Wenn dir nicht gut ist und du für heute genug hast, dann ist das völlig in Ordnung. Wir gehen einfach raus und machen was anderes. Oder du legst dich erst mal hin und ruhst dich aus.«

Ned schloss kurz die Augen, dann sah er ihn an und schüttelte gequält den Kopf. »Du solltest nicht so nett zu mir sein.« Seine Stimme klang bitter, als er Jamies Hand abschüttelte. »Gerade du nicht.«

»Was?« Verständnislos sah Jamie ihn an. »Wieso? Was ist denn auf einmal los?«

Doch Ned wandte sich nur wortlos ab. Er betrachtete den steinernen Sargdeckel und fuhr langsam über die beiden Buchstaben im Familienwappen. Plötzlich, als hätten sie ihm einen Stromschlag verpasst, zuckte er zurück.

»N.W.« Geschockt starrte er auf die beiden Buchstaben.

Jamie nickte unsicher. »Ja, NightWhisper. Ned, was ist los?«

Erneut wollte er ihm seine Hand auf die Schulter legen, doch Ned wich vor ihm zurück und blickte stattdessen mit hilflosem Entsetzen zu seinem Bruder.

»NightWhisper«, flüsterte er. »Ich hab's beim Programmieren gar nicht gemerkt … Es war ja so auch nie geplant … Aber N.W. – das steht auch für uns …«

Will starrte ihn erschrocken an. »Ned und Will …«

»Wovon zum Teufel redet ihr da?« Ein ungutes Kribbeln breitete sich in Zacks Magen aus, als er zwischen den beiden hin und her sah. »Was soll das heißen: *N.W. steht für Ned und Will?*«

Ned hob kurz den Blick, konnte aber weder ihm noch Jamie oder Jemma in die Augen sehen. »Der Mind Ripper sind Will und ich.«

Kapitel 22

»*Was?!*«

Im ersten Moment glaubte Jamie an einen blöden Witz, doch Ned sank auf eine der Podeststufen und sah kein bisschen so aus, als würde er scherzen.

»Will und ich sind der Mind Ripper«, wiederholte er tonlos und verbarg sein Gesicht in den Armen. »Wir haben die drei Jungen hierhergelockt und es ist unsere Schuld, dass sie im Koma liegen.«

Jemma starrte Will ungläubig an und fühlte sich, als hätte ihr jemand einen Schlag in den Magen verpasst.

Er war der Mind Ripper?!

Wills Blick war Antwort genug. »Wir müssen euch einiges erklären.«

»Ja, das wäre wirklich fantastisch!« Zack funkelte ihn an. »Was soll der Scheiß? Was für ein krankes Spiel treibt ihr hier? Habt ihr uns nach *Dark Grove* gebracht, um uns auch ins Nirwana zu schicken? Ist das der Grund, warum euer Dad uns unsere Waffen weggenommen hat, ihr eure aber noch habt? Damit wir uns nicht wehren können?« Aufgebracht fuhr er sich durch die Haare. »Euer Vater steckt doch mit euch unter einer Decke, oder nicht?«

»Ja, schon, aber –«

»Ich will hier raus.« Jemma packte Jamie und Zack an den Armen und zog sie ein gutes Stück von Will und Ned fort. »Wir gehen aus dem Netz, sofort!« Sie fasste an ihre virtuellen Schläfen, spürte aber nicht wie sonst ihre Finger, die im realen Leben die Kontakte der CyberSpecs lösen konnten. Panisch tastete sie ihre Schläfen ab und sah, dass Zack und Jamie dasselbe Problem hatten. Auch sie fanden die Kontakte nicht.

Das bedeutete, sie konnten die C-World nicht verlassen.

Sie waren im Cybernetz gefangen.

»Was habt ihr mit uns gemacht?«, flüsterte sie entsetzt.

»Dad hat die Spiel-Verlassen-Funktion in euren Specs blockiert, aber das ist nicht weiter gefährlich.« Beschwichtigend trat Will einen Schritt auf sie zu, doch Jemma wich sofort vor ihm zurück. »Bitte! Wir wollen euch nichts tun. Lasst uns einfach alles erklären!«

»Erst wenn wir hier raus sind.« Zacks Stimme war eisig. »Wenn ihr uns wirklich nichts tun wollt, dann beweist es und lasst uns aus dem Netz!«

Will schien mit sich zu ringen, doch schließlich nickte er widerstrebend. »In Ordnung. Aber hört uns dann bitte zu!«

Zack funkelte ihn nur kalt an.

Will seufzte resignierend und sprach dann laut in den Raum. »Dad, lass sie raus.«

Erneut tasteten Jemma, Jamie und Zack nach den Kontakten an ihren Schläfen. Bange Sekunden verstrichen, dann spürten sie das vertraute Gefühl in ihren Fingern und rissen sich die CyberSpecs herunter.

Ein stechender Schmerz fuhr durch Jemmas Kopf, da sie sich nicht die Zeit genommen hatte, das Cybernetz ordnungsgemäß zu verlassen. Ihre Augen tränten und ihr wurde schwindelig, als ihr Gehirn ruckartig von der virtuellen Welt auf die Realität umschalten musste. Keuchend rieb sie sich über die Augen und schüttelte den Kopf, um wieder einen klaren Blick zu bekommen. Sie saß auf dem Sofa im Hightechkeller der Dunningtons und sah erleichtert, dass Jamie und Zack ebenfalls aus der CyberWorld herausgekommen waren. Auch sie hatten sich nicht mit dem vorschriftsmäßigen Verlassen aufgehalten und kämpften nun mit Kopfschmerzen, Schwindel und tränenden Augen.

Aber ihnen war nichts Schlimmeres passiert.

Neben Jemma regten sich Ned und Will und zogen ihre Specs von den Gesichtern. Sofort suchte Will ihren Blick und wollte nach ihrer Hand greifen, doch Jemma sprang hastig von der Couch auf und wich vor ihm zurück.

»Bitte!« In seiner Stimme lag ein Flehen. »Ihr musst uns zuhören!«

»Wir müssen gar nichts!«, fauchte Zack. Er schob Jamie den Rollstuhl hin, damit er sich umsetzen konnte, und warf Will einen warnenden Blick zu. »Außer vielleicht zur Polizei gehen!«

Will hob die Arme und hielt Zacks Blick herausfordernd stand. »Und was wollt ihr denen erzählen? Mann, ihr wisst doch gar nicht, worum es überhaupt geht! Lasst es uns doch erst mal erklären! Danach könnt ihr immer noch entscheiden, ob ihr wirklich zur Polizei gehen wollt!«

Sein Vater trat zu ihm und drückte besänftigend seine Schulter. »Will hat recht. Es steht euch frei, zu gehen und der Polizei alles zu erzählen. Allerdings nur unter einer Bedingung: Ihr hört euch vorher an, was wir zu sagen haben.«

Sonst was?

Finster starrte Zack den Wissenschaftler an. Sein Herz hämmerte wie wild gegen seine Rippen und es kostete ihn jede Menge Beherrschung, sich nicht anmerken zu lassen, wie viel Angst er hatte. Dass er sich ausgeliefert fühlte und überhaupt keine Ahnung hatte, was hier los war. Am liebsten wäre er sofort losgestürmt, um Jamie und Jem in Sicherheit zu bringen. Einfach nur weg hier! Doch wenn die Dunningtons sie nicht gehen lassen wollten, hatten sie gegen die drei keine Chance. Nicht mit Jamie. Und ihn hier zurückzulassen, um alleine Hilfe zu holen, kam nicht in Frage.

Hilflos ballte Zack die Fäuste.

Verdammt! Was sollte er tun?

Selbst wenn sie es irgendwie schafften, das Anwesen zu verlassen, hatte Will ja nun mal beschissenerweise recht: Was sollten sie der Polizei sagen? Dass die Söhne von Edward Dunnington zugegeben hatten, verantwortlich dafür zu sein, dass drei Jungen ins Koma gefallen waren? Sie hatten keinerlei Beweise dafür! Und ein Motiv sah Zack auch nicht.

Es war also vielleicht wirklich cleverer, sich erst mal anzuhören, was die Dunningtons zu sagen hatten – auch wenn sich alles in ihm dagegen sträubte.

Er blickte zu Jemma, die offensichtlich zu derselben Einsicht gekommen war, denn sie nickte knapp. Jamie dagegen schien erstaunlich ruhig. Er musterte Ned, der sich leichenblass in die äußerste Sofaecke gekauert hatte und allen Blicken auswich. Stirnrunzelnd sah Jamie von ihm zu Will und Dunnington.

»Was ist hier los? Es hat irgendwas mit Ned zu tun, stimmt's?«

Dunnington seufzte und trat zu seinem jüngeren Sohn. Er setzte sich neben ihn auf die breite Armlehne des Sofas, legte ihm einen Arm um die Schultern und nickte. »Es hat alles mit Ned zu tun.«

»Und was heißt das?«

Erleichtert, dass Jamie offensichtlich bereit war, ihnen die Chance für eine Erklärung zu geben, ließ Will sich neben seinem Bruder auf die Couch sinken. »*Doom of Dark Grove* ist Neds Spiel. Vor ungefähr anderthalb Jahren hat er angefangen, die Story um den Mind Ripper zu schreiben, um dann das Spiel danach zu programmieren. Er ist ein echtes Genie. Er war es, der einen Weg gefunden hat, den Geruchssinn und das Schmerzempfinden in die CyberWorld einzubauen.« Der Stolz in Wills Stimme war nicht zu überhören, doch ein dunkler Schatten lag auf seinem Gesicht. »Alles lief super, bis er vor einem halben

Jahr die Diagnose bekam, dass der Krebs ein weiteres Mal zurückgekommen ist.« Er biss sich auf die Lippen und schwieg.

Dunnington betrachtete seine beiden Söhne und übernahm das Reden. »Ned und Will haben euch erzählt, dass Neds Behandlung anschlägt und er wieder gesund werden wird.« Er fuhr sich über die Augen und seufzte schwer. »Das stimmt leider nicht. Er bekommt bereits die stärkste Chemo, doch sie zeigt kaum mehr eine Wirkung. Sie kann sein Leben zwar noch etwas verlängern, heilen kann sie ihn aber nicht. Medizinisch ist Ned nicht mehr zu helfen und der Krebs wird seinen Körper in wenigen Monaten vollständig zerstört haben.«

Der Schock traf sie hart. Unfähig irgendwas zu sagen, starrten Jamie, Jemma und Zack zu Ned, doch Dunnington ließ ihnen keine Zeit, um über die Tragweite seiner Worte nachzudenken. Er stand auf und sah die drei eindringlich an.

»Das, was ich euch jetzt zeige, ist streng geheim.« Er zog eine kleine Fernbedienung aus seiner Hosentasche und richtete sie auf eine mannshohe Schiebetür in der Wand direkt neben dem Sofa. Ein mechanisches Klicken ertönte und die Tür glitt auf. Dunnington drückte einen weiteren Knopf und eine Gestalt erschien im Türrahmen.

Es war – *Ned?!*

Und doch war er es nicht.

Fassungslos starrten die drei auf einen Roboter, der ohne Frage Neds Ebenbild war. Allerdings wirkte er älter, wie ein achtzehn- oder neunzehnjähriger, gesunder Zwilling des bleichen und von seiner Krankheit gezeichneten Jungen, der auf dem Sofa hockte. Mit geschlossenen Augen, ganz so, als würde er im Stehen schlafen, stand der Doppelgänger auf einem Rollbrett, das Dunnington um das Sofa herum zu ihnen dirigierte.

»Was –?«, brachte Zack mühsam hervor.

»Das ist Neds einzige Chance, zu überleben.« Dunnington stand auf und trat vor das Abbild seines Sohnes. »Die Medizin kann seinen Körper nicht heilen, aber ich habe mit der Technik eine Möglichkeit geschaffen, seinen Körper zu ersetzen.« Er betrachtete seine Schöpfung, die absolut lebensecht wirkte – bis auf die Tatsache, dass sie völlig reglos dastand.

Jemma musste unwillkürlich an Max, ihren Hausroboter, denken, der, solange er in Betrieb war, von einem echten Menschen nicht zu unterscheiden war. Wenn er sich jedoch abschaltete, sah er genauso aus wie dieses Hightechebenbild von Ned.

»Aber wie …?« Mit einer Mischung aus Skepsis und Faszination blickte Jamie zwischen Ned und dem Roboter hin und her.

Dunnington verstand seine unausgesprochene Frage trotzdem. Er wies auf den Roboter. »Dieser Körper ähnelt denen, die ihr von den Hightechgehilfen kennt, die uns den Alltag erleichtern. Normalerweise werden sie mit Computergehirnen ausgestattet, in die die künstliche Intelligenz einprogrammiert wird, die sie zur Bewältigung ihrer Aufgaben brauchen. Nachdem es mir vor fünf Jahren gelungen war, eine Technologie zu entwickeln, die es dem Menschen ermöglicht, sein Bewusstsein in der virtuellen Welt in einen Avatar einzusetzen und diesen dort nur mit seinen Gedanken zu steuern, habe ich alles darangesetzt, diese Technologie auch für die reale Welt umzusetzen. Statt mit seinem Geist in eine virtuelle Figur zu schlüpfen, sollte man in der Realität in einen Roboter schlüpfen und ihn auf die gleiche Weise steuern können.«

Entgeistert starrte Jemma ihn an. »Aber das würde ja bedeuten –«

»Dass niemand mehr sterben muss, nur weil er an einer Krankheit leidet, für die die Medizin noch keine Heilung gefunden hat«, vervollständigte Will ihren Satz.

Jemma sah von ihm zu Ned, der ihrem Blick mit einer Mischung aus Unsicherheit und Trotz standhielt.

»Nicht nur das«, meinte Dunnington. »Im Prinzip könnte diese neue Robotertechnik eine Möglichkeit für eine deutliche Lebensverlängerung darstellen, obwohl auch die biotechnischen Körper mit der Zeit verfallen und nicht ewig halten werden. Aber wenn es einmal gelungen ist, das Bewusstsein vom menschlichen Körper in einen Roboter zu transferieren, wird es kein großartiges Problem darstellen, dies von einem Roboterkörper in den nächsten ebenfalls zu bewerkstelligen.«

Jemma, Zack und Jamie schwiegen und hatten Mühe, sich von all den Informationen nicht erschlagen zu lassen. Schließlich sah Jamie von Ned zu seinem Roboter und dann zu Dunnington.

»Das –«, begann er zögernd, »– das heißt, wenn Neds Körper stirbt, dann wollen Sie sein Bewusstsein einfangen und in diesen Roboter stecken, damit er so weiterleben kann?«

Dunnington nickte. »Sehr einfach ausgedrückt, ja, genauso soll es sein.« Er sah die drei ernst an. »Das, was einen Menschen ausmacht, ist nicht sein Körper, sondern sein Geist. Seine Erinnerungen und Gefühle, seine Wünsche und seine Träume. All das verschwindet in so vielen tragischen Fällen einfach, nur weil die fürchterlich anfällige und zerbrechliche Hülle des menschlichen Körpers versagt und dem Bewusstsein keinen Halt und Schutz mehr geben kann.« Grimmige Entschlossenheit trat nun in seinen Blick. »Ich habe meine Frau an dieses grausame Schicksal verloren. Ich werde nicht zulassen, dass es meinem Sohn genauso ergeht.«

Jemma schaute zu Jamie. Sie konnte spüren, dass er genauso aufgewühlt war wie sie selbst. Sie wussten beide nur zu gut, wie verdammt zerbrechlich der menschliche Körper war. Ihre

Mum war bei dem Verkehrsunfall ihren schweren Verletzungen erlegen, weil ihr Körper die Wucht des Zusammenstoßes nicht überstanden hatte. Jamies Körper war seitdem irreparabel geschädigt. Wie bahnbrechend wäre es, wenn solche Schicksalsschläge in der Zukunft verhindert werden könnten? Wenn ein zerstörter Körper kein schmerzhaftes Leben im Rollstuhl oder gar einen viel zu frühen Tod bedeuten musste?

Wie es bei ihrer Mum der Fall gewesen war.

Wie es Ned in ein paar Monaten drohte.

Zack merkte, wie hart Jamie und Jemma an ihren Gefühlsfronten zu kämpfen hatten. Ihm war klar, was Dunningtons Verheißungen bei ihnen auslösen mussten und er musste selbst mit sich kämpfen, um nicht mit auf diesen Zug aufzuspringen.

Doch irgendetwas störte ihn.

Skeptisch betrachtete er den neuartigen Roboter, der eine Zukunft ohne Krankheiten, Schmerzen und praktisch das ewige Leben versprach.

Klang das alles nicht viel zu schön, um wahr zu sein?

Shit! Ja, verdammt! Das tat es!

»Es funktioniert nicht.« Er sah vom Roboter zu den drei Dunningtons, als ihm mit einem Mal klar wurde, was los war.

Verwirrt sahen Jamie und Jemma ihn an. Zack jedoch konzentrierte sich nur auf den Wissenschaftler.

»Es funktioniert nicht, nicht wahr? Die Theorie hört sich sicher fantastisch an, aber in der Praxis haben Sie es noch nicht geschafft, ein menschliches Bewusstsein aus seinem ursprünglichen Körper in einen Roboter zu transferieren, stimmt's? Sie haben es versucht, sind aber ganz grausam daran gescheitert. Deshalb liegen die drei Jungen im Koma! Sie waren Ihre Versuchskaninchen!«

Geschockt starrten Jemma und Jamie von Zack zu Dunnington.

Der bedachte Zack mit einem langen Blick und nickte schließlich. »Du hast recht. Es gab bisher drei vergebliche Versuche, ein menschliches Bewusstsein in diesen Roboter zu übertragen. Leider sind dabei Komplikationen aufgetreten und wir waren nicht sehr erfolgreich.«

»*Nicht sehr erfolgreich?*«, wiederholte Zack empört. »Sie haben drei Menschenleben zerstört!«

Ned und Will zuckten zusammen, doch Dunnington sah Zack nur weiter ruhig an.

»Nein, das haben wir nicht. Die Körper der Jungen liegen zwar in einer Art Koma, aber jedes einzelne Bewusstsein ist unversehrt und ich habe sie in sicherer Verwahrung. Mit etwas Glück kann ich sie heute schon in ihre Körper zurückgeben.«

»Was?!« Völlig verwirrt starrte Zack ihn an.

Jamie dagegen sah zu Ned. »Du hast gesagt, du und Will, ihr wärt der Mind Ripper. Das heißt, ihr beiden habt den Jungen im Cybernetz das Bewusstsein gestohlen und versucht, es testweise in deinen neuen Körper einzusetzen?«

Ned erwiderte seinen Blick und nickte.

»Aber es hat nicht funktioniert.«

Wieder nickte Ned und stumme Verzweiflung lag in seinen Augen.

»Wie habt ihr das gemacht? Und warum hat es nicht funktioniert?«

Ned sah von Jamie zu seinem Vater. Der drückte ihm ermutigend die Schulter.

»Erzähl es ihnen. Danach sollen sie entscheiden, was sie tun wollen.«

Ned zögerte noch einen Moment, dann begann er zu erzählen. »Dad hat mit der Entwicklung meines Biokörpers angefangen, als ich vor zwei Jahren zum zweiten Mal Leukämie bekam.« Seine Stimme klang dumpf und verzweifelt. »Ich konnte es kaum ertragen, wie diese widerliche Krankheit sich erneut durch meinen Körper gefressen hat.« Er vergrub sein Gesicht in den Händen. »Oder wie die beschissene Chemo durch meine Adern kroch. Immer wieder kotzen zu müssen, die Haare zu verlieren, nicht aus dem Haus gehen zu dürfen, weil mein Immunsystem kaputt war und selbst ein kleiner Schnupfen für mich gefährlich werden konnte. Sich ständig krank und schlapp und müde zu fühlen.« Mühsam atmete er durch. »Ich war das alles so satt …« Wütend ballte er die Fäuste und presste sie gegen seine Schläfen. »Dazu immer diese Scheißangst: Wenn der Krebs einmal wiedergekommen war, warum sollte er es dann nicht noch mal tun? Und noch mal? Und wieder und wieder?« Er unterdrückte ein Schluchzen, doch die Tränen in seinen Augen konnte er nicht verbergen. »Und dann kam es genauso! Genau wie bei Mum!« Er krallte seine Finger in die Wollmütze und vergrub sein Gesicht tief zwischen seinen Armen. »Warum, verdammt? Warum ich? Scheiße, Mann! Ich will nicht sterben!« Seine knochigen Schultern verkrampften sich, als er verzweifelt darum kämpfte, nicht noch mehr die Fassung zu verlieren.

Mitfühlend legte sein Dad erneut den Arm um ihn und Will strich ihm über den Rücken. Dann wies er auf den Roboter und sprach für seinen Bruder weiter.

»Wie ihr seht, sieht er älter aus, als Ned im Moment ist. Eher wie achtzehn oder neunzehn.« Er seufzte. »Wir hatten gehofft, uns würde mehr Zeit bleiben, doch leider haben wir die nicht. Als die Diagnose kam, war Neds Roboter zwar schon so gut wie fertig und technisch einsatzbereit, aber wir hatten noch keine Gelegenheit gehabt, den Übergang des Bewusstseins aus dem menschlichen Körper in eine Maschine zu testen. Dad hatte dafür zwar schon verschiedene Ideen und Theorien entwickelt, doch wir hatten keine Möglichkeit, jede einzelne auf Risiken und Gefahren durchzugehen. Ned wollte sie einfach nacheinander ausprobieren, bis eben eine funktioniert hätte, doch um die viel zu schnell fortschreitende Leukämie zumindest ein bisschen aufzuhalten, hatte er wieder eine Chemo beginnen müssen. Er war einfach viel zu geschwächt und wir hatten Angst, dass er weder die Anstrengungen noch die Tiefschläge der Misserfolge durchstehen würde.« Will schwieg und rieb sich müde über die Augen.

Ned wischte sich die Tränen vom Gesicht. »Will wollte die Versuche an meiner Stelle machen und herausfinden, welches der beste Weg ist, um das Bewusstsein zu transferieren«, sagte er mit rauer Stimme und schüttelte den Kopf. »Aber das wollte ich nicht. Ich hätte es nicht ertragen, wenn ihm dabei irgendwas passiert wäre. Und Dad auch nicht.« Er schluckte hart und das schlechte Gewissen stand ihm deutlich ins Gesicht geschrieben. »Also brauchten wir andere Testpersonen.«

»Dad ist sich sicher, dass ein Übergang von einem Körper in den nächsten am einfachsten über das Cybernetz geht«, übernahm Will wieder, »denn in der virtuellen Welt ist das Bewusstsein ja schon vom menschlichen Körper losgelöst und befindet sich im Avatar. Wir brauchten also jemanden aus dem Cybernetz, deshalb sind wir in einen C-Club gegangen, in dem sich CyberGamer treffen, und haben dort einen Jungen gesucht, der ungefähr in Neds Alter ist, um die Parameter für einen Transferversuch so ähnlich wie möglich zu halten.« Er zögerte kurz, bevor er weitersprach. »Um das Bewusstsein einzufangen und in einen neuen Körper zu übertragen, muss man es vorher vom Avatar lösen und dafür muss man diesen zerstören. Also mussten wir mit dem Jungen ein CyberGame spielen und dafür sorgen, dass sein Avatar irgendwann im Spielverlauf starb.«

»Ihr wolltet aber kein offizielles CyberGame nehmen, denn dort wäre man euch womöglich auf die Schliche gekommen.« Langsam wurde Jemma klar, wie alles abgelaufen war.

Will nickte. »*Doom of Dark Grove* kannte noch kein Mensch. Es hatte zwar ganz am Anfang eine Meldung gegeben, dass an einem neuen Fantasygame gearbeitet wird, weil Dad Neds Idee grandios fand, aber nachdem Ned wieder krank geworden war, hatte sich das erledigt und es gab keine Infos mehr für die Öffentlichkeit und weder der Name des Spiels noch seine Story waren zuvor bekannt gegeben worden. Wir konnten *Dark Grove* also ganz gefahrlos benutzen.« Er atmete tief durch. »Unsere Masche war immer die gleiche: Wir gingen in einen C-Club zu irgendeinem CyberGame, sahen uns nach einem Jungen um, der vom Alter passte und erzählten ihm, dass wir für eine Spielefirma Betatester für ein neues CyberGame suchen. Wenn er jetzt sofort Zeit und Lust hätte mitzukommen, könnte er es kostenlos spielen und wir würden unserem Auftraggeber gern seine Meinung zurückmelden.«

»Und dann habt ihr sie einen nach dem anderen nach *Dark Grove* gebracht und den Mind Ripper jagen lassen, ohne dass sie wussten, dass sie selbst die Gejagten waren«, murmelte Zack.

Ned nickte. »Das Spiel kannte ja niemand. Den Großteil hab ich ganz allein programmiert und wenn, dann haben nur Dad und Will mir geholfen. Wir konnten also sicher sein, dass uns niemand bemerken würde.« Er wischte sich über die Augen. »Ich hab das Spiel so umprogrammiert, dass dem jeweiligen Jungen bereits in den ersten Minuten ein so starker Gegner entgegentrat, dass er keine Chance hatte und sein Avatar schnell zerstört wurde. Dad hat die Millisekunden abgepasst, in denen das Bewusstsein frei zwischen Avatar und menschlichem Körper schwebt. Er hat es eingefangen und dann versucht, es in den Bioroboter einzusetzen.«

»Aber genau das hat bei keinem Versuch funktioniert«, schlussfolgerte Jamie.

»Nein.« Niedergeschlagen schüttelte Ned den Kopf.

»Wisst ihr, woran es lag?« Jamie sah von ihm zu Dunnington.

Der fuhr sich über übers Gesicht. »Ich denke, die Jungen haben Panik bekommen, als sie merkten, dass ihr Avatar gestorben war, sie aber nicht wie sonst üblich einfach aus dem Spiel gehen konnten, sondern ich versucht habe, sie zu etwas zu zwingen, das sie nicht tun wollten. Es hat ihnen Angst gemacht und sie haben sich dagegen gewehrt und deshalb hat der Übergang nicht funktioniert.«

»Aber warum sind die Jungen ins Koma gefallen? Warum ist ihr Bewusstsein nicht einfach in ihren Körper zurückgegangen?«

Dunnington schüttelte den Kopf. »Das konnte ich nicht zulassen. Wenn die Jungen über ihre Erlebnisse geredet hätten, wären wir aufgeflogen. Ich konnte sie also nicht gehen lassen. Daher habe ich sie in der CyberWorld festgehalten. Jeden von ihnen in seiner eigenen kleinen Welt und es geht ihnen gut. Leider hat das natürlich bedeutet, dass es in der Realität so aussieht, als wären sie beim Spielen im Cybernetz ins Koma gefallen.« Der Wissenschaftler seufzte. »Beim ersten Jungen gingen die Ärzte davon aus, dass es an ihm gelegen hat. Dass er zu lange gespielt oder auf irgendwas überreagiert haben könnte. Ich hatte seine CyberSpecs übers Netz mit einem Virus infiziert, der sie gelöscht hat, sodass niemand nachvollziehen konnte, wo der Junge war und was er zuletzt gemacht hatte. Die Ärzte gingen von einem Defekt am Gerät aus, der für eine Art Kurzschluss im Gehirn gesorgt haben könnte. Niemand hat geahnt, was in Wirklichkeit passiert war.«

Jamie sah ihn nachdenklich an. »Aber dann passierte es mit einem weiteren Jungen und die Presse wurde darauf aufmerksam.«

Dunnington nickte betrübt. »Der erste Versuch hatte nicht funktioniert, also mussten wir es noch einmal ausprobieren.« Er seufzte. »Ich hatte ein paar Einstellungen optimiert und einige Parameter geändert, aber das Ergebnis war das gleiche: Es funktionierte nicht. Und du hast recht. Die Presse wurde aufmerksam und wir mussten noch vorsichtiger sein. Erste Vermutungen einer möglichen Erpressung wurden laut, die sich noch um ein Vielfaches anstachelten, als der dritte Junge ins Koma fiel.« Er lächelte freudlos. »Ich lasse Polizei und Presse spekulieren, was immer sie wollen. Solange es weit genug von der Realität entfernt ist, ist mir alles recht. Ich habe mich nur von Anfang an mit den Ärzten in Verbindung gesetzt. Deshalb haben Ned und Will auch nur Jungen ausgesucht, die aus London kommen. Ich wollte sie in der Nähe haben, um ihnen helfen zu können, denn ich möchte wirklich nicht, dass sie länger als nötig in diesem Zustand bleiben. Dafür musste die Polizei mir ihre CyberSpecs aushändigen.« Er wies auf den Arbeitsbereich, auf dem die verschiedenen CyberSpecs lagen. »Es mag zwar für die Welt so aussehen, als ob die Jungen im Koma liegen, aber das tun sie nicht. Ich lese da drüben keine Speicherkarten aus. Ich habe einen Weg gefunden, die Erinnerungen an das Experiment aus ihrem Bewusstsein zu löschen. Jetzt befinden die drei sich in einer jeweils eigens für sie konzipierten Cyberwelt. Sie haben keine Ahnung, wie lange sie schon dort sind, weil ich ihnen ihr Zeitgefühl genommen habe. Wenn sie wieder in ihre Körper zurückkehren, werden sie sich an nichts erinnern können und einfach das Gefühl haben, sie hätten geschlafen und etwas völlig Verrücktes geträumt.«

Verständnislos sah Jemma ihn an. »Aber warum tun Sie das? Warum halten Sie die Jungen hier fest, wenn Sie mit ihrem Bewusstsein doch nichts mehr anfangen können?«

»Nur weil ein Übergang im ersten Versuch nicht funktioniert hat, habe ich nicht gleich aufgegeben. Es gab weitere Testläufe, in denen ich verschiedene Parameter geändert habe. Leider führten die auch nie zum wirklich großen Durchbruch, aber bei der allgemeinen Fehlersuche und zum Verständnis des generellen Problems haben sie sehr geholfen.«

Zack starrte ihn empört an.

Jamie dagegen musterte Dunnington stirnrunzelnd. »Zum Verständnis des generellen Problems? Sie wissen jetzt, warum es nicht funktioniert hat?«

Dunnington erwiderte seinen Blick und nickte. »Ich denke, ja.«

Bevor Jamie noch etwas sagen konnte, fuhr Zack den Wissenschaftler ungehalten an. »Deswegen sind wir hier, nicht wahr?« Wütend sah er zu Will. »Du hast uns mit deiner verdammten Geschichte vom Computerspiel, das angeblich ach so grausame Parallelen zur Wirklichkeit hat, geködert und uns genauso nach *Dark Grove* gelockt, wie die anderen drei Jungen.« Seine Augen verengten sich zu schmalen Schlitzen. »Aber warum wir alle drei? Warum Jem? Sie passt als Mädchen doch gar nicht in die Parameter. Und warum habt ihr uns so lange spielen lassen? Das war doch ein enormes Risiko! Wir hätten ja jederzeit jemandem davon erzählen können. Sich nur auf unsere Signatur unter den blöden Verschwiegenheitserklärungen zu verlassen, war ziemlich riskant.«

Will verzog das Gesicht. »Im Prinzip schon. Aber ich hab

mich einfach auf euch verlassen. Als ich Jemma im McAllister's getroffen habe, hat sie mir von ihrer Mum und Jamie erzählt und als ich euch beiden dann auch noch kennengelernt hab, war mir klar, dass ihr loyal seid und Freunde weder hängen lasst noch verraten würdet. Deshalb haben wir euch vertraut und uns auf euer Wort verlassen. Natürlich war das riskant, aber es war unsere einzige Chance!« Er sprang auf, raufte sich durch die Haare und wies verzweifelt auf seinen Bruder. »Wir hatten einfach keine andere Wahl! Ned hat verdammt noch mal nicht mehr viel Zeit!«

Betroffen schauten Zack, Jamie und Jemma von Will zu Ned.

Dunnington ergriff wieder das Wort und sein Blick wanderte zu Jamie. »Wir glauben, die bisherigen Versuche sind gescheitert, weil die Jungen ihren menschlichen Körper nicht verlassen wollten. Sie hatten keinen Grund, sich von ihm zu lösen, um eine andere Hülle auszuprobieren. Der Gedanke hat sie vielleicht sogar erschreckt und deshalb haben sie sich gegen den Übergang gewehrt. Aber wir denken, dass jemand, der sich in einer ähnlichen Situation wie Ned befindet und der sich auf den Versuch freiwillig einlässt, ein Proband ist, der Erfolg haben wird.«

Wortlos starrte Jamie ihn an. Tief in sich drin hatte er irgendwie schon geahnt, dass es hier um ihn ging, doch er hatte sich geweigert, dieser Tatsache ins Auge zu sehen. Jetzt konnte er sie aber nicht länger leugnen.

»Sie wollen, dass ich für Ned in den Roboter gehe«, murmelte er tonlos.

Dunnington sah ihm fest in die Augen und nickte.

Für einige Sekunden herrschte Totenstille und Jemma spürte, wie sich eine eisige Kralle um ihre Brust legte, die immer fester zudrückte, bis sie glaubte, kaum mehr atmen zu können.

Ganze Wellen von Gefühlen brandete auf sie ein und sie fürchtete, darin zu ersticken.

Angst um Jamie.

Entsetzten vor dem, was man von ihm verlangte.

Unbändige Wut auf Will, der mit ihr gespielt und sie gnadenlos ausgenutzt hatte.

Schuld, weil ihr Bruder nur durch sie in die Fänge dieser verdammten Leute geraten war.

»Wir haben euch die Geschichte von den seltsamen Parallelen des Mind Rippers erzählt und euch um Hilfe bei den Nachforschungen gebeten, weil wir eine Möglichkeit brauchten, euch besser kennenzulernen«, sagte Will leise. »Wir wollten uns beim Spielen mit euch anfreunden. Die Aussicht, ein Verbrechen zu lösen, Hinweise zu suchen und gemeinsam Gefahren zu bestehen – all das sollte uns zusammenschweißen und zu Freunden machen. Und es hat auch genauso funktioniert.« Niedergeschlagen wagte er einen Blick in Jemmas eiskalte Augen. »Viel zu gut sogar«, fügte er bitter hinzu. »Nicht nur ihr habt angefangen, uns zu mögen. Ned und mir geht es mit euch genauso.«

Fassungslos schüttelte Zack den Kopf. »Ihr habt von Anfang an geplant, dass wir irgendwann die Wahrheit über Ned, seine Krankheit und eure Versuche mit dem Roboter herausfinden, aber ihr wolltet vorher sichergehen, dass wir euch mögen und Mitgefühl für euch haben?!«

Die beiden nickten.

»Wir haben gehofft, dass Jamie dann bereit ist, sich freiwillig auf einen Versuch einzulassen.« Neds Stimme war kaum mehr als ein Flüstern, als er Jamie ansah. »Du weißt, wie es ist, wenn dein Körper dich im Stich lässt. Vermutlich hast du dir schon tausend Mal gewünscht, dass er anders wäre. Wieder so, wie vor deinem Unfall.« Er wies auf sein bionisches Ebenbild. »Der Roboter ist meine Chance, zu überleben. Aber er könnte für dich genauso ein neues Leben bedeuten.«

Jamie konnte ihn nur stumm anstarren.

Was sollte das bedeuten …?

Er zuckte zusammen, als Dunnington ihm eine Hand auf die Schulter legte.

»Ich bin mir sicher, dass dir der Übergang in den anderen Körper gelingen wird, wenn du dich darauf einlässt und keine Angst davor hast.« Wieder sah er Jamie fest in die Augen. »Wenn du bereit bist, diesen Versuch für Ned zu unternehmen, gebe ich dir mein Wort, dass ich dir einen ebensolchen Roboter erschaffen werde, mit dem du deine alte Beweglichkeit, dein altes Leben zurückbekommst, wenn du das möchtest.«

Jamie wusste nicht, was er sagen sollte. Er konnte den Wissenschaftler nur stumm anstarren und fuhr erschrocken zusammen, als sein Rollstuhl plötzlich nach hinten gerissen wurde.

»Fassen Sie ihn nicht an!«, fuhr Zack Dunnington wutentbrannt an. »Und hören Sie mit Ihren verdammten Spielchen auf! Haben Sie uns nicht schon genug manipuliert? Was für ein beschissenes Arschloch sind Sie eigentlich, dass Sie Jamie jetzt auch noch mit dem Versprechen auf ein neues Leben ködern wollen?«

Dunnington sah zu Zack, schien ihm seinen Tonfall aber nicht übel zu nehmen. Er atmete nur tief durch und blickte wieder zu Jamie. »Es ist deine Entscheidung.« Er trat an die Konsole, tippte ein paar Befehle ein und auf dem großen Bildschirm erschien ein Vertrag. Mit einem weiteren Befehl übertrug er eine Kopie auf ein Tablet, signierte sie und reichte das Gerät an Jamie weiter. »Hier steht alles drin. Wenn du für Ned den Übergang in seinen Roboter testest, baue ich dir deinen eigenen und du wirst nie wieder auf einen Rollstuhl oder deine Krücken angewiesen sein.«

Jamie starrte auf das virtuelle Schriftstück.

»Was, wenn er es nicht tut? Wenn er sich weigert?« Jemma krallte ihre Hand in Jamies Schulter. Sie konnte fühlen, was in ihrem Zwilling vorging und fürchtete sich vor dem, was unweigerlich kommen würde.

Dunnington sah sie beruhigend an. »Ich werde deinen Bruder zu nichts zwingen. Wir wissen, dass der Versuch dann nicht funktionieren würde. Wenn Jamie den Übergang nicht versuchen will, steht es euch frei, zu gehen. Wir müssen eine andere Testperson finden, die Ned ähnlich ist und bereit ist, sich auf das Experiment einzulassen. Und das schnell, denn Ned bleibt nicht mehr viel Zeit.« Er blickte sie, Zack und Jamie eindringlich an. »In diesem Fall würde ich allerdings an eure Verschwiegenheit appellieren und darauf hoffen, dass ihr Ned zuliebe nicht zur Polizei geht. Ich verspreche euch, dass alle Jungen wieder wohlbehalten aufwachen werden, sobald Ned sicher in seinem neuen Körper ist.«

Jemma schüttelte verzweifelt den Kopf. »Warum melden Sie Ihre verdammten Experimente denn nicht ganz offiziell an? Die Entwicklung dieses Roboters ist doch eine Sensation und es werden sich mit Sicherheit Freiwillige finden, die diese Tests für Sie durchführen!«

Dunnington schüttelte den Kopf. »Bis ein Antrag auf etwas so Großes durch sämtliche Kommissionen gewandert ist, vergehen Jahre. Und die hat Ned nicht.«

Noch immer krallte Jemma ihre Hand in Jamies Schulter. Sie wusste, was er sagen würde, noch bevor er die Worte aussprach.

»Ich mach es.«

Unendliche Erleichterung und Dankbarkeit traten in Neds bleiches Gesicht. Jemma dagegen fühlte sich, als würde ihr jemand die Kehle zuschnüren und sie kaum noch atmen lassen.

Wie betäubt schüttelte sie den Kopf, während Zack Jamie vorwurfsvoll ansah.

»Spinnst du?! So wie die uns die ganze Zeit verarscht haben, willst du ihnen jetzt einfach so vertrauen? Scheiß auf den verdammten Roboter, den er dir verspricht! Das Risiko ist es nicht wert! Du weißt doch gar nicht, ob es wirklich stimmt, dass die Jungen nur ins Koma gefallen sind, weil sie nicht freiwillig in den Roboter gehen wollten!«

»Zack hat recht, Jamie! Was ist, wenn es an etwas ganz anderem liegt und du genauso endest wie sie?« Jemma spürte, wie ihr aus Angst um ihren Bruder Tränen in die Augen traten.

Nicht noch einmal.

Sie würde es nicht ertragen, ihn noch einmal zu verlieren.

Jamie nahm ihre Hand. »Ich glaube einfach, dass sie recht haben und dass es bei mir funktionieren wird.«

Verzweifelt schüttelte sie den Kopf. »Weil du es glauben willst! Aber du kannst es nicht wissen! Was ist, wenn du dich irrst?«

»Wir wissen jetzt doch, dass die Jungen gar nicht im Koma liegen.« Er drückte ihre Hand. »Wenn es bei mir nicht klappt und ich nicht in den Roboter hineinspringen kann, dann kehre ich einfach in meinen normalen Körper zurück. Mein Bewusstsein muss nicht irgendwo gefangen gehalten werden, damit man mir die Erinnerungen löschen kann.«

Wütend und voller Misstrauen blickte Zack von Jamie zu Dunnington. »Aber du weißt doch gar nicht, ob er wirklich die Wahrheit gesagt hat!«

Jamie sah ihn fest an. »Aber ich weiß, dass er seinen Sohn retten will und –«

»Ja!«, unterbrach ihn Zack mit einem freudlosen Lachen. »Und dabei ist ihm offensichtlich jedes Mittel recht!«

Jamie schüttelte den Kopf und sah zu Dunnington. »Wenn es nicht funktioniert, kann ich dann in meinen eigenen Körper zurückkehren?«

Der Wissenschaftler nickte. »So, wie ich deinen Versuch angelegt habe, sollte es kein Problem sein. Schließlich sollst du ja auch, wenn du erfolgreich den Roboter getestet hast, wieder in deinen eigenen Körper zurückgehen.«

»*Sollte es kein Problem sein!*«, höhnte Zack böse. Aufgebracht fuhr er sich durch die Haare und schüttelte den Kopf.

Jamie fasste seine Hand. »Ich will es versuchen, Zack.« Er merkte, wie Jemma ihre Hand wieder in seine Schulter krallte. »Jem, ich muss herausfinden, ob es wirklich möglich ist.«

Jemma konnte spüren, wie ungeheuer wichtig es für ihn war, und auch wenn die Angst sie halb wahnsinnig machte, wusste sie, dass sie ihn gehen lassen musste. Tapfer versuchte sie ihre Tränen zurückzuhalten – und nickte.

Dankbar zog Jamie sie für einen Moment fest in seinen Arm. Als er sie wieder losließ, sah er zu Zack, der ihn finster anschaute und stumm den Kopf schüttelte.

»Zack, es ist meine Entscheidung.« In seinen Augen stand mehr als deutlich, dass er sich von seinem Vorhaben nicht abbringen lassen würde. Doch Zack sah auch, wie wichtig es für Jamie war, dass er – Zack – hinter ihm stand und seiner Entscheidung vertraute. Alles in ihm sträubte sich dagegen und Angst und Sorge machten ihn ganz krank. Trotzdem überwand er sich, nickte und schaffte sogar ein schmales Lächeln.

Zwei Herzschläge lang sah Jamie ihm in die Augen und drückte seine Hand. Dann schaute er kurz zu Ned und Will und schließlich zu Dunnington.

»Was muss ich tun?«

Kapitel 23

Jemma fühlte sich wie in einem bösen Traum, als sie zusehen musste, wie Jamie sich seine CyberSpecs aufsetzte und er nur Sekunden später auf dem Großbildschirm als Avatar in der verlassenen Grabkammer in Dark Grove auftauchte. Trotz seiner Entschlossenheit wirkte er jetzt doch nervös und Jemmas Herz zog sich zusammen.

Verdammt, er musste das doch nicht tun …

Will trat auf sie zu und wollte ihre Hand nehmen, doch sie wich sofort vor ihm zurück.

»Fass mich nicht an!«, zischte sie und ihre Augen sprühten Funken. Die Anspannung in ihr war kaum mehr zu ertragen, da würde Will ihr als Blitzableiter gerade recht kommen!

Wie angewurzelt blieb er stehen. »Es tut mir leid«, flüsterte er, aber Jemma schüttelte nur eisig den Kopf.

Ohne ein weiteres Wort und ohne ihn noch eines Blickes zu würdigen, wandte sie sich ab und starrte wieder auf den Großbildschirm. Zack warf Will einen warnenden Blick zu, dann legte er Jem seinen Arm um die Schultern und sie traten zu Jamies regloser Gestalt, die unter den CyberSpecs im Rollstuhl saß. Neben ihm stand Neds Roboter, der ebenfalls CyberSpecs trug. Dunnington gab einige Befehle ein und plötzlich erklang ein Lautsprecherknacken.

»Jamie, wir können starten.«

Zack und Jemma sahen wie Jamie in der CyberWorld zusammenzuckte, als für ihn plötzlich wie aus dem Nichts Dunningtons Stimme ertönte. Er wischte sich nervös über die Stirn und nickte knapp.

»Okay.«

»Gut.« Dunningtons Stimme klang ruhig und zuversichtlich,

während er einige Werte und Einstellungen überprüfte und ein letztes Mal die CyberSpecs des Roboters justierte. »Ich lösche jetzt gleich deinen Avatar. Du wirst dann zwei Möglichkeiten haben, dein Bewusstsein in einen Körper zurückzuführen. Eine wird dir sofort vertraut erscheinen und somit die sein, die du automatisch wählen willst. Diesem Drang musst du widerstehen und dich ganz bewusst für die zweite Möglichkeit entscheiden. Sie wird dich in Neds Roboter führen.«

»Okay.« Jamie wirkte jetzt noch nervöser. »Was ist, wenn ich es nicht schaffe und doch die falsche wähle?«

»Dann landest du ganz normal in deinem eigenen Körper«, beruhigte Dunnington. »In dem Fall können wir den Versuch noch einmal starten. Aber ich bin mir sicher, dass du es hinbekommst. Versuch, dich zu entspannen, und hab keine Angst.«

Jamie nickte.

Jemma war so nervös, dass sie auf ihrem Daumen kaute, bis es wehtat. Ihre Schulter schmerzte, weil Zack seine Hand hineingekrallt hatte. Finster starrte er auf den riesigen Bildschirm und stand offensichtlich genauso unter Strom wie sie. Aus den Augenwinkeln sah sie, wie Ned und Will zu ihrem Vater an die Bedienungskonsole traten und sich neben den Roboter stellten. Und auch wenn ihr klar war, was für ein unglaublich wichtiger Moment dies besonders für Ned sein musste, hatte sie in ihrem Inneren keinen Platz für mitfühlende Gedanken an ihn. Sie hoffte und betete nur, dass Jamie aus der ganzen Sache heil herauskam.

Dunnington tippte einen letzten Befehl ein. »Jamie, dein Avatar wird jetzt gelöscht.«

Jemmas Magen zog sich so arg zusammen, dass ihr die Luft wegblieb. Zack hielt sie fest im Arm und der Druck auf ihre Schulter wurde noch stärker, doch den Schmerz nahm sie kaum wahr. Sie starrte nur auf den Monitor und sah, wie das Abbild ihres Zwillings kurz aufflackerte und dann verschwand.

Totenstille.

Sekunden, die quälend langsam verstrichen.

Dunnington tippte hektisch auf dem Touchscreen herum, überprüfte Daten und sprang dann auf. »Ich denke, es hat funktioniert!« Mit zwei Schritten war er beim Roboter.

»Wenn es funktioniert hat, warum bewegt er sich dann nicht?« Jemmas Herz raste und ihre Stimme zitterte, als sie den Maschinenmenschen anstarrte, in dem nun angeblich das Bewusstsein ihres Bruders sein sollte.

Dunnington löste vorsichtig die Kontakte der CyberSpecs von den Schläfen des Roboters und nahm ihm die Brille ab.

Seine Augen standen offen.

»Jamie?« Prüfend sah Dunnington in die Roboteraugen.

Nichts.

Dann plötzlich ein Blinzeln – und die Augen blickten unsicher zurück.

Ned keuchte auf und trat ungläubig näher.

Jemma starrte in die blauen Augen, die eigentlich Neds waren und in denen sie trotzdem ihren Bruder erkannte. Vor Erleichterung wurde ihr ganz schlecht.

»Ist – ist mit ihm alles in Ordnung?« Zacks Stimme klang rau.

Dunnington nickte knapp, ohne den Roboter aus den Augen zu lassen. »Du brauchst keine Angst zu haben, Jamie. Es hat funktioniert! Jetzt kann nichts mehr passieren. Stell dir einfach vor, du lenkst deinen Avatar in der CyberWorld. Die Steuerung dieses Körpers funktioniert vom Prinzip her ganz genauso.« Er wies auf den linken Roboterarm. »Versuch mal, den Arm zu heben.«

Zwei Sekunden lang geschah gar nichts. Dann hob der Arm sich ruckartig, winkelte sich an und bewegte die Finger. Will stieß einen Jubelschrei aus und zog Ned in seine Arme, der fassungslos auf seinen Roboter starrte, während Dunnington unendlich erleichtert die Augen schloss und tief durchatmete.

Vorsichtig fasste Jemma nach der Hand des Roboters. Sie war kühl, fühlte sich aber trotzdem wie eine echte Hand aus Fleisch und Blut an. Sie schaute hinauf in sein Gesicht und sah, dass er sie anlächelte.

Jamies Lächeln in Neds Gesicht.

Das – das war so unglaublich …

Ob es an diesem völlig seltsamen Anblick oder all der Anspannung lag, konnte sie nicht sagen, doch sie stolperte einen Schritt zurück. Sofort packte die Hand, die sie hielt, fest zu und Jamies Lächeln verwandelte sich in Sorge. Ungelenk fasste auch die zweite Roboterhand nach ihr.

»Alles okay?« Die Stimme klang rau und kratzig, ganz so, als bräuchten die künstlichen Stimmbänder noch etwas Übung, doch Neds Stimme war durchaus erkennbar.

Jemma brachte nur ein stummes Nicken zustande.

Zack schüttelte den Kopf und legte seine Hand auf Jamies. »Ich glaube, das sollten wir eher dich fragen. Ist mit dir alles in Ordnung?«

Jamie blickte auf Zacks Hand und nickte. »Es ist anstrengend, diesen Roboter mit den Gedanken zu steuern. Viel anstrengender als bei einem Avatar.«

Etwas ruckhaft wandte er sich um und schaute zu Ned, der ihn bloß stumm anstarrte und offensichtlich nur langsam begriff, dass das, wofür sein Vater so hart gearbeitet hatte, wofür er selbst und Will so viel riskiert hatten, hier jetzt gerade in Erfüllung ging.

Er würde nicht sterben müssen.

Er würde leben …

Jamie schenkte ihm ein Lächeln. »Du wirst eine Menge üben müssen.«

Völlig überwältigt brachte auch Ned ein kleines Lächeln zustande. »Danke.«

Jamie nickte knapp, dann blickte er zu Dunnington. »Ich habe meinen Teil der Abmachung erfüllt. Der Übergang hat funktioniert und wenn es bei mir ging, sollte es bei Ned auch keine Schwierigkeiten geben, oder?«

Dunnington nickte. »Ich denke nicht, nein.«

»Dann will ich jetzt zurück in meinen eigenen Körper.«

Dunnington nickte erneut und sah Jamie einen Moment lang tief bewegt an. »Ich schulde dir sehr viel.«

»Im Moment erst mal nur die Rückkehr in meinen Körper.«

Da Jamies feinmotorische Fähigkeiten im Roboterkörper noch bei Weitem nicht dazu ausreichten, sich selbst die Kontakte der Specs an den Schläfen anzulegen, übernahm Dunnington das für ihn. Dann nahm er ein paar Eintragungen an der Konsole vor und speicherte die gesammelten Daten ab.

»Geh einfach zurück in die Welt von *Dark Grove*. Es funktioniert genauso, wie du es kennst, und dein Bewusstsein wird in deinen Avatar zurückkehren.«

Ein letztes Nicken, dann stand der Roboter wieder reglos still. Dunnington verknüpfte die CyberSpecs mit der virtuellen Welt von *Dark Grove* und erstellte einen neuen Jamie-Avatar. Ein, zwei bange Sekunden verstrichen, in denen Jemmas Herz schmerzhaft gegen ihre Rippen hämmerte, dann materialisierte sich der Avatar plötzlich auf dem großen Monitor und Jamie war zurück.

Nicht nur ihm war die Erleichterung deutlich anzusehen.

»Willkommen zurück in der CyberWorld.« Dunnington schloss den Zugang zum Roboter. »Du kannst dich jetzt ganz normal aus dem Netz ausloggen. Es wartet nur dein eigener Körper auf dich.«

»Okay.«

Die fünf vor dem Großbildschirm sahen zu, wie Jamie sich an die virtuellen Schläfen griff. Zack und Jemma wandten sich zum Rollstuhl um und drei endlose Sekunden zeitversetzt fasste der echte Jamie ebenfalls an seine Schläfen, löste die Kontakte und zog sich die CyberSpecs vom Kopf.

»Gott sei Dank!« Jemma fiel ihm um den Hals und drückte ihn so fest an sich, dass er einen Moment lang kaum Luft bekam. Beruhigend strich er ihr über den Rücken.

»Hey, schon gut. Ich bin in Ordnung, okay?«

»Nein, nicht okay! Tu so was nie wieder, verstanden?«, zischte sie an sein Ohr. »Ich hatte eine Scheißangst um dich!«

Versichernd drückte er ihren Arm. »Ich bin okay, Jem, wirklich.« Er spürte Zacks Hand auf seiner Schulter und sah zu ihm auf. Er wollte ihm so viel sagen, doch ein Blick in Zacks Augen reichte und Jamie wusste, dass er ihn auch ohne Worte verstand.

Zack nickte einfach nur und drückte ihm die Schulter. Dann wandte er sich zu Dunnington um. »Da Sie jetzt wissen, dass es funktioniert, wollen wir, dass die drei Jungen ihr Bewusstsein zurückbekommen. Wie Sie das machen und welche Erklärung Sie den Familien, Ärzten und der Presse geben, ist uns völlig egal, aber die Jungen kehren so schnell wie möglich zurück.«

»Natürlich.« Dunnington nickte. »So war es von Anfang an geplant.«

Will räusperte sich verlegen. »Ich weiß, wie viel wir euch schon verdanken und mir ist auch klar, dass ihr auf Ned und mich ziemlich sauer seid, weil wir euch angelogen haben, aber wir würden euch bitten, die Entwicklung des Roboters für euch zu behalten. Dad hat bereits einen Plan, wie er damit an die Öffentlichkeit gehen will, und wenn ihr bereit seid, Stillschweigen zu bewahren, können wir Ned aus dem Medienrummel, der dadurch entstehen wird, heraushalten.«

Jamie sah von Will zu Ned und nickte. »Wir werden nichts sagen.«

»Danke.«

»Wenn das dann jetzt endlich alles ist, wollen wir gehen.« Jemma sah Dunnington kühl an. »Und zwar sofort.«

Der Wissenschaftler warf einen bedauernden Blick von ihr zu Will und nickte. »Ich kann verstehen, dass ihr fort wollt und Abstand braucht. Ich werde Paul Bescheid geben, damit er euch nach Hause fährt.«

»Gut«, sagte Jemma kalt und wandte sich an Zack und Jamie. »Ich hol unsere Sachen und komme auf den Vorplatz.« Damit drehte sie sich um und lief zum Aufzug, ohne Dunnington, Will oder Ned noch eines Blickes zu würdigen.

Niedergeschlagen sah Will ihr hinterher.

Dunnington seufzte und schaute ihr ebenfalls nach, während der gläserne Aufzug sie ins Erdgeschoss brachte. Dann sah er zu Jamie.

»Ich weiß, dass das Vorgehen von mir und meinen Söhnen nicht korrekt war. Ich danke dir zutiefst, dass du uns dennoch geholfen hast, und ich hoffe, dass ihr uns irgendwann verzeihen könnte, welche Mittel wir eingesetzt haben, um Ned zu retten.« Er versuchte ein kleines Lächeln und wies auf das Tablet, das auf Jamies Schoß lag. »Und selbstverständlich stehe ich zu meinem Wort: Ich werde dir deinen eigenen Roboter bauen, wenn du das möchtest.«

Kapitel 24

Jemma hetzte durch den Flur im ersten Stock.

Weg! Einfach nur weg hier!

Weg von diesem Haus mit seiner geheimen Hightechzentrale und dieser Roboterhülle!

Weg von den Menschen, die sie angelogen und ausgenutzt hatten!

Weg von Tod und Gefahr und Vertrauensbrüchen und viel zu vielen grausamen Fragen!

Weg von Will!

Sie hatte keine Ahnung, warum sie noch so unter Strom stand, immerhin war Jamie ja nichts passiert. Es ging ihm gut und Dunnington ließ sie gehen. Trotzdem hatte sie das Gefühl, erst dann wieder richtig atmen zu können, wenn sie so viel Abstand wie möglich zwischen sich, dieses Anwesen und diese Leute gebracht hatte.

Mit viel mehr Schwung als nötig stieß sie die Tür zu dem Gästezimmer auf, das Jamie und Zack sich geteilt hatten. Das Bett war gemacht worden und die Rucksäcke der beiden lagen neben ihren Jacken auf der Tagesdecke. Hastig schlang sie sich die Taschen über die Schulter, griff die Jacken und sah sich kurz um, ob noch irgendwo etwas herumlag.

Negativ. Was positiv war, denn es bedeutete, dass sie umso schneller von hier verschwinden konnten.

Sie lief durchs Bad in ihr eigenes Gästezimmer, das ebenfalls aufgeräumt worden war.

Kurz umsehen, Sachen zusammenraffen.

Raus hier!

In ihrer Hast wäre sie fast gestolpert, als ihr Jamies Jacke entglitt und sich zwischen ihren Beinen verhedderte.

»Warte, ich helf dir.«

Wills Stimme schockte sie so sehr, dass sie einen Rucksack fallen ließ, als sie zur Tür herumfuhr. Sie hatte nicht gemerkt, dass er ihr gefolgt war und sie verfluchte ihn aus tiefstem Herzen dafür, dass er es getan hatte.

»Nein, ich will deine Hilfe nicht«, sagte sie und packte so viel schneidende Kälte in ihre Stimme, wie sie aufbringen konnte. »Ich schaff das alleine.«

Beim Tonfall ihrer Stimme zuckte Will zusammen, als hätte sie ihm eine Ohrfeige verpasst.

Was vielleicht gar keine so schlechte Idee war!

In ihr brodelte es und sein Anblick brachte das Gefühl von glühend heißer Wut nur noch mehr zum Kochen. Sie presste die Lippen fest aufeinander, hob die Tasche auf und wollte einfach nur fort.

»Jem, bitte! Ich versteh ja, dass du sauer bist –«

Das war's.

Der berühmte Tropfen.

Sie pfefferte die Klamotten auf den Boden und ihr Blick sprühte Funken. »Sauer?! *SAUER?!* Glaubst du allen Ernstes, das ist der richtige Ausdruck dafür, wie ich mich gerade fühle?!«

Sie stellte sich vor, dass ihre Stimme ein Messer wäre, lang und scharf, und jedes einzelne Wort war ein tiefer Stich. Und es war ihr völlig egal, wo sie es ihm hinrammte! Hauptsache, es tat verdammt weh!

»Du hast mich ausgenutzt, mit meinen Gefühlen gespielt und mein Vertrauen missbraucht! Du hast mich nach Strich und Faden verarscht! All das ist an sich schon scheiße genug! Aber das Schlimmste ist, dass du, dein Dad und Ned, dass ihr alle Jamie manipuliert und in Gefahr gebracht habt! Das macht dich zu einem beschissenen Arschloch und *SAUER* trifft das, was ich im Moment für dich empfinde, nicht mal ansatzweise!«

Will sah sie gequält an und hob beschwichtigend die Hände. »Es tut mir leid. Wirklich! Wir wollten Jamie nicht in Gefahr bringen. Wir waren uns sicher, dass er es schaffen und der Versuch diesmal gelingen würde. Das Restrisiko war so gering –«

»*Restrisiko?!*«, fauchte Jemma. »Na prima, dass Jamies Leben nur einem *Restrisiko* ausgesetzt war! Soll ich euch dafür jetzt vielleicht auch noch auf Knien danken? Wenn ihr euch doch so unglaublich sicher gewesen seid, dass man sich einfach nur nicht gegen den Übergang in diesen Roboter wehren darf, und wenn das *Restrisiko* ja nur ach so gering war, warum habt ihr Ned die Sache dann nicht selbst machen lassen?«

Hilflos fuhr Will sich durch die Haare. »Ned geht es wirklich mies, Jem, er ist krank und –«

»Jamie ist auch nicht gesund! Und du hast gewusst, dass es ihm gerade in den letzten Wochen nicht gut gegangen ist!«, schnitt sie ihm gnadenlos das Wort ab.

»Tut mir leid!« Aufgebracht schüttelte er den Kopf. »Aber, verdammt, Ned ist mein Bruder!«

»Und Jamie ist meiner!«

»Es war seine eigene Entscheidung, uns zu helfen! Er musste es freiwillig tun, sonst hätte es doch überhaupt nicht funktioniert!«

»Klar, total freiwillig! Ihr habt ihn eiskalt manipuliert! Erst habt ihr ihn dazu gebracht, dass er Freundschaft und Mitgefühl für Ned empfindet, damit ihr ihn auf der emotionalen Ebene in der Hand habt, aber für den Fall, dass das noch nicht ausreicht, haltet ihr ihm dann auch noch einen dicken Köder unter die Nase! Nur um wirklich sicherzugehen, dass er tatsächlich tut, was ihr von ihm wollt. Einen eigenen Roboterkörper! Weil ihr genau wisst, wie sehr er mit seiner Behinderung zu kämpfen hat.« Jemma ballte die Fäuste und musterte ihn voller Verachtung. »Ja, wirklich: Das war eine total freiwillige und völlig unmanipulierte Entscheidung, die Jamie da getroffen hat!«

Will schüttelte den Kopf. »Wenn er es nicht freiwillig getan hätte, hätte es nicht funktioniert«, wiederholte er noch einmal. »Und wir hätten nicht riskiert, ihn zu irgendwas zu zwingen. Auch wenn du mir das jetzt vielleicht nicht glaubst, aber wir mögen euch wirklich! Und weder Dad und schon gar nicht Ned oder ich hätten Jamie absichtlich in Gefahr gebracht.«

»Ja, klar! Wer's glaubt!« Ihre Stimme triefte vor bösem Zynismus. »Weißt du, für eure schauspielerische Leistung haben du und Ned echt den Oscar verdient. Und für das Drehbuch zu dieser ganzen miesen Geschichte auch. Muss ja wahnsinnig toll gewesen sein, nach jeder unserer Spielzeiten zusammenzuhocken und fröhlich zu plotten, wie es denn beim nächsten Mal weitergehen soll. Was für Lügen ihr uns dann auftischen wollt, um uns bei der Stange zu halten. Gefahrensituationen auszuhecken, die uns alle noch mehr zusammenschweißen sollen. Ich denke mal, Ned ist gestern absichtlich in den Moorsee gesprungen? Was für einen schlauen Plan hattet ihr euch denn zurechtgelegt, um Jamie dazu zu bringen, ihn zu retten, wenn er es nicht ohnehin freiwillig angeboten hätte?«

Das schlechte Gewissen stand Will deutlich ins Gesicht geschrieben und er schwieg.

Jemma schüttelte nur verächtlich den Kopf. »Es muss für dich ja wie ein Sechser im Lotto gewesen sein, als du Jamie am Abend der Talentshow im McAllister's gesehen hast. Ein Junge in Neds Alter, der im Rollstuhl sitzt. Na, heureka! Wenn man den nicht dazu bringen kann, seinen verkrüppelten Körper für ein paar Versuchszwecke zu verlassen, wen denn dann? Ja, aber wie kommt man nur an ihn heran? Hey, der hat ja eine Schwester! Warum also nicht gleich zwei Fliegen mit einer Klappe schlagen? Ein Versuchskaninchen für den kranken Bruder abgrasen und für sich selbst ein dummes kleines Blondchen, mit dem man nebenher ein bisschen Spaß haben kann!« Sie bebte vor Wut. »Mann, ich war so bescheuert!«

Wut auf Will, auf Ned, auf Dunnington.

Vor allem aber auf sich selbst.

Wie hatte sie nur so blind sein können?

Warum hatte sie nichts von alldem gemerkt?

Sie musste hier raus und zwar sofort, sonst würde sie ersticken.

Sie raffte ihre Klamotten zusammen, schwang sich Rucksäcke über die Schulter und wollte zur Tür, doch Will versperrte ihr den Weg. Er war bleich und in seinem Gesicht standen Schock und Verbitterung.

»Jem, so war das nicht. An dem Abend, als wir uns das erste Mal begegnet sind, da wusste ich überhaupt noch nichts von Jamie! Ich war im McAllister's, weil ich einfach mal hier raus musste. Abschalten. Alles für ein paar Stunden vergessen …« Mitgenommen blickte er sie an. »Ich hab das alles hier einfach nicht mehr ausgehalten und brauchte einen Abend ganz für mich allein. Ohne einen Bruder, dem es sowohl körperlich als auch seelisch beschissen ging. Ohne einen Vater, der seit Wochen kaum noch schläft und praktisch rund um die Uhr daran arbeitet, wie er verhindern kann, dass sein Sohn sterben muss. Ohne darüber nachdenken zu müssen, dass ich mit schuld daran bin, dass drei Jungen im Koma liegen!«

In seinem Blick lag unendlich viel Müdigkeit aber gleichzeitig auch der brennende Wunsch, ihr begreiflich zu machen, was sie ihm bedeutete. »Als du mit deinem blöden Soda in mich reingestolpert bist, hab ich mich zum ersten Mal seit Wochen wieder richtig lebendig gefühlt! Ich hatte keine Ahnung, wer du bist oder wer dein Bruder ist. Ich fand dich einfach nur süß und so herrlich normal und weit weg von all dem Mist hier zu Hause.«

»Ja, klar!«

Niedergeschlagen schüttelte Will den Kopf. »Es war ein furchtbarer Tag mit vielen Rückschlägen gewesen und Ned war ziemlich down. Dad wollte, dass wir am nächsten Tag einen neuen Jungen im Cybernetz suchen, weil er einen weiteren Versuch mit einem unberührten Bewusstsein ausprobieren wollte.« Er seufzte und sah Jemma fast flehentlich an. »Glaubst du, all das war leicht für mich? Glaubst du, es hat mir Spaß gemacht, diese Jungen zu ködern und mitansehen zu müssen, was mit ihnen passiert? Ich bin nicht aus Stein, Jem. Und ich bin kein Monster. Glaub mir, ich hatte verdammt viele schlaflose Nächte wegen dem, was ich getan habe!«

Jemma packte die Rucksäcke fester und hielt sie wie ein Schutzschild zwischen sich und Will, festentschlossen weder ihn noch seine Worte an sich heranzulassen.

»Ich bin mir sicher, Maisey hat seit einer Woche auch kaum ein Auge zugetan«, sagte sie böse. »Aber es wird ihr bestimmt ein wahnsinniger Trost sein, dass du ihr Schicksal geteilt hast!«

Verwirrt runzelte er die Stirn. »Wer ist Maisey?«

Freudlos lachte Jemma auf. »Klar! Für euch waren ja nur die Jungen wichtig! Es war euch offensichtlich scheißegal, dass sie Familien haben, die halb tot vor Sorge sind und Angst haben, einen geliebten Menschen zu verlieren. Robin, der letzte Junge, den ihr entführt habt, geht auf meine Schule. Maisey ist seine Schwester. Seit einer Woche durchleben sie und ihre Familie die Hölle, weil Robin plötzlich von ihnen weggerissen wurde. Den

Familien der anderen beiden Jungen geht es sogar noch länger so.« Jemma schluckte hart, als die Bilder von Jamies leblosem Körper im Krankenhausbett vor ihr auftauchten. »Jamie lag nach dem Unfall fast zwei Wochen lang im Koma und niemand konnte Dad und mir sagen, ob er je wieder aufwacht und was für körperliche oder geistige Schäden er zurückbehalten würde, falls er wieder erwacht. Du hast keine Ahnung, was ihr diesen Familien angetan habt und was sie durchmachen müssen!«

Will sah sie betroffen an. »Nein, das weiß ich nicht«, gab er schließlich leise zu. Er trat einen Schritt auf sie zu und suchte ihren Blick. »Aber ich weiß, wie es ist, wenn man seiner Mum beim Sterben zusehen muss. Wenn man hilflos mitansehen muss, wie eine verdammte Krankheit sie langsam auffrisst, ihr mehr und mehr die Kräfte raubt und sie am Ende kaum noch klare Momente hat, weil man die Medikamente so hoch dosieren muss, dass sie ihre Schmerzen halbwegs ertragen kann.«

Jemma schluckte und wandte sich ab.

»Glaub mir, das war auch die Hölle.« Seine Stimme zitterte. »Und ich hab nicht die Kraft, das alles mit Ned noch einmal durchzustehen.« Er atmete mühsam durch. »Ich weiß, dass der Zweck nicht die Mittel heiligen sollte und ich wünsche mir aus tiefstem Herzen, dass das Leben nur aus schwarz und weiß bestehen würde. Dass es eine Garantie auf ein hübsches, sauberes, weißes Leben gäbe, wenn man einfach nur ein guter Mensch ist. Aber so ist das Leben nicht. Meine Mum war einer der liebenswertesten Menschen, die ich je gekannt habe. Sie war immer für Ned und mich und unseren Dad da, selbst als der Krebs sie kaputtgemacht hat. Sie hat so tapfer gekämpft und alles ertragen und trotzdem hat das Schicksal sie mit Füßen getreten und elendig krepieren lassen. Nichts mit blütenweißem Leben für einen wirklich guten Menschen!«

Er ballte die Hände zu Fäusten und tiefe Bitterkeit lag in seiner Stimme, als er weitersprach. »Doch das hat dem Schicksal offensichtlich noch nicht gereicht! Denn Mum war kaum ein halbes Jahr tot, da hat es sich Ned gekrallt! Er war gerade mal elf, als der gleiche Scheiß bei ihm losging. Und er hat garantiert absolut gar nichts getan, um das verdient zu haben!«

Jemma merkte, wie die Mauer, die sie gegen ihn aufgebaut hatte, zu wanken begann, doch das konnte sie nicht zulassen. Sie wollte, durfte ihn nicht wieder an sich heranlassen. »Glaub mir, ich weiß, dass das Leben ungerecht sein kann. Aber soll das deine Rechtfertigung sein? Das Schicksal ist grausam, also bist du es auch?«

Einen Moment lang sah Will sie schweigend an, dann schüttelte er resignierend den Kopf. »Es tut mir leid, wenn du mich so siehst. Ich will ganz bestimmt nicht grausam sein. Ich will nur nicht einfach alles akzeptieren und ertragen müssen. Wenn es irgendwie in meiner Macht liegt, will ich das Schicksal selbst in die Hand nehmen und es beeinflussen, so gut ich kann. Das Leben ist eben leider nicht nur schwarz und weiß. Es besteht aus unendlich vielen Grauzonen, in denen man sich leicht verirren kann. Vielleicht habe ich das getan. Ich weiß es nicht.« Müde hielt er einen Moment inne und fuhr sich über die Augen. »Es tut mir leid, was ich den Jungen und ihren Familien angetan hab. Es tut mir leid, dass ich euch alle und besonders Jamie für unsere Zwecke ausgenutzt habe. Und es tut mir leid, dass ich nicht von Anfang an ehrlich zu dir war und du dich jetzt hintergangen und betrogen fühlst.« Er blickte ihr fest in die Augen. »Aber es tut mir nicht leid, dass ich all das getan habe, um meinen Bruder zu retten. Vielleicht hab ich mich dabei in eine zu dunkle Grauzone hineinbegeben. Vielleicht macht mich das wirklich zu dem grausamen Menschen, den du jetzt in mir siehst. Aber vielleicht fragst du dich einfach mal, wie weit du bereit wärst, ins Grau zu gehen, wenn es um Jamies Leben ginge.«

Er hielt ihren Blick noch einen Moment lang fest, dann wandte er sich ohne ein weiteres Wort um und ließ Jemma allein zurück.

Kapitel 25

Kaum dass der Wagen vor ihrem Zuhause zum Stehen kam, sprang Jemma heraus, riss ihren Rucksack mit sich und rannte ins Haus. Robert sah im Wohnzimmer überrascht von seinem Reader auf, als er seine Tochter wortlos an sich vorbeihetzen und die Treppe hochstürmen sah.

»Jem?«

Doch Jemma reagierte nicht.

Beunruhigt stand Robert vom Sofa auf und hörte erneut die Haustür. Jamie betrat den Flur, während Zack den Rollstuhl schob, in dem ihr Übernachtungsgepäck lag.

»Was ist mit Jem los?«, fragte Robert sofort. »Und warum seid ihr schon so früh zurück? Ich hab eigentlich erst heute Abend mit euch gerechnet. Ist irgendwas passiert?«

Jamie stützte sich schwer auf seine Krücken und seufzte innerlich. Er wollte zu Jem und hatte keine Lust auf lange Erklärungen oder ein Verhör durch seinen Dad. Doch ihm war klar, dass er irgendwas sagen musste, sonst würde sein Vater keine Ruhe geben.

»Es gab einen Streit«, sagte er daher und hoffte, dass sein Dad sich damit zufriedengeben und nicht auf Details herumreiten würde.

»Einen Streit? Mit diesem Will?«

»Ja, mit Will.« Jamie ging langsam durch den Flur in Richtung Treppe. Zack folgte ihm.

Alarmiert stoppte Robert die beiden. »Hat er Jemma irgendwas getan?«

Zack strafte ihn mit einem empörten Schnauben. »Glaubst du wirklich, Jamie und ich hätten zugelassen, dass Will irgendwas mit Jem tut, das sie nicht will?«

Robert atmete tief durch und fuhr sich durch die Haare. »Nein, natürlich nicht.« Noch nicht vollständig beruhigt, aber zumindest deutlich weniger besorgt sah er von Zack zu Jamie. »Aber was ist dann passiert? Warum ist Jem so durch den Wind?«

»Will und Ned haben uns belogen und ein paar Dinge verschwiegen und das war absolut nicht okay.«

Robert fixierte seinen Sohn mit durchdringendem Blick. Ihm war klar, dass er hier gerade nur eine stark zensierte Fassung der Ereignisse des Wochenendes geliefert bekam. Doch er wusste auch, dass Jamie ihm gesagt hätte, wenn wirklich etwas nicht in Ordnung gewesen wäre, also bohrte er nicht weiter nach.

»Jem ist einfach tierisch wütend auf Will.« Jamie reichte Zack eine seiner Krücken, fasste mit der freien Hand das Treppengeländer und zog sich die erste Stufe hinauf. Dann wandte er sich zu seinem Dad um. »Sie hat ihn wirklich gern und er hat sie enttäuscht und ihr damit verdammt wehgetan. Aber nicht so, wie du gedacht hast. Sie ist einfach nur verletzt und wütend.«

»Und das völlig zurecht«, grollte Zack.

Robert seufzte und sah an den beiden vorbei nach oben. »Soll ich mit ihr reden?« Ein trauriger Ausdruck trat in sein Gesicht. »In solchen Momenten wünschte ich, eure Mum wäre noch hier.«

Vorsichtig suchte Jamie sein Gleichgewicht, dann ließ er das Geländer los und hielt sich an seinem Vater fest. »Wir schaffen das schon, Dad.« Er schenkte ihm ein versicherndes Lächeln und drückte seinen Arm. »Zack und ich reden mit ihr. Wir kriegen das schon hin.«

Robert musste schlucken. Doch dann erwiderte er das Lächeln, strubbelte seinem Sohn liebevoll durchs Haar und drückte Zacks Schulter. »Ja, ich weiß.«

Die Tür zum Atelier fiel hinter ihr zu und Jemma schleuderte ihren Rucksack in eine Ecke. Wie unter Strom stürmte sie zu einem der Schränke, zerrte die größte Leinwand, die sie finden konnte, hervor und warf sie auf den Boden. Dann griff sie sich ihren dicksten und schwärzesten Kohlestift und begann zu zeichnen.

Das hier war seit jeher ihre Art mit Wut und Trauer, Schmerz, Angst und Verzweiflung umzugehen: Sie zeichnete all ihre Gefühle aus sich heraus.

Das Atelier war einst der Raum ihrer Mum gewesen und ihr Dad und Jamie hielten sich auch zwei Jahre nach ihrem Tod noch nicht gerne hier auf. Er weckte zu viele schmerzhafte Erinnerungen in ihnen. Jemma dagegen verkroch sich oft hierher. Hier hatte sie das Gefühl ihrer Mum nah zu sein.

Und jetzt gerade hätte sie sie so dringend gebraucht!

Wut wallte in ihr hoch.

Heiße, glühende, unbändige Wut!

Weil ihre Mum nicht hier war, um sie in den Arm zu nehmen! Weil sie sie nicht trösten konnte! Nie mehr … Nie wieder konnte sie ihr ihr Herz ausschütten und sich all ihren Schmerz und Kummer von der Seele reden. Und das alles nur, weil irgendein besoffener Scheißkerl sich hinters Steuer gesetzt hatte!

Wut!

Auf Will, weil er sie angelogen und ausgenutzt hatte! Weil er mit ihren Gefühlen gespielt hatte! Weil er sie dazu gebracht hatte, dass sie ihn mochte! *Verdammt!* Weil sie ihn geküsst hatte und jetzt nicht wusste, wen sie dafür mehr hasste: Will oder sich selbst!

Wut!

Weil Dunnington Jamie manipuliert hatte!

Wut!

Weil Jamie darauf eingegangen war!

Wut! Wut! Wut!

Weil das Leben so scheiße kompliziert und grausam war!

Warum trat das Schicksal gute, anständige Menschen mit Füßen? Warum musste es schreckliche, widerliche Dinge passieren lassen? Warum Angst und Kummer und Tod und Trauer? Scheiße, Mann! Warum hatte Will mit den gottverdammten Grauzonen recht? Und warum – *Warum?* – hatte sie keine Ahnung, wie sie sich darin zurechtfinden sollte?

Sie fühlte sich, als ob der Mind Ripper plötzlich auf grausame Art wirklich real geworden wäre. Sie fühlte sich, als hätte man ihr ihre Seele, ihr Herz, ihr Bewusstsein für das, was richtig und falsch war, herausgerissen. Alles war auf einmal völlig durcheinander geraten und sie hatte Angst, den Halt zu verlieren.

Ihre Hand krallte sich um den Kohlestift und zeichnete ganz automatisch. Jede einzelne Wut wurde zu einem dicken schwarzen Strich auf der Leinwand, floss durch Hand und Stift aus ihr heraus und half ihr, nicht durchzudrehen. Ihre Zeichenhand zitterte und verschmierte das Bild, dennoch war es deutlich zu erkennen.

Eine Faust.

Groß. Mächtig. Zusammengeballt.

Eine Faust aus Wut und Zorn.

Jemma keuchte. Tränen liefen ihr übers Gesicht. Unwirsch wischte sie sie mit ihren Kohlefingern fort und starrte auf die Zeichnung.

Ja, das war gut!

Aber es reichte noch nicht.

Die Wut war da, aber der Schmerz fehlte noch.

Es tat weh, dass Will sie belogen hatte.

Es tat unendlich weh, dass sie nicht mit ihrer Mum darüber reden konnte.

Und es tat scheiße weh, erkennen zu müssen, wie hilflos sie dem Leben mit all seinen beschissenen Grauzonen ausgeliefert war!

Der Kohlestift kratzte über die Leinwand. Harte, schneidende Striche.

Die Faust hielt nun ein Messer.

Wut und Schmerz.

Fest umklammert.

Das Messer – scharf, lang, spitz. So wie das unsichtbare Messer, das gerade in ihrem Herz steckte und grausam darin herumzustochern schien, so lange, bis sie den Schmerz nicht mehr ertragen konnte.

Und was dann?

Was würde passieren, wenn sie den Schmerz nicht mehr aushielt?

Sie schluchzte auf und wischte sich mit ihrem verschmierten Handrücken erneut die Tränen aus dem Gesicht.

Verdammt! Was dann?!

Sie starrte auf ihre Zeichnung.

Faust und Messer.

Wut und Schmerz.

Warum konnte man nicht einfach all die beschissenen Gefühle, alles, was einen kaputtmachen wollte, mit einem scharfen Messer aus seinem Leben herausschneiden?

Das wäre gut …

So gut …

Zack hielt Jamie die Tür zum Atelier auf. Nachdem sie Jemma nicht in ihrem Zimmer angetroffen hatten, war klar gewesen, dass sie sie hier finden würden. Und tatsächlich kauerte sie mit dem Rücken zur Tür am Boden.

»Jem?«, fragte Jamie vorsichtig, da sie seltsam vornüber gekrümmt dahockte.

Dann sah er die feuchtrote Leinwand.

»Jem! Was hast du gemacht?« Zacks Stimme überschlug sich vor Panik. Er stürzte zu ihr, packte sie bei den Schultern und starrte entsetzt auf ihre blutverschmierten Hände.

Jamie kämpfte sich so schnell er konnte zu ihnen und warf sich neben seiner Schwester zu Boden. Sein Herz raste und er begann zu zittern, als er all das Rot sah.

Jemma war so in ihr Bild vertieft gewesen, dass sie die beiden gar nicht hatte kommen hören. Verwirrt starrte sie sie an und erst als Zack und Jamie ihre Hände packten und nach irgendwelchen Verletzungen absuchten, begriff sie.

»Es ist nur Farbe!«

Sie zeigte auf eine Tube blutroter Ölfarbe, die sie auf die Leinwand gequetscht und dort mit ihren Händen verteilt hatte. So hatte sie ihr Messer all ihre Gefühle aus sich herausschneiden lassen und sie auf der riesigen Leinwand verteilt. Und das hatte unglaublich gutgetan. Jetzt fühlte sie sich deutlich ruhiger und viel viel leichter. Doch als sie Jamies kreidebleiches Gesicht und seine zitternden Hände sah, wurde ihr klar, was er und Zack bei diesem Anblick gedacht haben mussten.

»Himmel! Habt ihr wirklich geglaubt, ich hätte mir die Pulsadern aufgeschnitten?! Wegen einem Scheißkerl wie Will?!«

Noch immer unter Schock wies Jamie auf das Ölfarbenmassaker und ihre verschmierten Hände.

»Was – was hätte ich denn sonst glauben sollen?«, brachte er völlig fertig hervor.

Sie bedachte ihn mit einem vorwurfsvollen Blick. »Vielleicht, dass ich dir und Dad so einen Scheiß bestimmt nicht antun würde? Ich würde euch niemals so wehtun!« Sie stand auf, wusch am Waschbecken Hände und Gesicht und drehte sich dann wieder zu ihrem Zwilling um, der noch immer reichlich mitgenommen neben der blutroten Leinwand hockte. »Im Gegensatz zu dir!«

»*Was?!*« Jamies Kopf flog zu ihr herum. »Spinnst du?! Ich würde euch so was auch nicht antun! Niemals!«

»Ach ja?« Wütend warf Jemma das Handtuch ins Becken. »Vielleicht schneidest du dir keine Pulsadern auf, aber du spielst offensichtlich gern das Versuchskaninchen in seltsamen Bewusstseinsexperimenten, sobald dir jemand verspricht, deinen defekten Körper gegen den eines perfekten Roboters auszutauschen! Ich finde, das kommt dem Selbstmordgedanken schon verdammt nahe. Denn egal, was Dunnington, Ned oder Will auch gesagt haben, du hattest keine Garantie, dass dir bei dem Versuch nichts passiert!«

Wiedermal verfluchte Jamie die Tatsache, dass er nicht einfach aufspringen, zu ihr rübergehen, sie an den Schultern packen und schütteln konnte.

Stattdessen legte Zack noch eins drauf.

»So ganz unrecht hat sie nicht …«

Um ihn erreichen zu können, musste Jamie nicht laufen können. Zack saß noch immer neben ihm, deshalb hatte Jamie keine Probleme damit, ihm heftig gegen den Oberarm zu boxen.

»Ich weiß, dass ihr wütend auf Ned und Will seid, weil sie uns angelogen und ausgenutzt haben. Und auf Dunnington, wegen der drei Jungen und weil ihr glaubt, er hätte mich manipuliert und mit der Aussicht auf einen eigenen Roboter dazu gebracht, ihm und Ned zu helfen. Aber das war nicht der Grund.« Er blickte von Zack zu Jemma. »Ich finde es auch alles andere als okay, was sie getan haben. Aber ich mag sie trotzdem und ich kann verstehen, dass sie alles daransetzen, Ned zu helfen.« Seufzend schüttelte er den Kopf. »Ned ist sechzehn. Genauso alt wie wir. Und wenn sein Dad ihm nicht diesen Roboterkörper erschaffen hätte, dann müsste er wegen einer beschissenen Krankheit in ein paar Monaten sterben. Das ist grausam und unglaublich ungerecht, oder nicht? Deswegen hab ich ihnen bei ihrem Experiment geholfen.«

Für einen Moment herrschte Schweigen.

»Wenn einer von euch an Neds Stelle und ich Will oder sein Vater wäre, würde ich auch alle Mittel und Wege einsetzen, um euch am Leben zu halten«, sagte Jamie dann.

Jemma atmete tief durch. Jamie war das Gedankenspiel, das Will auch ihr aufgegeben hatte, offensichtlich schon durchgegangen und hatte seine Antwort darauf gefunden. Sie schluckte und schob den Gedanken an Will so weit sie konnte fort.

»Und was ist mit Dunningtons Angebot, dir einen eigenen Roboter zu bauen?«, fragte Zack vorsichtig. Er konnte verstehen, wie verlockend die Vorstellung eines neuen, gesunden Körpers für Jamie sein musste, doch auch wenn Zack zugeben musste, dass die biotechnischen Körper rein äußerlich wirklich nicht von einem echten Menschen zu unterscheiden waren, sträubte sich bei der Vorstellung, Jamie würde sich in einen menschlichen Roboter verwandeln, einfach alles in ihm.

Jamie schaute ihn einen Moment lang an, dann streckte er mühsam die Beine aus und strich über seine schmalen Oberschenkel. Er sah auf, als Jem sich zu ihm setzte, und lächelte, als ihre Finger sich um seine schlossen. Er streckte seine andere Hand nach Zacks aus und schloss die Augen, als auch ihre Finger sich berührten.

»Nein«, sagte er leise. »So verlockend, wie ein neuer Körper ohne Krämpfe und Schmerzen auch klingt, aber ich will ihn nicht.«

Zack atmete erleichtert auf.

»Warum nicht?« Auch Jemma war froh über seine Entscheidung.

Jamie nickte zu ihren Händen. »Wegen dem hier. Das Gefühl, in diesem Roboter zu sein, ist dem in einem Avatar wirklich sehr ähnlich. Nicht nur die Art, ihn zu steuern, sondern auch das Körperempfinden. Ich weiß nicht, ob Dunningtons Biotechnik so gut ist, dass sie mit der Zeit dazulernt, aber als ihr meine Hände berührt habt, während ich im Roboter war, fühlte es sich nur so an, wie in der CyberWorld. Ich hab die Berührung gespürt, aber nichts weiter. Ich wusste nur, jemand oder etwas berührt mich, aber es hätte alles Mögliche sein können.« Er hielt die Hände der beiden Menschen, die ihm am wichtigsten waren, und fuhr sacht mit seinen Daumen über ihre Handrücken. »Wenn ich ich bin, weiß ich mit geschlossenen Augen, wer von euch mich berührt. So was empfinden zu können, würde ich niemals eintauschen, auch nicht, wenn ich dann wieder ganz normal laufen könnte.«

Zack nickte nachdenklich. »Meinst du, Dunnington weiß das? Und Ned? Glaubst du, er weiß, was ihn in seinem neuen Körper erwartet?«

Jamie hob die Schultern. »Ich denke schon. Ich glaube, sie wissen, dass es nicht einfach für Ned werden wird. Aber wenn er nicht sterben will, ist das wohl seine einzige Chance.«

Zack und Jemma nickten gedankenversunken und für eine Weile herrschte Schweigen.

»Ich glaube, Ned wird auch in Zukunft ein paar gute Freunde brauchen können«, sagte Jamie schließlich leise. »Ich kann verstehen, wenn ihr nichts mehr mit ihm oder Will zu tun haben wollt, aber wenn sie die Sache mit den Koma-Jungen wieder in Ordnung bringen, dann denke ich, dass ich noch mal zu ihnen gehen und mit ihnen reden werde. Ich erwarte nicht, dass ihr das toll findet oder mitkommt, aber ich hoffe, dass ihr meine Entscheidung akzeptieren könnt.«

Zack zögerte einen Moment, doch dann nickte er und Jamie lächelte.

»Jem?«, fragte er vorsichtig.

Sie hockte schweigend neben ihm und starrte auf die mit Wut und Schmerz verschmierte Leinwand.

»Jem?«

Sie riss sich vom Anblick los, als Jamie ihr seine Hand auf den Arm legte. »Du brauchst mein Einverständnis nicht.« Sie schenkte ihm ein kleines Lächeln, zuckte dann mit den Schultern und stand auf. »Wenn du dich mit Ned treffen willst, dann mach das.«

Jamie schaute zu ihr hoch. »Und was ist mit dir und Will? Wirst du ihm noch eine Chance geben?«

Jemma blickte auf die blutrote Leinwand, durch die die schwarze Faust mit dem Messer noch immer gut zu erkennen war. »Ich will nicht mehr über ihn reden, okay?«

Sie versetzte der Leinwand einen Tritt und verließ das Atelier.

Kapitel 26

Die späte Nachmittagssonne schien warm auf die kleine Dachterrasse hinunter und tauchte die Umgebung in goldenes Licht. Nach den endlos langen, nasskalten Wochen lag seit zwei Tagen endlich der Frühling in der Luft und wenn man sich Mühe gab, konnte man sogar den Sommer schon ein ganz kleines bisschen riechen.

Jemma atmete tief durch.

Es war perfekt.

Perfekt für ihren Sommerbaum.

Sie saß mit einem Zeichenblock auf ihrer Lieblingsbank und ließ ihren Blick über die Dächer ihres Viertels wandern. Schornsteine, Antennen und Satellitenschüsseln ragten um sie herum in die Höhe und erinnerten sie an Mary Poppins. Als sie noch klein war, hatte sie immer darauf gehofft, irgendwann mal die Schornsteinfeger auf diesen Dächern tanzen zu sehen. Sie lächelte bei der Erinnerung und sah zu den kleinen Balkonen und größeren Terrassen ihrer Nachbarschaft, viele bunt mit Blumen oder Sitzmöbeln, bereit den Rest des herrlichen Sonnentags so lange wie möglich zu genießen. Fenster standen weit offen, um die verheißungsvolle Frühlingsluft tief in die Häuser hineinzulassen, aus den Innenhöfen reckten Bäume ihre Äste mit frischem Grün und zaghaften ersten Knospen ins Licht und in der Ferne glitzerte das breite Band der Themse in der Sonne.

Ja, das hier war wirklich perfekt.

Sie blickte auf das Chaos aus Aquarellstiften um sich herum und betrachtete dann ihre Zeichnung.

Ihr Sommerbaum.

Ein wenig Feinschliff würde er noch brauchen, doch grundsätzlich war sie mit ihrer Arbeit sehr zufrieden. Sie griff sich einen hellen und einen dunklen Stift, um Licht und Schatten noch stärker herauszuarbeiten. Morgen kam Charlie aus New York zurück und bis dahin wollte sie fertig sein.

Abgeschlossen haben. Mit allem.

Die Woche Frühlingsferien war für sie sehr still und ruhig verlaufen. Sie hatte sich ins Atelier zurückgezogen und ihre Lebensbäume gezeichnet.

Zuerst den Herbst.

Feuerrote Blätter, brennend vor Wut, dass der schicksalhafte Lauf der Zeit ihnen das Leben nahm. Leere Zweige, die zurückblieben. Manche tot, weil ihre Zeit vorüber war. Manche einsam, weil sie etwas unendlich Wertvolles verloren hatten. Andere hatten aufgegeben, waren am Schicksal verzweifelt, hatten resigniert. Die meisten jedoch ruhten nur und sammelten Kraft und Mut, um sich dem Leben ein weiteres Mal zu stellen.

Zwei Tage hatte sie an dem Bild gearbeitet und es war perfekt geworden. Ganz egal, was ihre blöde Kunstlehrerin dazu sagen würde.

Danach hatte sie sich bereit gefühlt für das zweite Frühlingsbild, das sie noch zeichnen musste. Die toten Zweige waren verschwunden. In ihrer Nähe entstanden neue, doch Jemma achtete darauf, dass keiner an genau derselben Stelle wie ein abgestorbener Ast zu wachsen begann. Keiner der alten konnte ersetzt werden. Dennoch entstand neues Leben, neue Hoffnung, neue Zuversicht aus neuen, aber auch aus alten Zweigen, die über den Winter genügend Kraft und Vertrauen gefunden hatten, um sich jetzt – manchmal gierig, manchmal zaghaft – der Sonne entgegen zu recken.

Vielleicht passten ihre Bilder nicht in den Renaissancebegriff der großen Meister, aber Jemma konnte sich keine bessere Wiedergeburt vorstellen, denn nachdem sie den Frühling fertig hatte, hatte sie sich selbst ein kleines bisschen wie neu geboren gefühlt. Oder zumindest irgendwie befreit. So, als hätte man ihr eine tonnenschwere Last von den Schultern genommen.

Sie hatte noch einmal die rotverschmierte Leinwand hervorgeholt, die sie im Atelier versteckt hatte, um ihren Dad nicht unnötig in Sorge zu versetzen. Motiv und Aussage des Bilds gefielen ihr immer noch und die brutale Umsetzung war zu dem Zeitpunkt, als es entstanden war, genau richtig gewesen, weil es ihr geholfen hatte, Schmerz und Wut aus sich herauszulassen und nicht durchzudrehen.

Jetzt hatten Schmerz und Wut ein anderes Gesicht und das brauchte ein neues Bild.

Sie hatte ein Messer hervorgeholt, die verschmierte Leinwand aus dem Rahmen geschnitten und entsorgt. Dann hatte sie das Bild noch einmal gezeichnet. Und danach war sie bereit gewesen für ihren Sommerbaum.

Warm. Ruhig. Gelassen.

Nicht alle Zweige wuchsen im strahlenden Sonnenschein. Manche lagen im Schatten.

Dunkle Schatten und helles Licht.

Und jede Menge Schattierungen dazwischen.

Trotzdem war der Baum perfekt. Genau so, wie er war.

»Wow. Und ich dachte, Jamie könnte gut zeichnen.«

Die Stimme, die plötzlich ihre friedliche Stille durchschnitt, ließ Jemma heftig zusammenfahren. Sie sah sich um und zuckte zusammen, als sie für einen Moment glaubte Will – doch dann blinzelte sie und erkannte Ned, der unbemerkt an sie herangetreten war.

Ned, der in seinem gesunden, etwas älteren neuen Körper seinem großen Bruder viel zu ähnlich sah.

Er versuchte ein zaghaftes Lächeln. Entschuldigend, weil er

merkte, dass er sie erschreckt und verwirrt hatte. Vorsichtig, weil er nicht wusste, wie sie auf ihn reagieren würde.

»Darf ich?« Unsicher deutete er auf den Platz neben ihr.

Sie zögerte kurz, dann nickte sie und schob ein paar Stifte zur Seite. Ned wirkte erleichtert, als er einen Stapel Skizzen aufnahm und sich zu ihr auf die Bank setzte.

»Das ist fantastisch.« Er wies auf ihren Sommerbaum und seine Bewunderung klang ehrlich. »Jamie hat mir am Graphic-Tablet ein paar Vorlagen für die neue Version von *Dark Grove* gezeichnet und ich dachte schon, er wäre verdammt gut. Aber das hier …« Er blätterte durch die verschiedenen Skizzen.

Jemma wusste, dass Jamie fast jeden Tag in den Ferien nach seinem Training zu Ned gefahren war und sie gemeinsam an einer Umgestaltung von *Doom of Dark Grove* arbeiteten.

Aus den Medien hatten sie bereits einen Tag nach dem schicksalhaften Wochenende erfahren, dass Dunnington Wort gehalten und den drei Jungen ihr Bewusstsein zurückgegeben hatte, nachdem er ihre Erinnerungen an Will, Ned und *Dark Grove* gelöscht hatte. Die Medien verkündeten, dass offensichtlich ein Defekt in den Specs den Geist der Jungen im Cybernetz festgehalten hatte, doch Dunnington war es gelungen, einen Weg für sie zurückzufinden. Den Jungen ginge es gut und es schien so, als hätten sie überhaupt nicht gemerkt, was mit ihnen passiert und wie viel Zeit vergangen war. Zudem hatte Dunnington auf der Internetseite von VanguardArts Entertainment die Möglichkeit eingerichtet, CyberSpecs auf den Defekt zu testen, damit niemand in Sorge sein musste, dass ihm das Gleiche wie den Jungen widerfahren konnte.

Jemma wusste, dass all das nur ein Manöver war, um das wahre Geschehen zu vertuschen und eigentlich war ihr relativ egal, was Edward Dunnington der Welt erzählte, um Ned, Will und sich selbst nicht in Verdacht zu bringen. Wichtig war nur, dass er Wort gehalten hatte: Die drei Jungen waren heil und gesund zurückgekehrt und für die Familien war die Hölle vorbei.

Sie legte Zeichenblock und Stifte zur Seite, zog die Beine an und schlang die Arme um ihre Knie. »Warum bist du hier?« Sie musterte Ned von der Seite. »Du bist doch nicht gekommen, um dir meine Bilder anzusehen.«

Ein schmales Lächeln huschte über sein Gesicht und er schüttelte den Kopf. »Nein, obwohl sie echt sehenswert sind.«

»Suchst du Jamie? Wenn er nicht unten oder in seinem Zimmer ist, ist er wahrscheinlich mit Zack im Park.«

Jons Intensivtraining zeigte Wirkung und auch wenn Jamie noch nicht kräftig genug war, um längere Strecken zu laufen, schaffte er Tag für Tag ein paar Schritte mehr. Und da das Wetter endlich besser geworden war, war der Weg zum Park eine seiner privaten Trainingsstrecken geworden.

»Der Park ist nicht weit von hier. Die Straße runter, dann links in Richtung Themse. Von da aus kannst du ihn schon sehen.«

Ned seufzte. Er stand auf, legte ihre Zeichnungen weg und trat an das Balkongeländer. »Ich bin nicht wegen Jamie hier, Jem.« Er lehnte sich gegen das Geländer und schaute sie ernst an.

Jemma spürte ein nervöses Kribbeln in ihrem Magen und hatte keine Lust, sich auf dieses Gefühl einzulassen. Sie erwiderte seinen Blick und schüttelte fast unmerklich den Kopf. Dennoch schien er ihre Geste bemerkt zu haben, denn ein trauriger Schatten legte sich auf sein Gesicht und er sprach nicht weiter. Stattdessen drehte er sich um und blickte eine ganze Weile schweigend auf die Stadt im goldenen Spätnachmittagslicht.

Jemma blieb auf der Bank hocken und beobachtete ihn mit

äußerst gemischten Gefühlen. Sein Anblick war seltsam und ungewohnt. Nicht, weil Ned in einem künstlichen Körper steckte. Wenn sie das nicht gewusst hätte, hätte sie es sicher nicht mal erahnt.

Nein, es war eher so, als hätte sie einen alten Freund lange nicht gesehen und er wäre in der Zwischenzeit älter und erwachsener geworden.

Alter Freund?!

Unwirsch wischte sie sich über die Augen.

Wollte sie sich wirklich auf diese Schiene einlassen?

»Es ist schön hier«, brach Ned schließlich das Schweigen. »Hier merkt man die Großstadt mehr als bei uns in Richmond. Das mag ich.«

Obwohl er ihr den Rücken zukehrte und es nicht sehen konnte, nickte Jemma. »Ja, ich auch.«

Für einen Moment schloss sie die Augen und atmete tief die warme Frühlingsluft ein. Als sie ihre Augen wieder öffnete, fiel ihr Blick auf ihren Sommerbaum.

Schattenspiele im Sonnenlicht.

Sie gab sich einen Ruck und beschloss, sich darauf einzulassen.

»Ich hoffe, es geht dir gut?« Sie wusste nicht, ob sie ihren Satz als Frage gemeint hatte, doch sie stellte erleichtert fest, dass sie ihn wirklich ernst meinte.

Ned drehte sich zu ihr um. Er betrachtete sie unsicher und es schien fast so, als versuchte er, ihre Gedanken zu lesen.

Sie schenkte ihm ein kleines Lächeln, das sich gut anfühlte. »Es muss eine ziemlich heftige Umstellung sein, oder nicht?«

Ned atmete tief durch, dann trat er wieder an die Bank, hob ihre Zeichnungen auf und setzte sich zu ihr. »Ja, es ist nicht einfach«, gab er zu. »Dad ist davon überzeugt, dass es leichter wird, wenn mein Körper und ich uns immer mehr aneinander gewöhnen und aufeinander einstellen, aber im Moment sind viele Bewegungsabläufe noch sehr steif und anstrengend und ich muss sie richtig trainieren.« Er sah sie von der Seite an. »Seitdem ist mein Respekt für das, was Jamie seit seinem Unfall jeden Tag leistet, ins Unermessliche gestiegen.«

»Hat er dir gesagt, dass er trotzdem keinen Biokörper haben will?«

Ned nickte. Er betrachtete seine Fingerspitzen, die langsam über die nackte Haut seines Unterarms strichen und in seinem Gesicht spiegelten sich widersprüchliche Gefühle.

»Ich kann seine Entscheidung verstehen«, sagte er leise. »Wenn ich wie er eine Wahl hätte, würde ich auch lieber kämpfen.« Er verzog das Gesicht. »Doch die hab ich leider nicht.«

Jemma nickte. »Was –« Sie zögerte, sprach ihre Frage dann aber doch aus. »Was ist mit deinem alten Körper?«

Ned seufzte und wischte sich über die Augen. »Ich weiß nicht, was mit ihm ist oder wo Dad ihn hingebracht hat. Aber ich will es auch gar nicht wissen. Es hängen nur Schmerzen und Angst daran und damit hab ich abgeschlossen. Ich habe jetzt einen neuen Körper. Der ist meine Chance auf ein neues Leben und die will ich nutzen. Ohne irgendwelche Altlasten.«

Mit einem schwer zu deutenden Ausdruck auf dem Gesicht schaute er in die tiefstehende Sonne und schwieg einen Moment, bevor er weitersprach. »Als die Ärzte mir sagten, dass für mich keine Hoffnung mehr besteht, kam nach dem Schock eine unglaubliche Wut. Ich hatte noch so viele Pläne, so viel, was ich sehen und erleben wollte. So viele Ideen für die Zukunft. Es kam mir so vor, als hätte man mir ein superspannendes Buch geschenkt und würde es mir nach den ersten aufregenden Kapiteln wieder entreißen.« Er sah zu Jemma. »Ich wollte nicht nur ein paar Kapitel lesen dürfen. Das war verdammt noch mal nicht fair! Ich wollte die ganze Geschichte bis zum Ende lesen.«

Jemma nickte verstehend. »Und das kannst du jetzt.«

Er lächelte. »Ja, das kann ich jetzt.«

Nachdenklich musterte sie ihn. »Jetzt könnte es vermutlich sogar eine unendliche Geschichte werden, wenn du willst.«

Er erwiderte ihren Blick. »Ewiges Leben?« Zögernd schüttelte er den Kopf. »Nein, ich denke eher nicht.« Er lächelte schief. »Zumindest nicht, wenn meine Freunde mir nicht auf den biotechnischen Weg folgen. Wenn sie irgendwann alle fort sind, wäre das ewige Leben sehr einsam.«

Jemma nickte langsam.

»Du weißt, dass nicht nur Jamie diese Woche oft bei mir war, sondern auch Zack?«

Wieder nickte sie.

Nach anfänglichem Zögern hatte Zack Jamie zum Anwesen der Dunningtons begleitet. Jemma war klar, dass er es zuerst nur getan hatte, weil er ihnen noch nicht wieder traute und Jamie nicht allein gehen lassen wollte. Doch dann hatte auch Zack offensichtlich Spaß daran gefunden, die neue Geschichte für *Doom of Dark Grove* fertigzustellen und seine Vorbehalte gegen die Dunningtons waren deutlich geschrumpft je mehr Zeit er mit ihnen verbrachte.

»Ich hatte gehofft, dass du vielleicht auch mal mitkommen würdest ...«, sagte er vorsichtig und Jemma war sich nicht sicher, ob er es als Frage gemeint hatte. Doch eine Antwort blieb ihr erspart, denn Neds rechte Hand zuckte plötzlich und der Stapel Zeichnungen, den er gehalten hatte, segelte zu Boden.

»Tut mir leid!« Hastig bückte er sich, um die Blätter wieder aufzusammeln. »An meiner Feinmotorik muss ich noch arbeiten.«

»Schon okay.« Jemma kniete sich zu ihm und hob ebenfalls ein paar Zeichnungen auf. »Das sind nur Skizzen und Schmierereien, nichts Wichtiges.«

»Das hier aber schon.« Er starrte auf die schwarze Zeichnung, die zwischen den Blättern gesteckt hatte.

Sie zeigte eine wütend geballte Faust, die ein Messer umklammert hielt. An seiner langen, scharfen Klinge rann leuchtend rotes Blut herab, die einzig andere Farbe im Bild. Einzelne Tropfen waren wie dicke Tränen auf die Seiten eines Buchs gefallen, über dem Faust und Messer schwebten. In blutroter Schrift stand auf der aufgeschlagenen Seite ein Wort geschrieben. Nur ein einziges Wort, das all den Schmerz, die Wut, Hilflosigkeit und Angst des Bildes einfing.

Warum?

Jemma schluckte. Diese Zeichnung hatte eigentlich niemand sehen sollen, deswegen hatte sie sie nicht in ihre offizielle Sammelmappe getan. Sie streckte die Hand nach dem Bild aus, hielt aber inne, als Ned von der Zeichnung aufsah und ihre Blicke sich trafen.

Und in seinen Augen sah sie, dass er ganz genau verstand.

Wortlos reichte er ihr das Blatt und sie betrachtete es schweigend.

Sie wusste, dass es auf ihre Frage keine Antwort gab. Dass man vermutlich daran verzweifeln würde, wenn man zu sehr nach einer Antwort auf jedes *Warum?* im Leben suchte. Aber sie wusste auch, dass sie mit dieser Frage nicht allein war, und das tat irgendwie gut.

Sacht fuhr sie mit einem Finger über das gezeichnete Buch, in dem das blutrote Wort stand. Nicht nur auf dieser Seite. Würde man es durchblättern und lesen, träfe man in vielen Kapiteln immer wieder auf dieselbe quälende Frage. Vielleicht käme man beim Lesen des Buchs einer Antwort manchmal näher, doch selbst wenn nicht, bedeutete es nicht, dass man die Geschichte nicht trotzdem verstehen und genießen konnte.

So wie Ned jetzt seine Geschichte bis zum Ende genießen konnte.

Ein wenig verwundert darüber, wie sehr sich das, was Ned ihr gerade anvertraut hatte, wie ein letztes Puzzleteil in ihre Zeichnung fügte, musste Jemma unwillkürlich lächeln. Seltsam befreit gab sie ihm die Zeichnung zurück und er schaute sie verunsichert an.

»Nimm sie. Ich schenk sie dir.« Sie war überrascht, wie richtig sich das anfühlte. »Ich brauch sie nicht mehr.«

Stumm sah Ned von ihr zu der Zeichnung. Eine Weile herrschte Schweigen, während Jemma die verstreuten Skizzenblätter einsammelte.

»Jem, du weißt, warum ich gekommen bin, oder?«

Sie spürte seinen Blick in ihrem Rücken und hielt inne.

»Will mag dich wirklich und es geht ihm echt mies.«

Sie schluckte hart und vermied es eisern, ihn anzusehen.

»Alles, was er getan hat, hat er nur meinetwegen getan, um mir zu helfen. Sei also von mir aus wütend auf mich, aber bitte nicht auf ihn.«

Jemma sah auf. »Ich bin nicht wütend auf dich. Nicht mehr.«

Seufzend fuhr Ned sich durch die Haare und sah sie bittend an. »Wenn du mir eine zweite Chance gibst, könntest du sie Will dann nicht auch geben? Er hat verdammt viel durchgemacht und nichts davon war seine Schuld. Könntest du nicht zumindest noch mal mit ihm reden? Er ist ziemlich fertig und das hat er nicht verdient.«

Sie atmete tief durch.

Nein, das hatte er wohl wirklich nicht.

Sie nickte zögernd.

Erleichtert schloss Ned die Augen und sprang dann auf. »Ich schick ihn hoch, okay?«

Völlig überrumpelt starrte Jemma ihn an. »Will ist hier?!«

»Er wartet im Wagen. Ich hab ihn gezwungen, mich herzufahren.« Er grinste, als er ihr fassungsloses Gesicht sah. Dann wandte er sich schnell um und verschwand durch die Terrassentür.

Eine ganze Weile lang starrte Jemma ihm sprachlos hinterher.

Hinterlistiger Mistkerl!

Aber irgendwie konnte sie ihm nicht böse sein.

Mit einem kribbeligen Gefühl im Magen sammelte sie endlich die restlichen Schmierblätter ein und stopfte sie in ihre Mappe. Ihre Hände waren kalt und schwitzig, und ob sie es wollte oder nicht, je mehr Minuten verstrichen, desto nervöser wurde sie.

Würde Will wirklich zu ihr hochkommen?

Und wenn ja, was sollte sie ihm dann sagen?

Fahrig wischte sie ihre Hände an ihrer Jeans ab und sah plötzlich aus den Augenwinkeln eine Bewegung an der Tür.

Eine schlanke Gestalt trat auf die Terrasse und Jemmas Magen zog sich zusammen.

Oh Mann …

Ned hatte nicht übertrieben. Es war wirklich nicht zu übersehen, dass es Will nicht gut ging. Er wirkte schmaler als noch vor einer Woche, blass und erschöpft. Unter seinen hellen Augen lagen dunkle Schatten, ganz so, als hätte er in letzter Zeit nicht viel Schlaf bekommen.

Zögernd trat er näher. In seinem Gesicht stand Unsicherheit aber auch ein kleiner Hoffnungsschimmer, den sie vermutlich mit dem kleinsten Fingerzeig hätte auslöschen können.

Vorsichtig sah er sie an und versuchte ganz offensichtlich in ihrem Gesicht zu lesen. »Können wir noch mal reden?« Seine Stimme klang rau und heiser.

Jemmas Herz klopfte laut und fordernd gegen ihre Rippen und warnte sie eindringlich, jetzt bloß das Richtige zu tun. Lächelnd nickte sie und es fühlte sich verdammt gut an.

»Ja, das können wir.«

Ende

Nachwort

Hey ihr Lieben,

ein herzliches »Willkommen!« an alle Neuleser und ein »Welcome back!« an die, die die Serie noch unter ihrem alten Namen *Fateful Future* aus dem Selfpublishing kennen. Ich freue mich riesig, dass ihr meine Geschichte gelesen habt. Ich liebe das Schreiben, doch das Schönste ist, wenn meine Figuren den Weg in das ein oder andere Herz finden und sich dort für eine kleine Weile einnisten dürfen, während ihr mit ihnen mitfiebert, mitlacht und mitleidet. Wenn sie das bei dem ein oder anderen von euch tun durften, sage ich dafür DANKE und ich würde mich natürlich freuen, wenn ihr auch beim nächsten Abenteuer von Jemma, Jamie und Zack wieder dabei seid.

Bevor ich euch hier jetzt ein bisschen was zur Reihe und den Folgebänden verrate, gibt es allerdings erst mal eine dicke SPOILERWARNUNG!!! Solltet ihr *Mind Ripper* noch nicht gelesen haben, lest jetzt besser nicht weiter, wenn ihr euch vom Plot nichts verraten lassen wollt.

Worum geht es in der CyberWorld-Reihe?

Kurz und knapp: Um die fünf Protas, die sich am Ende vom *Mind Ripper* zum Glück ja doch noch irgendwie wieder zusammengerauft haben – und natürlich geht es auch weiter um die CyberWorld, denn die bietet einfach jede Menge Möglichkeiten für weitere Abenteuer. Wenn euch also das CyberGame in *Mind Ripper* gefallen hat, kann ich euch schon verraten, dass es in den Folgebänden noch ähnliche Spiele geben wird. Allerdings nicht in jedem Buch. Manchmal spielen auch andere Bereiche der C-World eine Rolle.

Ursprünglich geplant waren für die Reihe mal vier Bände, mittlerweile schreibe ich aber schon an Teil 5 und eine grundsätzliche Idee für einen sechsten Teil gibt es auch schon. Alle Updates dazu sowie zusätzliche Infos zur Reihe findet ihr regelmäßig bei Facebook (https://www.facebook.com/CyberWorld.Books/) oder auf meiner Homepage (http://nadineerdmann.de/).

Und wie geht es mit Jemma, Jamie, Zack, Will und Ned jetzt weiter?

Fragt ihr euch vielleicht, wie Dunnington mit seiner bahnbrechenden Erfindung der Bioroboter an die Öffentlichkeit gehen will? Wie sein Plan aussieht, Ned aus dem Medienrummel herauszuhalten? Und ob das alles auch wirklich so abläuft, wie er sich das gedacht hat?

Wie geht es überhaupt mit Ned weiter? Er hat überlebt, doch zu welchem Preis? Von Jamie wissen wir ja bereits, dass das Fühlen im künstlichen Körper nicht ganz einfach ist. Was bedeutet das für Ned? Und was bedeutet es für die Freundschaft der beiden, dass Jamie sich gegen einen Biokörper entschieden hat?

Wie geht es mit Jemma und Will weiter?

Wie mit Zack und Jamie?

Fragen über Fragen … und ich hoffe, ich konnte euch damit ein bisschen neugierig machen auf ein weiteres Abenteuer mit Jemma und den Jungs, denn dann wünsche ich euch ganz viel gruseligen Spaß in *House of Nightmares*.

Until next time, take good care – of yourselves and of each other … ;o)

Nadine

Leseprobe

CyberWorld 2.0: House of Nightmares
Kapitel 1

Mensch, Leute, seid ihr wahnsinnig? Die Teile sind doch viel zu teuer!« Zack zog die schwarzen Sportschuhe aus dem Karton. »Danke, Mann!« Begeistert schloss er Jemma in die Arme.

»Hey, lass ein bisschen was von deiner Dankbarkeit auch für die anderen übrig! Ich hab dir die Treter schließlich nicht allein gekauft. Von mir war nur die Idee, das Geld haben wir zusammengeschmissen.«

Zack sah in die Runde.

»Uns brauchst du nicht zu erdrücken«, grinste Sam und legte seine Arme um Meg. »Ein Danke reicht völlig.«

Zack lachte. »Okay: Danke!«

»Sehr gern geschehen.«

»Mich darfst du ruhig drücken, so fest wie du willst!« Charlie wartete gar nicht erst auf Zack, sondern schlang ihre Arme einfach selbst so ungestüm um seinen Hals, dass ihre Köpfe zusammenstießen. »Happy happy Birthday!«

»Danke, Süße.«

Als Charlie ihn wieder freigab, nickte Zack zu Will und Ned, deren Namen ebenfalls auf der Karte am Geschenkkarton standen. »Euch auch. Ich weiß, dass es nicht gerade billig war, diese Schuhe zu kaufen. Danke! Ich freue mich wirklich.«

»Keine Ursache«, winkte Will ab und Ned nickte beipflichtend.

»Die sind echt cool! Zieh sie mal an«, schlug Gordon vor und wies auf den Basketballkorb, der neben der Terrasse der

Bennetts an der Hauswand angebracht war. »Du könntest sie gleich ausprobieren. Ich hätte Lust auf ein kleines Spielchen.«

»Klar, warum nicht?«, meinte Zack sofort und auch Tylor und Steven waren begeistert.

»Wir sind dabei!«

»Spielen wir drei gegen drei? Oder vier gegen vier?« Fragend sah Gordon zu Will, Ned und Sam. »Wollt ihr mitspielen?«

Jamie griff seine Krücken und stemmte sich von der Gartenbank. Beim Thema Mannschaftsaufstellung fühlte er sich nicht angesprochen, also konnte er sich genauso gut drinnen noch eine Cola organisieren. Langsam ging er über die Terrasse ins Wohnzimmer, wo auf dem Esstisch die Reste ihres Pizzabuffets standen, das sie am frühen Abend bestellt hatten. Max, ihr Hightechbutler, hatte die übrig gebliebenen Stücke sorgfältig auf Warmhalteplatten drapiert, damit niemand kalte Pizza essen musste, falls noch jemand Hunger bekam.

Jamie nahm eine der bereitgestellten Colaflaschen aus der Kühlbox und drehte sie mit etwas Mühe auf. Der lange Tag steckte ihm in den Knochen und allmählich verließen ihn die Kräfte. Seine Hände zitterten und er musste die Flasche mit beiden Händen fassen, um sich ein Glas einzugießen, doch obwohl er vorsichtig war, ging ein dicker Schwall der braunen Flüssigkeit daneben.

»Mist.« Genervt stellte er die Flasche ab und angelte nach ein paar Papierservietten.

»Mann, Bennett, du bist so unglaublich erbärmlich.«

Die verächtliche Stimme in seinem Rücken ließ Jamie innehalten. Er schloss die Augen, atmete tief durch und wischte dann einfach weiter. Nur diesen Abend, nur noch ein paar Stunden musste er diesen Scheißkerl ertragen. Danach hatte er mit etwas Glück erst mal wieder Ruhe. Er spürte den Blick, der sich in seinen Rücken bohrte und schadenfroh dabei zusah, wie er den klebrigen See aufwischte, bevor er auf den Boden tropfen konnte.

Geh einfach, du Arschloch! Spiel Basketball und lass mich in Ruhe!

Doch diesen Gefallen tat Russell Grand ihm nicht. Im Gegenteil. Der breitschultrige Kerl baute sich provozierend neben ihm auf und deutete mit einem höhnischen Kopfnicken auf die verschüttete Cola.

»Kriegst du's mit deinen krüppeligen Händen nicht mal hin, 'ne Cola einzuschütten, ohne dabei 'ne Riesensauerei zu veranstalten? Wie jämmerlich bist du eigentlich?«

Jamie presste die Lippen fest aufeinander und merkte, wie seine Hände erneut anfingen zu zittern. Doch diesmal war es eindeutig aus Wut. Nur mit Mühe zwang er sich, weiter ruhig zu bleiben.

Lass dich nicht auf sein Niveau herab! Das hier ist Zacks Tag, versau ihm den nicht durch einen dämlichen Streit. Das ist genau das, was dieses Arschloch will!

»Ich hoffe, dir ist klar, dass Zack nur so nett zu dir ist, weil er bei euch wohnen kann, wenn seine Eltern unterwegs sind. Er hat einfach keine Lust, auf irgendein beknacktes Internat zu gehen. Nur deshalb und weil er aus irgendeinem mir völlig schleierhaften Grund Mitleid mit dir zu haben scheint, gibt er sich mit dir ab. Aber nur noch ein Jahr, dann ist er volljährig. Ein Jahr. Dann braucht er dich und deine kuschelige kleine Familie nicht mehr und er kann machen, was er will. Was glaubst du wohl, wie schnell er einen Krüppel wie dich dann fallen lässt und weg ist?«

Jamie gab den mühsamen Kampf um seine Selbstbeherrschung auf und wandte sich wütend zu ihm um. »Keine Ahnung! Wollen wir rausgehen und ihn fragen? Bin gespannt, was er dazu sagt, dass du ihn für ein berechnendes Charakterschwein hältst!«

Kalter Zorn blitzte in Russells Augen, als seine Hand vorschoss und sich in Jamies T-Shirt krallte. »Du mieser kleiner –«

»Gibt's hier irgendein Problem?«

Die schneidende Stimme ließ den Muskelprotz herumfahren. Russell musterte Ned finster und gab Jamie nur widerwillig wieder frei, allerdings nicht ohne ihm einen unsanften Stoß gegen die Brust zu verpassen. Fluchend kämpfte Jamie um sein Gleichgewicht und krallte hastig seine Hände in die Tischplatte, um nicht zu stürzen.

»Nein, es gibt hier kein Problem.« Russell hielt Neds frostigem Blick betont lässig stand und nickte dann verächtlich zu Jamie hinüber. »Krüppel sind für mich kein Problem.«

Neds Blick wurde noch eisiger. »Tja, dumm nur, dass aggressive intolerante Arschlöcher für mich eins sind. Und wenn du nicht willst, dass wir beide mein Problem ausdiskutieren, solltest du dir draußen vielleicht besser ein paar andere Gesprächspartner suchen.«

Einen Moment lang schien Russell durchaus diskussionsbereit, doch dann zuckte er nur mit den Schultern und wandte sich zum Gehen. »Die Gesellschaft draußen ist ohnehin viel anregender als die hier drin.« Ohne große Eile schlenderte er zur Terrassentür.

Ned sah ihm hinterher und trat dann zu Jamie an den Esstisch. »Alles in Ordnung?«

Jamie nickte finster.

»Der Typ ist definitiv ein ganz heißer Anwärter auf den Titel *Mistkerl des Monats*.« Ned goss sich eine Cola ein. »Er macht dich schon den ganzen Abend über blöd an, wenn er denkt, dass es keiner mitkriegt. Was ist sein Problem?«

Jamie verzog das Gesicht. »Russell ist nicht nur heißer Anwärter auf *Mistkerl des Monats*, er ist auch heiß auf Zack und kriegt es nicht in seinen verdammten Schädel, dass Zack einen mickrigen Krüppel wie mich vorzieht, wenn er auch Mister Muskelbody Russell Grand haben könnte.«

»Ah, das erklärt natürlich so einiges.« Ned musterte ihn von der Seite. »Und ich hoffe, das mit dem Krüppel ist Russells Wortwahl und nicht deine.«

Gleichgültig zuckte Jamie mit den Schultern, doch Ned kannte ihn mittlerweile gut genug, um zu merken, dass ihn dieses Wort nicht so kalt ließ, wie Jamie es gerne gewollt hätte.

»Weiß Zack, dass Russell scharf auf ihn ist?«

Jamie nickte. »Zack hat ihm klargemacht, dass er keine Chance hat, aber so richtig geschnallt hat Russell das offensichtlich nicht.«

»Und weiß Zack, wie mies der Typ dich behandelt?«, fragte Ned stirnrunzelnd. »Denn ehrlich gesagt fällt es mir schwer zu glauben, dass er ihn dann hierher eingeladen hätte.«

Jamie lehnte sich gegen den Esstisch und sah hinaus in den beleuchteten Garten. Obwohl es schon recht spät war, war der Juliabend angenehm warm. Die Jungen spielten auf dem kleinen Innenhof Basketball, während sich die Mädchen auf die Terrasse zurückgezogen hatten und miteinander plauderten. Zack dribbelte geschickt um Gordon herum, sprang und versenkte den Ball im Korb. Jubelnd riss er die Arme hoch und Tylor und Sam klopften ihm anerkennend auf die Schultern. Jamie lächelte und seufzte dann.

»Zack weiß, dass Russell ein Problem mit mir hat, aber in der

Regel gehe ich ihm einfach aus dem Weg. Zack und er spielen zusammen Basketball und sie treffen sich ein oder zwei Mal in der Woche im Park, um gegen andere Streetteams zu spielen. Das war schon vor dem Unfall nicht mein Ding, aber Zack liebt es.« Er zuckte mit den Schultern. »Warum sollte ich es ihm kaputtmachen und sagen, dass Russell mich blöd anmacht, sobald er mich sieht, wenn die Lösung ganz simpel ist: Ich geh einfach nicht mit zu den Spielen. Basketball interessiert mich eh nicht wirklich und dumm danebensitzen und zusehen ist mir zu langweilig. Also muss ich Russell nur heute ertragen, weil Zack sein Team natürlich eingeladen hat. Aber für die paar Stunden ignoriere ich die blöden Sprüche eben, um Zack seine Party nicht kaputtzumachen.«

Ned zog eine Augenbraue hoch. »Du musst ihn wirklich verdammt lieben, wenn du es für ihn schaffst, bei so bescheuerten Sprüchen nicht viel früher zurückzuschießen.«

Jamie lächelte verlegen. Er sah auf seine Hände und seine Finger glitten über einen schlichten schmalen Silberring an seiner rechten Hand. Ned folgte seinem Blick. Der Freundschaftsring war neu und Ned hatte bei Zack den gleichen gesehen, es war also nicht schwer zu erraten, was Jamies Geburtstagsgeschenk gewesen war. Vermutlich hatte Russell die Ringe ebenfalls bemerkt und das mochte mit ein Grund dafür sein, dass er Jamie gegenüber so aggressiv war.

Ned beneidete seine beiden Freunde für das, was zwischen ihnen war. Genauso wie er Will und Jemma um das beneidete, was sie sich gerade aufbauten, und er hoffte, dass er irgendwann vielleicht auch mal so tiefe Gefühle für ein Mädchen empfinden würde – und sie diese erwidern konnte, wenn sie wusste, wer – oder *was?* – er war.

Seufzend schob er den Gedanken von sich und sah hinaus

in den kleinen Garten, wo Zack mit seinen Mitspielern gerade versuchte einen gegnerischen Angriff auf den Korb zu vereiteln.

»Warum spielst du nicht mit?«, fragte Jamie, der sein Seufzen offensichtlich falsch gedeutet hatte. »Du musst mir hier nicht Gesellschaft leisten. Wie gesagt, Basketball war noch nie mein Ding.«

Ned schnitt eine Grimasse und schüttelte den Kopf. »Meins auch nicht. Will hat die gesamten Sportlergene in unserer Familie abbekommen und als ich gemacht wurde, waren für mich keine mehr übrig. Dafür hab ich die volle Ladung Computernerd eingeheimst.« Er grinste, verzog dann aber das Gesicht. »Außerdem hab ich keine Lust, wie der letzte Trottel dazustehen, weil mein Superkörper und ich noch nicht für so schnelle Abläufe aufeinander eingestellt sind.«

Jamie nickte verständnisvoll. Seit gut drei Monaten steckte Neds Bewusstsein nun in einem Bioroboter, nachdem sein menschlicher Körper durch eine schwere Krebserkrankung zu geschwächt zum Weiterleben geworden war. Ned machte zwar tolle Fortschritte und er und sein neuer Körper spielten sich immer besser aufeinander ein, aber Jamie wusste, dass das Steuern sämtlicher Bewegungsabläufe Ned trotzdem immer noch oft vor viele Herausforderungen stellte, an denen er täglich arbeiten musste. Und wie unglaublich frustrierend das sein konnte, konnte Jamie nur allzu gut nachvollziehen.

»Vielleicht solltest du dein Training auf Ballsportarten erweitern«, grinste er. »Wer weiß, wofür es gut sein kann?«

Ned zog die Nase kraus und schüttelte den Kopf. »Nee, lass mal. Wie gesagt, ich bin der Computernerd, nicht die Sportskanone. Ich konzentriere mich lieber weiter auf meine Feinmotorik, um meine Finger über eine Tastatur fliegen zu lassen, als irgendwelchen Bällen hinterherzujagen. Den Sinn darin hab ich nämlich noch nie verstanden.«

Jamie lachte. »Lass das nicht Zack hören, sonst startet er einen enthusiastischen Erklärungsversuch.«

»Das wäre absolut vergebene Mühe, glaub mir.« Ned nahm sich seine Cola, reichte auch Jamie sein Glas und eine Weile sahen die beiden dem Basketballspiel zu.

»Stimmt es eigentlich, was Russell gesagt hat? Dass Zack in ein Internat gehen müsste, wenn er nicht bei euch wohnen könnte?«, brach Ned schließlich das Schweigen.

Jamies Miene verfinsterte sich. »Da hätte er schon als Sechsjähriger hingemusst. Vermutlich sogar noch früher, wenn seine Eltern eine Schule gefunden hätten, die noch jüngere Kinder aufnimmt.« Er seufzte. »Zack war mit Jem und mir zusammen im Kindergarten und schon damals ständig bei uns, weil seine Eltern kaum Zeit für ihn hatten. Meine Mum hatte ihn sehr gern und sie konnte den Gedanken nicht ertragen, dass die Watts ihn so früh ins Internat stecken wollten, nur um beruflich unabhängiger zu sein. Sie hat ihnen vorgeschlagen, dass er zu uns kommen kann, wenn sie zu beschäftigt sind, und ich glaube, ihnen war es völlig egal, wo ihr Sohn untergebracht war, solange sie sich bloß nicht selbst um ihn kümmern mussten. Seitdem wohnt Zack hier, wenn seine Eltern unterwegs sind, und sie überweisen uns jeden Monat einen recht großzügigen Unterhalt dafür, dass sie ihn vom Hals haben.«

Missbilligend runzelte Ned die Stirn. »Sie scheinen sich ja nicht besonders für ihren Sohn zu interessieren.«

»Er feiert seinen siebzehnten Geburtstag bei uns und außer einer kurzen E-Mail mit ein paar Grüßen und einem dicken Geldzugang auf seinem Konto haben sie ihn heute nicht mal angerufen. Beantwortet das deine Frage?«

Kopfschüttelnd verzog Ned das Gesicht. »Warum manche Leute Kinder in die Welt setzen, wird mir ewig ein Rätsel bleiben. Es ist ja völlig in Ordnung, wenn man seinen Beruf liebt und komplett darin aufgehen möchte, aber dann sollte man sich eben gegen Kinder entscheiden, wenn man nicht bereit ist, sich auch um sie zu kümmern.«

Jamie nahm einen Schluck Cola und zog die Schultern hoch. »Ich glaube, Zacks Eltern sehen ihren Sohn als eine Art Statussymbol. Als etwas, das im Portfolio ihres Lebens nicht fehlen durfte. So nach dem Motto: Kind bekommen, erledigt, Häkchen dahinter, fertig.«

»Was machen sie denn beruflich?«

»Sie sind ziemlich gefragte Innenarchitekten und designen sehr erfolgreich ihre eigene Möbelreihe. Frag mich nicht, wen und was sie schon alles ausgestattet haben, aber es sind etliche High-Society-Namen darunter. Bei der Möbelmesse im Frühling haben sie irgendwelche megawichtigen Kontakte nach Übersee geknüpft und fanden es daher unausweichlich, dorthin umzusiedeln, um den amerikanischen Markt auch noch zu erobern. Also sind sie mit Sack und Pack nach New York gezogen, Zack wohnt seitdem bei uns und ihr Stadthaus hier in London steht leer bis auf einen Hausroboter, der nach dem Rechten sieht.«

»Kommt Zack denn damit klar, dass seine Eltern sich nicht für ihn interessieren?«

»Nicht immer.« Jamie seufzte. »Aber er redet kaum darüber und wenn, dann versucht er meistens es runterzuspielen und sagt, dass es ihm mittlerweile egal ist.« Er sah zu, wie Zack einen weiteren Korbleger versuchte. »Als wir noch kleiner waren, hatte er sich noch nicht so gut im Griff. Wenn seine Eltern über Weihnachten lieber mit Freunden zum Skilaufen in die Schweizer Alpen gefahren sind als die Festtage mit ihm zu verbringen, hat ihn das jedes Mal ziemlich fertiggemacht.«

Ned leerte sein Colaglas und stellte es geräuschvoller als nötig auf dem Tisch ab. »Wie gesagt, manche Leute sollten einfach keine Kinder bekommen.«

Jamie nickte langsam. »Ja, vielleicht.« Doch dann grinste er verschämt. »Aber ich werd mich bestimmt nicht darüber beschweren, dass die Watts es trotzdem getan haben.«

Lachend knuffte Ned ihm in die Rippen. »Schon klar.«

Jamie leerte ebenfalls sein Glas und drehte sich zum Tisch um. Seine Hände klebten von der verschütteten Cola genauso wie das Glas und die Tischplatte. Er würde Max bitten müssen, das zu säubern.

»Ich muss mir die Hände waschen.« Mit einem Kopfnicken wies er auf die matschigen Servietten und griff nach seinen Krücken. »Meine Feinmotorik lässt in den späten Abendstunden leider deutlich zu wünschen übrig.«

Ned zuckte mit den Schultern. »Dass deine Muskeln müde sind, wenn du den ganzen Tag an Krücken gelaufen bist, ist doch kein Wunder. Der wievielte Tag ohne Rollstuhl ist das jetzt?«

»Heute genau drei Wochen.« Der Stolz in Jamies Stimme war nicht zu überhören. »Seit die Sommerferien angefangen haben.«

Langsam gingen die beiden durch den Wohnraum hinüber zur Küche.

»Das ist echt cool. Dann brauchen wir das Ding ja eigentlich gar nicht mitzunehmen, wenn wir nach Schottland fliegen, was?«

»Ja, sicher!«, schnaubte Jamie. »Dir ist schon klar, dass das in etwa so wäre, als würdest du von jemandem, der vor drei Wochen mit dem Joggen angefangen hat, verlangen, dass er nächste Woche einen Marathon schafft, ja?«

Ned hob die Schultern und grinste. »Bei dir würde mich das kaum wundern.«

»Klar.« Jamie verzog das Gesicht und wandte sich dann an seinen Hausroboter, der gerade dabei war, die Spülmaschine auszuräumen. »Max, ich hab auf dem Esstisch Cola verschüttet und es klebt überall. Kannst du das bitte wegwischen?«

»Ja, natürlich.« Der Roboter ließ seine Arbeit liegen und musterte ihn einen Moment lang intensiv. »Du bist erschöpft und deine Muskeln werden langsam müde. Es war ein langer Tag und du solltest dich bald ausruhen.«

Jamie bedachte ihn mit einem genervten Blick. »Es geht mir gut! Du musst nicht jedes Mal gleich einen Körperscan bei mir machen, wenn ich was verschütte oder fallen lasse.«

»Tut mir leid, so bin ich programmiert.« Max nahm ein Wischtuch und verschwand ins Wohnzimmer.

»Glaub mir, bei deinem nächsten Update wird sich daran einiges ändern …«, grummelte Jamie leise.

»Du bist nicht befugt, über meine Updates zu entscheiden«, antwortete Max gelassen über seine Schulter hinweg. Offensichtlich hörten seine akustischen Sensoren selbst Flöhe husten. »Und ich glaube nicht, dass dein Vater an meiner Sorgfaltspflicht dir gegenüber Veränderungen veranlassen wird.«

Jamie rollte mit den Augen. Künstliche Intelligenz war ja wirklich fantastisch. Es nervte nur ungemein, wenn sie anfing, das letzte Wort haben zu müssen.

»Ich muss mal kurz für kleine Bioroboter.«

Ned verschwand in Richtung Gästebad, während Jamie sich an die Spüle lehnte, um endlich seine klebrigen Finger zu waschen. Als er die Griffe seiner Krücken sauberwischte, hörte er Schritte hinter sich.

»Das ging schnell. Sieh mal im Vorratsschrank nach, da

müsste noch eine Tüte Chips sein. Die Schale draußen war fast leer.«

Er zuckte zusammen, als Russell statt Ned neben ihm erschien und spöttisch auf ihn herabsah.

»Wie armselig muss man sich eigentlich fühlen, wenn man zu behindert ist, um im eigenen Haus alleine klarzukommen?«

Jamie spürte, wie er langsam wirklich die Geduld verlor und all seine Beherrschung brauchte, um Russell nicht doch die Meinung zu geigen. Hatte dieses Arschloch etwa nur darauf gewartet, dass Ned verschwand, um ihn wieder alleine zu erwischen und mit seinen dämlichen Sprüchen weiterzumachen?

»Das hier ist Zacks Party und es gibt genügend andere Gesprächspartner, mit denen du dich unterhalten kannst. Wir müssen nicht miteinander reden.« Eisig sah er Russell an. Der Dreckskerl sollte bloß nicht denken, dass er ihn einschüchtern konnte, nur weil er zufällig wie ein wandelnder Kleiderschrank aussah und keine kaputte Wirbelsäule hatte.

Russell grinste abfällig. »Hey, ich versuche doch nur herauszufinden, was Zack in einer krüppeligen Missgeburt wie dir sieht! Denn ehrlich gesagt hab ich keine Ahnung, was das sein könnte.«

Auch wenn er wusste, dass es ein Fehler war, merkte Jamie, wie seine Beherrschung sich endgültig von ihm verabschiedete. Er pfefferte das Handtuch in die Spüle und fuhr zu Russell herum.

»Okay, tut mir leid, dass ausgerechnet ich es bin, der dir das sagen muss, aber die Dinge, von denen du keine Ahnung hast, würden selbst die Datenbanken bei Google sprengen! Außerdem solltest du nicht immer von dir auf andere schließen! Nur weil du in mir nichts als einen mickrigen Krüppel siehst, sind andere nicht genauso blind und blöd. Zack schon gar nicht! Und wenn hier jemand armselig ist, dann bist du es! Du bist nichts weiter als ein sexuell unterzuckertes Arschloch, das eine Zurückweisung nicht akzeptieren kann und seinen Frust darüber ständig an mir auslassen muss! Begreif es endlich, Russell: Zack will nichts von dir! Selbst wenn es mich nicht geben würde, würde zwischen ihm und dir niemals was laufen, weil Zack einfach nicht auf schikanierende Dreckskerle steht! Also komm drüber weg, such dir jemand anderes und lass mich in Ruhe!«

Der Faustschlag kam aus dem Nichts. Schmerzen explodierten zwischen seinen Rippen und er stürzte zu Boden. Keuchend krümmte Jamie sich zusammen und rang mühsam nach Luft, doch bevor er sich wehren konnte, beugte Russell sich über ihn und schlug ein weiteres Mal zu.

Panik stieg in ihm hoch. So wie es sich anfühlte, war beim Sturz nichts passiert, aber wenn Russells Fäuste seine Wirbelsäule trafen –

»Du mieser kleiner Scheißkerl«, zischte der Muskelprotz und hob die Faust für einen dritten Boxhieb, doch bevor er erneut zuschlagen konnte, wurde er gepackt und jemand drehte ihm den Arm auf den Rücken. Ohne große Anstrengung zog Max den kräftigen Jungen weg, während Ned sich schützend vor Jamie stellte. Mit tiefster Verachtung bohrte er seinen Blick in Russell, der vergeblich versuchte, sich zu befreien.

»Max, bring Russell zur Tür. Für ihn ist die Party zuende.«

»Wer bist du eigentlich, dass du glaubst, dich hier so aufspielen zu können?« Russell blitzte ihn höhnisch an. »Sein zweiter Lover? Sein Bodyguard? Du hast mir gar nichts zu befehlen!« Erneut versuchte er sich loszumachen, doch Max hielt ihn eisern fest.

»In diesem Haushalt werden keine Handgreiflichkeiten

geduldet«, sagte der Roboter streng. »Daher stimme ich Neds Vorschlag zu.« Fragend sah er zu Jamie.

»Wirf ihn raus.«

»Sehr gerne.«

»Das wird dir noch verdammt leidtun, Bennett!«, zischte Russell.

»Mit solchen Drohungen vor Zeugen wäre ich an deiner Stelle sehr vorsichtig.« Warnend funkelte Ned ihn an. »Solltest du Jamie noch ein einziges Mal auf die Pelle rücken, handelst du dir weit größeren Ärger ein als nur einen Partyrausschmiss, das garantiere ich dir!«

Hasserfüllt starrte Russell von Ned zu Jamie, während Max ihn mit Nachdruck aus der Küche führte.

»Alles in Ordnung? Bist du verletzt?« Besorgt kniete Ned sich neben Jamie.

»Nein, ich bin okay.« Mühsam versuchte Jamie sich aufzusetzen, als ihm ein stechender Schmerz in die linke Seite fuhr. Stöhnend sank er zurück und presste eine Hand gegen seine Rippen.

»Ganz sicher?«, fragte Ned skeptisch.

Jamie biss die Zähne zusammen und nickte unwirsch. »Ja, der Mistkerl schlägt wie ein Kleinkind.«

Ned hob eine Augenbraue. »Nach Kleinkind sah das aber nicht aus.«

»Ich bin in Ordnung! Okay?«

Völlig überzeugt war Ned nicht, doch statt nachzuhaken half er Jamie, sich aufzusetzen. »Ehrlich gesagt, wundert es mich nicht, dass Russell so ausgetickt ist. Und ich hab vermutlich bloß die Hälfte von dem mitgekriegt, was du ihm an den Kopf geworfen hast.«

»Ich hab nur die Wahrheit gesagt!«

»Ja schon, aber wie!« Kopfschüttelnd sah Ned ihn an. »Dir ist aufgefallen, dass der Typ zwei Köpfe größer ist als du, ja? Und ungefähr doppelt so breit? Und seine Aggressionsschwelle ist niedriger als die Themsemündung bei Ebbe.«

»Sehr witzig!«, knurrte Jamie biestig und hielt sich noch immer die geschundenen Rippen. »Ich konnte mir seine beschissenen Sprüche einfach nicht mehr länger anhören.«

»Wie war das noch mit den ehrenhaften Vorsätzen Zack zuliebe?«

»Oh, halt die Klappe!«

Ned grinste und klopfte ihm versöhnlich auf die Schulter. »Schon gut. Sei nicht sauer. Du hattest ja mit allem, was du gesagt hast, recht. Und wenn ich mir Russells Bullshit hätte anhören müssen, wäre ich auch irgendwann ausgerastet.«

»Ja, nur hättest du dich besser verteidigen können.« Jamie verzog das Gesicht, als er eine besonders schmerzhafte Stelle seiner Rippen berührte.

»Bist du wirklich okay?«

»Ja, bin ich. Kannst du mir hochhelfen? Ich kann nicht alleine aufstehen.«

»Na klar.«

Jamie verkniff sich nur mit Mühe ein Stöhnen, als Ned seine Arme um ihn legte und ihm auf die Beine half. Wacklig stützte er sich auf die Küchenzeile. Ihm war ein bisschen übel und zu tiefes Atmen fand seine linke Seite nicht besonders toll.

Ned musterte ihn besorgt. Jamie sah blass aus und dass er Schmerzen hatte, war auch nicht zu übersehen, doch bevor er etwas sagen konnte, kehrte Max in die Küche zurück.

»Ich habe Russell Grand zur Tür begleitet und sichergestellt, dass er das Grundstück verlässt. Die Wahrscheinlichkeit, dass er noch einmal Unfrieden stiften wird, strebt gegen Null.«

Jamie lächelte matt. »Danke.« Dann wurde sein Blick ernst. »Max, das ist ein direkter Befehl: Du sagst niemandem, was hier gerade passiert ist. Weder dass Russell und ich gestritten haben noch dass er handgreiflich geworden ist. Bestätige das.«

Der Hightechhausmann sah ihn ruhig an. »Bestätigt.«

»Wenn dich jemand fragt, wo Russell ist, sagst du, dass er gegangen ist. Warum, weißt du nicht. Bestätige das.«

»Bestätigt.«

»Gut, danke«, seufzte Jamie. »Für alles andere gilt wie sonst dein freier Wille.« Damit entließ er seinen Roboter wieder in die Selbstständigkeit.

»Verstanden.« Statt seine Aufgaben im Haushalt wieder aufzunehmen, scannte Max ihn einen Moment lang intensiv, dann sagte er: »Die stumpfe Gewalteinwirkung auf deinen linken Brustkorb hat glücklicherweise nicht zu Brüchen deiner Rippen geführt und deine Wirbelsäule wurde weder durch den Sturz noch durch die Schläge in Mitleidenschaft gezogen.«

Jamie schloss die Augen und atmete erleichtert auf.

»Dennoch liegt zu 99,98% eine Rippenprellung vor. Diese Verletzungsart wird als äußerst schmerzhaft beschrieben und es ist mit der Bildung eines Hämatoms zu rechnen. Als Behandlungsmöglichkeiten sind Kühlung sowie das Einreiben der betroffenen Stelle mit einer diclofenachaltigen Salbe vermerkt, außerdem Schonung und bei Bedarf die Einnahme von Schmerzmitteln. Du solltest dich also hinlegen und ich bringe dir ein Kühlpad und die entsprechende Salbe aus unserer Hausapotheke.«

Jamie schüttelte den Kopf. »Danke, Max, aber so schlimm ist es wirklich nicht.« Er nahm seine Krücken. »Ich setz mich einfach auf die Terrasse und ruh mich da aus. Das reicht völlig.«

»Wie du meinst. Melde dich, falls du deine Meinung ändern

solltest.« Damit wandte Max sich wieder dem Ausräumen der Spülmaschine zu.

Jamie stützte sich auf die Krücken und machte vorsichtig die ersten Schritte. Seine Rippen schmerzten dabei deutlich mehr, als ihm lieb war, aber ihm war nichts Ernsthaftes passiert und das war alles, was zählte. Also biss er die Zähne zusammen und ging langsam mit Ned hinüber ins Wohnzimmer.

»Bist du sicher, dass du dich nicht doch lieber hinlegen willst?«

»Ja, ganz sicher.« Jamie hielt an und sah zu ihm auf. »Sag den anderen bitte nicht, was passiert ist, okay?«

Ned atmete tief durch und erwiderte seinen Blick ernst. »Ich finde, Zack sollte wissen, was Russell getan hat. Das war kein blödes Anmachen mehr, Jamie, er ist dir gegenüber handgreiflich geworden und damit hat er ganz eindeutig eine Grenze überschritten. Das sollte Zack wissen. Außerdem wird er spätestens morgen den Bluterguss auf deinen Rippen sehen und wissen wollen, wo du den her hast. Willst du ihn dann anlügen, nur um ihm sein Basketballspiel nicht zu vermiesen? Glaubst du wirklich, er würde mit Russell noch in einem Team spielen wollen, wenn er wüsste, was der gerade eben getan hat?«

Jamie biss sich auf die Unterlippe und schüttelte den Kopf. »Nein, sicher nicht. Ich werd ihm sagen, was passiert ist. Aber nicht jetzt. Ich will ihm seine Party nicht wegen einem Dreckskerl wie Russell kaputtmachen.« Damit war das Thema für ihn erledigt und er ging hinaus in den Garten.

Ned sah ihm hinterher, wie er die Terrasse betrat und sich zu den Mädchen in die Sitzecke setzte, ohne sich etwas anmerken zu lassen. Seufzend griff Ned eine Schüssel mit Popcorn vom Esstisch und folgte ihm.

Gute zwei Stunden später lag Jamie im Bett und hörte zu, wie Zack im Badezimmer herumhantierte und sich die Zähne putzte. Es war spät geworden und auch ohne das dumpfe Pochen in seinen Rippen hatte er das Gefühl, jeder einzelne Muskel in seinem Körper tat weh. Doch er wusste, dass das Schmerzmittel, das er gerade geschluckt hatte, bald wirken würde, und solange er ruhig auf dem Rücken lag, ließ sich die Zeit bis dahin ganz gut ertragen.

Das Wasserrauschen stoppte und kurz darauf erschien Zack im Zimmer, zog die Tür hinter sich zu und kroch zu ihm ins Bett.

»Die Party war klasse«, gähnte er glücklich. »Erinnere mich morgen daran, dass ich deinem Dad noch das Geld für die Pizza geben muss.«

»Spinnst du? Er wird mit Sicherheit kein Geld von dir nehmen.«

»Er hat mir schon die coole Trainingsjacke von Devilition geschenkt. Er muss nicht auch noch das Essen und die Getränke für die Party bezahlen. Meine Eltern haben ihr Gewissen mal wieder äußerst großzügig beruhigt und ich hab mehr als genug Geld, um das alles selbst zu bezahlen.«

»Dad hat dich gern, Zack. Und vermutlich haben deine Eltern ihm eh eine Bonuszahlung für die Party überwiesen. Man kann ihnen ja vieles vorwerfen, aber geizig sind sie sicher nicht. Behalt dein Geld für dich und kauf dir irgendwas davon. Dad hat diese Party gern für dich gegeben und er hat noch nie Geld von dir für irgendwas genommen. Warum sollte er also jetzt damit anfangen?«

Zack lächelte. »Ja, er ist echt cool.« Liebevoll fuhr er mit zwei

Fingern über Jamies Stirn und seine Wange entlang. »Du siehst ganz schön erledigt aus. Der Tag war ziemlich anstrengend, hm?«

Jamie lächelte müde. »Geht schon.«

»Sagst du mir dann, was zwischen dir und Russell los war?«

Jamies Lächeln verschwand. »Hat Ned seine Klappe doch nicht gehalten?«, fragte er verärgert.

Stirnrunzelnd schüttelte Zack den Kopf. »Nein. Ich brauche Ned nicht, um zu sehen, dass dir irgendwas zu schaffen macht, und da Russell plötzlich kommentarlos verschwunden war, hab ich nur eins und eins zusammengezählt. Was ist passiert?«

Seufzend wich Jamie seinem Blick aus und sah stattdessen an die Zimmerdecke. Es war spät, er war wirklich müde und eigentlich hatte er keine große Lust, jetzt noch alles zu erzählen. Doch als seine Antwort ausblieb, musterte Zack ihn argwöhnisch.

»Was ist los? Hat Russell dich wieder blöd angemacht?« Er schnaubte. »Tut mir leid. Ich dachte, er hätte es jetzt endlich mal geschnallt.« Sanft strich er über Jamies Oberkörper, doch als seine Hand über die Rippen fuhr, zuckte Jamie zusammen. »Alles in Ordnung?« Alarmiert setzte Zack sich auf.

Es war nicht ungewöhnlich, dass Jamie nach einem anstrengenden Tag Muskelschmerzen hatte, aber in der Regel reagierte er nicht so empfindlich auf eine so leichte Berührung. Als Zack versuchte, ihm das T-Shirt hochzuziehen, hielt Jamie ihn erst zurück, gab dann aber seinen Widerstand resignierend auf. Für einen langen Moment starrte Zack auf den bereits deutlich erkennbaren Bluterguss, der sich über Jamies linke Rippenhälfte spannte.

»Was ist passiert?«, fragte er betroffen.

Da Jamie nicht lügen wollte, entschied er sich widerwillig für die Wahrheit. »Russell.«

Während er knapp erzählte, was vorgefallen war, wurde Zacks Gesicht immer finsterer und als Jamie geendet hatte, ballte er wütend die Fäuste.

»Gut, dass ihr ihn rausgeworfen habt, sonst …« Grimmig sah er auf Jamies geschundene Rippen und rammte seine Faust ins Kopfkissen. »Hat Max dich gescannt, um sicherzugehen, dass nichts gebrochen ist?«

Jamie nickte. »Ist nur eine Prellung. Ich soll es kühlen und Schmerzsalbe draufschmieren.«

»Und warum tust du das dann nicht?!«

Er seufzte. »Eigentlich wollte ich dir den ganzen Mist erst morgen erzählen, um dir deinen Geburtstag nicht zu versauen, und wenn ich hier mit einem Kühlpad gekuschelt hätte, wärst du doch sofort misstrauisch geworden.«

Einen Moment lang starrte Zack ihn nur fassungslos an, dann verbarg er sein Gesicht in den Händen und presste die Finger auf die Augen. »Ich liebe dich, das weißt du, oder?«

Irritiert runzelte Jamie die Stirn. »Ja, sicher. Warum?«

»Was, glaubst du, ist mir dann wohl wichtiger – ein perfekter Geburtstag oder dass es dir gut geht?« Zack sah ihn leicht entnervt an und Jamie verzog das Gesicht. »Ich hol dir das Kühlpad und die Salbe und dann reiben wir deine Rippen ein. Du machst im Moment so tolle Fortschritte, da darf dich so eine dämliche Verletzung nicht ausbremsen. Außerdem fliegen wir übermorgen nach Schottland und dafür willst du ja wohl fit sein, oder nicht?«

Jamie nahm seine Hand. »Das bin ich«, versicherte er. »So schlimm ist es nicht.«

»Es ist schlimm genug!« Aufgebracht malträtierte Zack erneut sein Kopfkissen. »Mann! Der Dreckskerl ist so hirnlos, der weiß vermutlich gar nicht, was er hätte anrichten können!

Wenn er deine Wirbelsäule getroffen hätte …« Er brach ab und schüttelte den Kopf.

Jamie nickte beklommen. »Ja, ich weiß«, murmelte er und legte seine Hand um Zacks Faust. »Hat er aber nicht.«

Kein bisschen besänftigt schüttelte Zack noch immer den Kopf. »Trotzdem. Das war pures Glück! Wenn ich den Scheißkerl das nächste Mal sehe …«

»Lass es gut sein, ja? Ich will nicht, dass du dir Ärger einhandelst. Das ist Russell nicht wert. Außerdem ist er schon gestraft genug.«

Ungläubig sah Zack ihn an. »Womit denn?! Damit, dass er ein Arschloch ist, das dich zusammengeschlagen hat?!«

Jamie schüttelte den Kopf und grinste böse. »Nein, damit, dass ich dich habe und er nicht!«

Ende

WEITERE SERIEN
DER GREENLIGHT PRESS

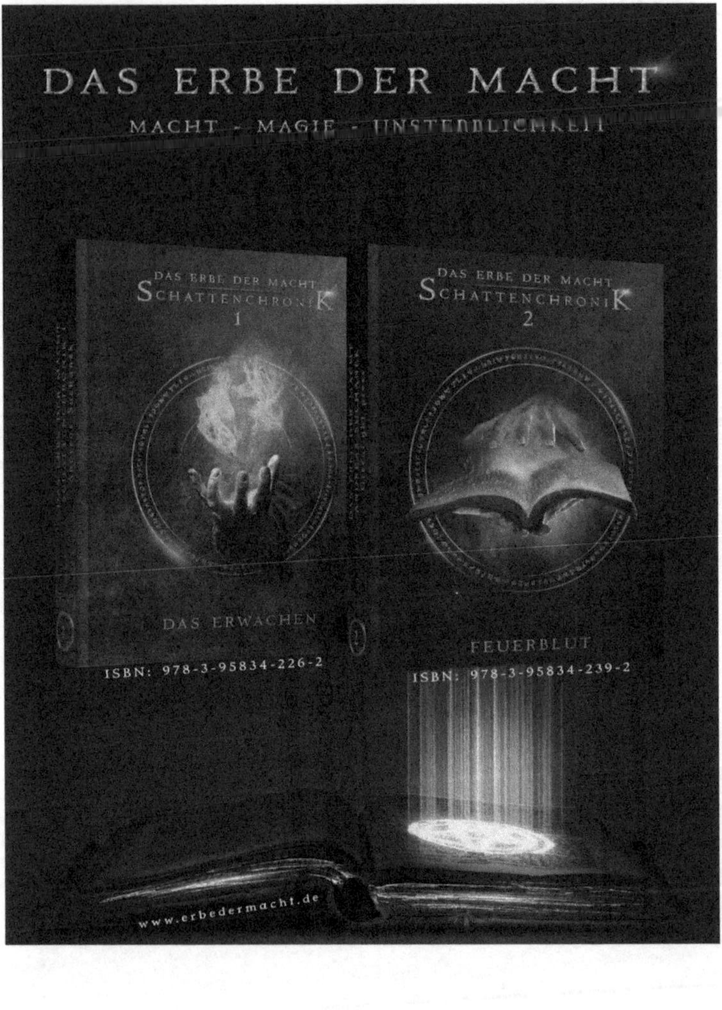

DAS ERBE DER MACHT
MACHT - MAGIE - UNSTERBLICHKEIT
DAS ERBE DER MACHT
SCHATTENCHRONIK
1
DAS ERWACHEN
ISBN: 978-3-95834-226-2
DAS ERBE DER MACHT
SCHATTENCHRONIK
2
FEUERBLUT
ISBN: 978-3-95834-239-2
www.erbedermacht.de

Ein M.O.R.D.S - Team
Jetzt wird es enthüllt.
Der Nummer 1 Bestseller. Als E-Book und Taschenbuch. E-Book 1 für 99 Cent erhätlich.
„Wer tötete Marietta King?“
Eine Serie der greenlight Press
www.greenlight-press.de

HELIOSPHERE 2265
Die SCIENCE-FICTION-SERIE
von PERRY RHODAN-Stardust Autor ANDREAS SUCHANEK
NEU ALS HÖRSPIEL
Von den Mark Brandis-Machern
Mit bekannten Stimmen aus Film und Fernsehen
SEIT NOVEMBER 2012
Jeden Monat als E-Book, alle zwei Monate als Taschenbuch
Drei mal nominiert als „Beste Serie" beim Deutschen Phantastik Preis
MEHR INFOS UNTER
Web www.greenlight-press.de | Twitter @Heliosphere2265 | Facebook www.facebook.com/Heliosphere2265

Die Chroniken der Seelenwächter
Vom Jäger zum Gejagten.
Um die Kreaturen des Schattens zu besiegen, muss er das Böse entfesseln...
Das Böse in sich.
Seraph
2015
Wir sind nominiert!
„Entfesselt den Jäger"
www.die-seelenwaechter.de
www.greenlight-press.de
Eine Serie der Greenlight Press